Zu diesem Buch

Ein Vater, als Schriftsteller schon lange berühmt, versucht seinen vier Kindern zu erklären, weshalb er den Ruhm in die Politik mitnimmt und wofür und wogegen er sich engagiert. Das ist, wie jede deutsche Geschichte, eine Geschichte mit Vergangenheit, und sie wird nicht beschrieben, sondern erzählt: wie die Juden ihre Synagogen verkaufen, wie der Studienassessor Hermann Ott im Keller den Krieg überlebt, wer heute Bebels Taschenuhr trägt, warum sich Laura ein Pferd wünscht, wie langwierig der Wahlkampf und wie knapp der Sieg ist und was die Schnecke alles bedeutet.
«Tatsächlich ist es Grass über alles Erwarten gelungen, unmittelbare Gegenwart ohne perspektivische Verzerrung einzufangen und wiederzugeben. Wenn je die Begriffe inspirierte Sachlichkeit und liebende Genauigkeit einen Sinn haben, dann in der Art, wie der Autor hier, auf den Seiten dieses Buches, seinen politischen Freunden zu einer zweiten Existenz verhilft ... Wie in den behutsamen Sätzen über Willy Brandt (‹Ja, Kinder, ich bin mit ihm befreundet›), die so zart und zögernd daherkommen, als gelte es, etwas Verletzliches vor dem anmaßenden, besitzergreifenden Wort zu schützen, scheint der Zwiespalt zwischen dem agitierenden und dem dichtenden Günter Grass, seiner politischen und seiner literarischen Person, glücklich überwunden zu sein ... Der entspannteste, menschenfreundlichste, gütigste Roman, den Grass bisher geschrieben hat» (Günter Blöcker in «Süddeutsche Zeitung»). – «Ein ernstes, gedankenreiches, oft sehr lustiges Buch eines anständigen Mannes und sehr begabten Schriftstellers» (Hans Mayer in «Die Weltwoche»).

Günter Grass wurde am 16. Oktober 1927 in Danzig als Sohn deutsch-polnischer Eltern geboren. Er studierte Bildhauerei an den Kunstakademien von Düsseldorf und Berlin und lebte ab 1957 einige Jahre als freier Schriftsteller, Maler, Graphiker und Bildhauer in Paris. 1956 debütierte er mit Gedichten und Prosastücken, die in dem Band «Die Vorzüge der Windhühner» vereinigt sind. 1957 erschienen die Kurzdramen «Onkel, Onkel», «Die bösen Köche», «Noch zehn Minuten bis Buffalo» und «Hochwasser». 1958 kam die Farce «32 Zähne» heraus. Den Durchbruch zu internationaler Anerkennung brachte der Roman «Die Blechtrommel» (1959), der rabelaissche Stoffülle mit einer in Deutschland nach dem Zweiten Weltkrieg noch nicht erlebten, von grotesken Ironien und Paradoxien funkelnden sprachlichen Meisterschaft verband. 1960 folgte der Gedichtband «Gleisdreieck». 1961 die Novelle «Katz und Maus» (rororo Nr. 572), 1963 der große zeitsatirische Roman «Hundejahre» (rororo Nr. 1010) und 1965 das Schauspiel «Die Plebejer proben den Aufstand», das sich mit Bertolt Brechts Rolle während des 17. Juni 1953 in Berlin auseinandersetzt. 1969 erschienen das Schauspiel «Davor» sowie der Roman «örtlich betäubt». Hans Magnus Enzensberger definierte die «Stärke und Gefährlichkeit dieses Schriftstellers» mit den Worten: «Ich vermute, daß sein Geheimnis in dem prekären und einzigartigen Gleichgewicht liegt, das er zwischen seiner anarchistischen Einbildungskraft und seinem überlegenen Kunstverstand herzustellen vermocht hat.»

Günter Grass

Aus dem Tagebuch einer Schnecke

rororo

Rowohlt

Umschlagzeichnung Günter Grass

Ungekürzte Ausgabe
Veröffentlicht im Rowohlt Taschenbuch Verlag GmbH,
Reinbek bei Hamburg, Oktober 1974,
als Lizenzausgabe des Hermann Luchterhand Verlages,
Neuwied und Darmstadt

Satz Aldus (Linotron 505 C)
Gesamtherstellung Clausen & Bosse, Leck/Schleswig
Printed in Germany
ISBN 3 499 11751 7

(Auch für Štěpán und Tomáš . . .)

1

Liebe Kinder, heute haben sie Gustav Heinemann zum Präsidenten gewählt. Zwar wollte ich auf Anhieb von Zweifel erzählen, der mit Vornamen Hermann und mit Nachnamen Ott hieß, aber Gustav Gustav geht vor. Es dauerte drei Wahlgänge lang, bis er gewählt war. (Weil er zweimal Doktor ist, wird er von Hinterbänklern, die im Wirtshaus Rheinlust Wahlen gegen Bierrunden verwetten und sich Kanalarbeiter nennen, doppelt Gustav genannt.) Doch wenn ich genau rechne und jede Verzögerung – nicht nur die Panne beim ersten Auszählen – in mein Sudelbuch schreibe, dann wurde dieser Tag zwanzig Jahre lang vorbereitet, auch wenn er, Gustav Gustav, kaum ahnte, wofür man ihn garkochte und wie zäh in Deutschland nicht nur das Rindfleisch ist.

Der Ort: die Ostpreußenhalle am Funkturm. Draußen gestaffelte Absperrungen gegen Proteste der Außerparlamentarischen Opposition, APO genannt. Drinnen haben sich Christdemokraten und Neonazis zwinkernd als Kumpane erkannt: ihr Kandidat heißt Schröder. (Gustav Gustav, der die parlamentarische Hinterbank kennt und gerne mit jukkendem Daumen Skat spielt, ging oft zu den Kanalarbeitern, ohne in ihrem Dunstkreis bierärschig zu werden.) Es riecht unbestimmt. Kugelschreiber in Lauerstellung. Gerüchte wollen wissen, wie viele Liberale käuflich seien. Gerüchte lesen die Stufenfolge der gegenwärtigen Berlin-Krise aus blindlings geworfenen Salzstangen. In der Vorhalle fördert Zugluft Gerüchte um den Abgeordneten Gscheidle, den man mit Kopfverband zur Abstimmung rollt. Das Fernsehen hält drauf. Vorahnungen schwellenscheu. Das nicht zu beeilende Aufrufen Abstimmen Auszählen: von Abelein bis Zoglmann . . .

Ich saß auf der Gästebank. (Nahbei zerknüllte Frau Heinemann ihr Taschentuch.) Als ich, wie immer, wenn was auf der Kippe steht, Sehschlitze machte, gelang es mir, die Halle zu räumen: auch die Bestuhlung zog ab ohne Murren.
Ich kann das, Kinder, mir deutlich was ausdenken.
Noch vor ihrem Auftritt, ihr Eigengeräusch: schaumiges Knistern. Dann sah ich sie unterwegs in der leeren Ostpreußenhalle. Ich versuchte, meinen Atem ihrer Eile anzupassen, mußte atemlos aufgeben.
Oder ähnliche Vorgänge auf Kriechsohlen: wenn sich Anna und ich unsere Ehe rückwirkend auszahlen.
Sie schob sich durchs Bild, war nie mit einem Blick zu fassen, blieb auch

im Ausschnitt Teil eines Willens, der vor dem Willen zu weiterem Willen lag und durch Wille gedrängt, auf Breitwand den Raum dehnte.
Vier Kinder, selten alle auf einem Foto versammelt: gegensätzlich geratene Zwillinge, Franz und Raoul, elf – ein Mädchen, Laura in Hosen, acht – und Bruno, immer motorisiert, vier, der wider Erwarten als Dreijähriger nicht aufhören wollte zu wachsen.
Als die Schnecke, Fühler voraus, die Zielmarkierung ahnte, zögerte sie: sie wollte nicht ankommen, wollte unterwegs bleiben, wollte nicht siegen.
Ihr redet mit Anna Schweizerdeutsch – «Mer müend langsam prässiere» – und berlinert mit mir: «Was issen nu wieda los?»
Nur eine Nacktschnecke. Mein langwieriges Prinzip. Erst als ich ihr versprach, ein neues Ziel zu stecken, als ich ihr Zukunft als Fraß scheibenweis schnitt, schob sie sich über die gedachte Linie und verließ die Ostpreußenhalle, ohne den Beifall der sogleich wieder anwesenden Mehrheit, ohne das Schweigen der Minderheit abzuwarten. (Und das sind die Zahlen: Mit den 512 Stimmen der Sozialdemokraten und Freidemokraten gegen die 506 Stimmen der CDU CSU NPD hat am 5. März 1969, bei fünf Stimmenthaltungen, die Bundesversammlung Dr. Gustav W. Heinemann zum Bundespräsidenten gewählt.)

Seitdem rückt er unsere verrutschte Geschichte und deren Feiertage zurecht. (Als er am Vorabend zu uns in die Niedstraße kam, brachte er zwar Gelassenheit mit, zog aber trotzdem die Brieftasche, zeigte den Haß seiner Gegner: brüchig gewordene Zeitungsausschnitte: die alten Juckwunden.) Ohne Haus. Ich sagte es schon: Nur eine Nacktschnecke ...

Sie siegt nur knapp und selten. Sie kriecht, verkriecht sich, kriecht mit ihrem Muskelfuß weiter und zeichnet in geschichtliche Landschaft, über Urkunden und Grenzen, zwischen Baustellen und Ruinen, durch zugige Lehrgebäude, abseits schöngelegener Theorien, seitlich Rückzügen und vorbei an versandeten Revolutionen ihre rasch trocknende Gleitspur.

«Und was meinste mit Schnecke?»
«Die Schnecke, das ist der Fortschritt.»
«Und was issen Fortschritt?»
«Bißchen schneller sein als die Schnecke ...»

... und nie ankommen, Kinder. Als wenig später die Testveranstaltungen zugesagt und die Flüge gebucht waren, als der Student Erdmann Linde unser Büro in Bonn bezogen hatte und mit Buntköpfen die Wahlreisen abzustecken begann, als das erste Redenpapier mit mittelfristigem Krimskrams beschrieben war und unser Wahlziel (ungefähr) feststand, als ich zwischen Berlin-Tempelhof und Köln-Wahn zu pendeln anfing, mit kleinem Gepäck ging und mit geschwollener Reisetasche (Mitbringsel) kam, als ich mal weg, mal da und wenn da, doch unterwegs, ein mobiler, regional zerstreuter, kaum faßbarer Vater war, wurde ich von euch, von jedem extra besonders, von allen gleichzeitig viermal vor Fragen gestellt und mit Fragen ins Taxi zum Flughafen abgeschoben: Wann, warum, wie lange und gegen wen?

Bruno hat nachgedacht und weiß, gegen wen. Bevor ich «Also macht's gut!» sage, sagt er: «Paß aber auf, der Wahlkampf, der frißt dich.» – Denn vom Montag bis zum Freitag sieht Bruno und zeichnet er seinen Vater an Bord eines Walfängers. Breitbeinig im Ölzeug. Mit einer Harpune bewaffnet am Bug: «Da bläst er! Da bläst er!» Im Kampf mit dem Wal, weit weg in Gefahr und knapp gerettet zurück . . .

«Und wohin gehste jetzt wieder?»
«Und was machste da wirklich?»
«Für wen stehste denn da?»
«Und was bringste mit?»

Was nach dem Start, gesechzehntelt von Schienenstößen oder eingespurt auf der Autobahn sein Datum bekommt und Reizwörter treibt: danach hat alles Bedeutung. – Der Vorwahlkampf begann für mich bei Nieselregen am Niederrhein. In der Stadthalle Kleve sprach ich über «Zwanzig Jahre Bundesrepublik», eine Rede, die fortan hier schrumpfte, dort tagespolitisch fett wurde und nie ihren Punkt fand. Wenige Tage nach Kleve, am 27. März, traf ein Brief der Stadt Nürnberg ein, der von einem Stadtrat im Kulturdezernat, Dr. Hermann Glaser, unterschrieben war. (Es mag sein, daß er mich beeinflußt hat, Zweifel, der eigentlich Ott hieß, mit Vornamen Hermann zu nennen.) Aus Glasers Brief erfuhr ich, wie rechtzeitig man in Nürnberg mit den Vorbereitungen für das Dürerjahr 1971 begonnen hatte. Ich wurde gebeten, in einer Reihe von Vorträgen einen Vortrag zu halten. Am 24. April dankte Dr. Glaser für die Zusage. Er hoffe, las ich, der Wahlkampf möge mich auch nach Nürnberg führen. Später kamen wir nach Erlangen, Röthenbach und Roth. Aber Nürnberg wurde von uns gemieden, weil wir nur wenige große Städte und in der Regel Kleinstädte (wie Kleve) abklapperten; auch, Kinder, weil Drautzburg, der unseren VW-Bus fuhr, einer ehemaligen Verlobten wegen, die in Nürnberg wohnt, die Dürer-Stadt scheute und mehrmals Umwege vor sich und mir rechtfertigte.

Glaser im Ohr: solange der Wahlkampf dauerte, stritt ich mit ihm, der wie Zweifel mit Vornamen Hermann heißt. Auch zwischen Pausen, stehend der eigenen Rede hinterdrein oder auf Sitzschwielen in Diskussionen verzettelt, zitierte ich Dürers Tagebücher: der Pfennigfuchser; wies Glaser mit Zweifels Fingerzeigfinger auf Pirckheimer hin. Also sah ich, während wir einer Drahtstraße im Hüttenwerk Oberhausen folgten, strenge und selbst im Faltenwurf steife Grafik; auch als wir in Calveslage bei Vechta den Geflügelzuchtbetrieb Kathmann und in Konstanz den Fummelkram der AEG besichtigten, besuchte ich beiläufig ein mitreisendes Kupferstichkabinett. (Seine in Stein gehauene, an Geäst Wurzeln Hausgalgen baumelnde Signatur. Sein in der Holzschnittpassion zumeist im Vordergrund spielender wedelnder schlafender Pudel. Sein Spaß an Muskeln, am weiblichen Doppelkinn.) Erste Notizen in Gladbeck: Grauwacke Nieswurz Mondstaub. Ab Dinslaken die Umschreibung: Engel im Nachthemd. In Gießen Tintenrezepte: die schwarze Galle. Ich hatte mich schon entschieden, während ich noch zu suchen glaubte; denn eine blanke Kunstpostkarte trug ich durch Oberschwaben und Niederbayern, nach Friesland und Franken nahm ich sie mit; doch erst wenige Tage nach dem 28. September (als Willy schon dran war und nicht mehr unschlüssig mit Streichhölzern spielte) schrieb ich an Dr. Glaser: «In meinem Vortrag werde ich mich mit Dürers Kupferstich Melencolia 1 beschäftigen.»

«Was issen das?»
«Kriegt man das, wenn man Bücher schreibt?»
«Tut das schlimm weh?»
«Is das wie Espede?»
«Und wir?»
«Dürfen wir das auch schon kriegen?»

Da die Stichworte zum Dürer-Vortrag in meinem Sudelbuch zwischen Notizen stehen, die Hermann Ott oder Zweifel meinen, eure und meine Ausrufe konservieren, fortlaufend die Bewegungsart der Landlungenschnecken festzuhalten versuchen und die Absonderungen des Wahlkampfes als Miefkürzel sammeln, gleiten Zweifel in seinem Keller, ihr, die wachsenden Kinder, Anna und ich mehr und mehr der Melancholie ins Wappen: schon beginne ich mir graugewichtig zu werden; schon spielt ihr einen Sonntag lang Schwermut und «Nix is los!», schon hat Anna einen verzweigten Blick, schon verhängen Dürers Schraffuren als Dauerregen den Horizont; schon wird der Stillstand im Fortschritt akut; schon hat die Schnecke in den Kupferstich gefunden: es wächst sich die Niederschrift eines Vortrages, den ich, dank Dr. Glasers vorausgezahlter Zeit, erst in zwei Jahren halten muß, zum Tagebuch einer Schnecke aus.

Habt Geduld. Meine Eintragungen ergeben sich unterwegs. Da ich in Gedanken, Worten und Werken, ja, selbst in einer Super one – eleven kategorisch am Boden hafte und nur uneigentlich fliege, gelingt es keinem, auch den Umständen des Wahlkampfes nicht, mich oder Teile von mir zu beschleunigen. Deshalb bitte ich euch, Zurufe wie «Schneller!» und «Spring schon!» zu unterlassen. Ich will auf Umwegen (Abwegen) zu euch sprechen: manchmal außer mir und verletzt, oft zurückgenommen und nicht zu belangen, zwischendrein reich an Lügen, bis alles wahrscheinlich wird. Manches möchte ich umständlich verschweigen. Einen Teil vom Teil nehme ich vorweg, während ein anderer Teil erst später und auch nur teilweise vorkommen wird. Wenn sich also mein Satz windet, sich nur allmählich verjüngt, dann zappelt nicht und kaut keine Nägel. Wenig, glaubt mir, ist bedrückender, als schnurstracks das Ziel zu erreichen. Wir haben ja Zeit. Die haben wir: ziemlich viel Zeit.

Es gibt Kutteln, die ich gestern, nach meiner Rückkehr aus Kleve und während ich die Rede für Castrop-Rauxel abmagern, fett werden ließ, vier Stunden lang mit Kümmel und Tomaten auf kleiner Flamme weich kochte. Die späte Beigabe Knoblauch. Anna und ich mögen das; die Kinder sollen das auch mögen. Lappig hängen die Magenwände der Kuh beim Metzger am Haken und werden allenfalls für den Hund verlangt: der Pansen oder zu oft gewaschene Frottierhandtücher.
Zu daumenlangen Streifen geschnitten.
Jetzt dampfen sie in der Schüssel.
Streit schwimmt jetzt in der Suppe.
Franz Raoul Laura Bruno. Dieser Knoten, in unserem Bett geknüpft: etwas, das um sich greift.
Vierstufig steigt die Rakete, während die Kutteln in ihrem Sud schon eine Haut ziehen und gerührt werden wollen.
Einander geübt ins Wort fallen.
Kein Knöpfchen, diesen Ton abzustellen.
Nur noch Zeichensprache.
Denn gleichzeitig zu laut, weil keiner und jeder zuerst, damit niemand als erster, als letzter, siegt steil über Kutteln und dem verschütteten Gänsewein mehrmals der Schrei: «Hol du doch den Lappen!»
Jetzt zerrt die Familie am fehlenden Tischtuch und kann die Stimmen, dieses zu dichte Gewebe, kann auch den Anlaß – war es verschüttetes Wasser? – nicht von der Wirkung, den Kutteln, die wieder hochwollen, trennen: plötzlich Erkenntnis.
«Sau!»
«Selber eine.»
«Und du erst.»
«Obersau!»
(Niemand will milde mit Annas Sprache – «Du bischt doch es Säuli» – alle reden dem Vater nach.)

Plärr. Brüll. Stink. Tropf.
Harmonie – oder der Wunsch, friedlich Kutteln essen und sich erinnern zu dürfen an gewesene Kuttelnessen, bis nichts mehr im Topf blieb und wir mit Freunden sanft unser Leid grasten: pazifistische Kühe . . .
Wo entstehen die Kriege?
Wie wird das Unglück benannt?
Wer will noch reisen, wenn doch zu Hause?
(Und keiner boshaft oder aus Laune, sondern nur, weil das Glas kleiner war als das Wasser oder der Gänsewein oder der Durst – und weil die Kutteln in ihrem Sud: Gründe.)
«So. Jetzt darf Laura was sagen.»
«Erst Laura, dann Bruno.»

«Und wohin willste morgen schon wieder?»
«Nach Castrop-Rauxel.»
«Und was machste denn da?»
«Redenreden.»
«Immer noch Espede?»
«Fängt ja erst an.»
«Und was bringste mit diesmal?»
«Teilweise mich . . .»
. . . und die Frage, warum die Tapete nicht dichthalten wollte. (Was mit den Kutteln hochkommt und den Gaumen mit Talg belegt.)

Denn manchmal, Kinder, beim Essen, oder wenn das Fernsehen ein Wort (über Biafra) abwirft, höre ich Franz oder Raoul nach den Juden fragen: «Was war denn los mit denen?»
Ihr merkt, daß ich stocke, sobald ich verkürze. Ich finde das Nadelöhr nicht und beginne zu plaudern: Weil das und zuvor das, während gleichzeitig das, nachdem auch noch das . . .
Schneller, als sie nachwachsen, versuche ich Faktenwälder zu lichten. Löcher ins Eis schlagen und offen halten. Den Riß nicht vernähen. Keine Sprünge dulden, mit deren Hilfe die Geschichte, ein schneckenbewohntes Gelände, leichthin verlassen werden soll . . .

«Wie viele waren das denn genau?»
«Und wie hat man die gezählt?»

Es war falsch, euch das Ergebnis, die vielstellige Zahl zu nennen. Es war falsch, den Mechanismus zu beziffern; denn das perfekte Töten macht hungrig nach technischen Details und löst Fragen nach Pannen aus.

«Hat das denn immer geklappt?»
«Und was war das für Gas?»

Bildbände und Dokumente. Antifaschistische Mahnmale, gebaut in stalinistischem Stil. Sühnezeichen und Wochen der Brüderlichkeit. Gleitfähige Worte der Versöhnung. Putzmittel und Gebrauchslyrik: «Als es Nacht wurde über Deutschland . . .»

Jetzt erzähle ich euch (solange der Wahlkampf dauert und Kiesinger Kanzler ist), wie es bei mir zu Hause langsam und umständlich am hellen Tag dazu kam. Die Vorbereitung des allgemeinen Verbrechens begann an vielen Orten gleichzeitig, wenn auch nicht gleichmäßig schnell; in Danzig, das vor Kriegsbeginn nicht zum Deutschen Reich gehörte, verzögerten sich die Vorgänge: zum Mitschreiben für später . . .

2

Über Brillenberge, weil sie anschaulich sind?
Über Goldzähne, weil sie wägbar sind?
Über Einzelgänger und deren private Schrullen, weil vielstellige Zahlen nicht empfindlich machen?
Über Ergebnisse und Streit hinterm Komma?
Nein, Kinder.
Nur über die Gewöhnung in ihrem friedfertigen Sonntagsputz.

Es stimmt: Ihr seid unschuldig. Auch ich, halbwegs spät genug geboren, gelte als unbelastet. Nur wenn ich vergessen wollte, wenn ihr nicht wissen wolltet, wie es langsam dazu gekommen ist, könnten uns einsilbige Worte einholen: die Schuld und die Scham; auch sie, zwei unentwegte Schnecken, nicht aufzuhalten.

Ich bin, wie ihr wißt, in der Freien Stadt Danzig geboren, die nach dem Ersten Weltkrieg vom Deutschen Reich getrennt worden war und mit den umliegenden Landkreisen der Aufsicht des Völkerbundes unterstand.
Artikel 73 der Verfassung sagte: «Alle Staatsangehörigen der Freien Stadt Danzig sind vor dem Gesetze gleich. Ausnahme-Gesetze sind unstatthaft.»
Artikel 96 der Verfassung sagte: «Es besteht volle Glaubens- und Gewissensfreiheit.»
Doch wohnten (laut Volkszählung vom August 1929) zwischen den über vierhunderttausend Bürgern des Freistaates (zu denen, knapp zweijährig,

ich gezählt wurde) 10448 mitgezählte Juden, unter ihnen nur wenige getaufte.
Wechselnd bildeten die Deutschnationalen und die Sozialdemokraten Koalitionsregierungen. 1930 entschied sich der Deutschnationale Dr. Ernst Ziehm für eine Minderheitenregierung. Fortan war er auf die zwölf Stimmen der Nationalsozialisten angewiesen. Zwei Jahre später rief die NSDAP (Nationalsozialistische Deutsche Arbeiterpartei) zu einem Umzug auf, der vormittags durch die Innenstadt und nachmittags durch den Vorort Langfuhr zog, bis er unter Transparenten und Fahnen müde wurde und das Gartenlokal Klein-Hammerpark füllte. Die Schlußkundgebung stand unter dem Motto «Die Juden sind unser Unglück»: Zeitungen nannten sie eindrucksvoll.
Zwar protestierte der sozialdemokratische Abgeordnete Kamnitzer im Namen der Danziger Staatsbürger jüdischen Glaubens, aber der Senator des Inneren sah keinen strafrechtlichen Tatbestand, obgleich ihm ein Foto der Transparentinschrift «Tod den Schiebern und Gaunern» vorlag. (Da es unter den Juden Schieber und Gauner gäbe, wie es unter Christen und Atheisten Schieber und Gauner gäbe, betreffe die Todandrohung, so sagte man, nicht nur die jüdischen Schieber und Gauner, sondern auch Schieber und Gauner anderer Konfessionen.)

Nichts Besonderes: ein Aufmarsch mit Ziel zwischen Aufmärschen mit anderen Zielen. Keine Toten, Verletzten, kein Sachschaden. Nur gesteigerter Bierkonsum und Fröhlichkeit nahe dem Schunkeln. (Was man damals sang: «Kornblumenblau» – was man jetzt singt: «So ein Tag, so wunderschön wie heute . . .») Viel blankgeputzte Jugend und geblümte Sommerkleider: ein Volksfest. Da jeder Unglück kennt, fürchtet und meiden möchte, war jedermann froh, endlich das Unglück beim Namen genannt zu hören, endlich zu wissen, wo all die Teuerung, Arbeitslosigkeit, Wohnungsnot und das private Magengeschwür ihren Ursprung haben. Im Klein-Hammerpark, unter Kastanienbäumen, sprach sich leicht alles laut aus. Einen Klein-Hammerpark gab (gibt) es überall. Deshalb hieß es auch nicht: Die Danziger Juden sind unser Unglück. Überall, überhaupt. Wo immer dem Unglück ein passender Name gesucht wurde, wurde es auch benannt: in Frankfurt und Bielefeld, in Leipzig und Karlsruhe, in Danzig und in Kleve, wo ich kürzlich bei Regen ankam und mich im Rathaus ins Goldene Buch eintrug.

Ein Städtchen nahe der holländischen Grenze, das, satt an Geschichte und Schwanenkunde, kurz vor Kriegsende zerstört wurde und selbst heute noch, kleinwinklig wieder aufgebaut, planlos auseinanderzufallen droht. (Wenig Industrie – Kinderschuhe und Margarine. Daher viele Pendler. Wir kletterten, als es soweit war, von 25,9 auf 30,1 Prozent: eine Gegend mit Zukunft . . .)

Als ich am Nachmittag mit Schülerinnen der Realschule diskutieren wollte, besetzten verkleidete Gymnasiasten aus Erkelenz oder Kevelaer das Podium, erklärten sich mit Hilfe einfacher Bewußtseinsspaltung zur Mehrheit und brachten (inmitten schulischem Bohnerwachsgeruch) den Sprechchor: «Wer hat uns verraten? Sozialdemokraten!»
Nach der Diskussion – ich versuchte, üblichen Geschichtsklitterungen den Leim abzuklopfen – baten mich einige der Scharfrichter um Autogramme.
Abermals nichts Besonderes: kurzes Gerangel. Besitzansprüche aufs Mikrofon. Der sonst sanfte Erdmann Linde langte dazwischen. Ein Espede-Kassierer stürzte. (Soll sich die Hand gebrochen haben.) Bleibt nur der Sprechchor: «Wer hat uns verraten . . .» – denn die Frage nach den Verrätern ist so alt wie der Wunsch, das Unglück beim Namen genannt zu hören.

In Kleve, dem niederrheinischen Städtchen, sowie in den Nachbargemeinden Kalkar, Goch und Uedem, lebten im Jahr 1933, vereint in der Synagogengemeinde Kleve, 352 Juden. So viel Unglück wollten die Bürger der Stadt nicht ertragen.

Damit, Kinder, beginnt es: Die Juden sind. Die Fremdarbeiter wollen. Die Sozialdemokraten haben. Jeder Kleinbürger ist. Die Neger. Die Linken. Der Klassenfeind. Die Chinesen und die Sachsen glauben haben denken sind . . .
Wegweiser mit wechselnden Aufschriften bei gleichbleibendem Ziel: vernichten entlarven bekehren zerschlagen abschaffen befrieden liquidieren umerziehen isolieren ausmerzen . . .
Meine Schnecke kennt diese rostfreie Sprache, die doppelt gehärteten schnittigen Worte, den Freisler-Finger an Lenins Hand.
Wie harmlos oder beängstigend sind die wechselnden Sprecher nahe am Mikrofon, wenn sie das Kleingeschriebene des Würgeengels – hart total ganz rein scharf – aufzählen und sich zu dem bekennen, was ohne auskommt: zur bedingungslos unversöhnlichen, ausnahmelos unbeirrten, zur unaufhaltsamen Verbesserung der Welt ohne Gnade?
Ich höre jetzt täglich davon (manchmal betroffen). Dicht kommen sie heran. Und ich entdecke, in welch irrlichterndem Ausmaß der Haß in jungen Gesichtern Schönheit anstiftet. Etwas für Fotografen. Es sind nur wenige, denen die Mehrheit beklommen und süchtig zuschaut. Sie wollen abschaffen, irgendwas, das System, ersatzweise mich.
Später, beim Bier, sind sie nett und auf nölige Art sogar höflich. Haben es eigentlich nicht so gemeint, finden alles – «Na diesen ganzen Dreh» – und sich selbst auch langweilig oder komisch. Sie schmollen, weil nirgends was los ist. Sind traurig für sich. Ohne Zuhause, weil aus zu gutem

Hause. Vergrämte Streichelkinder, die ihre Schwierigkeiten zur Litanei knüpfen: die Eltern, die Schule, die Verhältnisse, alles. (Auffallend, daß ihr Wortführer, sobald er ohne Mikrofon spricht, gehemmt ist und stottert.) Ihre sanfte Wehleidigkeit macht mich spöttischer, als ich sein will. Ich rede, rede daneben, versage redend, höre mich reden, bis sie vor mir müde werden und ihren Überdruß heimtragen.
Wohin werden sie sich verlaufen? Welcher Kreuzzug wird sie vergattern? – «Was soll ich denn machen, Franz! Sag mal, Raoul, was?» – Einfach schlucken? Immer den gleichen Quark schlucken.
Später, in Delmenhorst, nannte mich eine hübsch geratene Studentin mehrmals, indem sie sich steigerte, bis sie fleckig und glanzäugig wurde: «Sozialfaschist!» – Aber meine Schnecke ist nicht zu beleidigen. Wenn sie von Umzügen, die sich rhythmisch bewegen, überholt wird, beschleunigt sie nie; kürzlich hat sie einen Protestzug samt Fahnen und Transparent hinter sich gelassen, indem sie ihn zurückdatierte.

Im März dreiunddreißig, als in Danzig die Aufmärsche der SA-Standarten und Jungvolkfähnlein schon alltäglich waren, stand im Blatt der Synagogengemeinde ein Festbeitrag, gewidmet ihrem fünfzigjährigen Bestehen. Sein Verfasser erzählte aus der Zeit vor 1883, als es in Langfuhr und auf Mattenbuden, in den Siedlungen Schottland und Weinberg sowie in Danzig fünf isolierte Gemeinden gegeben hatte. Erst dem Vorsteher der Schottländer Gemeinde, Gustav Davidsohn, gelang es, die Zerstreuten zu sammeln und mit dem Bau der Großen Synagoge zu beginnen, einem Gebäude, das sich dem historischen Baustil Danzigs erschreckend anpaßte. Weil jedoch eine Minderheit orthodoxer Gemeindemitglieder die neuerbaute Orgelsynagoge lästerlich fand, blieb die Synagoge Mattenbuden offen. Auch in Zoppot und Langfuhr wurden Synagogen gebaut: die Gemeinde war reich und zerstritten. Denn selbst als die Danziger Juden noch wohlangesehen gewesen waren, hatte es nie an offenem Streit zwischen getauften und emanzipierten, zwischen zionistischen und deutschnationalen Juden gefehlt. Man unterschied sich: gutsituierte und auf Anpassung bedachte Bürger schämten sich der Armut, die aus Galizien, Pinsk und Bialystok nachwuchs, ungehemmt jiddisch sprach und trotz allgemeiner Wohltätigkeit peinlich auffällig blieb.
Nachdem Judenverfolgungen im revolutionären Rußland tägliche Praxis geworden waren, wanderten bis 1925 etwa sechzigtausend Juden aus der Ukraine und dem Südosten Polens über Danzig nach Amerika aus. Auf dem Troyl, einer vom Holzhandel als Lagerfläche genutzten Insel im Hafengebiet, warteten die Auswanderer in einem Auffanglager, bis ihre Zertifikate eintrafen. Dreitausend Juden, zumeist polnischer Staatsangehörigkeit, blieben in Danzig und ahnten nicht, wie ihnen werden sollte.

«Und Zweifel?»
«Was is mit Zweifel?»
«Hatte der Brüder oder ne Schwester?»
«Haste dir den nur so ausgedacht?»

Auch wenn ich ihn erfinden muß, es hat ihn gegeben. (Eine Geschichte, die mir Ranicki als seine Geschichte vor Jahren erzählt hat, blieb bei mir liegen und lebte behutsam für sich; geduldig besteht sie auf einem gesuchten Namen, auf gesichertem Herkommen, auf einem Keller für spätere Zuflucht.)

Erst jetzt, Kinder, kann Zweifel aufkommen, überwiegen, bestehen bleiben, die Stimmung trüben, Hoffnung ansäuern, sich mutig und lustig betragen, unter Verbot stehen, kann endlich von Hermann Ott die Rede sein.

Geboren 1905 als einziger Sohn eines Ingenieurs beim Prauster Dampfschöpfwerk, macht er auf Sankt Johann pünktlich sein Abitur und studiert seit dem Sommer 1924 nicht an der Technischen Hochschule in Danzig (zum Beispiel Hydraulik), sondern Biologie und Philosophie, weit weg in Berlin. Nur während der Semesterferien sieht man ihn in der Langgasse flanieren und in der Heiligengeistgasse das Schopenhauer-Haus besuchen. Weil er seinen Unterhalt selbst verdienen muß – der Vater, Simon Ott, wollte nur für Hydraulik zahlen –, hat er Büroarbeit im jüdischen Auswandererlager auf dem Troyl übernommen. Hier wird er zum erstenmal Zweifel oder Dr. Zweifel genannt, weil der Student Hermann Ott mit dem Wort Zweifel so gebräuchlich umgeht, als hantiere er mit Messer und Gabel. Er ist der Lagerleitung und dem Rabbiner Robert Kaelter behilflich, indem er Ein- und Ausgänge bucht und den täglich veränderten Bedarf an Lebensmitteln kalkuliert; doch zwischendurch verkündet er den Zweifel als neuen Glauben. Seine Zuhörer sind galizische Handwerker, denen er mit seinem kategorischen Warum, das sogar das Wetter und die Auserwähltheit des Volkes Israel in Frage stellt, Spaß macht und Zeit vertreibt («Och Zweifelleben, wie bekim ich blojs a daitscheches Visum?» sagt der Schneider aus Lemberg. «Ich bezweifle», sagt Hermann Ott, «daß Ihnen ein deutsches Visum, auf Dauer gesehen, von Nutzen sein kann.»)

Das Auswandererlager auf dem Troyl wurde 1926 aufgelöst; der Spitzname Zweifel blieb, obgleich Hermann Ott, dessen Familie aus dem Werderdorf Müggenhahl stammte, seine streng mennonitische Herkunft nachweisen konnte. (Die Großmutter Mathilde, geborene Claasen, verwitwete Kreft, Duwe, Niklas und Ott, soll sich um das Entwässerungssystem der Weichselniederung verdient gemacht haben; doch über tätige Großmütter habe ich schon zu oft geschrieben.)

3

Vieles flüchtet nur in mein Sudelbuch: Fundsachen, genagelte Augenblicke, Stotterübungen und ausrufwütige Pausenzeichen.
In Kleve, zum Beispiel, wo ich die Gräberfelder im nahen Reichswald hatte sehen wollen, notierte ich: Die Insel Mauritius, von der noch erzählt werden muß, ist durch eine Briefmarke bekannt geworden. – Unbedingt Zweifel beschreiben. – Autogramme auf Bierdeckel. – Bettina, geduldig bei den Kindern, ist, weil ihr Freund sie politisiert hat, neuerdings streng mit mir.
Oder in Rauxel, wo man Wert darauf legt, echter Castroper zu sein: Wenn die Zwillinge im September zwölf werden, werde ich Raoul keinen Plattenspieler kaufen. – Wie sah Zweifel aus? Lang hager gebeugt? – Hier ist es die Aula des Adalbert-Stifter-Gymnasiums. – Bettina liest Hegel im Kollektiv.
Oder in Gladbeck: Zweifel war mittelgroß und neigte zur Korpulenz. – Im Saal Meinungsforscher mit Fragebögen, die testen wollen, wie ich wo und besonders bei Frauen ankomme. – Es reicht, wenn unten ein Plattenspieler für alle steht. – Einfahrt in die Zeche «Graf Moltke». Wieder Übertage, bekomme ich auf der Hängebank ein Döschen Schnupftabak geschenkt. Muß das Schnupfen fürs Fernsehen dreimal wiederholen. In der Waschkaue nicht an Zweifel gedacht. – Hackepeter und Korn mit Betriebsräten. – Bettina spricht nur noch sachlich mit mir.
Oder in Bocholt, wo die Textilkrise (Erhards Wort «gesundschrumpfen») Diskussionen füttert: Zweifels Aussehen läßt sich nicht nachweisen. – Im Arbeitervereinshaus St. Paulus holen Schüler die roten Fahnen raus. Nur noch Grauwerte nennen! – Außerdem hat Bettina unseren alten Plattenspieler, den Raoul sich leihen kann. Das Hotel heißt «Erzengel». Die Pokale der Schützenvereine hinter Glas aufbewahrt. Das Wort Schneckenmief. Ein katholischer Betriebsrat nimmt mich zur Seite. «Will ich nicht mehr! Sozialausschüsse, alles Schwindel! Hat uns verschaukelt, der Katzer . . .» sagt er und ist alt müde fertig verbraucht.
Und in Marl, bekannt durch verschachtelte Architektur: Zweifel sah anders aus: schütter blond. Eine Eisenfraßschnecke züchten. Muß leiser sprechen, um durchzukommen, weil überall Lautsprecher. Zwischendurch Jury-Mitglied bei einem Plakatwettbewerb für Schüler: trotz steigender Grauwerte verspricht das nächste Jahrzehnt farbig zu werden. Kostümverleih Zweifel.
Und in Oberhausen, wo die 1. Mai-Vorfeier den ortsansässigen Sozialdemokraten zum «Bunten Abend» mißrät. Vormittags im Hüttenwerk. Große Rumreiche. Am Steuerpult der Brammenstraße. Ofenabstich, oft im Kino gesehen. Aber die Arbeit, ein im Lärm verstummter Vorgang, der gerne motorisch dargestellt wird, gehorcht keiner Ästhetik. – Ich

bilde mir Schnelles ein, will Beschleunigung, denke in Dreisprüngen; aber noch zögert die Schnecke, beschleunigt und sprunghaft zu sein.
Hier steht noch: Erbsensuppe mit Vater Meinike. (Wenn ich Altsozialdemokraten zuhöre, lerne ich, ohne sagen zu können, was.) Wie er vor sich hin poltert, nach vorne weist, vorwärts sagt, unentwegt damals beschwört, verstummt, wäßrig blinzelt, plötzlich den Tisch haut, damit sein Sohn betroffen ist.
Es bleibt dabei, Raoul: kein Plattenspieler. Zweifel trug, wenn er auf den Wällen der ehemaligen Befestigungsanlage Bastion Kaninchen spazierenging, karierte Knickerbocker. Auch Bettina sagt Wir, wenn sie Ich meint. In den Bonner Ministerien mehrere Selbstmorde: Beamte und Sekretärinnen. Barzel dementiert Kiesinger. Ob Dr. Glaser in Nürnberg ein Verhältnis zur Melencolia hat? Zweifel trug keine Brille . . .

«Kennste den denn?»
«Is dassen Freund von dir?»
«War der auch immer weg?»
«Sah der aus, wie er hieß?»
«Na irgendwie traurig. – Na irgendwie komisch . . .»

Sah traurig komisch nach nichts aus. Stellt euch Zweifel als jemand vor, an dem alles schief war: die rechte Schulter hing, das rechte Ohr stand ab, gleichfalls rechts kniff sein Auge und hob den rechten Mundwinkel. In solch verzogenem und aller Symmetrie feindlichem Gesicht herrschte eine fleischige, von der Wurzel weg nach links ausscherende Nase. Mehrere Haarwirbel verhinderten einen Scheitel. Nur wenig, immer zum Rückzug bereites Kinn. Ein in sich verrutschtes Kerlchen, zum Zappeln und Kniewippen neigend, sonderlich und reich an schnarrenden Nebengeräuschen, schwach auf der Brust.
Oder – Kinder – stellt euch Zweifel lieber nicht mickrig und zwinkernd vor. Auf Fotos, die das Lehrerkollegium des Kronprinz-Wilhelm-Gymnasiums abbilden, überragt er, der auf dieser Schule im März dreiunddreißig als Studienassessor zu unterrichten begann, den mittelgroß zu nennenden Lehrkörper nahezu peinlich. Man möchte ihn, der Deutsch und Biologie gab, für den ungeschlachten Turnlehrer halten, obgleich Zweifel – abgesehen von Radtouren ins Werder und durch die Kaschubei – keine sportliche Disziplin übte. Jemand, der über Körperkräfte verfügte, ohne sie zu gebrauchen: auch als ihn später eine Horde Hitlerjugend zusammenschlug, fiel ihm kein Widerstand ein. Jemand, der nur beim Händeschütteln Schmerzen bereitet. Jemand, der sich beim Hinsetzen um den Stuhl besorgt. Eine schüchterne Kraft auf Zehenspitzen. Ein betulicher Riese.
Oder – Kinder – stellt euch Zweifel überhaupt nicht vor. Er bestand ja aus

Widersprüchen, sah niemals eindeutig aus. (Vielleicht trug der hebearmbestückte Körper eines Transportarbeiters das verquere und beim Denken grimassierende Köpfchen eines Stubenhockers.) Selbst mir, der ich seit Jahren mit ihm umgehe, will es nicht gelingen, sein Aussehen zu begrenzen, seine Nase gestupst, sein linkes Ohrläppchen angewachsen, seine Hände nervig nervös zu nennen.
Stellt euch Zweifel beliebig vor. Sagt: von streng asketischer Blässe. Sagt: Eckig verschlossen. Sagt: Bäurisch gesund. Sagt: Unauffällig.
Nur soviel gilt: er humpelte nicht. Er trug keine Brille. Kein Kahlkopf. Kürzlich noch, unterwegs zwischen Gladbeck und Bocholt, als ich den Schnupftabak der Zeche «Graf Moltke» ohne Fernsehen und nur zur eigenen Erleuchtung probierte, sah ich ihn und war sicher, daß Zweifels Skepsis grauäugig blickt.

Blickt also noch immer und zwinkert womöglich doch. Zweifel nicht auszuräumen.
Ich kenne ihn länger als mich: wir haben den gleichen Kindergarten vermieden.
Als Zweifel sich aufzuheben versuchte, nahm ich ihn unter Vertrag: abhängig schreibt er mir vor.
Manchmal besucht er meine Veranstaltungen: neulich der Zwischenrufer in Bocholt; der lärmige Schweiger in Marl. Jetzt wird es still in meinem Hotelzimmer: Zweifel kommt auf . . .

Ich weiß nicht, ob jener in sich zurückgezogene Mann, den ich Willy nenne und dessen Vergangenheit nicht aufhören kann, sein Spiel mit den Streichhölzern demnächst (möglichst bald) unterbrechen und die Strecke von Bebel bis heute um ein Schneckenmaß mehr Gerechtigkeit verlängern wird. (Fast möchte ich meinen, es habe Zweifel, als er später im Keller saß, dieses akkurate Zurechtrücken verschachtelter Refugien als Spiel gegen die Zeit erfunden.) Bonn, Kiefernweg. Heute saß ich bei ihm eine Stunde und hätte ihm die Streichhölzer, weil sein Spiel abgeguckt und zur lähmenden Mode wird, klauen mögen. (Ihn vormittags wortkarg nennen, hieße, ihn redselig erlebt zu haben.) Er hörte zu, machte Notizen, ließ von den Streichhölzern nicht ab, und ich begriff, daß dieser Mann erst kämpfen wird, wenn sich sein Zustand abgenutzt hat. (Was läßt ihn zögern? Der Haß seiner Gegner, die Ansprüche der Macht?) Bevor ich ging, gelang es mir, ihn durch weißnichtmehrwas zum Lachen zu bringen: zwischen der Melancholie und der Sozialdemokratie ergeben sich manchmal Kurzschlüsse verzweifelter Komik.

Schon vor den Neuwahlen, als im März dreiunddreißig der Festaufsatz zum fünfzigjährigen Bestehen der Synagogengemeinde mit dem

Goethe-Zitat «Allen Gewalten zum Trotz sich erhalten» abschloß, war der achtundzwanzigjährige Studienassessor Hermann Ott als Lehrer tätig; gleichfalls zeichnete er als zweiter Sekretär der Schopenhauer-Gesellschaft, einer mehr lokalpatriotischen als wissenschaftlichen Versammlung älterer und aus Prinzip konservativer Herren. Zu Otts Aufgaben gehörte es, Gäste von auswärts zum Geburtshaus des Philosophen in der Heiligengeistgasse zu führen. Dort mischte er Daten und Zitate und erläuterte (beiläufig) die Verteilung der Schwermut als Erbmasse einer hanseatischen Kaufmannsfamilie.
Neben dem jüdischen Gemeindeblatt gab es in Danzig eine zionistische Monatszeitschrift, die auch in Dirschau und Gdingen Leser fand. «Das jüdische Volk» wurde von Isaak Landau redigiert. Und gleichzeitig mit dem Festaufsatz der Synagogengemeinde, der sich, bis auf das Goethe-Zitat, aller politischen Anspielungen enthielt, brachte Landau einen Artikel über den Beginn der Judenverfolgungen unter dem Titel: «Die Lage in Deutschland».
Deshalb wurde die Zeitschrift auf drei Monate verboten. Durch anonyme Drohungen verschreckt, verließ Isaak Landau auf einem Fahrrad, das ihm der Studienassessor Ott geliehen hatte, den Freistaat: bei Klein-Katz radelte er über die Grüne Grenze nach Polen und schickte von Putzig aus, bevor er nach Palästina weiterzog, das Rad per Bahn zurück. Landau schrieb eine Ansichtspostkarte, die den Leuchtturm der Halbinsel Hela zum Motiv hatte. Zwischen Grüßen stand der Wunsch, es möge in Zukunft an Leuchttürmen nicht fehlen.
«Ich bezweifle», sagte Hermann Ott, «daß es bei dieser vereinzelten Flucht bleiben wird.»
Bald darauf mußten die ersten jüdischen Studenten ihr Studium an der Technischen Hochschule abbrechen, weil ihnen die Arbeit an den Zeichentischen und in den Laboratorien von SA-Studenten unmöglich gemacht wurde . . .

«Was heißt unmöglich gemacht?»
«Durch Schikanen verhindert.»
«Was für Schikanen denn?»
«Tinte auf technische Zeichnungen gießen.»
«Also nur Quatsch machen?»
«Kann sein, daß einige SA-Studenten glaubten, nur Quatsch zu machen.»
«Und wenn die Studenten heute? Würden die auch?»
«Ich weiß nicht.»
«Sag mal ehrlich, würden die?»
«Einige, vielleicht.»
«Auch die für Mao sind?»

«Es kann gut sein, daß einige studierende Maoisten glauben, nur Quatsch zu machen.»
«Aber wenn sie dagegen und für Gerechtigkeit sind?»

Ich will das nicht engführen. Die Gewalttätigen und die Gerechten hören schlecht. Nur soviel, Kinder: seid nicht allzu gerecht. Man könnte eure Gerechtigkeit fürchten, vor ihr die Flucht ergreifen . . .

Nachdem ein jüdischer Hochschulassistent gezwungen worden war, seinen Arbeitsplatz zu räumen – er wurde als Reichsdeutscher nach Marienburg abgeschoben und in ein Lager gebracht – das Wort Kazett war noch ungebräuchlich – erschreckte den Studienassessor Ott eine extrem konsequente Flucht. In der Turnhalle des Kronprinz-Wilhelm-Gymnasiums erhängte sich – und zwar am hohen Reck – ein siebzehnjähriger Gymnasiast, nachdem ihn seine Mitschüler in der Toilette (nur so aus Quatsch) gezwungen hatten, seine beschnittene Vorhaut zu zeigen.
Einige Schüler wurden von der Schule gewiesen; dennoch blieb Hermann Ott vor versammeltem Lehrerkollegium skeptisch: «Ich bezweifle, daß der Verweis von Schülern irgend etwas bewirkt, solange es einige Lehrkräfte für richtig halten, verallgemeinernde Aussagen, wie etwa: ‹Die Juden sind unser Unglück› – zum Aufsatzthema zu erheben.»
Zweifel hingegen lehrte vor Obersekundanern, die später in Nordafrika, an der Eismeerfront und als U-Bootfahrer keine Gelegenheit hatten, älter als dreißig und skeptisch zu werden, des Pudelfreundes Schopenhauer «Skeptische Ansicht». (Von der Moral und der Würde blieben nur Kragenstäbchen und Puderquasten.) «Ich bezweifle», sagte Ott zu seinen Obersekundanern, «daß Sie mir zuhören.»

Im April dreiunddreißig löste die Minderheitsregierung Ziehm den Volkstag auf. Bei den Neuwahlen am 28. Mai gewannen die Nationalsozialisten die knappe Mehrheit von 50,03 Prozent. (Im Reich hatten im März nur 43,9 Prozent der Wähler für Hitler gestimmt.)
Jemand, der Rauschning hieß, wurde in Danzig Senatspräsident. Schon hatte man die Gewerkschaften, ohne auf nennenswerten Widerstand zu stoßen, mit der nationalsozialistischen Betriebszellenorganisation gleichgeschaltet; ein Versagen, das dem deutschen Gewerkschaftsbund bis heutzutage brave Niewidersprüche und gewundene Schuldbekenntnisse eingibt, besonders am 1. Mai . . .

«Haben die nicht gestreikt?»
«Kein Generalstreik.»
«Und würden die jetzt, wenn so was wie damals?»
«Ich weiß nicht.»

«Sag mal ehrlich, würden die diesmal?»
«Weiß wirklich nicht ...»

... und bringe am Wochenende in meiner Reisetasche nur wenig Gewißheit mit: miefgesättigte Hemden und diese Grubenlampe aus Gladbeck, Zeche Graf Moltke, die mir der Betriebsratvorsitzende Dziabel, außer dem Schnupftabak, geschenkt hat.

Vorwärts – so heißt eine sozialdemokratische Wochenzeitung. Einen General, Blücher hieß der, nannten Schullesebücher: Marschall Vorwärts. Bei der Hitlerjugend wurde gesungen, habe ich mitgesungen: «Vorwärts vorwärts schmettern die hellen Fanfaren ...»
Ein dummes Wort, das oft genug den Rückschritt beschleunigt hat. Ein geblähtes, deshalb rasch abschlaffendes Wort, dem die Begeisterung als Luft und der Glaube als Pumpe dienen. Ein über Gräber und Massengräber springendes, in alle Sprachen übersetztes, jedem Lautsprecher geläufiges Fingerzeigwort, das erst im Nachhinein (Flüchtlingsgespräche) geprüft wird. Mal sehen, ob vorwärts schon hinter uns liegt. Die Befragung schiefgelaufener Schuhabsätze. Eindeutige Beschlüsse, aber die Wegweiser widersprechen sich. Mitten im Fortschritt ertappen wir uns im Stillstand. Die ausgegrabene Zukunft. Statistische Mystik. Gotisch verschnörkelte Zündschlüssel. Autos um Bäume gewickelt ...

Später mal, Franz, wenn du enttäuscht bist,
wenn du den Kehrreim des Liedchens «Zwecklos»,
der die Zeile «Hatjadochkeinenzweck» wiederholt,
mühsam gelernt, in Gesellschaft gesungen,
aus Trotz vergessen
und auf Abendschulen neugelernt hast,
später mal, Franz,
wenn du siehst,
daß es so und auch so und selbst so nicht geht,
wenn es dir schiefzugehen beginnt
und du die Mitgift Glauben verzehrt,
die Liebe im Handschuhfach liegen gelassen hast,
wenn sich die Hoffnung, ein gutwilliger Pfadfinder,
dessen Kniestrümpfe immerfort rutschen,
ins Aschgraue verloren hat,
wenn dir das Wissen beim Kauen schaumig wird,
wenn du fertig bist,
wenn man dich fix und fertig gemacht hat:
flachgeklopft entsaftet zerfasert –
jemand kurz vorm Aufgeben –

wenn du am Ziel – zwar Erster –
den Beifall als Täuschung,
den Sieg als Strafe erkannt hast,
wenn dir die Schuhe mit Schwermut
besohlt worden sind
und Grauwacke deine Taschen beutelt,
wenn du aufgegeben, endlich aufgegeben,
für immer aufgegeben hast, dann – Fränzeken –
nach einer Pause, die lang genug ist,
um peinlich genannt zu werden,
dann stehe auf und beginne dich zu bewegen,
dich vorwärts zu bewegen . . .

. . . denn als wir uns – lauter viereckige Männer – in der Niedstraße vor einem Jahr zu treffen begannen, um unseren langen Tisch zu belagern und einander unbequem zu sein, setzten wir zwischen überforderten Aschenbechern einen winzigen, von Anbeginn hinkenden Anfang, dem jedermann versicherte, daß er sich versuchsweise zu verstehen habe, weil sich jeder am Tisch, wenn auch jeweils anders gefärbt, mit der Absicht trug, eigentlich und demnächst aufzugeben oder schon lange, spätestens nach Abschluß der Großen Koalition, aufgegeben hatte; nur Jäckel d. Ä. sprach einig mit sich als Historiker und nannte die Lage normal.
Schwierig, einander aussprechen zu lassen. Dieses gelangweilte Stochern in Pfeifen mit Zubehör. Ausflüchte in die Vorhöfe professoraler Intrigen. Komplimente für Anna, die kurz und eher abwesend «mal reinschaut». Absicherndes Ausklammern und Aufforderungen, endlich zur Sache zu kommen.
Also päppelten wir den winzigen Anfang. Papier und Scharfsinn in Parenthesen bekam er zu fressen. Auf knapp drei Seiten bescheinigten wir den Sozialdemokraten (distanzbewußt) üblichen Kleinmut, internen, die Partei lähmenden Streit, kommunale Selbstgefälligkeit, diffuse Selbstdarstellung, Ämterhäufung und Kompetenzsucht, rechten Opportunismus und linke Arroganz, eine in Zaudern und Ehrgeiz zerfallene Führung, zwar Fleiß und Können, aber auch mangelnden Willen, die bevorstehende Bundestagswahl zu gewinnen. Der Anstoß – so unser Allheilmittel – müsse von außen kommen. Einer Vielzahl kleiner, aber aktiver Wählergruppen könne es unter Umständen (die noch zu schaffen seien) gelingen, die ermüdete, schon der Resignation verfallene Partei zu beunruhigen. Stachel sein. Schrittmacher spielen. Ein Vorfeld bereiten. Wählerinitiativen (sozialdemokratische) gründen. Die Protestwelle auffangen, umleiten . . .
Unser Hochmut war reich an zynischen Nebengeräuschen. Verzweifelte Langstreckenläufer, die sich um Witzeslänge zu überholen bemühen.

Japsend auf der Schnauze liegen und nur noch aus Krabbeltrieb Startlöcher suchen. Einer Schnecke Pfeffer unter die Kriechsohle reiben.

Ich will jetzt keine Stimmung auspinseln und Strichmännchen kritzeln, obgleich sich draußen, während die Stühle uns steif werden ließen, Pathos auf Breitwand auslebte. Dutschke voran, lief der Studentenprotest enggekoppelt, auf Reibung bedacht, heroisch und schön (im fotografierten Ausschnitt) gegen uns, die unansehnlichen Revisionisten; für uns, zum Nutzen der Revision. Lärmgewohnt saßen wir am Rand: sprachfleddernde Pedanten, die alles genau, sogar das Vage genau benannt haben wollten.

Nachdem Gaus seinen Streit gehabt hatte, Sontheimer keiner Entscheidung fähig gewesen war, Baring nicht sich, aber seinen Beitrag für unerheblich gehalten hatte, ich penetrant stur gewesen war, und alle einmal, Gaus mehrmals Recht gehabt hatten, sprach Jäckel d. Ä. als Historiker und nannte den Wahltermin ein Ziel, auf das man sich zubewegen müsse: und zwar Schritt für Schritt vorwärts.

4

... oder wollen wir Leine ziehen? Einfach ab? Alles verscherbeln und auswandern – gleich wohin? – «Mein Visum ist da!» rief die Schnecke und nahm ihr Haus mit.

Auch Hermann Ott soll damals das Auswandern erwogen haben: nach Kanada (zu mennonitischen Verwandten) nach Australien (ohne Gründe zu nennen) nach London (wegen der insularen Skepsis). Zweifel plante mehrere neue Existenzen, die einander aufhoben: also blieb er und plante sein Bleiben.

Wir planten, in Bonn ein Büro zu eröffnen, in dem der Aufbau von örtlichen Wählerinitiativen geplant und meine Zeit sinnvoll verplant werden sollte: ab März bis Ende September, mit Pausen nach Plan.
Einer der drei Büroräume wurde als Redaktion der geplanten (noch unbenannten) Wahlzeitschrift eingeplant. Wir planten Groß- und Kleinanzeigen und als erstes Lebenszeichen eine Pressekonferenz in Bonn, die am Montag den 25. März im Restaurant Tulpenfeld stattfand und sich, wie geplant, ausreichend öffentlich rumsprach.
Für Mitte April planten wir Sontheimers Rede auf dem Godesberger Parteitag. (Steht im Protokoll. Wurde mit Beifall aufgenommen.) Wir

planten Poster, Flugblätter, mittlere Kettenreaktionen und ein Linsenessen mit Presse und Wischnewski. (Schlug sich, weil Linsen eine Nachricht sind, in fünfzig Zeitungen nieder.)
Auch Namen (Baudissin, Lenz, Böll – wen noch alles?) planten wir ein und mußten – was jeder echte Planer eingeplant hat – Abstriche machen, neuplanen oder alte Pläne eindampfen und geschönt vorlegen.
Unser buntes Würfelspiel wurde abgelehnt (zu teuer) bevor es als politisches Planspiel entwickelt werden, Spaß machen konnte. Nichts wurde aus der fürs Ruhrgebiet geplanten Brieftaubenaktion. Natürlich hatten wir auch einen Film geplant und wollten außerdem . . .

Hör zu, Raoul, dein Plan gefällt mir, auch wenn er nicht aufgeht. Laß ihn doch liegen. Sei nicht gleich so geladen. Zerspringe langsam. Und sage nicht: «Immer mir, nur mir passiert das, klar doch.»
Ich habe dir erklärt, daß deine kleinen und schlimmeren Unfälle nicht bedeuten, daß die Welt oder Friedenau gegen dich ist.
Dich und deine Löcher im Kopf habe ich sonntags zum Arzt getragen.
Ich habe dir gezeigt, wie man eine Hammelkeule mit Knoblauch spickt.
Oft sehe ich dich mit voreiligen Schritten kommen und fange dich auf, wenn du springst.
Ich beuge dir vor, nehme dir Dampf weg. (Deine Mutter und du, ihr seid euch ähnlicher, als es die Nähe am Tisch zulassen will.)
Halte dich vorher, bevor dich die Wut federleicht macht, zum Beispiel an mir fest; ich bremse (und werde von Zweifel gebremst).
Wie höflich du nachsichtig bist, wenn ich zerstreut bin und «Ja» sage, obgleich ich schon mehrmals «Es gibt keinen Plattenspieler» gesagt habe.
Deine Ordnung ist ein Chaos, in dem viel Arbeit steckt.
Auch wenn er überschwappt, ich mag es, wenn du mir Wein eingießt.
Deine Pläne gefallen mir. Komm, laß uns Pläne machen! Zum Spaß, wie mein Begräbnis geplant sein soll: So lustig wie hinterhältig.
Wen wir einladen wollen?
Nicht nur Freunde.
Was es danach (bevor ich vom Tonband spreche und – wie wir geplant haben – meine Leichenschmausgäste begrüße) zu essen geben wird?
Hammelkeule mit Knoblauch gespickt – wie es dein Vater gelehrt hat . . .

Aber noch lebe ich ziemlich. Meine Pläne kochen auf Sparflamme. Vorläufig bin ich mit dem Verhindern beschäftigt. Der Rest gilt kleinen Gewinnen. Die Schwärze graustichig werden lassen. Das Abklappern schwarz in der Wolle gefärbter Wahlkreise: katholisch-heidnische Bilderbuchgegenden, in denen dem Aufbau von Wählerinitiativen – du kennst unseren Plan – Angst um das Ansehen und die Kundschaft, Angst vor dem Pfarrer, dem Schulrat, den Nachbarn, biedere Angst in ihrer Trachtenjacke entgegensteht.

Oder wenn ich am Nachmittag (nach Fabrikbesichtigungen) zwischen Betriebsräten sitze und zuhöre, wie mir die Arbeit und ihre Bedingungen als ein gleichförmig auf Fließband gesetzter Fluch erklärt wird: das tarifrechtlich geschützte Unrecht.

Oder auf Diskussionen, sobald die Söhne der Bürger sich freizusprechen beginnen, indem sie die Welt mit Hilfe eines Mikrofons zu erlösen versuchen. Wenn ich den deutschen Idealismus, der dem Spitzwegerich gleicht, mißmutig jäte; doch unentwegt wächst er nach. Wie sie immerfort eine Sache – und sei es die Sache des Sozialismus – um ihrer selbst willen betreiben . . .
Oder die Gläubigen unter den Käseglocken, wie sie sich frisch halten. – Raoul, laß uns Ketzer bleiben. Komm, laß uns Pläne machen. Jetzt suchen wir Zweifel . . .

Er hat die Schule gewechselt. Das weiß ich von Dr. Lichtenstein, der in Tel Aviv wohnt und alles, was aktenkundig wurde, gesammelt hat: trockne Erlasse und Senatsprotokolle, die gestelzten Verharmlosungen eines Verbrechens, das von Beginn an Wachstum versprach und die Zukunft für sich hatte. (Als wir vom 5. bis 18. November 1971 in Israel waren, und ich mein Manuskript schon in letzter Fassung bei mir trug, sagte Erwin Lichtenstein, daß seine Dokumentation «Der Auszug der Juden aus der Freien Stadt Danzig» demnächst bei Mohr in Tübingen als Buch erscheinen werde. Frau Lichtenstein, geborene Anker, sagte zu Anna: «Damals waren wir frisch verheiratet.»)

Ab März 1933 wurden in Danzig die jüdischen Geschäfte boykottiert, wurden jüdische Justizbeamte ohne Begründung in untergeordnete Positionen abgeschoben, wurden selbst dort, wo sie als Spezialisten nicht zu ersetzen waren, jüdische Ärzte entlassen und nicht mehr im Hartmannbund geduldet, durften bei den Zoppoter Waldfestspielen keine jüdischen Künstler beschäftigt werden, wurde den jüdischen Mitarbeitern beim Landessender Danzig gekündigt, durfte der Turnverein Bar Kochba keine städtischen Turnhallen mehr benutzen, wurde es für jüdische Schüler auf städtischen Schulen unerträglich: sie mußten gesondert sitzen. Bei der Entbietung des «deutschen Grußes» mußten sie Haltung annehmen, durften aber nicht, wie es ihre Mitschüler taten, den rechten Arm heben; gleiches galt für jüdische Lehrer.

Erwin Lichtenstein sagte in Israel: «Damals war ich ein junger Dachs und Syndikus der Synagogengemeinde. Wir wollten keine jüdische Schule. Nur die zionistische Volkspartei stellte seit Jahren Anträge. Nun drängte auch der Senat . . .»

Im März 1934 mußte die Synagogengemeinde eine achtklassige Volksschule einrichten. Anfangs standen Räume in der Volksschule Rittergasse zur Verfügung. Später zog die Schule in die Heiligengeistgasse um. Als sogar Schüler aus Praust, Tiegenhof und Zoppot kamen, wurden private Räume in der Brotbänkengasse dazu gemietet. (Der Mittelschullehrer Samuel Echt leitete die jüdische Volksschule bis kurz vor Kriegsbeginn, als sie, durch Auswanderung geschrumpft, wieder in die Rittergasse zurückverlegt und – nach Echts Auswanderung – von Aron Silber geleitet wurde.) Gleichzeitig begann der Aufbau der höheren Privatschule.

In Haifa besuchten Anna und ich Ruth Rosenbaum. Bei ihrer neunundachtzigjährigen Mutter, die mit Blick aufs Meer und umgeben von Danziger Erinnerungsstücken auf halber Höhe des Karmelberges wohnt, war sich die Tochter nicht sicher: «Muß denn mein Name vorkommen?»

Weil Ruth Rosenbaum auf den städtischen Schulen als Assessorin keine Anstellung fand, hatte ihre Mutter im Gemeindeblatt und in der «Volksstimme» Anzeigen aufgegeben. Es meldeten sich acht jüdische Oberschüler. Im Haus ihres Vaters, Dominickswall 5, begann Ruth Rosenbaum Privatunterricht zu geben. («Ich ahnte ja nicht», sagte sie siebenunddreißig Jahre später, «was daraus werden sollte.»)
Sechsundzwanzig Jahre war sie alt und bald darauf Leiterin jener privaten jüdischen Oberschule, die von ehemaligen Schülerinnen (Eva Gerson in Jerusalem) heute noch «Rosenbaumsche Schule» genannt wird. Die Schule wuchs und wurde später in die Villa eines ehemaligen Ziegeleibesitzers (Eichenallee 1, Ecke Große Allee) verlegt. Vom Frühjahr vierunddreißig bis zum 15. Februar 1939 war Ruth Rosenbaum verantwortlich tätig, stand sie im Vordergrund. Heute gibt sie in Haifa Nachhilfeunterricht (Englisch, Französisch) und möchte eigentlich nicht genannt werden.
Neben Ruth Rosenbaum, der Studienrätin Romana Haberfeld, die die Viktoria-Schule schon im Vorjahr hatte verlassen müssen, der Referendarin Brunhilde Nachmann und den Professoren Ascher und Litten, die später dazu kamen, unterrichteten auch nichtjüdische Lehrer, die sich auf städtischen Gymnasien kritisch zum Nationalsozialismus geäußert hatten: die Studienrätin Elfriede Mettner, der Studienrat Martens und – warum nicht? – Zweifel als Studienassessor Ott.

Ranicki, der nicht Biologie studiert hat, doch dessen Geschichte bei mir liegen blieb, mag jetzt Fragen stellen. Hatte Ott eine Vorliebe für Juden? – Es machte ihm Spaß, mit Juden (zum Beispiel mit Professor Litten) über Wörter und deren Bedeutung zu streiten.

Bewarb sich dieser Ott schriftlich um die Lehrstelle an der Rosenbaumschen Schule? – Er schrieb: «Ich bezweifle, daß ich neben meiner pädagogischen Tätigkeit besonderes Interesse für die Probleme des Judentums an sich werde aufbringen können; besonders fremd sind mir alle religiösen Bräuche.»
Also bewarb sich Ott aus politischen Gründen? – Eigentlich nein. Denn wie er gegen die Nazis war und – mit Schopenhauer als Hegel-Feind – gegen die Kommunisten, so sprach er auch skeptisch über den Zionismus.
Ja, warum kann denn dieser Ott nicht woanders? – Mein lieber Ranicki, weil Zweifel nur an der Rosenbaumschen Schule denkbar, also tatsächlich ist.

Hermann Ott gab weiterhin Biologie und Deutsch. Seinen Spitznamen brachte er mit. (Ruth Rosenbaum wird sich an ihn nicht erinnern können, obgleich er mit ihr im Schulgarten fleißig gewesen sein muß, denn im Tagebuch der Untertertia steht zu lesen: «Heute war ein Teil des Schulgartens gesperrt, weil sich Wespen eingenistet hatten. Am Abend dann haben Herr Martens und Herr Ott gemeinsam das Wespennest ausgeräuchert.»)
Ott fand Anerkennung als Studienassessor; doch seine ehrenamtliche Tätigkeit als zweiter Sekretär der Schopenhauergesellschaft fand ein Ende, weil sich – so hieß es im Schreiben des Vorstandes – unmittelbarer Kontakt zum Judentum nicht mit den Werten rein deutschstämmiger Philosophie vereinbaren lasse.

Auf der Rosenbaumschen Schule ging es lustig zu. Purimfeste wurden gefeiert, Purimspiele geübt. Im Tagebuch der Untertertia steht: «Meier Isaaksohn spielte den lustigen Rebben. Auch die Chassidim waren nicht übel. Danach gab es Hamantaschen zu essen . . .»
Und für ein anderes Purimfest hatte Ruth Rosenbaums Vater, der Rechtsanwalt Dr. Bernhard Rosenbaum, ein gereimtes Spiel geschrieben, das «Amalek» hieß und vom geplanten Mord am Volk der Juden im Reich der Perser handelte. (Der böse Haman überredet den König Achaschveros, ein Gesetz zu erlassen, nach dem an einem Tag alle Juden gemetzelt werden sollen. Doch der alte Mordechai aus dem Hause Kis und Oheim der Königin Ester überredet die Königin, beim König Achaschveros für ihr Volk um Gnade zu bitten. Der böse Haman kommt an den Galgen. Der Tag des Mordes wird zukünftig als Purimfest gefeiert.)
Im Tagebuch der Untertertia steht: «Das war eine schöne Arbeit, die vielen Rollen zu lernen! In letzter Minute wurde Fritz Gerson, der den Haman spielen sollte, krank. Da meldete sich Susi Straßmann und sagte, sie könne den Haman auch spielen . . .»

Nein, Kinder, ganz unpolitisch. Und auch Ruth Rosenbaum sagte in Haifa: «Die Politik blieb draußen. Mein Vater schirmte uns ab. Wir waren ja als Pädagogen in günstiger Lage, konnten experimentieren und endlich mit der Schulreform beginnen. Zum Beispiel führte ich den Werkunterricht ein. Zwischen Haupt- und Nebenfächern machten wir keinen Unterschied.»

Zweifel muß damals schon wieder Schnecken gesammelt haben. Die vielen Wanderungen der Untertertia geben Hinweise: «Bald nach Purim machten wir einen Ausflug nach Freudental. Wir fuhren bis Oliva mit dem Zug, und von dort aus wanderten wir. Herr Ott hatte seine Botanisiertrommel mit . . .» Oder hier: «Der Ausflug nach Lappin. Da die Brücke nach Podfidlin gesperrt war, mußten wir, um über die Radaune zu kommen, bis nach Oberkahlbude laufen. Die Freistaatgrenze war ganz nah. Am Ottominer See war es schön. Wir halfen Herrn Ott beim Sammeln. Unterwegs nach Prangschin wurden wir fotografiert . . .» – Oder: «Wir fuhren bis Brentau. Es ging meistens durch Wald. Herr Ott war ganz begeistert, weil er Laubschnecken fand. Wir sangen bald deutsche, bald hebräische Lieder. So kamen wir schnell vorwärts . . .»

Diese Ausflüge mögen Hermann Ott angeregt haben, außer seinen philosophischen Aufsätzen, die sich zumeist an Hegel rieben und an Schopenhauer geschult waren, heimatkundliche Artikel zu schreiben, die leicht gekürzt, aber nie entstellt in der «Danziger Volkszeitung», einem sozialdemokratischen Blättchen, abgedruckt wurden. Die Leser der Volkszeitung lernten, wo es Schnecken gab: Entlang der Radaune, rund um den Ottominer See, zwischen Tiegenhof und Neuteich, hinter den Deichen, wo die Kaschuben Ziegel brennen, wo Strandhafer wächst, unterwegs nach Fischerbabke.

Seitdem Zweifel an der Rosenbaumschen Schule denkbar und als Lehrer tätig ist, gerät er mir vielseitiger als geplant; er soll für die «Volkszeitung» auch Glossen geschrieben haben.

5

Zurück aus Schnecklingen, komme ich mir schnell vor. Das liegt südlich Oberzögern, an der Straße nach Kreuchlingen und gehört mit den Gemeinden Schlaichheim, Weilwangen, Weil am Wald und Hinterzig zu einem Wahlkreis, in dem die Sozialdemokraten, seit Bebel, zwar Fortschritte machen, dennoch überdehnt langsam und nur vergleichsweise

vorankommen. (Seitdem wir unter Bewußtsein leiden, gibt es ein falsches Bewußtsein.)
Ihr werdet verstehen, Kinder, daß ich mich auf Schnecklingen, ein Städtchen, das architektonisch, aber auch mit seiner anheimelnden Stimmung an Burgsteinfurt, Weißenburg, Säckingen und Biberach erinnert, besonders vorbereiten mußte; sogar meine Standardrede «Zwanzig Jahre Bundesrepublik» galt es, durch Kürzungen und eingefügte historisierende Passagen auf Schnecklinger Maß zu bringen, denn schon Tage vor meiner Ankunft – wir kamen aus Marl und hatten den 1. Mai in Dinslaken noch vor uns – war es im Schnecklinger Rathaus hinter Renaissancefenstern zur Debatte und Abstimmung gekommen: mit den fünfzehn Stimmen der Schwarzen gegen die sechs Stimmen unserer Leute hatte die Stadtverordnetenversammlung (bei zwei liberalen Enthaltungen) einen Aufruf erlassen, der indirekt gegen uns gerichtet war; hier steht er:
«Bürger der Stadt Schnecklingen! – Veränderungen, vor denen wir lange gewarnt haben, drohen Gestalt anzunehmen. Wie die Flugblätter radikaler Neuerer sagen, soll das tausendjährige Bestehen unserer einst bischöflichen Residenzstadt unter dem skandalösen Motto: ‹Wir wagen den großen Sprung!› gefeiert werden. Man hat vor, sich mit sportlichen Veranstaltungen zu tarnen. Hüpfwettbewerbe sollen nicht nur in den Schulen, sondern auch – demonstrativ! – vor dem Rathaus stattfinden. Wir durchschauen die Absicht! Auch soll die Umbenennung unseres geliebten Schnecklingen erwogen worden sein. ‹Schneckensprung› soll unsere Stadt künftig heißen. Diesem Frevel Einhalt zu gebieten, sind alle Bürger aufgerufen. Hier wird nicht gesprungen. Auch wenn wir den Fortschritt nicht grundsätzlich ablehnen, mißtrauen wir dennoch der Eile. Immer noch sind wir rechtzeitig angekommen. Oft überlebten wir nur, weil wir zu spät ankamen. Es gilt, sich der drohenden Beschleunigung Schnecklingens in den Weg zu stellen und bereits erwogene Schritte rückgängig zu machen. Wehret den Anfängen! Unser Reichtum heißt: Beharrungsvermögen. Wir beeilen uns nicht.»
(Später kam ich in ähnlich um ihren Ruf und Stillstand besorgte Städtchen, die winklig und enggeführt vom Durchgangsverkehr verstopft waren, in Abgasen konserviert zu sein schienen und Schnecklar, Schneckstetten hätten heißen können).
Als ich am Abend in Schnecklingens historischer Markthalle am Vogteiplatz zu den zahlreich erschienenen Bürgern sprach, gelang es mir sogleich, mit den einleitenden Worten, die Schnecke im Wappen der Stadt als Symbol des Fortschritts zu deuten. Selbstverständlich unterließ ich es, Sprünge oder gar den «Großen Sprung» zu empfehlen. Auch verkniff ich mir Worte wie Expansion, Ballungsräume, Sofortprogramm, Infrastruktur und Planung. Doch indem ich den fundamentalen Unterschied zwischen konservativen Haftschnecken und vergleichsweise progressi-

ven Wegschnecken deutlich machte, im Bild blieb und alle Bewegung auf Schneckenmaß brachte, wuchs die Zahl derer, die keine Haftschnecken sein wollten und fortan bereit waren, das heraldische Tier der Stadt (nach meinen schneckenkundigen Erläuterungen) als eine unentwegt den gleitenden Muskelfuß bemühende Schnirkelschnecke zu erkennen.
«Der Fortschritt ist eine Schnecke!» sagte ich. Rasch entstand Beifall. (Auch als ich Willy Brandts niemals sprunghaften Aufstieg eine «Schneckenkarriere» nannte, kam freundlicher, über sein Entstehen erstaunter Beifall auf.) Keine Begeisterung, aber immerhin hörte man zu, solange ich die Sozialdemokratische Partei Deutschlands, gemessen an ihrer hundertjährigen Mühsal, eine Schneckenpartei nannte. Meine Rede schloß mit dem Aufruf, sich nicht abzukapseln, sondern schneckengetreu dem Weg verhaftet zu bleiben und die Fühler im Zukünftigen spielen zu lassen.
Natürlich ging es während der anschließenden Diskussion, selbst als von der dynamischen Rente und dem Städtebauförderungsgesetz die Rede war, ausschließlich um die Deutung der Schnecke an sich und – nach deutscher Art – ums Schneckenprinzip. Ein Sprecher der Außerparlamentarischen Oppositionen – auch Schnecklingen hat eine APO – stimmte mir zögernd zu, indem er den vom Studentenprotest oft berufenen «Langen Marsch durch die Institutionen» ein Schneckenprogramm nannte. Als ich ihm mit Trotzki das Wörtchen «permanent» anbot, war er bereit, die Revolution als dialektische Bestätigung des Schneckenprinzips zu akzeptieren. (Ich nannte das Zauberwort Hegel und erlaubte mir zwei ausführliche Engels-Zitate, von denen nur das erste erfunden war.) Eine gelungene Veranstaltung. Beim Signieren mitgebrachter Taschentücher warf mein Filzstift wahlberechtigten Mädchen (neben der Unterschrift) dekorative Schnecken aufs Papier. Später saßen wir im Vogteikeller und lobten Schnecklingens Riesling. Da viele Zuhörer (und Wähler) aus Oberzögern und Weil am Wald gekommen waren – in Hinterzig hatte man einen Sonderbus gemietet – sprach der sozialdemokratische Kandidat, ein Gymnasiallehrer, den ich gerne Hermann Ott genannt hätte, von einer Kundgebung, die noch lange nachwirken werde, auch wenn man bezweifeln müsse, daß sich der Erfolg des Abends schon im Wahlergebnis niederschlagen könne. (Gegen Mitternacht gelang es mir sogar, mehrere Bürger der Stadt, unter ihnen ein Oberarzt und der Direktor des Heimatmuseums, als Mitarbeiter zu gewinnen: seitdem gibt es auch in Schnecklingen eine Wählerinitiative.)
Ein Städtchen, Kinder, von mittelalterlichem Zuschnitt, dem sich die Industrie nur zögernd zu nähern wagt. Als ich am Nachmittag einen Betrieb besichtigte, in dem Stoppuhren montiert werden, fand das anschließende Gespräch mit dem Betriebsrat in einem Raum statt, an dessen Wänden die Fotos bekannter Kurzstreckenläufer gerahmt hingen.

Die Widmungen der Sprinter – darunter Asse wie Harry und Fütterer – lobten die Schnecklinger Stoppuhren und nannten deren Ruf «international».
(Als es soweit war, verzeichneten wir einen sozialdemokratischen Stimmengewinn von 4,8 Prozent. Wir sprangen nicht, sondern glitten von 20,3 auf 25,1: Schnecklingen macht sich.)

Während unser Wettlauf stattfand,
alterte, vergreiste, starb das Publikum weg.
Kein Zeuge am Ziel, kein Beifall, nur Eigengeräusche. –
Geduld, ich hafte vorwärts, ich komme.
Viele überholen mich und liegen später am Weg:
Beispiele für Sprunghaftigkeit. –
Ich liege hinter mir.
Meine Spur trocknet weg.
Unterwegs vergaß ich mein Ziel.
Jetzt ziehe ich mich zurück,
bin nur noch zerbrechlich.
Draußen soll es windig sein,
aber auf Kurzstrecken erfolgversprechend.

In Jena, Kinder, hat er den Kaiser Napoleon hoch zu Roß und in der Einheit Roß und Reiter etwas gesehen, das er Weltgeist nannte; seitdem galoppiert er – während ich auf das Bewußtsein der Schnecken setze.
In Dinslaken sprach der Vorsitzende der Gewerkschaft Leder, Adolf Mirkes, einer der Kurfürsten im Deutschen Gewerkschaftsbund. Dann hielt ich meine 1. Mai-Rede «Wider die Kurfürsten . . .»
Seit einem Jahrhundert auf gleitendem Muskelfuß dem Gaul im Prinzip hinterdrein, in Praxis voraus; dennoch blieb der Hengst Favorit.
Zu Anfang spielte ein Ziehharmonikaorchester. Ich mag das. Aber das reicht nicht. Zu viel in die Länge gezogene Harmonie. Denn an den Arbeitsplätzen, wo Akkord herrscht, die Stückzahl alles und Überstunden (für wen?) Gewinn sind, sammelt sich Wut, die keine Sprache findet, der niemand das Wort gibt, deren Bodensatz in keiner Gewerkschaftszeitung zu Druckerschwärze wird. Auf der Stelle tretende Ohnmacht, der in windstillen Seminaren Zensuren erteilt werden: mangelndes fehlendes falsches Bewußtsein – gemessen am Weltgeist, dem durchgegangenen Gaul.
Als ein Schwabe den Preußen die Idee nachlieferte, trat Professor Hybris in Staatsdienste.
Überall wollen sie vor dem eigenen anderer Leute Bewußtsein verändern: zugutbehauste Söhne, die vom Proletariat wie von einer Marienerscheinung schwärmen; an sich verbitterte Pädagogen, denen ein Schuß

Marxismus das idealistische Süppchen verlängern muß; höhere Töchter auf der Suche nach einem so linken wie exklusiven Tennisclub; neuerdings berufsmäßige Gottesstreiter, die Christi Blut in hegelförmigen Flaschen abfüllen.
Als der Weltgeist in den Amtsschimmel fuhr, begann er hochtrabend und über jede Hürde hinweg zu sprechen. Denn welches Ohr an den Walzstraßen und Drehbänken versteht ein Wort, wenn alles, was die Arbeit und ihren Gewinn betrifft, verhegelt ist, taub macht.
Ich sprach in Dinslaken über langweilige Gewerkschaftszeitungen und zerredete Mitbestimmung am Arbeitsplatz, über den Hochmut unleserlicher Schreibe.

Mein gleichbleibendes Thema, denn dieser Mißstand ist langlebig und erneuert sich durch kollegiales Schulterklopfen. Wo ich hinkomme, nicken Betriebsräte: «Sag ich schon lange.»
Sie hauen auf den Tisch: «Richtig. Uns fehlt eine Zeitung, die wir auch lesen können, in der was drin steht.» Ich werde mich wiederholen, werde penetrant sein, werde einen Kehrreim erfinden müssen («Wo bleibt der Fortschritt, liebe Kollegen, wenn die Gewerkschaften das Tempo der Schnecke zu unterbieten versuchen!») Zweifel lächelt, als wolle er einen Zwirnsfaden spalten.

Schon als Kind soll er an den Feldrändern und zwischen den Gemüsebeeten seines Heimatdorfes Müggenhahl, später, nach dem Umzug der Familie in die Niederstadt, auf den Dämmen der ehemaligen Befestigungsanlagen Bastion Kaninchen, Bastion Bär, Bastion Aussprung (auch auf den Wiesen seitlich Kneipab) Schnecken gesammelt, in Terrarien gehalten und detailsüchtig beobachtet haben.
Nach dem Ersten Weltkrieg, als der Heubedarf sank, wurde im Werderdorf Müggenhahl, dessen Ländereien zwischen Entwässerungsgräben niedrig lagen, nur noch Gemüse angebaut. Das weite Gebiet Hundertmark wandelte sich zu einem Garten, in dem besonders ertragreich Salat auf Mistbeeten gezogen wurde. Mit dem Gemüseanbau kamen die Schädlinge: straffhäutige Nacktschnecken, schiefergrau mit schwärzlichen Längsbinden, und die zu den Egelschnecken gehörende, zumeist graubräunliche, netzartig gezeichnete Ackerschnecke. Es mag sein, daß die regelmäßigen Vernichtungsfeldzüge der Müggenhahler Schuljugend gegen die Garten- und Ackerschnecken, dieses breitmäulige Mitzählen beim Einsammeln in Gurkengläsern, sodann das Übergießen der Schädlinge mit kochendem Wasser, wohl auch das Auszahlen des Lohnes an die Schulkinder – zehn Guldenpfennige für ein Zweiliterglas Schnecken – den Volksschüler Hermann Ott dazu gebracht hatte, fortan für alle Schnecken (und später für jene, die wie gemeine Ackerschnecken ver-

nichtet werden sollten) Partei zu ergreifen; jedenfalls tötete er gesammelte Schnecken nur exemplarisch, der Anschauung wegen.
Hermann Ott hat als Oberschüler seine Sammlung in den Unterricht mitbringen dürfen. Er galt als Experte, hielt Vorträge. Kein Wochenende verging, an dem er nicht per Rad ins Werder radelte und zwischen gnomköpfigen Weiden die Böschungen der Entwässerungsgräben nach dunklen Pfeilschnecken und glatten Achatschnecken absuchte. Nahe dem Nassenhubener Dampfschöpfwerk, einer Abbruchruine, seitdem elektrische Pumpwerke für das Entwässerungssystem gebaut wurden, fand er seine erste linksgewundene schmale Windelschnecke: ein seltener Fund.

Erst während des Studiums in Berlin nahm sein Sammlerfleiß ab – oder entsprach der verzögerte, umschweifig philosophische Satzbau dem Schneckensammeln. Das Wörtchen «Warum» verdinglichte sich Hermann Ott zur Botanisiertrommel, in der er alles, was sich als gegeben betrug, als gültig benahm oder als bewiesen zur Ruhe gesetzt hatte, sammelte, um es mit Präpariernadeln zu spießen und in Säurebädern anzuzweifeln. (Schon vor dem Beginn der Studienzeit soll Schopenhauer den Schneckensammler Ott gelehrt haben, vor dem Erkennen anzuschauen und niemals nach Hegelscher Methode vorgefaßter Erkenntnis die Beweise der Anschauung nachzuliefern.) Ott übernahm beträchtliche Restbestände Spott. Er zerlachte Systeme und ließ jedes absolute Gehabe über seinen Witz springen. Neben überlieferten Titeln – «Protestantischer Jesuit» und «Mystifizierfritze» – gab er Hegel neue Namen: Bewußtseinsmeier und Spekulatius. Als er zu Beginn der dreißiger Jahre den Weltgeist in einer Seminararbeit als ein Gespenst beschrieb, das in Kleppergestalt dem Kopf eines spekulierenden Roßtäuschers entsprungen sein müsse, befeindeten ihn gleichlaut die intim verfeindeten Linkshegelianer und Rechtshegelianer; denn die Linken und die Rechten wollten den Weltgeist beritten und galoppieren sehen – und wenig später galoppierte er auch.

«Wer issen Hegel?»
«Jemand, der die Geschichte über die Menschen als Urteil verhängt hat.»
«Hat der viel oder alles gewußt?»
«Dank seiner Spitzfindigkeit wird bis heutzutage alle Staatsgewalt als geschichtlich notwendig erklärt.»
«Und hatter rechtgehabt?»
«Viele Rechthaber behaupten es.»
«Und Zweifel?»
«Der wurde ausgelacht.»

Als Hermann Ott schon auf der Rosenbaumschen Schule Biologie unterrichtete und erneut Anschauung bei den Schnecken suchte, soll er über den Totalitarismus unter Hitler und Stalin eine Glosse geschrieben haben, von der, weil sie in der «Danziger Volkszeitung» nicht veröffentlicht wurde, nur der Titel geblieben ist: «Vom Bewußtsein der Schnecken – oder wie Hegel überholt werden wird.»

6

Als – eingebracht von den Menschen – das Gesetz zur Beschleunigung der Schnecken verabschiedet werden sollte, stimmten die Fische dagegen, enthielten sich die Vögel (mit Ausnahme der Hühner) der Stimme, fehlten bei den Wasserschnecken die haftenden Napfschnecken, kam die erforderliche Zweidrittelmehrheit nicht zustande, blieben die Schnecken weiterhin Schrittmacher, wurde der Rest der Reform, darunter der Gesetzentwurf zur progressiven Besteuerung des Beharrungsvermögens, an die Ausschüsse zurücküberwiesen.
Danach wurde, wie üblich, beteuert: Wir können nicht schneller. Nur vergleichsweise wirken wir langsam. Wir sind schon eilig und immerhin unterwegs. Man sieht ja, wohin Sprunghaftigkeit führt. Unser Zögern sollte prämiert werden.

Nach kurzer Beratung (und Anhörung sich widersprechender Experten) beschloß das Hohe Haus (aus staatserhaltenden Gründen) einstimmig, weitere Zuschüsse für den Transport der Schnecken bei besonderen Anlässen.

Wenn die Geschichte es fordert. Wenn der Mantel der Geschichte vorbeirauscht. Wenn die Geschichte über uns hinweg. Wenn uns die Geschichte vor besonders große Aufgaben stellt. Wenn die Weltgeschichte, in der (wie Hegel sagt) nur von Völkern die Rede ist, welche einen Staat bilden, uns an den Opfern messen wird, die wir . . .

Von der Terrasse aus durch die Fenstertür: ihr habt uns ja sitzen sehen, Stunden auf unseren harten Stühlen, die den Köpfen keine elegische Haltung erlauben. Preußensitz, Arbeitssitzungen nennen wir das. (Auch nannten wir uns, weil vieles lasch schmeckt, zwischen Gänsefüßchen Saline.)

Ihr werdet das später lesen. Dann seid nachsichtig, Kinder, weil wir uns und andere so hart angehen mußten, weil wir so verzweifelt sicher waren, weil uns nichts begeistern konnte, weil wir nur dürftige Bildchen abgaben. Wir hatten nur das: den kleinen Spaß am Besserwissen und die handliche Glätte oft benutzter Gebrauchsgegenstände. Ihr habt uns ja sitzen sehen . . .

Sobald Sontheimer, Baring, Gaus, Jäckel d. Ä. und ich auf Ehmke und Eppler (die beide Minister sind) stoßen, beginnen sich schon oder bald Vierzigjährige mit Worten einzureißen, wobei jeder im anderen seinen eigenen, klapprig gewordenen Pragmatismus erkennt und verschrotten möchte: wir mögen uns nur teilweise. Es hätte Zweifel, der Hermann Ott hieß und Anschauung vor der Erkenntnis suchte, uns präsidieren können. – Kein Glaubensartikel, den Gaus nicht in Whisky ersaufen ließe. Keine These, der Sontheimer nicht einen Vorbehalt abgewönne. Nichts, das Ehmke nicht besser wüßte. Und selbst Eppler, dessen Haaransatz steil aufschießenden Idealismus verspricht, wird schroff, sobald die Dritte Welt mit Hilfe des Prinzips Hoffnung kuriert werden soll.

Ich will euch keine Figuren beschreiben. Es saßen noch andere am langen Tisch: versuchsweise nützlich. Keine Helden; nur die Versammlung der Vierziger.
Sie vermessen sich mit dem Interesse und Pathos berufsmäßiger Leichenbeschauer, bald gelangweilt von so viel Vernunft. Dann klopfen sie (zur Erholung) die vielberufene junge Generation ab, auch die älteren Herren über ihnen und um sie herum, sobald sie aufwallen, in schlaganfallnahe Begeisterung geraten und sich mit den Jungen beim Beschwören von Endzielen treffen. («Ekelhaft, dieser neumodische Schillerkragen!» – «Zum Kotzen, die zunehmende Blauäugigkeit!») Sie bleiben kühl und mittelfristig. Hitlers ehemaliges Jungvolk hat alle Morgenfeiern hinter sich. Nur nicht tragisch heldisch wehleidig werden. Ihre Gefühle sterben frühzeitig an Definition. Allenfalls im Kino sentimental. Schwächen nicht zugeben. Sie sind fein raus, denn selbst die Probleme des Alterns werden ihnen – so scheint es – von den schon Dreißigjährigen abgenommen: «Liegt hinter uns. Wir waren immer schon alt!
Soviel stimmt: früh gewonnene Greisenhaftigkeit hinderte uns, wie unschuldig bei Null anzufangen. Selbst im Traum kam kein Neuland in Sicht.
Da wir zuallererst uns mißtrauen – sogar Ehmke tut das, sobald er sich Pausen einräumen muß – sehen wir keinen Grund, anderen weniger zu mißtrauen. Trickspieler, die nicht müde werden, sich beim Schummeln zu ertappen. Wir sind unheilbar fleißig. Es sieht so aus, als wollten wir die verminderte Arbeitsleistung einiger dezimierter Kriegsjahrgänge durch Überproduktion ausgleichen. (Ersatzdienstleistende.) Jeder von uns hat irgendwann etwas versäumt, das sich nicht nachholen läßt und deshalb Blasen wirft. Fahrig deshalb, Kniewipper Fremdgänger Blickvögler, aber immer unter Kontrolle. Wer sich Infantilität (als Ausbruch) erlaubt, den

wird Jäckel d. Ä., der als Historiker besonders erwachsen zu sein scheint, durch fugenloses Schweigen ernüchtern. Nie, nie wieder, niemals mehr dürfen wir – nie durften wir – infantil sein.

Das, Kinder, sind meine Freunde, falls Vierzigjährige noch blind genug sind, um sich als Freunde sehen zu können. – Hermann Ott, Zweifel genannt, war dreißig Jahre alt, als er sich im Sommer des Jahres fünfunddreißig in Müggenhahl mit dem deutschnationalen Gemüsehändler Isaak Laban, der damals ein schon kahlschädliger Mittvierziger gewesen sein muß, am Gartenzaun befreundete: sogleich Streit und Besserwissen. Eine sich von Widersprüchen nährende Freundschaft; mal sehen, wie ich mit Drautzburg, mit Erdmann Linde, mit Marchand über den Zaun ins Gespräch komme . . .

Wo ich absteige. Wo ich ein Bettmümpfel auf dem Kopfkissen finde. Das staubfrei moderne Hotel Steinsgarten in Gießen. Speisekarte mit historischem Abriß. Am Hoteleingang ein Metallschild: «Akademie für Organisation». – Später verging mir das Lachen.

Geronnenes Einverständnis.
Kein Daumensenken: Grinsen genügt.
Alles, das kaum beginnende Lächeln,
das Staunen, Betroffensein und Erschrecken,
der spröde zeichnende Schmerz,
alles – und auch die Scham gerinnt.
Es ist ein Nickel Schadenfreude,
der solchen Spaß auszahlt.
Oder die Angst, erkannt zu werden.
Oder die Scheu vor nacktem Gesicht: Grinsen kleidet.

Als gestern (während der Diskussion) der alte Mann mit ungeordneten Worten von seiner gewesenen Zeit reden wollte – die Arbeitslosigkeit, das Stempeln, die Inflation und Reichsbanner gegen SA und Rotfront – krümelte anfangs Gruppengelächter, stabilisierte sich dann zur Grimasse. (Kein Feixen mehr.)
Als nach dem Zwischenruf «Hör schon auf, Opa!» den alten Mann Zorn packte – ja, Raoul, er schrie und war außer sich – gingen viele peinlich berührt, hatten aber noch lange, bis in den Schlaf hinein Mühe, das Grinsen abzulegen.

Fassaden sagt man nach, daß sie es können.
Sieger – aber auch Unterlegene – rasten ein.
Das ersetzt im Fernsehen Kommentare.

Die Verlegenheit hat ihre Mimik gefunden.
Sobald wir vom Tod (von seinen vielstelligen Zahlen) hören,
sobald uns Niederlagen – die alten Bekannten – grüßen, sobald wir allein sind
und einem Stück Spiegel in die Falle geraten,
geben wir unser Gesicht auf: Grinsen ist menschlich.

Das liegt jetzt hinter mir: Gießen, Wiesbaden, wo die APO nach Heintje rief. Zwei verlabberte Tage. Doch als Belohnung darf ich Bundesbahn fahren und in mein Sudelbuch kritzeln: Wahlzeitung «dafür» ausgedruckt. Vertrieb zum 1. Mai klappte nicht. Einzig Drautzburg mit viertausend Exemplaren nach Oberhausen Frankfurt Koblenz. – Gestern bei Böll. Frau Böll holt eine Flasche Korn, weil nichts im Haus ist: Söhne trinken alles weg. – Taxifahrer will diesmal uns wählen und schlägt vor («Wenn Sie dann was geworden sind») Ministerfahrer zu werden. – Beim Landsmann Ehmke kaschubische Heiterkeit. Er guckt sich gefräßig Fotos an, findet sich überall prima drauf. («Mänsch Hotten!») – Läuft mir nach, das Gespräch mit den Betriebsräten in Gießen, während ich in der Flughafenhalle auf und ab laufe, Müdigkeit wegpfeife: Männer, die gerne zusammenhocken. Jedes Wort gegen Widerstand. Ihr Eigengewicht läßt sie bedrückt erscheinen. Mißtrauen als gegenseitiges Einverständnis. Zwischendurch kollegial ruppig: «Mach mal bißchen lauter, Heinz!» Ihr Händedruck: gegenständlich, aber nicht demonstrativ. Nehmen mich als «international berühmten Dichter», der ziemlich Bescheid weiß, sogar über Lohnfortzahlung. Sagen später Kollege zu mir. (Auch hier geben leitende Angestellte beiseitegesprochen zu, daß sie «eigentlich» gewerkschaftlich organisiert sein müßten.) Beim Essen in der Kantine sitzen die Herren aus den Laboratorien gesondert, weil ihre Weißröcke den Staub der Arbeiter aus der Formerei annehmen könnten. (Betriebsrat und Betriebsleitung einmütig: kein Klassenproblem!) Es gibt Heringsstip mit Pellkartoffeln für alle.

Zwischendurch Rückfälle. Zwischendurch Zweifel, der neuerdings (und versuchsweise) die rundfenstrige Brille jener herablassend gescheiten Studenten trägt, die mit dem Wörtchen «irrelevant» hantieren, als wollten sie mit Heidegger «seinsvergessen» sagen. Er ist jetzt Klassenlehrer der Untertertia. Einer der Schüler (Blaustein) stirbt an Blinddarmentzündung. Vor Ferienbeginn führt die Obertertia der privaten jüdischen Oberschule die Nibelungensage auf. Fräulein Studienrat Mettner leitet die Proben. Die Schülerin Betty Anker spielt die Kriemhild, Simon Kurzmann den Siegfried. Der Studienassessor Hermann Ott legt im Schulgarten einen kleinen Irrgarten an. (Nein, Kinder, Zweifel trägt doch keine rundfenstrige Brille.) Ein Foto im Tagebuch der Untertertia, drauf eine junge kräftige Frau mit Gießkanne und Haarknoten im Nacken: Ruth Rosenbaum. Der Studienassessor Ott widerspricht in philosophischen Fragen Professor Litten, der Hebräisch unterrichtet. Der Hausmeister heißt Rosinke.

Zwischendurch «örtlich betäubt» als Umbruch verabschiedet. – Eine neue Rede konzipiert. Soll, weil Raoul mich manchmal so nennt, «Rede vom alten Eisen» heißen und die mißmutigen Streichelkinder mit der Mühsal, den Mietersorgen der Rentner belasten: wie sie verbraucht verbittert einer Gesellschaft lästig sind, in der Jugend und Leistung als Mythos den Markt bestimmen. (Im Zweifelsfall, Kinder, für die Rentner und gegen das Vorrecht der Jugend stimmen.)

Ein Sonntagmorgen mit Flieder vorm Haus. Anna, Franz, Raoul und ich in der Nationalgalerie: Corinth neu gesehen, daraufhin Beckmann. Später Bier und Faßbrause in einem Kreuzberger Gartenlokal (Yorck-Eck). – Luftholen. Nicht zu genau hinsehen, nur blinzeln. Von Anna gefahren werden. So viel kleingemünzter Spaß. (Außer mit seinem Freund Isaak Laban; mit wem noch könnte Zweifel Streit suchen? Mit dem Hausmeister? Mit Herrn Radischewski, dem Trainer beim Turnverein Bar Kochba, der auf der Rosenbaumschen Schule neuerdings Turnen gibt?) – Franz und Raoul pinseln auf alles «I love peace!» und streiten sich, während sie pinseln, bis kurz vorm Brudermord. – Morgen nach Bonn . . .

Dort haben wir unser Büro aufgemacht. Auf unseren Briefbögen steht: «Sozialdemokratische Wählerinitiative». Daneben ein Hahnenkopf, den ich fünfundsechzig gezeichnet hatte und der immer noch Espede kräht; die Schnecke als Signum wäre am Fortschrittsglauben gescheitert: Schnecken bewundern Hähne.
In drei Räumen arbeiten die Studenten Erdmann Linde, Wolf Marchand, Holger Schröder und vorläufig, bis der VW-Bus kommt, Friedhelm Drautzburg, der sich und mich durch sechzig Wahlkreise fahren soll. Der Bus ist alt gekauft, aber macht es noch.
Unsere Sekretärin, Gisela Kramer, stimmt mit meiner Sekretärin in Berlin, Eva Genée, die Termine ab und beginnt, eine Kartei anzulegen. Gisela Kramer ist keine Studentin, deshalb sind ihr der Sprachgebrauch und die Schwierigkeiten junger Männer, die als Studenten privilegiert sind (und darunter aggressiv leiden) noch ungewohnt. «Früher», sagt sie, «bei der Bank für Gemeinwirtschaft ging es noch höflich zu.»
Unser Büro befindet sich in der Adenauerallee, die vormals Koblenzer Straße hieß. Der Tabakladen um die Ecke führt neuerdings «Schwarzer Krauser». Parallel zu uns (nicht einzusehen) soll der Rhein fließen.

Unten der Blumenladen hilft, Gisela Kramer zu versöhnen, wenn oben die Luft beleidigend wortgeladen ist. Bonn (als Begriff und Stadt) bleibt unfaßbar.

Wo ansetzen? Die Universität dünkelt für sich. Hinter Butzenscheiben giften die Pensionäre. Mit ihren zwei Hemden zum Wechseln reisen Parlamentarier an. Überall Zweigstellen und Deckadressen. Und durch diese Ansammlung zieht die Bundesbahn ihren Strich: zumeist geschlossene Schranken. Schräg gegenüber das Ernst Moritz Arndt-Haus. Es gibt kein Regierungsviertel, sondern boshaft verstreute Regierungsachtzehntel. Nur das Klima eint Bonn. Wir sind nicht von hier.

Wolf Marchand, der eigentlich über Joseph Roth arbeiten sollte, hat die begonnene Dissertation in die Schublade gelegt. Er ist Redakteur unserer Wahlzeitschrift «dafür», mahnt noch ausstehende Artikel für Nummer zwei an und sucht für Nummer eins den nicht existierenden Vertriebsapparat: die Espede beliefert sich nur intern; nach außen ist sie sprachlos und muff. Mündlich stelzt Marchand. Die Germanistik hat ihn verironisiert. Gerne wäre er unsicher, nur fehlt ihm der passende Ausdruck: selbst im Zweifelsfall ein Stilist.
Erdmann Linde soll das Büro leiten. Da er eine Künstlernatur ist und wie Paganini zum Improvisieren neigt, läuft unser Büro, solange wir improvisieren müssen, ganz gut. Auch er ist empfindlich, aber anders empfindlich als Marchand, der darunter leidet, noch nicht fertig zu sein, während Linde sich anklagt, noch nicht angefangen zu haben. (Dabei ist er Vorsitzender der Jungsozialisten im westlichen Westfalen und gesättigt von karteikastentiefen Personalkenntnissen.) Er bereitet meine Reisen vor und sucht Wahlkreise aus, in denen die Espede zwischen zwanzig und dreißig Prozent Stimmanteil kümmert. Es ist seine Idee, außerdem Wahlkreise zu besuchen, in denen, wenn auch knapp, ein Direktmandat zu gewinnen ist: Verden Erlangen Krefeld Mainz Augsburg . . .

Eigentlich möchte ich betulich Tugenden putzen und in mildes Licht rücken – Marchands höfliche Briefe, wie entspannt Erdmann Linde mit Kindern umgeht – aber Zweifel rät mir, Freundschaften zu strapazieren und ungerührt der Frage nachzugehen, warum so viele Studenten Magengeschwüre haben; er sei an der Rosenbaumschen Schule auch nicht geschont worden, und sein Freund Isaak Laban habe ihn «ein Fragezeichen in Knickerbockern» genannt. (Das schreibt er mir, auszugsweise aus seinem Sudelbuch: Die Dickhäutigkeit der Empfindlichen und die Dünnhäutigkeit der Empfindungsverarmten verlangen einerlei Hautcreme: kosmetische Freundschaften, die ohne Spiegel und Reflexion keinen Bestand haben.)

Erdmann Linde verhängt sich gerne mit Melancholie. Ich mag diesen bedribsten Zug an ihm. Er kann so schön schwermütig über Organisationsfragen referieren. Wenn ihn sogenannte Sachprobleme dazu bringen, mich frontal anzuschauen, blickt aus ihm jesusgleich der neunundzwanzigjährige Dürer, wie er sich im Jahre fünfzehnhundert, als die christliche Welt ihren Untergang erwartete, selbstportraitiert hat: so viel verletzliches Ich. – Sonntags besucht Erdmann Linde Pferderennplätze im Ruhrgebiet. Ich glaube, es handelt sich um Galopprennen. Er kennt ziemlich viele Pferdenamen – Maigewitter Teja Hoffnungsgrün Trabant – und verwettet vorsichtig und manchmal mit Gewinn sein Geld.

Friedhelm Drautzburg hat Jura studiert und ist Referendar; das reicht ihm. (Glaubt mir, Kinder, unter Maria Theresia wäre er Pandur geworden und müßte heute als Kurier der Kaiserin in Fernsehfolgen querfeldein hetzen.) Auch Drautzburg hat seinen Ehrgeiz: in kurzen Abständen verlobt er sich, um möglichst viele Mädchen revolutionär zu stimmen oder wie er es nennt, «zu verlinkern». Da er wie ich einen Schnauzbart trägt, hat er mir später, als wir zusammen auf Reise gingen, viel Händeschütteln abnehmen können. Zur Zeit packt er im Büro noch Pakete, gibt Ratschläge, telefoniert viel, kommt kurzfristig seinen verlinkernden Verabredungen nach und wartet auf unseren VW-Bus, den ein Verleger aus München, der nützlichen Sache wegen, gespendet hat: «Aber bitte, meinen Namen nicht nennen.»
Vorläufig, bis der Bus kommt, reist Holger Schröder mit mir. Da wir viel Bundesbahn fahren, bin ich dankbar, daß Schröder, unserer Anschlußzüge wegen, mit Hingabe Fahrpläne kombiniert. Der sprichwörtlich steif geratene Jurastudent aus Hamburg, von dem ich mit Sicherheit sagen kann, daß er keine Künstlernatur, eher ein detailbesessener Registrator ist, hat es schwer, mit Linde, Marchand, Drautzburg und sich.

Zweifel rät mir, hier einen Punkt zu machen. Er werde auch keine Spannungen zwischen den Lehrkräften der Rosenbaumschen Schule preisgeben. Schwer genug sei es der jungen Studienassessorin gefallen, die Privatschule zu leiten. Man stelle sich vor: die überragende Person des Vaters, die erfahrene Pädagogin Romana Haberfeld, die angesehenen Professoren Ascher und Litten . . . (Übrigens steht im Tagebuch der Untertertia: «Wir freuten uns über den Schnee. Doch als Herr Dr. Ascher einem Jungen drohte, der einen Schneeball werfen wollte, glitschte er aus und hatte einen Beinbruch . . .»)

Nach Semesterschluß kam der Bodenseeschwabe Karlheinz Bentele dazu. Er war der Jüngste. Seine Lust am Essen schützte ihn davor, zum zusätzlichen Hochspannungsmast zu werden. Gescheit und rundlich verbreitete er gute Laune, die niemand anzusäuern wagte. Als einziger, glaube ich, hat Bentele im Wahlkampf an Gewicht zugenommen. Er aß und aß, während die anderen ... (Im übrigen ist der Grund für Streit und ähnliche Gesellschaftsspiele bei jener Ramme zu suchen, die täglich auf der Adenauerallee so tut, als sei sie mit dem Bau der Unterpflasterbahn Bonn–Bad Godesberg beschäftigt. Wrrrum! macht sie, wrrrum! – Marchand und ich, wir nicken uns kenntnisreich zu: wie bei Döblin, Berlin, Alexanderplatz ...)

Inzwischen hat Zweifels Freundschaft mit dem Gemüsehändler Isaak Laban Fortschritte gemacht: sie streiten sich nicht nur über den Gartenzaun, weil Laban, der sich im Ersten Weltkrieg vor Verdun einen Oberarmschuß geholt und das Eiserne Kreuz verdient hat, seit dem Tod des Reichspräsidenten Hindenburg Trauer trägt. Laban ist Mitglied beim Reichsbund jüdischer Frontkämpfer. Auch wenn er Zwiebeln bündelt oder Mistbeete anlegt, redet er vaterländisch. Zweifel sagt: «Wenn alles draufgeht, die Juden werden die letzten aufrechten Deutschen sein.» (Auch Professor Ascher gilt als unbedingt staatstreu und deutschnational.) Und Drautzburg, Kinder, hat nie bezweifelt, daß er weit links von mir steht.

Mal sehen, ob das geht: einige Vierziger und wenige Endzwanziger setzen sich an einen Tisch, finden einander abschreckend, schieben sich Verantwortung für Gegenwärtiges und Zukünftiges zu, erfinden einander kleidsame Adjektive und kommen zum Beschluß: Aufbau von Wählerinitiativen während der Vorwahlkampfzeit in fünfzig Wahlkreisen; Konzentration auf Jungwähler, berufstätige Frauen, ältere Bildungsbürger und katholische Arbeitnehmer, die sich von der CDU und Katzers Sozialausschüssen zu lösen beginnen. Zwar haben wir kein Endziel, aber ein Wahlkampfziel: die Ablösung der Großen Koalition durch eine sozial-liberale. Acht Sitze Mehrheit genügen, zwölf wären besser. Der Sammelbegriff Bonn soll (darf) uns nicht lähmen; ein ängstlicher Vorsatz. Alles ist klar oder sieht so aus. Nau hat die Termine für die Druckerei bestätigt. Hermsdorf hat unter Zeugen genickt. Wischnewski meint, uns verstanden zu haben. Ehmke tut so, als habe er uns erfunden. Willy läßt grüßen. Die Espede will – oder besser: will wollen. Und Onkel Herberts Segen haben wir (vorläufig).
In unserem Büro wird so getan, als gäbe es nur noch Schnecken. Jeder meldet kaum merkliche Fortschritte. Und Erdmann Linde erzählt von Erfolgen beim letzten Galopprennen: «Immerhin den Einsatz zurück!»

Immerhin, Kinder, nehme ich dabei ab.
Auch wenn es anstrengt, macht es immerhin Spaß.
Immerhin ist jetzt nicht Lübke, sondern Heinemann dran.
Immerhin soll das Städtebauförderungsgesetz.
Schneckendeutsch: immerhin.
(Weil alles gleichzeitig, aber verschieden schnell oder langsam Entscheidungen vertagt, bis die Ergebnisse neuester Untersuchungen wenn nicht vorliegen, so doch immerhin angekündigt werden . . .)

Was man bei ihm eingefleischt nennen könnte. Seine Ordnung: immer lag der Radiergummi neben dem Bleistift. Zweifel wird (wie Gaus) jene Intelligenz gehabt haben, die nicht schlafen gehen kann, keinen Schlaf findet, weil selbst das Gähnen in einen Satz gefaßt werden will, der – als geschliffene These – Gaus (wie Zweifel) hellwach macht.

7

Er hat nur Landschnecken gesammelt und beschränkte sich auf mitteleuropäische Arten. Zwar schätzte Zweifel marine Schnecken und überraschte seinen Schüler Fritz Gerson, der gleichfalls zu sammeln begonnen hatte, durch seine Kenntnis exotischer Exemplare – das Kamschatka-Seeohr, die karibische Fechterschnecke, der bis zu sechzig Zentimeter große, schon bei Tasman und Kapitän Cook erwähnte australische Ritterhelm – aber gesammelt hat er nur auf den feuchten Bruchwiesen des Werders, unter Moospolstern und Fallaubschichten im Saskoschiner Forst, in dichten Krautbeständen und an den strauchreichen Ufern der Radaune, auf sandigen Böden, im verfallenen Gemäuer stillgelegter Zuckerfabriken und zwischen den Mistbeeten der Müggenhahler Großgärtnereien.
Jeden wichtigen Schneckenfund hielt er in einer Kladde fest, die auch seine Warumsätze sammelte und nach Lichtenbergscher Überlieferung (nicht zu verwechseln mit Erwin Lichtenstein, der in Tel Aviv wohnt) Sudelbuch genannt wurde: «Genabelte Windelschnecke. Olivaer Wald, Osthang der Schwedenschanze. Feuchtwarme Lage unter Buchenlaub. Neun Uhr früh, am 12. April 1935.»
Oder anekdotisch: «Mit Fritz bei Isaak Laban zwei Stunden lang Gemüse gewendet, danach Johannisbeerwein getrunken. Wir lachten über die Schlachtordnung seiner Zinnsoldaten (Königgrätz) und ärgerten Laban, indem wir reichsdeutsche Erfolge auf der Berliner Olympiade mit Witzen über die Schnelligkeit der Schnecken veralberten. – Nach kurzem Schauer fanden wir auf der Rückfahrt vor Praust eine im Kriechzustand sechzehn Zentimeter messende große Egelschnecke. Wir stiegen von den

Rädern. Ich berührte ihren Mantelschild. Noch im zurückgenommenen Zustand maß sie neun Zentimeter. Fritz nahm sie auf. Zu Hause dozierte er Angelesenes: Stirner, später zionistische Sprüche. Fritz verspottete meine Bedenken, nannte sie krankhaft pessimistisch und liberal.»

Der Schüler Fritz Gerson war . . . – Schon muß ich mich, bevor ich ihn zur Figur mache und zu Zweifels Lieblingsschüler ernenne, grundsätzlich korrigieren: Im November einundsiebzig sprach ich in Jerusalem mit seiner Schwester Eva, die, kurz vor Schluß, auf der Rosenbaumschen Schule das Abitur gemacht hat und gleich danach mit einem Jugendzertifikat nach Palästina auswandern konnte. Tatsache ist, daß Fritz Gerson (Fritzchen genannt) am 14. Oktober 1920 geboren wurde. (Als er mit Zweifel auf der Prauster Chaussee die Große Egelschnecke fand, war er noch keine sechzehn Jahre alt.) Die Rosenbaumsche Schule hat er nur bis zur Mittleren Reife besucht. Siebenunddreißig begann er seine kaufmännische Lehre bei der Getreidefirma Simon Anker. Eigentlich hatte der Rechtsanwalt Walter Gerson erwogen, seinen musikalischen Sohn Klavierstimmer werden zu lassen. Die Familie wohnte in Langfuhr, Hermannshöferweg. In Jerusalem sah ich Fotos: Fritz und Eva in bestickten russischen Bauernkitteln. Fritz im Matrosenanzug. Auch ein Foto seiner Freundin Lotte Kirsch, die er heiraten wollte. Eva Gerson sagte: «Umgekehrt stimmt es. Ich war Miglied im zionistischen Jugendbund, Fritz war eigentlich unpolitisch. Palästina kam für ihn nicht in Frage. Er wollte nach Amerika auswandern . . .»

Wenn sich Zweifel und ich dennoch Fritz Gerson zum Lieblingsschüler und Schneckensammler, zum nebenbei zionistischen Agitator erfinden, dann nur, weil Fritz Gerson so viel offen gelassen hat – und weil Zweifel als Studienassessor auf einen Lieblingsschüler besteht.

Da sitzt er – tadellos gescheitelt – und lächelt bezeichnend. – Zweifels Nase mag die Länge von elf normalen Gedankenstrichen gehabt haben. Er konnte sich für nichts, allenfalls für sich entscheiden. Schwierig für Zweifel (und unsereins) für etwas zu sein; deshalb, Kinder, strengten wir uns an und nannten unsere Wahlzeitschrift «dafür», obgleich alle (und Gaus) lange und überzeugend gegen diesen Titel gesprochen hatten.

Schneckengehäuse sammelte Zweifel in beschrifteten Glasröhren, größere Exemplare in Senfgläsern, die er billig bei der Firma Kühne-Senf bezog. Eine Kommode (Nachlaß der Eltern) bewahrte in sechs flachen Schubladen seine Schneckenhaussammlung. Auf Regalen standen Gläser, in denen achtzigprozentiger Alkohol Nacktschnecken konservierte. Doch näher standen ihm lebende Schnecken in vier, später sieben Terrarien. Auf einer gemischten Schicht Kies, Splitter und Schotter lagerte mit Kalkstückchen versetzte Erde, der in einigen Terrarien Torf beigemengt war. Für die Große Vielfraßschnecke und für Heideschnecken, die trockenen Grund suchen, hatte Zweifel Sandboden bereitet. Auf das Erdreich legte er Moospolster, bettete er Fallaub, Steine und Moderholz. In jedem Terrarium hielten ein bis zwei Regenwürmer das Erdreich locker. Er setzte nur solche Pflanzen, die den Schnecken allgemein nicht als Nahrung dienen: Pfennigkraut Rainfarn Efeu. Er fütterte Löwenzahn, eingeweichtes Brot, Butterpilze, auch Salat, den er bei Isaak Laban billig einkaufte. Nur die unterirdisch lebenden, rötlichen Raubglanzschnecken fütterte er mit Insektenlarven: nacktschneckenartig, unter zurückgebildetem Gehäuse, sind sie beweglicher als andere Arten, nahezu schnell.

Uns beschäftigt die Gangart: Dem Fortschritt einen Schrittzähler ans Bein schnallen.

(Sein Lieblingsschüler soll sprunghaft und von eigenen Ideen leicht zu begeistern gewesen sein.) In Jerusalem habe ich Eva Gerson nach Eigenschaften und Vorlieben ihres Bruders gefragt. «Wir kannten uns kaum. Waren uns ziemlich fremd. Erst als ich schon in Palästina war, haben wir uns vermißt und Briefe geschrieben. Aber nach zwei Briefen war es schon aus . . .»

Zweifels Interesse galt der Fortbewegung der Schnecken; Fritz Gerson beobachtete, wie sich Schnecken fortpflanzen. Es war ihm gelungen, zwittrige Weinbergschnecken, die sich mit ihren Kriechsohlen aneinander aufrichten und einander kalkige Spieße (Liebespfeile genannt) in die Sohle bohren, während der Paarung, beim Samentausch und bei der Eiablage zu fotografieren. Diese Fotofolge wurde im Biologieunterricht zur Anschauung gebracht. (In Jerusalem zeigte mir Eva Gerson ihr nach Palästina gerettetes blaues Biologieheft: ein Protokoll über die langwierige Kreuzung von verschieden gearteten Fliegen.) Gleichfalls im Unterricht setzte Zweifel seine ziegelroten Wegschnecken, gestreiften Glanzschnecken und rotbraunen Laubschnecken mit ihren Kriechsohlen auf eine Glasplatte. So wurde allen Schülern anschaulich, wie sich Schnecken auf Gleitschleim, den der vordere Muskelfußrand ausscheidet, in Wellen vorantragen.

«Und was für ne Schnecke bist du?»
«Was für eine willste denn sein?»
«Eine mit Häuschen oder ne nackte?»
«Nu sag schon.»

Weder bin ich die gemeine Ackerschnecke noch die Kielnacktschnecke.
Rechnet mich nicht zur achtzähnigen, roggenkornförmigen, engmündigen oder gar linksgewundenen Familie der Windelschnecken, die zur Ordnung der Landlungenschnecken gehören.
Ich bin keine feingefältete Schließmundschnecke, die an feuchten Mauern und Baumstämmen haftet.
Ich wohne nicht in stehenden Gewässern. Auch in den Meeren, an Klippen, in Brandungszonen, im Flachwasser oder auf den Sandgründen der Tiefsee bin ich weder bei den Napfschnecken noch bei den Pelikanfüßen oder Tritonen zu finden.
Ich bin nicht die eßbare Herkuleskeule.
Kein Wellhorn oder Würfelturban.
So hübsch es sein mag, Josefinische Mondschnecke genannt zu werden, und so gerne ich euch von der Purpurgewinnung der Phönizier und jenem Gehäuseberg erzählen möchte, der bei Tarent gefunden wurde und Zeugnis ablegt von der kardinalsroten Einfärbung kirchenfürstlicher Mäntel, ich bin keine auszubeutende Purpurschnecke.
Niemand findet mich unter den hundertzwölftausend Arten der Mollusken, von denen fünfundachtzigtausend als Schnecken (Gastropoda) bezeichnet werden.
Ich bin die zivile, die menschgewordene Schnecke. Mit meinem Drang nach vorne, nach innen, mit meinem Hang zum Wohnen, Zögern und Haften, mit meiner Unruhe und Voreile im Gefühl bin ich schneckenhaft.
Weil immer noch unbestimmt, werde ich langsam zum Schneckenprinzip.
Schon eigne ich mich für Spekulationen.
(In Wahrheit soll Hegel nicht jemand zu Pferde, sondern eine berittene Schnecke gemeint haben, als er vom Weltgeist sprach.)
Wer filmt mich und zeigt einen Spielfilm lang, wie ich mich auf meinem Muskelfuß durchs Bergische Land, seitlich dem Ennepetal, vorbei am Ruhrgebiet, von Unna über Kamen nach Bergkamen bewege? –
«Pünktlich sind Sie», sagte der Kreissyndikus (und Parteisekretär) Dr. Krabs, «die Genossen hatten Sie so schnell nicht erwartet.»

Wie Drautzburg, der uns nun endlich im VW-Bus ins Westfälische und ins Emsland, durch den Spessart nach Franken und über die Rauhe Alb ins bayrische Schwaben fahren wird, wie Friedhelm Drautzburg, der sich gerne oft rasch verlobt, hatte auch Zweifel den Hang, Verhältnisse zu Verlöbnissen werden zu lassen, mehrere nacheinander und jedes total: in Sachen Liebe war Hermann Ott zweifelsfrei und nahezu närrisch gläubig.
Schon als Student in Berlin soll er sich zweimal verlobt haben: einmal

mit einer Kunstgewerblerin, deren Umgang mit Katzen zu ausschließlich gewesen sein muß; einmal mit einem Servierfräulein, das ihm bei Aschinger gefallen hatte, aber außerhalb des Lokals viel Reiz verloren haben soll. (Vielleicht war es aber auch so, daß Zweifel beide Mädchen durch allzu schopenhauerhafte Belehrung sauer werden ließ; wie ja auch Drautzburg wenig Gegenliebe findet, sobald er sein scholastisches Studentenfutter als Hauptgericht auftischt. Die Liebe mag das nicht: nach Vokabeln abgefragt werden.)

Als Referendar auf dem Kronprinz-Wilhelm-Gymnasium verlobte sich Hermann Ott mit der Tochter eines Kranführers, der auf der Schichauwerft arbeitete. Da der Kranführer Kurbjuhn Betriebszellenleiter der Nationalsozialistischen Deutschen Arbeitsfront wurde, hatte dieses Verlöbnis keinen Bestand mehr, als Zweifel an der Rosenbaumschen Schule zu unterrichten begann.

Dort galt er als nützlicher, wenn auch tickhafter Pädagoge. Es muß unklar bleiben, ob Zweifel versucht hat, sein Verhältnis zu den weiblichen Lehrkräften in die Nähe von Verlöbnissen zu bringen. Gerne möchte ich ihn in Freundschaft zu Elfriede Mettner, zu Fräulein Nachmann sehen. Ich stelle mir die Leiterin der Schule und Zweifel bei Ausflügen am Heubuder Strand vor: in den Stranddünen beim Schneckensammeln. Aber als ich Ruth Rosenbaum in Haifa gegenübersaß, zerfiel Ausgedachtes und begann ich längere Abschnitte in meinem Manuskript zu streichen.

(Sie erinnert sich unsicher. Selbst ihre Leistung, die Schule in der Eichenallee, ist ihr klein und papieren geworden.) Ich fragte: «Ist der politische Streit jener Jahre auch im Lehrerkollegium ausgetragen worden?» – Ruth Rosenbaum versicherte: Nur die Reform des Unterrichts sei wichtig gewesen. Der Vater habe sich schützend vor die Schule gestellt.

Der zweite Vorsitzende der Synagogengemeinde, Dr. Bernhard Rosenbaum, war ein gemäßigter Zionist, der die Interessen einer Gemeinde vertreten mußte, deren konservativer Flügel sich als fortschrittlich gegenüber dem orthodoxen verstand.

Als der Boykott gegen die Danziger Juden immer amtlicher wurde und der Senat das Schächten von Tieren verbot, wurde innerhalb der Gemeinde als Kompromiß das Betäuben der Tiere vor dem Schächten erwogen, doch Rosenbaum lehnte ab und bewies mit medizinischen Gutachten, wie schmerzlos rasch das Durchschneiden der beiden Halsschlagadern zur Blutleere im Gehirn der Rinder, Schafe, Kälber und Hühner führt. Er berief sich auf einen Spruch des Reichsgesundheitsamtes aus dem Jahre 1930 und zitierte arische Zeugen, doch der Senat blieb beim Verbot.

Zweifel soll damals Ärger bekommen haben. Er war gegen Rituale, auch gegen jüdische Rituale. Weil politischer Streit (wie Ruth Rosenbaum sagt) in der Schule keinen Boden fand, zankte sich Zweifel mit Isaak Laban, der als deutschnationaler und orthodoxer Jude zwiefach verstockt war, über den Gartenzaun. (Auch wenn Gaus Streit sucht, findet sich immer ein befreundetes Opfer: wie viele scharfsinnig Aufgeklärte schlachtet er gerne. Die ritualisierte Vernunft.) In jenem Briefwechsel jedoch, der zwischen Bernhard Rosenbaum und Hermann Ott denkbar ist, wurde der Streit um das Schächtverbot nur fußnotenhaft geführt. Als Spaziergänger (entlang der Radaune) und Briefpartner (aus Neigung) bevorzugten der Rechtsanwalt und der Studienassessor grundsätzliches Gelände: Warum jener Mann Moses sein Volk im Kreis geführt (abgetrabt) hat und sich Gesetze hat ausdenken müssen . . .

Doch Tatsache ist: Zweifel verlobte sich im April siebenunddreißig mit einer Bibliothekarin der Stadtbücherei. Beim Sammeln und Sortieren versprach Erna Dobslaff ihrem Verlobten, sich an die Schnecken (mit der Zeit) zu gewöhnen.

8

Moses soll – kaum lag das spaltbare Meer hinter ihm – ziemlich geraunzt haben. Anfangs zu laut für die Nahestehenden, plötzlich, obgleich der Anlaß einen brockenschleudernden Ausbruch erlaubt hätte, leise fürs Volk, dann wieder mit der Zunge als Brecheisen, als wollte er die Namen der Beschuldigten aus dem Wortgefüge klinken: «Das kann, das wird, das muß!» So stürzte er sich und alle, die ihn hören mußten, in ein Sprachwechselbad. Mangelhafte Organisation und um sich greifende Schlamperei, die spitzfindigen Richtungskämpfe bei der Vorhut und das Nörgeln der verschieden langsamen Nachzüglergrüppchen hatten seinen Zorn beredt gemacht. Sogar den Husten mischte er in die Syntax. Falsche Wegweiser übers Knie gebrochen. «Ich bin nicht die Richtung, aber ich weiß sie. Ihr mögt mich nicht, aber macht Gebrauch von mir. Wenn ich mal nicht mehr sein werde, könnt ihr, jawohl, dann könnt ihr. Da lache ich nur: Ha! Nein, meine Herren, die sich für die Vorhut halten, wenn ich müde bin, heißt das nicht, daß ich schlafe. Wer von hier aus zurück will, muß das Meer spalten können . . .»

Ihr lacht, Kinder, wenn ihr ihn auf dem Fernsehschirm Worte schleudern, Fragen zerbeißen und Sätze als Irrgärten anlegen seht. Lacht – manchmal lache ich auch – aber lacht ihn nicht aus.
Er siebt seine Rede vorerst noch halblaut zwischen die versammelten Betriebs- und Personalräte. (Das war im März in Bochum, ich trage das

nach.) Auch wenn er sitzt, läuft er, ein seltenes Exemplar, hinter Stäben auf und ab. Viele kommen, um ihn aus Distanz – denn man weiß nie – zu betrachten. Plötzlich, nach leiser Beschwörung von Sachzwängen, speit er erschreckend das Wort «nüchtern», hackt nun den Satz, als sei er Langholz, zu gleich kurzen Klaftern, besteigt eine himmelstürmende Leiter, die er (wohl schwindelfrei) weiter, noch weiter ausfahren läßt, steigt jetzt – mitten im Satz – zögernd, als genieße er seine Verstiegenheit, ab, stapelt unten, kaum angekommen zwischen den gleichkurzen Klaftern, eine Pyramide aus Konjunktiven, läßt sie langsam (zum Mitschreiben) einstürzen, lacht nun – warum lacht er? – und bleibt mit seinem Gelächter alleine.
Im Rechtgehabthaben, im Irrtum alleine. Jemand, dem man, wenn man wüßte womit, eine Freude bereiten möchte. Irgendwas liebt er unerbittlich, wir fragen uns, was. Er hat viel hinter sich, das durch ihn durchscheinen möchte, aber nicht darf. (Gegen sich und andere ungerecht.) Alle sind ihm immer erst hinterher dankbar, auch seine Feinde. Manchmal droht er mit seinem Tod. Das Wichtigste trägt er in zwei Aktentaschen bei sich. Plötzliche Aufbrüche sind ihm geläufig. Oft wird er früher wach, als er Schlaf findet und frühstückt vor allen anderen. (Schmerzen? Ich weiß nicht.) Er beißt auf etwas, das sich als Pfeife getarnt hat. Sein Blick vom Podium sieht, so befürchte ich, mehr Tote, als man Freunde gehabt haben kann. (Der stundenlang Vorsitzende wird nicht abgelöst, geht nicht aufs Klo.) Nach Diskussionen faßt er zusammen, was andere hatten sagen wollen. Neuerdings gelingt es ihm manchmal, heiter, wie ohne Anlaß lustig zu sein. Man sagt, er blicke sich spaßeshalber nach einem Nachfolger um. (Gaus, der in unserem Kreis als ihm nahestehend gilt, wird, sobald er über ihn spricht, zum befangenen Sohn.)
Man hat über ihn und seine Vergangenheit geschrieben. Er war ziemlich viel: marxistischer Sektierer, Anarchist, Kommunist, Stalinist, Renegat, abtrünnig bis zur Selbstaufgabe – und jetzt ist er willentlich protestantischer Christ und Sozialdemokrat. Man sagt, er sei dünnhäutig verletzlich und – wie alle Konvertierten – angestrengt gläubig. Ich kenne ihn nicht – oder nur annähernd. Ich war gegen und für ihn. Streit auf Distanz und nahe bei. (Solch zähes Fremdbleiben verbindet.) Einmal hat er mir Tabak geschenkt. Ich sehe ihm zu, wie er bemüht bleibt, dem Chaos Perspektiven beizubringen. (Man möchte behilflich sein.)
Jetzt hat er zuende gesprochen. Nach der Schrecksekunde retten sich die Betriebs- und Personalräte in Beifall. Jetzt blickt er wieder (und wie bekannt) über die Versammlung in der Ruhrlandhalle hinweg und sieht was. (Auch die ihn nicht zum Onkel haben möchten, nennen ihn Onkel Herbert.)

«Und wer noch?»
«Wer kommt jetzt dran?»
«Was is mit Willy?»
«Kommt der erst später?»

Außer der regelmäßig gestreiften, unter der Lupe fein gekörnelten Schattenlaubschnecke und dem Steinpicker, der bei Regen glatte Buchen besteigt, gibt es die gemeine Bernsteinschnecke, eine Landlungenschnekke, die nach Eduard Bernstein (Ede) benannt wurde, der den Nachlaß von Engels geordnet hat und später in Widerspruch zu Marx geraten ist. Die Bernsteinschnecke lebt in Wassernähe. Während der Zeit der Sozialistengesetze redigierte Bernstein in Zürich die im Deutschen Reich illegal verbreitete Zeitung «Der Sozialdemokrat». Am 28. September 1936, vier Jahre nach Eduard Bernsteins Tod, notierte Zweifel den Fund einiger Exemplare: «Radaune bei Krampitz, wo die Lake einmündet. Ihre wasserhaltigen Körper können nicht ins Gehäuse zurückgenommen werden. Zwischenwirt eines Saugwurmes, der im Fühler steckt, pulsiert, Vögel (Drosseln) anlockt und sich so überträgt.» Um die Jahrhundertwende wurde Eduard Bernstein als Revisionist bekannt. Seine Schrift: «Die Grundlagen des Sozialismus . . .»

«Immer über andere.»
«Wissen wir schon. Wissen wir schon.»
«Erzähl mal von dir. Über dich. Wie du bist.»
«Aber ehrlich und nicht erfunden.»

Und nach dem Erfurter Parteitag von 1891 kam es dazu, daß die Bernsteinschnecke, die zu den Landlungenschnecken gehört, nach Eduard Bernstein (dem siebten Kind eines Berliner Lokomotivführers) benannt wurde, weil die Schnecken und die Revisionisten . . .

«Nein! Über dich!»
«Wie du bist, wenn du dich nicht erfindest.»
«Wie du wirklich bist.»
«Na einfach wirklich.»

Vorerst Ausflüchte, Hakenschlagen auf dem Papier: Lieber doch über Schnecken und Bernstein, wie er mit seiner Schrift «. . . und die Aufgaben der Sozialdemokratie» den Heiligen Lenin in Wut gebracht hat; denn Bernsteins Widerlegung der Verelendungstheorie und sein Leugnen der Existenz eines Endzieles, besonders aber seine Hinweise auf einen evolutionären, in sich verzögerten, phasenverschobenen, insgesamt schnekkenhaften Prozeß . . . – «Über dich sollste. Nur über dich. Wie du bist und geworden bist.» – . . . sage ich ja: haben mich beeindruckt und (genau besehen) zum Bernsteinianer gemacht. Man darf mich beschimpfen. Ich bin ein Revisionist.

Also gut: über mich. Ich gebe kein Bild ab. Vor allen anderen Blumen gefällt mir die hellgraue, das ganze Jahr über blühende Skepsis. Ich bin nicht konsequent. (Sinnlos, mich auf einen Nenner bringen zu wollen.) Meine Vorräte: Linsen Tabak Papier. Ich besitze einen schönen leeren Rezeptblock.
Außer Geschichten und Geschichten gegen Geschichten erzählen, kann ich Pausen zwischen halbe Sätze schieben, die Gangart verschieden gearteter Schnecken beschreiben, nicht Radfahren, nicht Klavierspielen, aber Steine (auch Granit) behauen, feuchten Ton formen, mich in einen Wust (Entwicklungspolitik, Sozialpolitik) einarbeiten – und ganz gut kochen (auch wenn ihr meine Linsen nicht mögt). Ich kann mit Kohle, Feder, Kreide, Blei und Pinsel links- und rechtshändig zeichnen. Daher kommt es, daß ich zärtlich sein kann. Ich kann zuhören, weghören, voraussehen, was gewesen ist, denken, bis es sich aufhebt, und – außer beim Aufdröseln von Bindfäden und scholastischen Spekulationen – geduldig bleiben. Doch das ist sicher: lachen konnte ich früher besser. Manches verschweige ich: meine Löcher. Manchmal bin ich fertig allein und möchte in etwas weich warm Feuchtes kriechen, das unzureichend bezeichnet wäre, wenn ich es weiblich nennen wollte. Wie ich mich schutzsuchend erschöpfe.

Wo beginnt die Enthäutung einer Person? Wo sitzt der Zapfen, der die Bekenntnisse unter Verschluß hält? Ich bekenne, schmerzempfindlich zu sein. (Schon aus diesem Grund bemühe ich mich, politische Verhältnisse zu verhindern, die mich mir unerträglichen Schmerzen ausliefern könnten: Nacktschnecken verkürzen sich, sobald sie berührt werden.)
Ihr seht mich oft zerstreut: immer bin ich zerstreut, so sehr ich mich seitenlang auflese, sortiere und als Summe, samt Außenständen, aufrechne.
Wo bin ich jetzt? – Überall wo mein Tabak krümelt, krümelte oder zu krümeln vorhat.

Etwa zwischen Küchenkräutern. Glaubt mir, Kinder, wenn es einer der vielen, einander zänkisch den Teppich wegziehenden Ideologien gelänge, aus ihren Glaubenssätzen und Endzielbeschwörungen ein wenig sanft pelzigen Salbei zu treiben, sie könnte mich (versuchsweise) an den Tisch locken. Aber meinem Gaumen schmeckten weder Rosmarin noch Basilikum, kein Thymian, nicht einmal Petersilie vor. Geschmacklos wurde mir aufgetischt. Das will ich nicht löffeln. Marx, dick eingekocht oder – wie üblich – verwässert, läßt allenfalls Graupen ahnen, diesen Fraß, der jedermann Gleichheit und Graupenfreiheit verspricht.

Oder sucht mich vor weißem Papier, wenn ich mit Kohle flüchtige Schatten werfe, mit Blei Vögel aus kahlen Hecken vertreibe, dem satten Pinsel Sprünge im Schnee und der Feder ihren nervösen Kleinkram erlaube. Ich zeichne was übrigbleibt. Neuerdings zeichne ich Schneckengehäuse und Schnecken im Gegenverkehr. Die Fortschritte meiner Schnecken sind an rasch wegtrocknenden Spuren zu erkennen. Ein reicher, das heißt gebrochener, sich spleißender, streckenlang stotternder, hier verschweigender, dort dick verkündender Strich. Viele Striche. Auch geränderte Flecken. Oder Geiz beim Auszahlen der Umrisse.
Es stimmt, ich glaube nicht; doch wenn ich zeichne, werde ich fromm. Die Darstellung der unbefleckten Empfängnis verlangt nach einem harten Blei, der silbernes Grau wahrscheinlich werden läßt. Grau beweist, daß nirgendwo schwarz ist. Die Messe ist grau. Mystik, wenn Spinnen in Gläser tauchen und absterben, nachdem sie ihr Grau ausgeschieden haben. – Doch zeichne ich immer weniger. Es wird nicht mehr still genug. Ich gucke raus, um den Lärm zu bestimmen; dabei bin ich es, der lärmt und woanders ist.

Zum Beispiel auf Wahlreise in unserem VW-Bus. Zumeist in Gegenden, wo die Sozialdemokraten verängstigt und kopfscheu in der Diaspora leben: gestern in Lohr und Marktheidenfeld, heute in Amberg in der Oberpfalz, morgen in Burghausen, wo Österreich mit seinem Inn-Viertel angrenzt, übermorgen in Nördlingen und Neuburg (Abendveranstaltung im Kolpinghaus).

Ich bin Sozialdemokrat, weil mir Sozialismus ohne Demokratie nichts gilt und weil eine unsoziale Demokratie keine Demokratie ist. Ein so knochentrockener wie unbeugsamer Satz. Nichts zum Begeistern und Mützenwerfen. Nichts, was die Pupille vergrößert. Also rechne ich nur mit Teilerfolgen. Besseres habe ich nicht, obgleich ich Besseres weiß und haben möchte.
Oft, unterwegs in Mittelfranken oder im Münsterland, suche ich Ausflüchte: Laß die doch alleine machen! Diese mittelfristigen Kriechdisziplinen! Diese Reformkrämer! Guck mal der lustige Enzensberger: hüpft bubenhaft einfach nach Kuba und ist fein raus, während du hier Schönwetter zu machen versuchst für die Dynamisierung der Kriegsopferrente und für die Anerkennung von Tatsachen, die schon vor Jahrzehnten Moos angesetzt haben. (Ein mieser Handel.) Ich rede rede, höre mir zu, wie ich über die zerredete Mitbestimmung am Arbeitsplatz rede, bin eigentlich dabei und eigentlich schon unterwegs in Wirklichkeiten, die nach anderer Gerechtigkeit hecheln. Ich beginne, mir auszudenken, laufe dem Faden nach, gerate ins Garn, lüge mich frei und schlichte den Streit des Apfels mit seiner Legende. Dann mache ich Worte, Kinder, weiche

Tapeten ab, breche Fußböden auf, trenne Futter aus Mänteln, klopfe am Putz, bringe Fassaden zum Lachen und beschneide die Fingernägel von Toten und Lebenden. Als Zweifel, zum Beispiel, in seinem Heimatdorf die Liste der Müggenhahler Schöffen bis ins sechzehnte Jahrhundert zurückverfolgte und die Radauneordnung aus dem Jahr 1595, die jeden unter Strafe stellte, der beim Scharwerk fehlte . . .

«Jetzt nicht von dem, später vielleicht.»
«Von dir wieder. Wie du früher warst.»
«Als du noch nich berühmt warst.»
«Warste da auch immer weg und woanders?»

Ja, aber mit weniger Gepäck. Auch wenn ich früher zeitweilig älter war, als ich bald sein werde, konnte ich doch mitten im Satz aufbrechen und gehen, ohne mich umzuschauen. Ich war ziemlich mager und guckte überkreuz auf einen erfundenen Punkt. Und noch früher, da wußten mein Vater und meine Mutter nicht, wer und wo ich gerade war, auch wenn ich am Tisch saß und – wie Franz es tut – Grimassen schnitt. Nie wieder werde ich so lesen können, wie ich als Vierzehnjähriger gelesen habe: so absolut. (Meine Mutter schob mir, um meiner Tante die Abwesenheit ihres Sohnes zu beweisen, anstelle der Stulle mit Pflaumenkreide ein Stück Seife zu. Beide haben ihren Spaß gehabt.)
Als ich fünfzehn war, wollte ich in Gedanken, Worten und Werken meinen Vater mit meinem Hitlerjugenddolch ermorden. (Bei gleicher Absicht wechseln von Generation zu Generation nur die Tatgegenstände.)
Als ich sechzehn war, habe ich ein unfertiges und beliebig zu deutendes Mädchen auf Entfernung geliebt; seitdem kann ich wünschen und mir einbilden, bis es anklopft, eintritt, da ist und einen Streit beginnt.
Als ich siebzehn Jahre alt war, lernte ich unter meinem Stahlhelm – und nur noch vom Koppel zusammengehalten – die Angst kennen, später (zum Ausgleich) den Hunger, und wenig später das unübersichtliche Raubtiergehege Freiheit.
Ab achtzehn habe ich versucht, dieses Gehege auszumessen, wobei mir aufstieß, wie parzelliert es ist und wie selten die Vernunft beim Verstand liegt: je größer die Intelligenz, um so verheerender kann ihre Dummheit ins Kraut schießen. Selten sind es die Törichten, oft die schlauen Besserwisser, die der Welt ihre Niederlagen heimzahlen möchten.
Danach lebte ich längere Zeit kaum, schrieb nur und war Sammelstelle für Zerstreutes, auch für ordnungsgemäße Abgänge. Es fanden sich bei mir ein: dezimierte Jahrgänge, Verschuldungen der Väter und Schuldverschreibungen der Söhne, abgemusterte Clowns, die ihre Komik in Aktenordnern gesammelt hatten, verschüttete, nun rüde Wahrheit be-

zeugende Märchen, Batterien Riechfläschchen, Kollektionen abgerissener Knöpfe und sonstige Gegenstände, die – zum Beispiel ein Taschenmesser – seit Jahren nach ihrem Verlierer fahndeten. Ich habe alles notiert und den rechtmäßigen Besitzern zurückzuerstatten versucht.
Als ich zweiunddreißig Jahre alt war, wurde ich berühmt. Seitdem beherbergen wir den Ruhm als Untermieter. Er steht überall rum, ist lästig und nur mit Mühe zu umgehen. Besonders Anna haßt ihn, weil er ihr nachläuft und zweideutige Anträge macht. Ein manchmal aufgeblasener, dann abgeschlaffter Flegel. Besucher, die glauben, mich zu meinen, blicken sich nach ihm um. – Nur weil er so faul und meinen Schreibtisch belagernd unnütz ist, habe ich ihn in die Politik mitgenommen und als Begrüßgustav beschäftigt: das kann er. Überall wird er ernst genommen, auch von meinen Gegnern und Feinden. Dick ist er geworden. Schon beginnt er, sich selbst zu zitieren. Oft leihe ich ihn gegen geringe Gebühr für Empfänge und Gartenfeste aus. Hübsch, was er hinterher zu erzählen weiß. Er läßt sich gerne fotografieren, fälscht meisterlich meine Unterschrift und liest, was ich kaum anlese: Rezensionen. (Gestern in Burghausen, kurz vor Beginn der Veranstaltung, wollte ihm ein nicht unbegabter Schwindler seine Geschichte – zwanzig Jahre Sibirien – verkaufen.) Mein Ruhm, liebe Kinder, ist jemand, für den ich um Nachsicht bitte . . .

«Aber ist man dann reich, wenn man berühmt ist?»
«Und wie reich?»
«Und ist das schön, berühmt und reich zu sein?»
«Was kann man sich dafür kaufen?»

Seitdem ich berühmt bin, werden mir Krawatten, Mützen, Taschentücher und ganze Sätze, samt Gebrauchsanweisung, gestohlen. (Ruhm ist etwas, das anzupissen Spaß zu bereiten scheint.) Die Zahl der Freunde wird, je berühmter man wird, entsprechend geringer. Es läßt sich nicht ändern: Ruhm vereinzelt. Dort, wo er hilft, besteht er darauf, geholfen zu haben. Dort, wo er schadet, spricht er vom Preis, der zu zahlen sei. Ich will den Ruhm langweilig und nur selten lustig nennen. (Als Laura kürzlich sechs Autogramme haben wollte, um sie gegen eines von Heintje einzutauschen, beschlossen wir alle, uns über dieses Geschäft zu freuen.)
Aber ziemlich reich bin ich. Ich könnte mir, wenn ich alles zusammenkratze, hier in Berlin eine der kleineren, so gut wie leerstehenden Kirchen kaufen, dann meine gekaufte Kirche in ein Gasthaus verwandeln, das in Anlehnung an die päpstliche Bank getrost «Gasthaus zum Heiligen Geist» heißen könnte. Alles gäbe es dort zu essen, was ich selber koche und esse: Hammelkeule und Linsen, Kalbsnieren auf Sellerie, Aal grün,

Kutteln, Miesmuscheln, Fasan mit Weinkraut, Saubohnen und Spanferkel, Fisch-, Lauch- und Pilzsuppen, am Aschermittwoch Lungenhaschee und zu Pfingsten ein mit Backpflaumen gefülltes Rinderherz.
Denn soviel läßt sich sagen: ich lebe gern. Froh wäre ich, wenn alle, die mich ausdauernd lehren wollen, richtig zu leben, auch gerne lebten. Die Verbesserung der Welt sollte nicht den magenkranken Bitterlingen überlassen bleiben. Außerdem, Kinder, bin ich ein Zufall, der zufällig überlebte, zufällig etwas zu schreiben weiß – aber auch oder abermals zufällig eine um sich greifende Industrie – Schiffswerften – hätte aufbauen können. – Na, vielleicht beim nächsten Zufall. Ihr dürft dann mitmachen und beim Stapellauf zugucken, wie es schiefgeht. Anna könnte «Ich taufe dich . . .» sagen. Ich könnte darüber (nun was schon?) ein Buch schreiben . . .

«Ist das alles? Soll das alles sein über dich?»
«Schiffe, das glaub ich – aber sonst?»
«Haste nich noch was?»
«So kurze Sachen. Was du magst, was du nich magst.»

Also nochmal. Kurze Sätze zum Einprägen und Verlieren.
Ich rauche zu viel, aber regelmäßig.
Ich habe Meinungen, die sich ändern lassen.
Meistens überlege ich vorher.
Auf verquere Weise bin ich unkompliziert.
(Seit vier Jahren stelle ich Sätze und einzelne Wörter zwischen Klammern: etwas, das mit dem Älterwerden zu tun hat.)
Das mag ich: von weit weg hören, wie Laura am Klavier an immer derselben Stelle danebengreift.
Wenn Raoul mir eine Zigarette dreht, freue ich mich.
Wenn Franz mehr sagt als er zugeben wollte, bin ich erstaunt.
Wenn Bruno Witze falsch erzählt, kann ich lachen wie früher.
Mit Vorliebe sehe ich Anna zu, wenn sie ein frisch gekauftes Kleid sogleich abzuändern beginnt.
Was ich nicht mag: Leute, die mit dem Wort «scharf» bewaffnet sind. (Wer nicht denkt, sondern scharf denkt, der greift auch scharf durch.)
Ich mag keine bigotten Katholiken und keine strenggläubigen Atheisten.
Ich mag keine Leute, die zum Nutzen der Menschheit die Banane gradebiegen wollen.
Widerlich ist mir jeder, der subjektives Unrecht in objektives Recht umzuschwindeln versteht.
Ich fürchte alle, die mich bekehren möchten.
Mein Mut beschränkt sich darauf, möglichst wenig Angst zu haben; Mutproben lege ich keine ab.

Allen rate ich, die Liebe nicht schnell wie das Katzenficken zu betreiben. (Das gilt auch später für euch, Kinder.)
Ich mag Buttermilch und Radieschen.
Ich reize gern auf den Skat.
Ich mag alte gebrochene Leute.
Auch ich mache Fehler mehrmals.
Ich bin ganz gut schlecht erzogen worden.
Treu bin ich nicht – aber anhänglich.
Immer muß ich was machen: Wörter hecken, Kräuter schneiden, in Löcher gucken, Zweifel besuchen, Chroniken lesen, Pilze und deren Verwandtschaft zeichnen, aufmerksam nichts tun, morgen nach Delmenhorst, übermorgen nach Aurich (Ostfriesland) fahren, redenreden, die dicke Schwärze, dort, wo sie graustichig wird, vom Rand her anknabbern, Schnecken auf ihrem Vormarsch begleiten und – weil ich den Krieg kenne – vorsätzlich Frieden halten; den mag ich auch, Kinder.

«Ma ne Frage», sagt abschließend Franz.
Erwachsene heißen bei Bruno «Verwachsnige».

Die sind langweilig – oder wie Laura sagt, langgeweilt. Nicht unfreundlich nennt mich Raoul: «Altes Eisen.»

9

Während Bruno neben der Vorgartentür hockt und auf den täglichen Knall wartet, Laura Wunschpferde malt, Raoul einen Tauchsieder umbaut, Franz bei Jules Verne ist, ich unterwegs bin, Anna Briefe schreibt, Bettina ihre Haare trocknet (und dabei Hegel liest) nähern sich schon die beiden VW, die gleich darauf Ecke Handjery-Niedstraße zusammenstoßen, Franz aus seinem Buch reißen, Raoul vom Schrott abziehen, Anna aus ihrem Brief, Laura von ihren Pferden wegführen, Bettina ans Fenster und Bruno zum Tatort locken werden, während ich unterwegs bleibe. – Immer schon war ich gleichzeitigen Ereignissen hinterdrein. Das hat mich und Zweifel ins Stolpern gebracht, weil, was wir beide im nämlichen Moment dachten, hörten, schmeckten, ahnten, versäumten, vor einer Tür drängelte, Vortritt forderte und – wie ihr es seid, Kinder – gleichzeitig aktuell war.

Während sich dieses zutrug, hat sich mit dem Dementi eines vorausgegangenen Ereignisses jenes und die Anerkennung der DDR durch Kambodscha ereignet. Was zur Sprache kommt. Ich bitte, Fragen zu stellen.

Auf Pressekonferenzen, in deren hufeisenförmiger Tischordnung ich im März und April in Gladbeck, Dorsten bei Marl und Oberhausen, im Mai in Kamen, Saarbrücken, Esslingen, Lohr und Nördlingen eingemauert saß – auch in Wiesbaden, Burghausen und sonst noch wo fanden (wie in Schnecklingen) Pressekonferenzen statt – wurde ich nach dem Atomsperrvertrag und zur Vorbeugehaft, über meine Einschätzung der russisch-chinesischen Grenzstreitigkeiten am Ussuri, nach meinem Verhältnis zur Mitbestimmung, zur engagierten Literatur, zur katholischen Kirche, nach Heinemanns Verhältnis zur Bundeswehr, nach dem Verhältnis des Außenministers zu seinem Sohn Peter, über meine Einschätzung der Großen Koalition (natürlich auch über das von mir erwartete Wahlergebnis) und über die Verwendung von Knoblauch beim Kochen befragt.
Meine Antworten waren kurz oder umschweifig, zitierbar sarkastisch oder flüchteten verlegen. (Auf Verlangen erzählte ich Anekdoten: was einem so unterwegs passiert.)

In Burghausen fand, während ich im Lindacher Hof eine Pressekonferenz gab, draußen (bei schönem Wetter) eine Schießerei statt: der Arbeiter Norbert Schmitz verfolgte seine geschiedene Frau, schoß, während er verfolgte, den Schreiner Josef Wohlmannstetten nieder, schoß dann, schon selber verfolgt, auf Landpolizisten, die sich, während er noch seine geschiedene Frau verfolgte, mit einem Funkstreifenwagen genähert hatten, schließlich, als Wohlmannstetten schon blutete, am Tatort waren, und wurde, während ich im Lindacher Hof aktuelle Fragen beantwortete, von Landpolizisten mehrmals in den rechten Oberschenkel getroffen.

Was über den Ticker kommt: das Gedrängel der Nachrichten, wo sie ausgewählt und ins rechte Verhältnis gerückt werden, wessen Meinung ihre Überschrift bestimmt und welcher Kommentar ihnen die Zähne ziehen oder bissig schleifen wird. Ich antworte und stelle Trittleitern für mögliche Fragen. Doch in Amberg will niemand wissen, was nach de Gaulle kommt. Dafür ab 9. Mai die ökonomische Hamletfrage: Aufwerten oder Nichtaufwerten? Schiller und Strauß an der Rampe. Kiesingers «Niemals!». Was die Experten und ähnliche Chargen sagen. Ein Stück, in dem Chöre auftreten. Die klassische Warnung der einundsechzig Professoren: «Wenn die D-Mark nicht rechtzeitig, dann kann auch die Lohnentwicklung . . .»
Rattenschwanzfragen: Wie ich zu Kiesingers NS-Vergangenheit und zu Wehners KP-Vergangenheit, zu den Studenten allgemein und zu den Radikalen besonders, zum Papst und zur Pille, zur Gruppe 47 und zu Axel Cäsar Springer, zum Schießbefehl an der Mauer und als Ehemann zu meiner Frau stehe.

Ich antworte (wenn möglich) und drehe mir Zigaretten. Im Unterfutter knistert Zweifel und meldet Bedenken an. Es ist gefährlich, die Gießener Antworten in Wiesbaden zu variieren. Wenn es öde wird, beginne ich Fragen, die mir jemand in Kamen gestellt haben soll, zu erfinden und wahrheitsgemäß zu beantworten. – (Doch Zweifel verachtet mich, wenn ich trickreich agiere: Dieser Beckmesser! Dieser Studienassessor!)
Manchmal sind Redakteure örtlicher Schülerzeitungen dabei. Sie fragen, warum ich eine geblümte Krawatte zum gestreiften Hemd trage, ob ich mich nicht endlich für die völkerrechtliche Anerkennung der DDR aussprechen möchte und welchen Sinn das alles (nicht nur das Leben) habe. (Die Redakteure der Schülerzeitungen schreiben ungern: sie führen Tonbandgeräte mit sich.)

Pressekonferenzen, sagt Erdmann Linde, sind wichtig.
Das streut, bringt Fotos mit Kandidaten, bleibt hängen als Halbsatz und kostet nichts.
Auf Pressekonferenzen lerne ich freundliche, geduckte und herzzerreißend abhängige Journalisten kennen. (Oft schreiben sie besser, als es die Kopfblattbesitzer erlauben.) Einige geben Tips.
Die von Ort zu Ort anders, aber überall gleichmäßig verfilzte Kommunalpolitik wird mir, weil ich Mief sammle, gut verschnürt unterschoben: Mitbringsel mit Lokalgeruch.
Dankbar lobe ich das von Ort zu Ort verschieden geratene Bier, die ländlichen Weißweine.
«Haben Sie noch Fragen?» fragt neben mir der Ortsvereinsvorsitzende Lambinus die versammelten Journalisten aus Lohr und Marktheidenfeld und faltet die Rechnung mit Datum.
Nachdem ich eine letzte Frage «Waren Sie schon einmal in Marktheidenfeld?» eindeutig mit «Nein!» beantwortet habe, gilt die Pressekonferenz als beendet; nur noch auf kommunaler Ebene wird Frankenwein getrunken und örtlicher Geniste und Filzvorkommen gedacht. (So schön ist Deutschland. So überschaubar undurchdringlich. So unheimlich harmlos. So überall anders und gleich. So selbstvergessen.)
Jemand will zum Abschluß (und ohne davon Gebrauch machen zu wollen) etwas Vertrauliches fragen: «Worüber schreiben Sie unterwegs momentan?»
«Zur Zeit über Dinge, die gleichzeitig aktuell sind – und zwischendurch über einen verjährten Salatkopf . . .»

Wenn wir am Sonnabend auf unseren Friedenauer Wochenmarkt gehen, dann kaufen wir Dill und Gurken, Havelaal und Heilbutt, Birnen und Pfifferlinge, Hasenläufe und Vierländer Mastenten wo wir wollen und lustig sind. Niemand stellt uns mit nacktem Finger zur Rede: «Warum bei der? Wissen Sie nicht, daß die? Bei der und auch bei dem da soll, darf man nicht einkaufen. Verstanden!»

Wir kaufen ein, wo uns Aal und Dill, Hasenläufe und Preiselbeeren auf den Geschmack bringen. Auch gefallen Anna und mir einige Marktfrauen besonders: etwa unser selbst bei frostigem Ostwind immer noch lachlustiges Heringsmädchen. Das war in Berlin und woanders nicht immer so: bei mir zu Hause wurden gegen Ende Oktober 1937 – zehn Jahre war ich alt und begriff nicht – die jüdischen Markthändler vom Danziger Wochenmarkt vertrieben. Nur in der Häkergasse, abgesondert, durften sie ihre Reißverschlüsse und ihren Zwirn, ihre Holzkohle und ihr Backobst, ihre Kartoffeln und ihr Gemüse ausbreiten. So sollte deutlich werden, welche arischen Hausfrauen immer noch bei Juden kauften. Im «Danziger Vorposten» stand zu lesen: «. . . aus diesem Grunde war die Empörung der Volksgenossen zu verstehen, die die Käufer, hauptsächlich Frauen, unter Pfui-Rufen bis in ihre Wohnungen begleiteten.»

Als der Studienassessor Hermann Ott am Sonnabend wie gewohnt seinen Freund Isaak Laban, den immer noch kaisertreuen Gemüsehändler aus Müggenhahl, in der großen Markthalle neben der Dominikaner-Kirche suchte, fand er an Labans Platz eine junge Bäuerin, die frische Werderbutter, Glumse und Eier verkaufte. Auf schwarzen Holztäfelchen stand, daß sie Erna hieß und aus Käsemark stammte. Als Ott nach ihrem Vorgänger, dem Händler Laban fragte, verschränkte sie die Arme: «Waas geihn mech de Jidden an?»

Schon begannen benachbarte Marktfrauen ihre Zahnlücken zu zeigen. Bald war Ott ein Spielball im rundum laufenden Gejohle; und johlend begleiteten ihn Weiber, Rentner, Gören bis in die Häkergasse, wo er Laban fand. Inmitten breitmäuligem Gekeife blieb Ott kühl und fischäugig. Er begrüßte Laban, der seine dem Ersten Weltkrieg abgewonnene Unteroffiziershaltung angenommen hatte: «Melde gehorsamst, keine besonderen Vorkommnisse.» Spöttisch anspielend kam er mit seinem Freund ins Gespräch und wählte ohne Eile aus dessen Mistbeetprodukten einen Salatkopf aus. Die beiden hatten ihren Ton gefunden. Laban erkundigte sich nach Zweifels Schnecken. Und Ott berichtete, daß bei seinen gelben Egelschnecken und rötlich gelippten Laubschnecken die Meinung umgehe, es werde eine andere, gleichfalls langsame und deshalb den Schnecken verwandte Rasse demnächst ans Auswandern denken müssen.

Laban schichtete seine Salatköpfe neu, musterte das zur Mauer gewordene Keifen, suchte in haßgefleckten Gesichtern und sagte: «Dem wird sein mögen, wenn ich bedenk.» Ott zahlte, und Laban gab Pfennige zurück.

Als der Studienassessor mit seinem Salatkopf den Heimweg antrat, begleitete ihn ein so breit wie schrill geratenes Pfui als wandelnde Glocke bis zur Straßenbahnhaltestelle am Holzmarkt. Bevor er in den Anhänger der Linie 5, die zur Niederstadt fuhr, einstieg, zog eine alte, als Oma liebenswerte Frau die Hutnadel aus ihrem topfartig geformten Filz und durchstach einmal und nochmal den grünen Salatkopf. «Pfu Deibel!» schrie sie und wischte die Hutnadel am Ärmelstoff ab. – Zu Hause verschwieg Zweifel seinen Schnecken den Vorfall.

Schon bevor die jüdischen Händler auf den Danziger, Langfuhrer und Zoppoter Wochenmärkten ausgesondert wurden, ging in der Synagogengemeinde die Redensart um: «Wenn kein Recht mehr sein wird, werden wir uns bekaufen müssen beim Semmelmann.»
Josef Semmelmann und seine Frau Dora unterhielten, zuerst in Neufahrwasser, später in der Altstadt, Breitgasse 61, ein Koffergeschäft, dem sich in dahinter gelegenen Räumen die Werkstatt anschloß. Ein gutgehendes Geschäft: Semmelmanns Koffer eigneten sich für Überseereisen.
An jenem Sonnabend, an dem Zweifel in der Häkergasse einen Salatkopf, der später zweimal durchstochen wurde, für wenige Pfennige gekauft hatte, begann auf allen Danziger Märkten und gleichfalls in den Geschäftsstraßen die Gewalt volkstümlich zu werden: Kurzwaren-Sortimente, sperrhölzerne Backobstkisten, die Kartoffelkörbe und das geschichtete Gemüse der jüdischen Händler wurden gefleddert, gestürzt und zermanscht. Mehreren jüdischen Geschäften in der Altstadt fielen die Schaufensterscheiben in Scherben. Diebstahl in zwei Juweliergeschäften konnte zwar nachgewiesen werden, blieb aber ohne Richter. (In einem Bericht, den das Deutsche Generalkonsulat, gezeichnet Luckwald, nach Berlin schickte, war von Tumultschäden und pöbelhaften Ausschreitungen die Rede.)

Also hatten die Männer des SA-Sturmes 96, der seine Dienststelle an der Reitbahn, gegenüber der Großen Synagoge, hatte, nur Tumultschäden hinterlassen. In keinem Bericht, auch nicht im Bericht des Völkerbundkommissars Burckhardt, stand zu lesen, daß man den Koffermacher Semmelmann, nachdem seine Koffer geschlitzt, die Dampfpresse und die Lederstanze mit Brechstangen und Vorschlaghämmern zu Schrott zerschlagen waren, gleichfalls mit Walkhölzern zerschlagen hatte: ins Marien-Krankenhaus eingeliefert, starb er nach einem Herzanfall am 20. November 1937. Später zeigte sich, daß viele zu spät den Entschluß gefaßt hatten, sich vorsorglich beim Semmelmann zu bekaufen: es herrschte Mangel an Koffern.

Wir kommen aus Franken und müssen durch den Westerwald. Es regnet, da hilft kein Pfeifen.
Alles hängt, auch das Gegenteil.
Schon wird das Wörtchen «sinnlos» reihum geraucht.

Die Natur und ihre Gucklöcher mit schräger Schraffur vergattert.
Da kommst du nicht durch. Macht sich ganz von alleine.
(Zweifel näselt Fußnoten zur Freiheit des Willens.)
Hör doch weg. Immer dieses Gemähre.
Alles, besonders das Witzewissenerzählenschonkennen strengt an: ich kann nicht mehr lachen und mit den Ohren wackeln. Zwei Scheibenwischer ersetzen der Melancholie die Sanduhr.
Drautzburg und ich reisen in einer Luftblase.
Nichts, kein Einspruch berührt uns.
(Erst hinter Limburg beginnt es, auf die Zeitungen von gestern zu tropfen: Barzel sagt meint würde sagen . . . Ein Name für alles, das saugfähig ist und bei Druck das Wasser nicht halten kann: jetzt äußert er ernste Bedenken, jetzt nimmt er die Brille ab und ölt Gedankenstriche, jetzt, wieder mit Brille, fließt alles an ihm ab.)
Zwischen Baustellen bei starkem Gegenverkehr. Von oben betrachtet ist unser VW-Bus, mitten im Westerwald, keine Ausnahme: Luftblasen unterwegs.
Drautzburg behauptet, wir haben ein Ziel.
«Kleine Verspätung», sagt er, «müssen wir aufholen.»
Ich kann nicht fahren. Ich sage: «Es tropft.»
Müde bin ich – «Na penn doch.»
Fünfundsechzig Kilometer lang schlafe ich mich zurück in die Weichselniederung, querfeldein über Weizenboden und Entwässerungsgräben, an denen Weiden stehen und Grimassen schneiden; so wird die Behauptung widerlegt, daß Körper nur jeweils an einem Ort sein können, und gleichzeitig eine Gegend vermieden, die im Soldatenlied vorkommt und reich ist an Niederschlägen. (Unser Radio erzählt vom nordatlantischen Tief.)

Sobald wir angekommen sind, ist der Regen Vergangenheit: proppenvoll der Saal, und das bei dem Wetter! – Wenn nasse Mäntel in geschlossenen Räumen die Luft speisen, spricht es sich leichter über trockene Sachen: Fortschritt und so. Kein Durst zwischendurch. Weniger Zweifel . . .

«Und wann kommt mein Pferd? Haste versprochen. Mußte auch halten. Nich immer nur Dingsbums und Espede. Paar Pferde. Gibt es da welche, wo du grad warst?»

In Delmenhorst: junge, einander mit Wortfallen liquidierende Kommunisten. (Ich hüte einen sakralen Gegenstand: das Mikrofon.)
In Wilhelmshaven wohnt eine echte Cousine von mir. («Als wir bei Tante Martha die Stachelbeeren . . . Als wir beim Schützenfest auf Bürgerwiesen . . .»)
In Emden faßt die Bronshalle über neunhundert Personen. Eine gelunge-

ne Veranstaltung, wie wir tagsdrauf in der «Ostfriesischen Rundschau» lesen. Tief und programmlos in Heerens' Hotel geschlafen. Morgenspaziergang (nach Tabakkauf) durch das ziegelrot lyrische, vom Segelwind durchpustete Emden: spiegelblank frischgelüftet, macht witzig, verlockt zum Bleiben. (Aber Drautzburg will sich hier nicht verloben.) Früh fahren wir ab und wollen schon mittags in Hohenlimburg, am Nachmittag in Iserlohn (Sauerland) singen. – Auf feistem Grün, auf subventioniertem Grün, links rechts Pferde, jetzt endlich Pferde!

Wie sie am leise gestellten Lautsprecher mit geizigem Ohr, nur für sich (sonst darf keiner) ihrem Heintje zuhört, der wie sie ein Pferd haben will.
Wie sie wieder rumläuft und mit den Armen baumelt.
Verschreckt erschreckt sie uns.
Zwischen drei Brüdern will sie kein Mädchen sein.
(Der maskuline Überdruck preßt ihre Stimme; ich nenne sie Quietschkommode. Erst später wird sie, sanft wie sie ist, richtig erfolgreich sanft sein dürfen.)
Ein Aprilgesicht. Gleichzeitig lacht sie, verfinstert sie sich: wechselnd bewölkt.
Auf der Treppe, durchs Haus, jedem Stuhl oder Tisch, allem was Beine hat und bis vier zählen kann, sagt sie es laut: «Ich will ein Pferd. Ein richtiges Pferd. Nicht immer nur Brüder und überall Brüder. Ein lebiges Pferd. In meinem Zimmer. Nur eins. Kann ja ein kleines sein. Eins – so groß nur – das neben mir schläft.»
Wir schaffen es nicht, ihr das Pferd zu ersetzen.
Nichts will sie essen, alles ist «Ihhh!»
Immer in Hosen. Rittlings auf Stühlen. Ist neidisch, weil Bruno was hat (und zeigt) das ihr fehlt.
(O, Natur! O, ihr zwittrig genügsamen Weinbergschnecken . . .)
Ich habe ihr einen Spiegel geschenkt; aber sie will sich nicht sehen.

Nach drei Tagen ostfriesischem Wahlkampf hätte ich meiner Tochter gerne die bewegten Koppeln und im Gasthof (zwischen Pokalen) die Fotos oldenburgischer Reitervereine gezeigt. Viel weiß ich nicht über Warm-, Halb- und Kaltblüter. Anna will Laura einen Wellensittich kaufen. So geduldig mich Erdmann Linde belehrt, ich kann Galopp nicht vom Trab unterscheiden.

Das muß ich nachtragen: Flog Mitte Mai (nach einer Vormittagsveranstaltung in Duisburg) von Düsseldorf nach Belgrad, um dort eine Buchausstellung zu eröffnen. Drei Tage später flog ich nach Hamburg, um in liberaler Umgebung (mit Blick auf die Süderelbe) der Gründung einer Wählerinitiative beizusitzen. Tagsdrauf fuhr ich (mit der Bundesbahn) nach Münster, um gegen den Widerstand eines schon ältlichen Jungsozialisten, abseits, in einer aufgemöbelten Mühle, die Gründung der «Sozialdemokratischen Wählerinitiative Münster» anzuregen. (Redenreden und Zweifel, der sich verzehrt, für Stunden das Wort entziehen.) Tagsdrauf fuhr ich nach Bremen, um dort vor fünfhundert versammelten Volksbibliothekaren einen Vortrag über den Zustand der Truppenbüchereien («Was lesen die Soldaten?») zu halten. Flog tagsdrauf mit meinen Mitbringseln zurück nach Berlin und erzählte euch, Kinder, wie es in Belgrad aussieht . . .

Unterwegs machen wir Pause. (Auch Drautzburg will wissen, wie es da unten gewesen ist.) Zwischen den Zielen sitzen wir fremd in einer fremden Wiese. Sie summt, wie Wiesen im Frühsommer summen. Ein Fotograf, der für Quick mitfährt, macht Fotos von uns, wie wir in der summenden Wiese sitzen und fremd sind.
«Und der jugoslawische Kommunismus?»
Jetzt lesen wir Zeitung: «Das Städtebauförderungsgesetz wird kaum noch in dieser Legislaturperiode . . .»
Drautzburg sagt: «Heute könnte ich mich verloben.»
Ich erinnere ihn an die Mühsal der Dreifelderwirtschaft. Jetzt entwirft er, so leer die Wiese ist, eine Großfamilie. Hübsch, wie sie alle einander zur Hand gehen, sich sogar sonntags vertragen. Das macht Spaß: auf leerer Wiese Mehrstöckiges entwerfen.
«Tut mir leid», sagt Drautzburg, «aber jetzt müssen wir wieder.»
Wir nehmen alles mit: den Quick-Fotografen samt Fotos, meine Bemerkungen zum jugoslawischen Kommunismus, unsere angelesenen Zeitungen, was gleichzeitig aktuell ist, die Drautzburgsche Großfamilie, das Fremdsein; und auch die Erfahrung, daß Wiesen im Frühsommer summen, nehmen wir mit. (Zweifel – ich bin sicher – hätte paar Schnirkelschnecken gefunden.)

10

Als Zweifels Salatkopf durchstochen und der Koffermacher Semmelmann mit Walkhölzern zerschlagen wurde, lebten im Gebiet der Freien Stadt Danzig noch 7479 Juden. Bald darauf wurde vierundzwanzig jüdischen Ärzten der Beruf verboten; viele wanderten aus, auch Dr. Citron, ein praktischer Arzt, der Sommer für Sommer Zweifels Heuschnupfen gelindert hatte. (Nur die Ärzte Walter Rosenthal und Kurt Jakubowski durften kranke Nichtarier behandeln.)

Er ist chronisch: mach was dagegen. Hermann Ott behauptete, sein Heuschnupfen deprimiere und euphorisiere ihn gleichermaßen. Sobald es Sommer wurde, begann Zweifel sich leidend zu definieren.

Ab August des folgenden Jahres waren Überfälle auf die Synagoge Mattenbuden und eingeworfene Fensterscheiben im Haus der Borussialoge am Olivaer Tor alltäglich. Als der Ostjude Herschel Grünspan in Paris den deutschen Diplomaten vom Rath ermordete, wurden im Deutschen Reich Synagogen in Brand gesteckt, jüdische Geschäfte geplündert, viele Juden erschlagen oder in den Selbstmord getrieben, mehrere Tausend Juden verhaftet und in Konzentrationslager gebracht. (Hermann Ott hat in seinem Sudelbuch dazu nur Lichtenbergsche Kürzel gesetzt: «Die Reichs-Kristallnacht ist eine geräumige Metapher.» – Im Tagebuch seiner (mittlerweile) Obersekunda steht geschrieben: «Als wir von Selma Lagerlöf ‹Kindheitserinnerungen› lasen, schickten wir einen Brief und ein Album mit Bildern von Danzig an die Dichterin. Herr Ott und Fräulein Mettner bereiteten mit uns eine Lagerlöf-Feier vor.»

Die sogenannte Kristallnacht vom 9. November 1938 fand auch in Danzig ihre Entsprechung: die Synagogen in Langfuhr und Zoppot wurden in Brand gesteckt. Nur die Große Synagoge an der Reitbahn blieb unbeschädigt, weil einige Mitglieder des jüdischen Frontkämpferbundes, unter ihnen der Weltkriegsveteran Isaak Laban, einen Wachdienst eingerichtet und mit Hilfe des Rechtsanwaltes Bernhard Rosenbaum Polizeischutz angefordert hatten, als SA-Männer das Haupttor aufbrechen wollten. (Am nächsten Tag reiste Rosenbaum mit seiner Frau zur Erholung nach Südfrankreich. In Nizza verschlechterte sich sein Gesundheitszustand; mit seiner Rückkehr war nicht mehr zu rechnen. Schriftlich legte er sein Amt als zweiter Gemeindevorsteher nieder. Doch seine Tochter blieb; und auch Hermann Ott unterrichtete weiter, obgleich immer weniger Schüler in die Rosenbaumsche Schule kamen. Knapp 4000 Juden wohnten Ende November in der Freien Stadt Danzig.)

Zweifel soll damals in mehreren Briefen eine wissenschaftliche Arbeit skizziert haben, deren Titel ihm bei blühendem Heuschnupfen eingefallen sein mag: «Über die Schnecke als Mittlerin zwischen Melancholie und Utopie.» – Zweifels Briefe – er soll sich auf Walter Benjamin berufen haben – und die Antworten seines Briefpartners sind – so weitschweifig ich gesucht habe – unauffindbar. (Bernhard Rosenbaum starb 1940 in Nizza.)

Er wird sie als Schwestern gesehen haben. Wie Melancholie und Utopie einander Ursache nennen. Wie die eine die andere flieht und verleugnet.

Wie sie einander Ausflucht vorwerfen. Wie zwischen beiden die Schnekke vermittelt: pünktlich, unbeteiligt und zynisch, wie Zwischenträger es sein können.

Am 17. Dezember achtunddreißig, als Zweifel (während der Adventszeit) in der Substanz zwittriger Schnecken Heilstoffe gegen die Melancholie (und wohl auch gegen die Utopie) zu vermuten begann, beschloß die Jüdische Gemeinde, den Freistaat Danzig zu verlassen und auszuwandern. (Der Zionist Segall sprach nicht, er appellierte.) Alle Gemeindemitglieder, die sich in der Großen Synagoge versammelt hatten, standen auf und gaben so ihre Einwilligung. Danach sollen alte Leute ohnmächtig geworden sein.

Als habe der Fortschritt den Stillstand zum Echo. Als sei die Melancholie das Unterfutter der Utopie. Als hindere unverkäuflich den Läufer ein Klotz. Als begrüße am Endziel Schwermut den Sieger. Als leide die Welt unter Heuschnupfen und chronisch nicht nur Zweifel allein.

Da die Auswanderung der Danziger Juden in Devisen bezahlt werden mußte, begann man die Grundstücke und den Grundbesitz zu schätzen: die jüdischen Friedhöfe Langfuhr und Stolzenberg, die beschädigten Synagogen am Mirchauer Weg, auf Mattenbuden, in Zoppot, die heilgebliebene Synagoge an der Reitbahn, die Borussialoge am Olivaer Tor und das Grundstück Husarengasse 7a wurden auf runde 500000 Danziger Gulden geschätzt; doch nach Verhandlungen mit dem NS-Kreisleiter Kampe, an denen auch der junge Syndikus Erwin Lichtenstein teilnehmen mußte – «War mein Mann bleich, als er zurückkam!» sagte Frau Lichtenstein in Tel Aviv – blieb nur noch der karge Gegenwert von 330000 Gulden. Vertraglich wurde vereinbart, daß die Synagogen nicht für profane Zwecke benutzt, sondern abgerissen werden sollten. Die alten Synagogenvorsteher und der Kantor der Großen Synagoge, Leopold Schufftan, sollen, nachdem unterschrieben worden war, geweint haben. – So verkauften sie ihre Synagogen und zahlten mit dem Erlös den Preis für eine ungewisse Auswanderung.

Himmlisch Jerusalem! – Welche Quellen mag Zweifel befragt haben? Dürers zähflüssige Reise in die Niederlande? «Ich schenkte dem Faktor von Portugal ein kleines geschnitztes Kindlein, ferner schenkte ich ihm ein Adam und Eva, den Hieronymus im Gehäus, den Herkules, den Eustachius, die Melencolia, die Nemesis . . .» Oder lernte er vom Trübsinn der Fürsten im deutschen Trauerspiel und entdeckte die Schnecke rückblickend als barocke Allegorie?

In der Nacht vom 2. auf den 3. März neununddreißig ging Hermann Ott zum Packhof an die Mottlau, um dem Auszug von fünfhundert Danziger Juden zuzusehen. Am Sammelplatz fanden sich als Zuschauer ein: zurückbleibende Verwandte und Freunde der fünfhundert, leitende Polizeibeamte, der englische Generalkonsul Shepherd, der bei der Vorbereitung des Transports geholfen und gleichzeitig vor einer illegalen Einwanderung in das Mandatsgebiet Palästina gewarnt hatte. Nur die beiden zugelassenen jüdischen Ärzte, zwei Sanitäter, der zum Judenkommissar ernannte Sparkassendirektor Bittner, mehrere Polizeibeamte und der Vertreter der Jüdischen Gemeinde, Heinz Kaminer, durften den Transport bis zum Einschiffungshafen begleiten. (Da sieben Schüler Zweifels und der Gemüsehändler Isaak Laban zu den fünfhundert gehörten, hatte der Studienassessor bei den Behörden um Erlaubnis gebeten, den Transport begleiten zu dürfen; ohne Begründung wurde sein Antrag abgelehnt.) In Autobussen sollten die Auswanderer über die Freistaatgrenze nach Marienburg gebracht, dann in einem plombierten Zug über Breslau, Wien, Budapest in die Hafenstadt Reni am Schwarzen Meer transportiert werden. Dort würde (so hieß es) das Achthundert-Tonnen-Frachtschiff «Astir» die fünfhundert übernehmen. Von einem Ziel war offiziell nicht die Rede.

Am Beispiel zweier Weinbergschnecken, die einander ihren Samen zuleiten und sich nach dem Samentausch selbsttätig befruchten, schulte Zweifel seine Spekulation vom Zwitterwesen der Melancholie und Utopie. Tabellen und Kurven: schon zeichnete sich (schematisch) das Ende der Geschlechter, Erlösung ab.

Als nach der Einschiffung der fünfhundert die Reisebegleiter nach Danzig zurückgekehrt waren, gab Heinz Kaminer den Gemeindevorstehern Bericht: mit Bretterverschlägen habe man den Frachter «Astir» auf die Übernahme von Personen vorbereitet. Im Vorderschiff habe man die Männer, im Achterschiff die Frauen untergebracht.

Fritz Gerson, der beobachtet hatte, wie sich Weinbergschnecken fortpflanzen, widersprach Zweifel und nannte dessen Übernahme des Zwitterwesens aus dem Bereich der Natur in den Spielraum der Mythologie fahrlässig und unwissenschaftlich.

Als sich die Auswanderer in Gruppen vor den Autobussen versammelt hatten, sagte der Studienassessor Ott zu seinen Schülern: «Schreibt mal von unterwegs oder sobald ihr angekommen seid.» Und Simon Kurzmann, dessen gleichmäßige Schülerleistungen als Beweis für Zuverlässigkeit gelten mochten, versprach Bericht zu geben.

Als Erklärung bot Zweifel seinen Heuschnupfen an, dem ja auch wissenschaftlich nicht beizukommen sei. Er sagte: «Im Altertum, übrigens, stand Saturn der Melancholie und der Utopie vor: gallig bitter gerecht.»

Als sich Hermann Ott von seinem Freund verabschiedete, rettete er sich in Spott. Doch Laban antwortete auf die Frage, ob er seine Weltkriegsauszeichnungen (das Eiserne Kreuz beider Klassen) in Müggenhahl gelassen habe, mit ungekränkter Würde: «Warum soll sich der Laban von seine Verdienste trennen?» – Kurz bevor er in den Autobus einstieg, soll ihm Zweifel ein Päckchen in die Jackentasche geschoben haben: «Meine Schnecken lassen schön grüßen.»

Wie sich die Melancholie und ihre Umkehrung verpflanzen lassen: Als in den Gärten und Weinkulturen des Berges Karmel (oberhalb Haifa) immer mehr mitteleuropäische Weinbergschnecken gefunden wurden, führte man diese zusätzliche (und gleichfalls illegale) Einwanderung auf das Geschenk des Studienassessors an seinen Freund zurück. (Laban hat später in Haifa einen Gemüseladen eröffnet. Mit Kreide soll er sein Angebot auf schwarze Holztafeln geschrieben haben: «Frühjahrskartoffeln aus Müggenhahl! Zwiebeln, Mohrrüben, Kopfsalat – wie frisch aus dem Werder!»)

Schon vor dem Auszug der fünfhundert wurde die Rosenbaumsche Schule geschlossen. In einem Rundschreiben hieß es, die Schülerzahl sei von über zweihundert Schülern auf nur noch sechsunddreißig zurückgegangen, die Auswanderung weiterer Schüler stehe bevor. (Ruth Rosenbaum wanderte wenig später nach Frankreich, erst nach dem Krieg nach Israel aus.) Ende Februar hatten noch acht Schüler und Schülerinnen ihr (vom Senat bestätigtes) Abitur machen können. (Als ich in Jerusalem Eva Gerson nach Einzelheiten fragte, sagte sie: «Die Nazis in der Prüfungskommission, darunter Schramm und andere Größen, waren von unseren Leistungen ziemlich beeindruckt.»)

In Hermann Otts Wohnung, Bastion Kaninchen 6, versammelten sich die restlichen Schüler. Man trank Tee, stritt ein wenig und amüsierte sich über die Begleitumstände einer Hausdurchsuchung, die in Zweifels Wohnung und Schneckenterrarien Unordnung gebracht hatte. Zweifel spielte vor, wie sorgfältig die Polizisten mit gebogenen Pinzetten in seinen Schneckenhäusern nach «zionistischen Verschwörungsplänen» gesucht hatten. Man erfand knallige Überschriften: «Wie das Weltjudentum seine Protokolle verbirgt!» – oder: «Judenstaat im Schneckenhaus!» – Überhaupt sprachen Zweifels restliche Schüler einen symbolträchtigen Jargon; der Frachter «Astir», von dem seit Wochen nichts zu hören war, wurde als «Schneckenarche» im Schulatlas auf der Mittelmeerkarte gesucht.

Als Ende März (laut Verkaufsvertrag) die Große Synagoge an der Reitbahn geräumt werden mußte, halfen Zweifel und seine restlichen Schüler beim Verpacken der Kultgeräte, die wenig später nach New York geschickt wurden, wo sie als Gieldzinski-Sammlung im Jüdischen Museum Platz fanden. (1966 verbrannten die Thorarollen, als in der Bibliothek Feuer ausbrach.)

Was wollt ihr noch wissen, Kinder? – Fritz Gerson hörte auf, Weinbergschnecken beim Paarungsprozeß zu beobachten. Seine Familie wartete auf Einreisezertifikate nach Palästina. Eva Gerson, die gleich nach dem Abitur ausgewandert war, sollte sie aus Tel Aviv schicken.

Wie die Schwestern getrennt leben. Wie Melencolia und Utopia einander Briefe schreiben. Wie sie einander als Ursache beschimpfen. Wie sie einander mögen und keine Worte finden. Wie ich in Jerusalem alte Briefe lese und mir Fotos nichts sagen.

Als sein Schüler die Weinbergschnecken aufgab, unterbrach Zweifel seine Spekulationen und machte sich nützlich: er half bei den Vorbereitungen der Kindertransporte nach England. Im Mai verließen 74, im Juli 6, dann 16 Kinder den Freistaat. Als am 23. August 1939 (eine Woche vor Kriegsbeginn) weitere 26 Kinder nach England reisten, stand im Blatt der Synagogengemeinde zu lesen: «. . . bleibt auch draußen in der Welt immer treue Söhne eures Judentums, dessen Schmerzen ihr es verdankt, daß ihr in die Welt hinaustreten dürft.»

«Und mußten die da auch inne Schule?»
«Konnten die alle bald Englisch?»
«Und die Eltern von denen?»
«Wo blieben die?»

Nur wenige der über hundert Kinder haben ihre Eltern wiedergesehen. Vor einigen Tagen, auf Wahlreise nach Paderborn, Meschede, Schwelm und Ennepetal, begleitete mich ein englischer Journalist, der vorhat, für den «Observer» einen Bericht zu schreiben. Nach der Betriebsbesichtigung bei Stockey & Schmitz, als wir wieder in unserem VW-Bus saßen, deutete er in Nebensätzen an, daß er (wie ich) in Danzig aufgewachsen und (wie ich) bei Kriegsbeginn knappe zwölf Jahre alt gewesen sei. So alt wie ihr, Franz und Raoul, war der englische Journalist, als er mit einem der vier Kindertransporte Danzig verließ. An einen Studienassessor Ott

(Zweifel genannt) konnte er sich nicht erinnern; aber die Stadt – Giebel, Kirchen, Gassen, Beischläge und Glockenspiele, Möwen auf Eisschollen und über dem Brackwasser – war ihm helldunkel und wie zerbrochenes Spielzeug deutlich geblieben. – Hört ihr noch zu?

11

«Naja, es läuft so. Überall suppt kommunal was durch. In Meschede ein NPD-Studienrat. Und beim Skat in Ennepetal . . .» Sobald ich mit meiner Reisetasche zurückkomme und Annas Frage «Wie war es?» mit Nebensätzen um die Antwort gebracht habe, sehe ich euch verhext vor dem Fernsehschirm.

Laura erwartet ein vierbeiniges Wunder, Bruno ein ganz bestimmtes Auto, Raoul auf dem Sprung, Franz grimassiert.

Vier einzelne Kinder in ihrer Haltung, die manchmal verschoben wird.

Andacht gleich nach dem Opfer, kurz vor der Wandlung. Ihr seht: Verkehrsstauungen auf der Autobahn. Apollogeschichten. Regelmäßig Vietnam. Werbung, den Mund voller Glück. Haushaltsmesseeröffnungen. Landschaft als Hintergrund. Handlung, in der ein Hund mitspielt. Die geblähten Bäuche der Ibokinder. Das Fischesterben im Rhein. Sprecher, die noch nicht abgeschlossene Entwicklungen zusammenfassen. Jemand, der traurig ist und Guitarre spielt. Dick und Doof. Studenten und Polizisten. Heitere Bischöfe, die unfehlbar daneben reden. Beruferaten und noch mehr.

Sobald ich etwas (das nur Bild ist) zu erklären versuche, hört ihr viermal verschieden zu oder weg oder anderes.

Ich versuche, einfach zu sprechen (bildhaft) möglichst für jeden und für Laura besonders.

Ihr habt viermal Geduld mit mir, wenn ich wirr werde bei soviel Einzelheiten und Ausnahmen, die berücksichtigt werden wollen: «. . . und zwar weil die Flakgeschütze nicht nur britischer und sowjetischer Herkunft, sondern auch aus der Schweiz . . .»

Plötzlich, mitten im immer stärker schlingernden Satz, ist es Zeit für Bonanza, Flipper, Sandmännchen-Ost . . .

«Dürfen wir?»
«Fängt gleich an.»
«Guck doch mit.»
«Nachher darfste auch wieder über Biafra und so.»

Die Schnecke zögert vor Schwellen nicht. (Jetzt keine pädagogische Grundwassersuche.) In Schüben ankommen und gucken, was der Flieder vorm Haus macht: blüht schon weg. Anna fragt immer noch: «Also wie war es?»

Wie üblich bruchstückhaft. Über Meschede gluckt eine sieben Millionen schwere Benediktinerabtei aus Beton. Die Ennepe ist ein Flüßchen. Drautzburg läßt grüßen. Ja, jeden Abend gerammelt voll. Immer die gleichen Fragen: D-Mark-Aufwertung, Vorbeugehaft, Kapitalismusabschaffen. Wir durften die Honselwerke – Aluminium – nicht besichtigen. (Kein Wahlkampf im Betrieb.) Dafür in Eßloh bei einem komischen Kauz. Macht Werkzeug, Brecheisen zum Beispiel, in einer richtigen altmodischen Hammerschmiede. Nein, noch nicht heiser. Und sonst, was so läuft. Skat in Ennepetal, Hotel Weide. Spielen vorsichtig, die Genossen: kleiner Gewinn.

Nur was sich sagen läßt. «Und was war hier? Hat Raoul? Ist Post aus Prag?» – Anna will mehr wissen, alles: «Und in Köln? Wie war es mit Barzel?»
Weiß nicht so richtig. Hätte wissen müssen, daß er und wie er. – Plötzlich fing ich an, mich zu ekeln, weil er so nah saß. Dabei wußte ich doch, daß er glatt ist, nicht faßbar. Als wenn du Quecksilberkügelchen vom Teppich. Oder einen Bonbon, der beim Lutschen nicht kleiner wird. Na, wie schon: er ist imprägniert. Nichts, kein Widerstand. Alles tropft ab. Ohne Substanz, aber partikelgefüttert. Selbst wenn du ihn vom Fernsehen her zu kennen meinst, auch wenn du glaubst, immun zu sein, klebt dir plötzlich das Hemd, denn nah dran, ohne Distanz, wenn dich gleichzeitig all das anatmet, was seit Jahren steht, absteht, abgestanden ist, ranzig und doch im Handel: die bigotten, jeden Schwindel einsegnenden Gesten, die leere, sich selbst nachlauschende Würde, die fixe, noch den windigsten Vorteil nutzende Schläue, das kasuistische Wegreden der Wirklichkeiten – immer unterschwellig, immer die dicke Lüge durch beinahe Wahrheiten meidend, arm an Gestalt und reich im Detail – wenn dich das alles – plötzlich da und in Skiläuferbräune – methodisch anhaucht, dir auf den Atem schlägt, wenn du nach Luft, nach einer Schüssel schreien möchtest, weil . . . – Ich war nicht gut. Habe versagt, habe es nicht geschafft. So nah er saß, ich hätte mich gestern in Köln, wo das Fernsehen draufhielt, wo es zu gewinnen, die Schwärze zu mindern galt, nicht öffentlich ekeln dürfen.

Wenn er ein Gegner wäre und kein Ersatz. Wäre er deutlich und nicht nur beliebig vermehrbar. Gäbe es ihn als Person und nicht als Reflex auf etwas. Aber es gibt ihn nur als Umschreibung. Schon wenn ich sagen will, er ist ein Christdemokrat, muß ich sagen, er scheint ein solcher zu sein. Da er nicht als konservativ gelten will, und ihm zum Reaktionär der Starrsinn fehlt, wird er zu etwas gemacht. Nicht er macht sich, man oder es macht ihn. Was die Interessen fordern. Was an der Zeit ist. Er verhält sich immer entsprechend. Sein Verhalten hat seinen Namen gebräuchlich gemacht: jemand barzelt, benimmt sich barzelhaft, gehört zur Barzelei. Er ist zu benutzen. Zum Beispiel Strauß (der nicht zu benutzen ist) wirkt in ihm, macht ihn zum Strauzel. Da er nicht ist, sondern zu sein scheint, gilt er als tüchtig, schlau, fleißig, sachkundig, wendig. Kein Gegner, Kinder, mit dem zu rechnen ist; ein Mittel, das an die Macht möchte, doch nur als Mittel zur Macht Verwendung finden wird. – Nein, unheimlich ist nicht, daß Rainer Candidus Barzel seine Gegner verleumdet, sondern der Wunsch allgemein, er möge verleumden. Dabei will er gar nicht; sie, die Verleumdung des Gegners (als allgemeines Bedürfnis) bedient sich seiner.

Und ich habe es nicht geschafft. Hier, in Köln, wo es 1840 anfing und sein Vater (ein preußischer Unteroffizier) die Schwindsucht aushustete, später in Brauweiler, wo er als Kind die krummgeschlossenen Gefangenen hörte, später in Wetzlar, wo seine Mutter über schmalen Daumen Brot schnitt.

Es begann mit Bebel, als er noch jung war und eine grüne Drechslerschürze trug. Seine Genossen legten zusammen und bezahlten die Eisenbahnreise, als er, achtundzwanzig Jahre alt, zum erstenmal im Parlament sprechen sollte. (Über das Verhältnis der süddeutschen Staaten zum Norddeutschen Bund. – Lebhafter Widerspruch von rechts.)

Wenn Bebel in Festungshaft saß – und er saß oft, und Wilhelm Liebknecht saß auch – führte seine Frau, eine Putzmacherin aus Leipzig, den kleinen Betrieb.

Während der Zeit der Sozialistengesetze, von 1878 bis 1890, bestand die Partei illegal, galt das Versammlungsverbot und reiste Bebel, wenn er als Handelsvertreter für seine Drechslerprodukte in Schwaben, Sachsen, im Rheinland unterwegs war, gleichzeitig als Vorsitzender der bespitzelten und zerfallenen, der sich immer wieder neu sammelnden Partei der Sozialdemokraten. Tagsüber holte er Aufträge ein (Treppengeländer, Türgriffe) und am Abend – fünf Schritte hinter ihm ein Gendarm, der abgehängt werden mußte – traf er hier verängstigte, dort zerstrittene Genossen.

Der Sozialismus, Kinder, begann mit Streit. Damals wie heute ging es um die klassische Frage: Reform oder Revolution? Wo ich hinkomme – ob nach Gladbeck, Stuttgart, Delmenhorst oder Gießen – seit Bebel hat er sich frischgehalten, der Streit der Schnecken, die springen wollen.

Aber der Kleinmeister aus Köln hat alles gedrechselt. Vielleicht kommt

daher jene allen Sozialdemokraten geläufige Wendung: «Ach was! Das drechseln wir schon.»
Bebel drechselte Nürnberg, Eisenach, Gotha und ab Erfurt (1891) mehrere Parteitage, deren Tagesordnung vom Revisionismusstreit bestimmt wurde.
In Kasematten aufgewachsen. Der protestantische Kolpingsbruder. Ein klinkenputzender Handwerker, Festungsinsasse und Agitator. Seine Reden im Reichstag (über den Kolonialismus). Auch wenn ihn deutsche Geschichtsschreibung in Schulbüchern verschwiegen hat, er überdauerte Bismarck, von dem nur Denkmäler blieben.
Bebel schrieb Briefe nach London, Zürich und London. Denn es war gar nicht so leicht, dem Kaufmann Engels zu erklären, wie schwer das ist: der Sozialismus in seiner Praxis. (Und wie traurig es macht, und wie komisch es wirkt: Revolution zu sagen und die Reform zu betreiben.) Aber immer nörgelte Marx und war klüger, war weit weg, dachte schärfer, behielt recht und legte sein absolutes Maß an. Nur Engels hatte (in Briefen) ein Einsehen und schickte zehn englische Pfund für die verbotene Zeitung.
Bebel starb 1913 in Zürich.
Seit ein paar Jahren trägt Willy Brandt Bebels Taschenuhr, die immer noch geht.

Hör mal, Franz. Du liest doch alles, was über den Tisch kommt: Jules Verne und Che Guevara, Anne Frank und Donald Duck. Darf ich dir (später mal) den August Bebel hinlegen? «Aus meinem Leben». Ein langsames Buch. Eine Schneckenbiografie . . .

Was geschrieben steht: wie immer anders die Schwarzen hießen. Wie sie dranblieben und wiederkamen. Wie ihr Beharrungsvermögen verdoppelt wurde. Wie sie den Nazis ihren Biedersinn liehen. Wie sie für kleinen Vorteil das große Verbrechen geschehen ließen. Wie sie sich nicht erinnern können. Wie sie sich Christen nennen und Pharisäer sind. Wie sie die Kirche zum Zweigwerk der Industrie machten. Wie sie die Eltern (mit Märchen) ängstigten und die Kinder (in Zwergschulen) dummzuhalten versuchten. Wie lästig (und unbegreiflich) ihnen die Demokratie ist. Wie kühl sie die Macht gebrauchten, bis sie sie teilen mußten. Jetzt sind sie ängstlich und fürchten Verlust. (Der Mann mit Bebels Taschenuhr drängt.)

«Denkste, ihr schafft es?»
«Meinste wirklich, es klappt?»
«Glaubste, die stehen für Willy?»
«Oder hoffste das bloß?»

Weil sie zur Mitte hin verlieren könnten, haben sich die Schwarzen Kiesinger ausgedacht, mit dem sie (weil er das kann und gelernt hat) nach rechts hin gewinnen wollen. Ihr Plan schmeckt nach Barzel, gegen den ich versagt habe, gestern in Köln.

12

Ich komme vom flachen Land, Häuflein kehren, wieder verteilen: nur keine Erhebungen; es könnte Aussicht gewonnen werden.
In Mainz zerriß ein Jungsozialist, dem viel Publikum zuschaute, sein Parteibuch. Er tat es langsam.
Über die Ebene, manchmal von Hecken verdeckt, zieht die Schnecke und sieht kein Ende ab.
Drautzburg sagt: «Er war einfach sauer. Deshalb hat er. Hat er gemußt.»
Ich sage: «Und jetzt ist er sauer, weil sein Glück, so langsam er das Parteibuch zerriß, ziemlich kurz war und nur ein bißchen gejuckt hat.»
Auf dem flachen Land ist das Langsame üblich. Trotzdem findet die Schnecke Zuschauer. Zwischen Seßhaften ist sie Läufer: Endlich passiert mal was!
Also kam er mit seinem zerrissenen Parteibuch groß in die Zeitung.
Alles ist klar, sogar die zunehmende Eintrübung der Linsen.
Da ich hinter ihm auf dem Podium saß, als er es vor dem Podium langsam zerriß, sah ich, wie sein vorher ängstlicher Rücken straff wurde: eine zornige Schnecke, die keine Schnecke mehr sein wollte.
Drautzburg sagt: «Du bist zu hart. War ein linker Student, der nicht mehr konnte, genug hatte, dem es stank, der das irgendwie ausdrücken mußte.»
Ich sage: «Hat er getan. Sein Ausdruck fand Beifall.» Einmal werde auch ich – aber was? – zerreißen.

Tagsdrauf Trier. Dort hat man die Porta Nigra eingerüstet. (Wieder Steinmetz sein und Fassaden flicken.) Tagsdrauf Burgsteinfurt. Wollte zufassen, hielt auch vergleichsweise. Aber tagsdrauf die Fläche, aus der nur Kirchtürme Hinweise gaben. (Auch ihr findet alles zu platt und nicht greifbar.)

«Dürfen wir tonen?»
«Mit Ton was tonen?»
«Irgendwas tonen?»

Aber legt Zeitungen unter. Nicht die. In der steht noch was. Das muß ich nachlesen, wie es sich hinzieht und immer dünner wird, bis es platt ist.

Grauer nasser Ton.
Der Ton schwitzt und riecht alt.
Ton atmet mich an: Mach was!
Im Raum ein Klumpen, ungeformt, aber möglich.

«Und was sollen wir tonen?»
«Sag schon!»
«Was rundes?»

Zum Beispiel ein Schneckenhaus, das als Arche auf dem Wasser zwischen den Horizonten schwimmt, bis es ankommt, damit wir endlich Bericht erhalten.

Nachdem zwölf Familien als Siedler nach Bolivien ausgewandert waren und eine Gruppe von fünfzig jüdischen Auswanderern Danzig verlassen und sich in Shanghai – ein Ort, der kein Visum verlangte – als Handwerker ansiedeln durfte, lief am Abend des 29. Juni die Rundfunknachricht reihum: «An der Küste Palästinas hat der Frachter ‹Astir› 742 Passagiere gelandet.»
Erst Anfang August bekam der Studienassessor Hermann Ott Bericht von seinem Schüler Simon Kurzmann, der mittlerweile als Hafenarbeiter in Haifa Stellung gefunden hatte: «Verlade jetzt Jaffa-Apfelsinen . . .»
Kurzmann schrieb, daß im Schwarzmeerhafen Reni nicht nur die fünfhundert aus Danzig, sondern zweihundertfünfzig rumänische und ungarische, ab Varna weitere fünfzehn bulgarische Juden eingeschifft worden seien. «Das gab natürlich jede Menge Streit, besonders beim Essenfassen und Abwaschen . . .»
Der Bericht des ehemaligen Schülers reihte Einzelheiten, die bei der rationierten Verpflegung der Auswanderer abfielen. Der Studienassessor erfuhr von einem Kochkessel, der durchbrannte, von ranzigem Kokosfett und madigem Schafskäse, von Kartoffelsuppen, Schiffszwieback, von der täglichen Ration: zwei Stück Würfelzucker. Langwierig wie der Versuch, die zusammengebrochene Lichtmaschine zu reparieren, war die Beschreibung des Vorgangs. Raum nahm die Schilderung eines Feuers im Achterschiff ein. Dort war eine Benzinlampe explodiert. Den Brand habe man, so schrieb Kurzmann, als das Wasser ausging, mit Milch löschen müssen: «. . . war gottseidank sauer mit Fliegen drin. Doch nur wenige Brandwunden. Dafür bei einem Sturm auf der Höhe von Rhodos jede Menge Knochenbrüche . . .»
Die Irrfahrt des Frachters «Astir» fand in dem Bericht des Schülers nur

kargen Niederschlag: «Von Istanbul ging es nach Zypern. Dort kreuzten wir einige Tage und wußten nicht, was los war. Dann mußten wir wieder zurück nach Griechenland, auf Zoa Kohle bunkern. Von dort nahmen wir Kurs Richtung Palästina, um in der Nähe von Tel Aviv die Landung zu versuchen. Vor der Küste entdeckte uns ein englischer Aufklärungsflieger. Später fuhren wir abgedunkelt, bis Leuchtraketen hochgingen. Mit Maschinengewehrsalven haben sie uns gestoppt. Zwei englische Polizeiboote legten an. Wir mußten in Haifa am Wellenbrecher ankern. Als ich Haifa und den Berg dahinter sah, dachte ich: Da will ich hin! Aber nur Schwerkranke durften von Bord. Unter denen war Isaak Laban, der seit Zoa Durchfall hatte. Nachdem wir Lebensmittel und Wasser übernommen hatten, mußte die ‹Astir› ablegen, an Rhodos bei Sturm vorbei und den Hafen Labire anlaufen. Dort musterte die Mannschaft ab, weil keine Heuer gezahlt wurde. Auch das Essen wurde immer schlechter. Alle hatten Läuse. Das Schlimmste waren die Ratten. Jetzt bekamen viele Durchfall. Einen Hungerstreik mußten wir, auf Befehl des Kapitäns, nach anderthalb Tagen abbrechen. Endlich kam der Motorsegler, mit dem wir die Landung versuchen sollten. Doch schon am zweiten Tag riß das Schleppseil zwischen der ‹Astir› und dem Motorsegler. Da der Motor des Seglers spuckte, mußten wir, um ihn reparieren zu lassen, Herakleion auf Kreta anlaufen. Das dauerte paar Tage. Die Griechen auf Kreta waren prima und haben uns jede Menge Zigaretten gestiftet. Dann liefen wir wieder aus. Doch als wir dreißig Seemeilen vor der Küste umgebootet wurden, konnte keiner sitzen oder liegen. In zwei Etagen standen wir übereinander und konnten nicht umfallen. Oben standen die Frauen und alten Männer. Fünf Stunden sollte die Fahrt zur Küste dauern. Plötzlich setzte der Motor aus, nachdem er vorher gespuckt hatte . . .»

Ihr könnt euch das vorstellen, Kinder. Im Bericht des ehemaligen Schülers fand sich eine längere Beschreibung der Hitze, der Gerüche und der zunehmenden Atemnot in der unteren Etage des Motorseglers. Kurzmann schrieb von Ohnmachtsanfällen, vom Hustenreiz, vom Erbrechen und von den eindringenden Abgasen des Motors. Schließlich, bei Tagesanbruch, hat der Kapitän zuerst die Frauen und alten Männer an Deck gelassen. Als einige Meerwasser trinken wollten, mußten sie wieder nach unten. Die Küste war in Sicht. Mit einem Ruderboot ging zuerst der Kapitän an Land. Als er zurückkehrte, sprach er von arabischen Dörfern und von einer jüdischen Siedlung, die weiter südlich liege.

In Kurzmanns Bericht hieß es: «Später kam ein englischer Offizier an Bord, der uns Landeerlaubnis erteilte. Etwa zehn Araberboote übernahmen den Pendelverkehr. Bei der Ausbootung haben die Araber jede Menge geplündert. Auch wurde zugeschlagen, wenn jemand seinen Rucksack nicht geben wollte. Ich kam mit nichts an. Schade um das Kästchen mit Bernstein, den ich am Heubuder Strand gesammelt habe.

Nach einer Stunde Fußmarsch erreichten wir ein englisches Militärlager. Jetzt erst gab es zu trinken. Am nächsten Tag wurden wir nach Sarafand und Haifa gebracht. Ich bin in Haifa geblieben, weil Haifa eine Hafenstadt ist. Isaak Laban, den ich neulich getroffen habe, hat wieder einen Marktstand aufgemacht. Ich soll Grüße bestellen und für das kleine Geschenk danken . . .»

Diesen Bericht übermittelte Ott der jüdischen Gemeindevertretung. Auszugsweise wurde er in der Turnhalle Schichaugasse, die als Hilfssynagoge eingerichtet worden war, vor versammelter Gemeinde verlesen. Auch wurde mitgeteilt, daß sich die nach Palästina ausgewanderten Danziger Juden zu einer Organisation zusammengeschlossen hätten. Die «Irgun Olej Danzig» habe den Beschluß gefaßt, alle noch in Danzig verbliebenen Juden nicht zu vergessen.
Dann wurden Namen angesehener Bürger verlesen, die zum Arbeitsausschuß gehörten: Benno Eisenstadt, Dr. Leo Goldhaber, Dr. Josef Mestschanski, Isaak Pape, Dr. Josef Segal, Frau Sarah Sternfeld, Dr. Walter Schopf . . .

Als ich im März des Jahres 1967, wenige Monate vor Beginn des Sechs-Tage-Krieges, nach Israel flog – dort hielt ich einen Vortrag: «Über die Gewöhnung» – begrüßten mich im Dan-Hotel, Tel Aviv, einige ältere Herren und Damen, deren breit gebliebene Sprache sie als ehemalige Danziger auswies. Seitdem kenne ich Dr. Lichtenstein und seine Frau, die ich gerne als Tante hätte. (In Beer Sheba traf ich zwei ehemalige Schüler der privaten jüdischen Oberschule. Beide sprachen kaum breit und anhänglich. Aber einer glaubte sich an Hermann Ott zu erinnern: «Dr. Zweifel nannten wir den . . .»)

Unterwegs nach Burgsteinfurt legte ich mich im VW-Bus lang, machte ich Sehschlitze, hörte ich nicht mehr Kurzberichte im Mittagsmagazin, sondern, je mehr ich mich dem Haus Schichaugasse 6 näherte, Worte und Widerworte . . .

Unter den zurückgebliebenen 2000 Danziger Juden, zwischen den Zionisten und dem Vorstand der jüdischen Gemeinde brach im Sommer 1939 kein schlimmer, eher ein normaler und in normalen Zeiten alltäglicher Streit aus, weil die Zionisten in der Turnhalle Schichaugasse, wie alljährlich, eine Herzl-Gedenkfeier veranstalten und die «Hatikwah», ein nationales Lied, singen wollten.
Der Vorstand der Synagogengemeinde untersagte die Feier. Jeder sah sich durch jeden brüskiert. Der erste Vorsitzende, Dr. Itzig, trat zurück. Und politischer Zwist, den man seit dreiunddreißig sorgsam vermieden

hatte, begann die ohnehin schwache Gemeinde zu schwächen. Zurückgebliebe waren in Mehrzahl alte, verarmte, immer schon arme, kranke, an ihren Möbeln, Hoffnungen und Gewohnheiten hängende Leute, denen nur noch die Mittelstandsküche in der Schichaugasse hilfreich war.

Der Studienassessor Ott half beim Einkauf: Mohrrüben und Weißkohl aus Müggenhahl. Nicht nur die alleinstehenden Alten, auch die quartierlosen Ostjuden lebten von dieser Küche. Sie konnten sich keine teuren Zertifikate und Auslandsvisen kaufen. Viele kehrten nach Polen zurück und wurden später in Auschwitz, in Treblinka vergast.

Da es die Rosenbaumsche Schule nicht mehr gab, unterrichtete Ott in der jüdischen Volksschule, deren Leiter, Samuel Echt, mit dem letzten Kindertransport nach England ausgewandert war; vom August an bis in die ersten Kriegstage nahm der Lehrer Aron Silber seinen Platz ein.
Zweifel, wie Hermann Ott auch in der Volksschule genannt wurde, versuchte, dem Streit zwischen Zionisten und Orthodoxen auszuweichen. Dennoch kam es zu zänkischen Gesprächen zwischen ihm und Fritz Gerson, den der Zionismus streitbar gemacht hatte. Weil Zweifel weder die nationalen Argumente noch die passive Ergebenheit der orthodoxen Juden gutheißen wollte, galt er seinem Schüler als lau, wenn nicht als feige. Als Fritz Gerson das freundschaftliche Verhältnis zu seinem ehemaligen Lehrer kurzerhand abbrach, liefen zwei reichsdeutsche Linienschiffe in den Danziger Hafen ein. (Dem alten Kantor der Hilfssynagoge, Leopold Schufftan, soll Zweifel vorausgesagt haben, daß kriegerisches Geschrei bald allen Streit der jüdischen Gemeinde übertönen werde.)

Wenn die Waffen zu sprechen beginnen. Am 1. September 1939 wurden in Danzig, wo das erste Großkaliberwort fiel, die Wohnungen vieler Juden durchsucht. Es kam zu Verhaftungen. Zwischen der Weichselmündung und dem Frischen Haff entstand (und wuchs rasch) das Konzentrationslager Stutthof; dort wurde auch Leopold Schufftan eingeliefert: er starb am 8. Oktober.
Eine Woche nach Kriegsausbruch schrieb David Jonas, der neue Vorsteher der Jüdischen Gemeinde, an den früheren Syndikus Erwin Lichtenstein, dem kurz vor Kriegsausbruch die Auswanderung nach Palästina gelungen war. Jonas berichtete, daß den restlichen Danziger Juden die Wohnungen gekündigt worden seien. Einige begingen Selbstmord, als sie amtlich aufgefordert wurden, ins jüdische Altersheim in der Milchkannengasse zu ziehen.

Vorsichtig soll sich Hermann Ott bis Mitte September in Müggenhahl aufgehalten haben; er hatte dort noch Verwandte. Sein Schüler Fritz

Gerson jedoch verließ wenige Tage vor Kriegsausbruch Danzig, ohne sich von Zweifel zu verabschieden. Im polnischen Bromberg traf er seine Eltern, seinen Onkel. Am nächsten Tag flüchtete die Familie in südliche Richtung. Am Fuß der Karpaten, in der Nähe von Zakopane, verhinderte am 11. September deutsches Militär weitere Flucht: der Rechtsanwalt Walter Gerson, dessen Sohn Fritz und Walter Gersons Schwager wurden mit sechs anderen Juden in einem Wald (bei Rabka) erschossen und begraben. (Er mag Raouls Schrittweite gehabt haben: wenn er ging, lief er.)

In Jerusalem zeigte mir Eva Gerson ein Foto des achtzehnjährigen Bruders: gewellte Haare, volle Lippen, starke Brauen, leicht schräg stehende Augen. – Ich las einen Rotkreuzbrief der Mutter vom 13. Mai 1942 aus Rabka, Generalgouvernement: «Geliebtes Evchen, bin glücklich, Gutes von Dir zu hören. Innigste Glückwünsche zum 20. Geburtstag. Hoffend und harrend, viele Küsse Mutti.» – Martha Gerson überlebte bis zum Sommer, dann wurde auch sie mit fünfundneunzig polnischen Juden in einem Wald erschossen und begraben.

Der letzte in Danzig praktizierende jüdische Arzt, Dr. Jakubowski, gab Zweifel Nachricht vom Tod seines Schülers. Weil die Post immer noch, wenn auch auf Umwegen, angeschriebene Adressaten fand (auch weil Hermann Ott mittlerweile an Flucht denkt und im Sinne jener Geschichte, die mir Ranicki als seine Geschichte erzählt hat, wirklich zu werden beginnt) versuchte Zweifel, der Schwester seines Schülers einen Brief nach Palästina zu schreiben; als er ihn las, zweifelte er an seinen Worten: zuviel über Schnecken und Melancholie . . .

Als Anna und ich Eva Gerson in Jerusalem besuchten, wollte ich am folgenden Tag auf der Universität (Canada Hall) aus dem Manuskript dieses Buches lesen. Das war am 9. November 1971, dreiunddreißig Jahre nach der Kristallnacht. Junge Leute der rechtsradikalen Betar-Organisation versuchten, durch Lärm und Gebete die Lesung zu verhindern. Sie riefen: «Die Deutschen sind Mörder!» – Ihr wißt, Kinder, ich habe dann doch gelesen. Ihr seid keine Mörder.

Zwar half Hermann Ott noch bei der Einrichtung des Speichers in der Mausegasse, der später zum Ghetto für die letzten Danziger Juden wurde, doch gleichzeitig begannen seine Fluchtgedanken komplex zu werden. Zum Glasermeister Friedeberg (einem ehemaligen Gemeindevorsteher) sagte er: «Falls ich eines Tages verschwunden sein sollte, bitte ich Sie, an der Notwendigkeit meines womöglich grußlosen Abschieds nicht zu zweifeln.»

«. . . und haben nach nunmehr fünfundzwanzig Jahren. Haben aus Schutt und Asche. Haben wir aus dem Nichts. Und sind heute wieder. Ohne unbescheiden zu sein. Was auch überall in der Welt. Hat keiner erwartet. Sich sehen lassen kann . . .»
Jadochja. Steht vielstöckig und hat gekostet. Soviel und noch mehr ins Futter genäht. Alles läuft, fließt, rollt und schmiert sich selbsttätig. Nicht nur die Sieger von gestern, Gott nimmt bei uns Kredit auf. Wir sind wieder, sind wieder wer, sind wieder, sind . . .
Und warten auf das Echo. Es möge rückläufig reden und gnädig sein: Sind, wieder sind, wieder sind wir . . .
Jetzt auf die Knie und Gebete zur himmlischen Zuwachsrate. Zugeben jetzt, daß wir die Zeit, kein knackendes Wachstum, nur noch die Zeit auf ihrem Muskelfuß hören.
Über alles, was steht und gekostet hat, über Soll Haben Mehrwert, über alles, was leerläuft und sich aus Gewohnheit schmiert, gleitet die Schnekke und läßt ihre Kriechspur zurück: eine Schleimhaut, die knisternd trocknet, durchsichtig bleibt und uns, wie wir sind, wieder wer sind, still und anschaulich macht.

Zweifel hat vorgesorgt und sich Rasierklingen (Rotbart) gekauft, über hundert Stück. Jetzt nickt er beifällig und besichtigt, was ich aus Mainz, Trier und Burghausen mitgebracht habe: Fußnoten für Fortschrittliche.

13

Heute ist Sonntag. Und am Sonntag, Franz, wenn wir einander anöden, ist deine Langeweile, die du durchs Haus zu tragen nicht müde wirst, besonders unterhaltsam. Du stehst dir auf den Zehen, du stößt dir die Knie an mangelnder Gelegenheit wund, du guckst gezielt in die Leere und sagst: «Is ja nix los hier. Was sollichen machen? Erzähl ma was Spannendes oder Komisches, von mir aus Trauriges, was von früher, wo du dabei warst oder auch nicht, aber was stimmt und nich nur erfunden ist, wo keine Zahlen drin vorkommen und Espede und so. Erzähl mal was, wo sich einer versteckt hat, richtig, weil er gemußt hat, versteckt hat, wie bei Anne Frank: das war spannend und komisch und traurig und stimmte auch und war langweilig überhaupt nich . . . Is immer noch Sonntag?»

An einem Sonntag, Franz, an einem gewöhnlichen langweiligen Sonntag, an einem Tag, so unbewegt, daß selbst die Schnecke beeilt erschien, stand der Studienassessor Hermann Ott in seiner Wohnung, Bastion Kaninchen 6, zwischen geerbten Möbeln und war beschäftigt. Er bereitete seine Flucht vor, indem er seine Terrarien ausräumte. (Am Nachmittag noch hat er die Steinpicker, Egel- und Wegschnecken, sogar die nach Sandboden verlangenden Heideschnecken überall dort ausgesetzt, wo es ihnen gefallen mochte: im Olivaer Mischwald, in den Brösener Stranddünen, auf den Wiesen hinter Kneipab . . .) Keine Schnecke durfte ihn auf der Flucht begleiten.

«Wohin isser denn? Und was nahm er mit?»

Sich entscheiden: schwierig für Zweifel. Als Liebhaber alter Stiche (er blätterte lange, zu lange in seinen Mappen) hätte er leicht die Flucht versäumen können. Nach erster und zweiter Durchsicht traf Zweifel engere Wahl. Am Ende nahm er den englischen handkolorierten Stich, drauf eine Schnecke, die ihr Haus trägt – und die Reproduktion eines Stiches, den du im Kupferstichkabinett des Dahlemer Museums als Original sehen kannst. Ich zeige ihn dir als Kunstpostkarte.

«Was issen mit der los? Sucht die ne Wohnung?»

Nicht gekündigt und vor die Tür gesetzt. Doch du hast recht. Man möchte Pechvogel sagen oder: Bestellt und nicht abgeholt.

«Und was die für'n Kreuz hat. Und wie die dahockt.»

Das läßt sich ausmessen: breitärschig knatscht sie über Verlust. Im Rheinland sagt man: «Das arme Tier haben.» – So etwas wie schlechte Laune, oft auf Verstopfung, auf Blähungen, auf ausbleibenden Orgasmus zurückzuführen. Was das ist, erklär ich dir später. (Raoul kommt dazu und wirft einen Blick.)

«Klar Mensch! Ne ganz trübe Tasse.»

Ihr könntet meinen, dem armen Mädchen sei der Goldhamster weggelaufen oder es schaue (was der Kupferstich nicht zeigt) dem Fernsehprogramm zu: irgendein Quiz oder Kulturmagazin. Nichts ist entlaufen. Nicht einmal Werbung flimmert. Zwar Langeweile, aber ursächliche, nicht zu zerstreuen. Franz seine sähe als Kupferstich lustiger aus.

«Also was schon? Nu sag schon.»
«Fleicht isses nur Kunst oder sowas.»

Heißt mal so, heißt mal so. Das Wort Weltschmerz läßt sich nicht übersetzen. Auch die Schwermut ist bodenständig wie deutsche Grübelei. Es ist nicht übliche Trauer, weil wer gestorben oder weit weg ist. Auch gibt der heitere Pessimismus eures ungläubigen Vaters keinen Vergleich ab. Weder Verzweiflung noch Schmerz sind hier abgehockt. Zwar sage ich: Miesepetrig sauertöpfisch verschnupft – zwar deute ich: Sie bläst Trübsal, kaut Kummer, trägt schwer an sich; doch meine Befunde sind zu familiär, um diesem Waisenkind einen Namen zu geben.

Auf Bahnhöfen nistet sie: unter kaltem Rauch, unschlüssig in der Halle, auf Bänken in Wartesälen verteilt, früher bei den Flüchtlingen mit ihren bestoßenen Pappschachteln. Sie hält sich an verjährten Fahrplänen und verkürzten Hoffnungen fest. Sie verbirgt sich in Stimmungen. Sie kommt uns bekannt vor und hockt für viele. Sie wohnt in Vorstädten, Gartenstädten, Flachdachbungalows, Eigenheimen, auch in Schlössern, die schlecht zu beheizen sind. Wir begegnen ihr unter Brücken, zwischen geborstenen Säulen, auf Schrottplätzen und wo sonst noch die Lyriker ihre Reime finden. Ich will nicht den Herbst ausbeuten und das Laub wenden, doch so viel stimmt: von allem angekotzt, schmeckt ihr jede Suppe gleich schal. Alles klingt hohl und zählt sich hohl auf: die Sinnlosigkeit, der ewige Kreislauf, die Vergeblichkeit aller Mühe und die Wiederkehr immer der gleichen Puppen, das Einerlei und die Käuflichkeit der Worte, der Zerfall wie der Aufbau, das Unendliche und das Endliche, die Regelmäßigkeit und der wild stotternde Zufall, natürlich auch Produktion und Konsum, das unabänderliche, schon programmierte, wie auf der Achterbahn Tempo vortäuschende und doch nur gezirkelte Schicksal und Schneckendasein . . .

«Is ja auch alles ziemlich beschissen.»
«Oder fleicht nich?»

Saturn ist ihr Planet.
Sie handelt mit keimenden Kartoffeln und Haaren im Kamm.
An Sonntagen befiehlt sie uns, Schulwege hin und zurück zu erinnern.
Knöpfe sammelt sie, Niederlagen, Briefe und (wie Zweifel) leere Schnekkengehäuse.
Sie hält sich einen appetitlosen Hund.
Kommt Besuch, wärmt sie die Graupensuppe auf.
Den Seeleuten (Matrose mit Mundharmonika) färbt sie die Stimmung: bläst gerne das Nebelhorn.
Der Schallplattenindustrie verkaufte sie die Reimworte auseinandergehen und nichtwiedersehen.
Sie scheut weder Kitsch noch Witze.
Ihre Schwester heißt Utopia, ein leichtgläubiges Mädchen: immer auf Reisen.

Ihr hingegen fällt alles schwer, sogar – wie ihr seht – den Ruhm als Kränzlein zu tragen.
Die Macht ist ihr bekannt und das viele, einander aufhebende Wissen.
Beim Essen läßt sie den Löffel sinken.
Offene Rübenmieten, kochende Wäsche, männlicher Same nach dem Erguß, auch Jod, Lavendel und Essig, nasse Kleider, Flieder am Abend und Mäusedreck verbreiten ihren Geruch.
Wie Vorgeschmack scheut sie der Liebe Nachgeschmack. Nach zu langem, zu lautem Lachen, nach zuviel Schweinefleisch und Klößen, nach dem Suff, nachdem es bei Mann und Frau geklappt hat, der Augenblick Glück schon vorbei ist, gleich nach begeisternder Rede, nach nie enden wollendem Sprung, gleich nach dem Sieg stellt sie sich ein, umgeben von ihren Antiquitäten: Waage Sanduhr Glocke – und wie ihr hier seht – schartiges Schwert.
Ihr Kram läßt sich austauschen. (Später will ich ihn austauschen.)
Auf deutsch heißt sie Schwarze Galle. (Früher verschrieben die Ärzte Nieswurzsud, heute verschreiben sie Tofranil oder die Couch, damit sie sich ausspricht.)
Als seine Mutter im Jahr 1514 starb, hat Albrecht Dürer die MELENCOLIA in Kupfer gestochen. Viele sagen: Ein deutsches Blatt. Jeder erkennt sich.

Und mit Dürers Melencolia im leichten Gepäck begab sich Hermann Ott auf die Flucht.
«Und du, Franz, was würdest du, wenn du fliehen müßtest, von deinen Sachen mitnehmen?»
«Weiß nich. Fleicht mein Mikroskop.»
Beide waren mit Raoul der Meinung, daß auf Dürers Kupferstich, zwischen dem Kramzeug, ein Mikroskop Platz fände.
«Und was sollte ich, müßte ich abhauen, einpacken?»
Raoul tippte auf Küchenkräuter, Franz sah in meiner Schreibmaschine geeignetes Fluchtgepäck: «Ohne die biste doch pleite.»
Umständlich erklärte er mir, wo im Bild – auf ihrem Schoß anstelle des Zirkels – meine Olivetti zum Schweigen gebracht werden könnte.
Ein schöner Sonntag. (Auch Friedenau zählt zu ihrem Einzugsgebiet.)
Franz sagte: «Magste Backpflaumen?» – Später knackte ich Kerne: diese gelinde Spur Blausäure ...
Doch dann kam Bruno, und das Leben begann wieder.

Er macht mich nach. Er steht auf dem Stuhl, verwirft die Hände und ruft: «Espede! Wollnse mal Espede!»
Er wirbt, wie ich in Bayern werben sollte: «Oder wollnse – fleicht Huber? Immerzu Huber?»
Bruno ist Kurzredner: «Blöd immer reden. Fätich!»

Er bekommt Beifall. Er kommt gut an. Alle lachen.
«Nochmal, Bruno! Noch mehr Wahlkampf.»
Aber er will nicht, hat schon gewonnen. Jetzt läuft was anderes, nicht redenreden. «Fleicht gestern wieder, nachher.» (Nur ich muß nach Andernach, Mayen, Bad Neuenahr. Zwischen Bims und Basalt redenreden, morgen nachher . . .)

«Und die Dingsbums, wie heißtse schon?»
«Und Zweifel, ist der schon weg?»

Kaum hatte der Studienassessor Ott seine Abwarteposition in Müggenhahl aufgegeben, wurde er, als er seine Verlobte Erna Dobslaff nach dem Kino bis vor ihre Haustür gebracht hatte, von einer Horde Hitlerjugend verfolgt, Ecke Straußgasse–Weidengasse gestellt, in eine Toreinfahrt getrieben und wortlos mit sandgefüllten Lederhandschuhen zusammengeschlagen. (Es sollen Schüler der Petri-Oberschule gewesen sein, darunter der Fähnleinführer Fenske.)
Aus Müggenhahl kam die Schwester seiner verstorbenen Mutter und pflegte ihn. Gelegentlich schaute die Bibliothekarin Erna Dobslaff vorbei und redete auf ihn ein. Nach seiner Genesung beantragte Zweifel die Wiedereinstellung in den städtischen Schuldienst. Drei Wochen später wurde sein Antrag ohne Begründung abgelehnt. Zweifel stellte keine Anträge mehr.
Noch wurde er gebraucht. Als das Palästina-Amt in Berlin Ende November einen Transport von fünfzig Juden freigab, half Hermann Ott bei den Vorbereitungen. Um ihrer Deportation nach Stutthof vorzubeugen, wurden die letzten jungen Leute in den Transport der fünfzig aufgenommen. Über Umwege erreichten sie mit der Eisenbahn Wien. Nach einem Fußmarsch wurden sie in Preßburg interniert und von slowakischen Hlinka-Gardisten bewacht. Später brachte der Donaudampfer «Uranus» die Auswanderer zur ungarischen Grenze und wieder zurück nach Preßburg. Außer den fünfzig aus Danzig konnten sich 650 Juden aus Wien und 300 Juden aus dem Altreich an Bord der «Uranus» kaum bewegen. Auf drei kleine Dampfer umgeladen, erreichte der Transport Mitte Dezember den jugoslawischen Hafen Kladovo. Dort blieb er neun Monate liegen.
Kurz vor Weihnachten folgte Ott einer Vorladung der Kriminalpolizei. Das kurze und sachlich geführte Gespräch befaßte sich mit seiner Lehrtätigkeit an der privaten jüdischen Oberschule und mit Briefen, die Ott nach Nizza in Südfrankreich geschickt hatte. Der Inhalt aller Briefe (auch der Antworten) war den verhörenden Kriminalbeamten bekannt. Als Ott seine und seines Partners Briefe wissenschaftlich orientiert nannte und den verhörenden Kriminalbeamten mit Zitaten von Aristoteles und Fici-

no seine Arbeit über die Melancholie und die Utopie zu erklären begann, auch die Schnecke als Mittlerin kurz erwähnte, wurde er von beiden Beamten abwechselnd geohrfeigt. Als er gehen durfte, hörte er: «Wir sehen uns wieder, Freundchen!»

«Warum isser nich vorher ab?»
«Wo er doch schon gepackt hat.»
«Is ja irre, so lange zu warten.»

Zweifel flieht nicht so schnell. Gestern noch, als ich das Bimswerk Meurin in Kruft besichtigte und einen Wahlkreis beackerte, der bis in die Eifel reicht und entsprechend schwarz ist, überlegte ich, zwischen dem Abstecher nach Mayen und dem Gespräch mit den Benediktinermönchen in Maria Laach, ob es sich lohne, euch mehr und Peinliches von Zweifels Verlöbnis mit der Bibliothekarin Erna Dobslaff zu erzählen oder ob die Mitteilung genüge: Kurz nach dem Polizeiverhör zerstritt sich Hermann Ott mit seiner Verlobten aus politischen Gründen. Sie soll gesagt haben: «Es ist unser Glück, in großer Zeit leben zu dürfen. Da ist wenig Platz für Leute mit einer Schneckenphilosophie.» – Damals befanden sich im jüdischen Altersheim Aschenheimstift noch 113 registrierte Personen. Der später zum Ghetto ausgebaute Speicher in der Mausegasse faßte 80 Personen. Für jüdische Pelzarbeiter standen einige überbelegte Privatwohnungen zur Verfügung. (Weil ohne weiteren Bedarf, soll Zweifel seinen Verlobungsring in die Radaune geworfen haben.)

Im Kloster nur am Rande Fragen zur Literatur: «Darf man wissen, worüber Sie zur Zeit schreiben, falls Sie überhaupt Muße finden?»
Ich verriet den nahezu sozialistischen Mönchen, daß ich dabei sei, euch umschweifig zu erzählen, wie es zu alldem gekommen ist, warum ich so oft unterwegs sein muß, und wie viele Niederlagen Zweifel hat einstekken müssen, bis er seine Flucht zu erwägen begann.

«Und die fünfzig?»
«Sind die noch? Und was wird aus denen?»

Ihr wollt wissen, was aus den Danziger Juden wurde, die mit rund tausend anderen in Kladovo hängengeblieben sind. Sie wurden mit weiteren vierhundert jugoslawischen Juden in Sabac interniert. Als aus Palästina eine geringe Anzahl Einreisezertifikate eintrafen, durfte aus der Gruppe der fünfzig einzig das Ehepaar Aron und Feiga Schermann ausreisen . . .

«Und die anderen?»
«Gibt es die noch?»

Am 12. Oktober 1941, lange nach Zweifels Flucht, besetzte deutsches Militär das Lager Sabac. Bevor über tausend Insassen des Lagers, unter ihnen die Danziger Gruppe, von deutschen Kommandos erschossen wurden, gelang dem Ingenieur Israel Herszmann, der wie Hermann Ott in der Danziger Niederstadt seine Wohnung gehabt hatte, die Flucht. Über Dalmatien und Italien schlug er sich in die Schweiz durch, wo er bis zum Dezember vierundvierzig in Bellinzona interniert blieb. Erst im Herbst fünfundvierzig traf Herszmann, über Marseille, in Haifa ein; Zweifels Fluchtweg war kürzer.

Laura will alles wissen: «Die da erschossen wurden, waren die richtig tot hinterher?»
Franz und Raoul mögen es nicht, wenn ihre Schwester mit Fragen «immer nur aufhält».
Sie sucht (wie ihr Vater) gerne auf Nebenwegen: «Und wo der Herszmann jetzt ist, in Haifa oder so, gibt es da richtige Ziegen?»

In meiner Hand die Hand meiner Tochter.
So suchen wir Ziegen
und finden verlassene Schneckengehäuse.
Siehst du schon welche?
Noch nicht.
Gibt es hier welche?
Manchmal.
Wir hören sie auf dem Hang scheppern: dort und dort.
Wir mögen Ziegen.
Schneckenhäuser sammeln wir nur.
Wir waren mal Ziegen.
Neugierig sind wir und schreckhaft.
Die Hand meiner Tochter in meiner Hand.
So sind wir uns sicher.
Wir haben Salz bei uns.

«Ja, Laura. Über tausend. Die waren alle tot hinterher.»

Als Zweifel am 28. März die zweite polizeiliche Vorladung erhielt, packte er an einem Montag, zwei Tage vor seinem Termin, und nachdem er am Sonntag seine Terrarien geräumt, seine Schnecken ausgesetzt hatte, wenige Wäsche in einen strohgelben Leinenkoffer. Mit seinem Sudelbuch legte er Dürers Kupferstich als Reproduktion auf Unterhemden und Socken. Darauf, als Zwischenlage, die Zopfmusterstrickjacke. Überraschend leicht konnte er sich von seinen Büchern, Grafiken, von seiner Schneckenhaussammlung trennen, denn nur den englischen handkolo-

rierten Stich einer gebänderten Schnirkelschnecke löste er aus dem Rahmen und legte ihn, zwischen Pappdeckeln, auf den Schlafanzug. Was noch? Seinen Vorrat: 125 Rotbartklingen. Die Zahnbürste und die Paste, Nivea, den Höllenstein, das Nagelscherchen im Beutel. Daneben, wie zufällig gegriffen, Äsops Tierfabeln. Er schloß den Koffer.
Zweifel hinterließ keine Abschiedsbriefe. Kein Foto nahm er mit. Nur Ausweispapiere und sein rechtzeitig abgehobenes Sparkassenvermögen. (Immer will Raoul wissen, wieviel. Rund zweitausendfünfhundert Reichsmark.) Den Haustürschlüssel warf er in den Briefkasten der Hauswartsfrau. Im Hof, wo sein Rad stand, pumpte er Luft nach. Er schnallte den Koffer auf den Gepäckträger, fand, ohne grüßen zu müssen, durch den Hausflur auf die Straße, versicherte sich der Hosenklammern, stieg auf und fuhr mit seinem Fahrrad durch die Niederstadt über die Milchkannenbrücke und Grüne Brücke, die Lange Brücke hoch, dann durchs Heiligegeisttor in die Rechtsstadt hinein, über gutberechnete Umwege durch die engen Gassen der Altstadt – an der Schneidemühle, am Nonnenhof vorbei, durch die Böttchergasse, Weißmönchenhintergasse – und jetzt erst, nachdem denkbare Verfolger zwischen Sankt Katharinen und der Großen Mühle aufgegeben haben mochten, am Hauptbahnhof vorbei, über die Irrgartenbrücke und (ab Olivaer Tor) ohne sich umzublicken durch die Hindenburgallee nach Langfuhr. Hochstries bog er links ab und radelte über Brenntau, Mattern, Ramkau, Groß-Mischau, Zuckau, Seeresen bei leichtem Gegenwind zwischen Chausseebäumen, die schon Knospen trieben, nach Karthaus.
Zweifel hatte kein Ziel, aber ausreichend Angst. (Die Kaschubei, als deren Zentrum und Hauptstadt das Kreisstädtchen Karthaus, heute Kartuzy, gilt, wird in Reiseführern auch Kaschubische oder Kassubische Schweiz genannt.) Die Angst ist ein zuverlässiger Mitfahrer. (Leicht gehügelt erstreckt sich die Kaschubei von Dirschau an der Weichsel bis Stolp in Pommern, vom Putziger Wiek und der Halbinsel Hela bis in den Kreis Berent.) Unterwegs lachte Zweifel vor sich hin, weil er Angst hatte. (In Reiseprospekten steht: Die Kaschubei ist reich an Seen, in denen Taschenkrebse zahlreich sind.) Zwischen Zuckau und Seeresen fuhr Zweifel durch einen Regenschauer, der aber keine Wegschnecke aus den Chausseegräben auf die Straße nach Karthaus lockte: zu früh. (Für dich, Raoul, weil du an Stammbaumverästelungen und ungeordneten Grenzverhältnissen Interesse hast, schreibe ich belehrend: Die Kaschuben oder Kassuben, von denen es heute noch dreihunderttausend geben soll, sind Altslawen, die eine aussterbende, mit deutschen und polnischen Lehnwörtern gespickte Sprache sprechen.) Bald wieder trocken, bemerkte Zweifel kurz vor Karthaus, daß er auf plattem Hinterreifen fuhr. (Meine Familie ist mütterlicherseits kaschubisch; also bist du, Raoul, wie deine Schwester, wie deine Brüder es sind, ein Viertelkaschube.) Bis in die

Kreisstadt schob Zweifel sein Rad. (Karthaus liegt zwischen dem Krugsee im Südwesten und dem Klostersee im Norden. Er heißt so, weil Karthäusermönche im Jahr 1381, auf Wunsch eines weltmüden kaschubischen Grafen, ein Kloster bauten: die Karthause Marienparadies, ein Ort, sich Gedanken zu machen.) Zweifel kannte Karthaus. Die Klosterkirche mit ihrem Sargdeckeldach warf und wirft ihr Spiegelbild in den See. (1818 wurde der preußische Landkreis Karthaus gebildet.) Als das Kreisstädtchen während der Spanne zwischen zwei Weltkriegen wieder Kartuzy hieß, hatte Zweifel mit Schülern des Kronprinz-Wilhelm-Gymnasiums, später mit Schülern der jüdischen Oberschule die Kaschubei durchwandert: Wochenendausflüge über die Freistadtgrenze. (In Karthaus gab es die Klosterbrauerei, eine Dampfmühle, eine Dampfmolkerei und vier Sägewerke, die Zweifel von fern und bei Westwind noch zu hören bekommen sollte.) Bei ihrem letzten Ausflug im Frühsommer vor Kriegsausbruch hatte Zweifels Schüler Fritz Gerson im Erlengebüsch der Radauneufer mehrere zweizähnige Laubschnecken gefunden. (Das wird dich interessieren, Raoul: heute gibt es in Kartuzy ein kaschubisches Museum. Mal hinfahren und in Chroniken stöbern . . .)

Den Fahrradhändler Anton Stomma kannte Zweifel, weil er in dessen Laden und Werkstatt mehrmals für sich und seine Schüler Räder geliehen hatte. Auch hatte Stomma kleinere Reparaturen übernommen, wenn sie per Rad gekommen waren.
Er war alleine in seinem Laden. Eigentlich wollte Zweifel nur den Reifen flicken lassen. Trotzdem nahm er die Hosenklammern ab und ließ sie, während Stomma verkrustete Fahrradketten in einem Benzinbad reinigte, auf dem Handteller hüpfen. Als Stomma ihn fragte, ob er vorhabe, eine Radtour nach Berent oder über Chmelno an den Radaunesee zu unternehmen, sagte Zweifel, ohne nachdenken zu müssen: «Eigentlich nein.»
Sie sprachen vorsichtig miteinander. Stommas Anklopffragen: «Na, wie wird nu werden?» – Zweifels Gegengeflüster: «Kaputtsiegen werden sie sich.»
Stomma schloß den Laden von innen ab. Zurück hinterm Ladentisch setzte er kurz die Spritflasche an: sein Adamsapfel. Zweifel befürchtete, einen Schluck angeboten zu bekommen. Stomma schlug mit flacher Hand den Korken in den Flaschenhals und gab zu erkennen, daß er nicht wisse, was sicherer sei: als Kaschube polnisch bleiben – sich als Kaschube eindeutschen lassen. Zweifel gab zu, daß er diese Frage nicht eindeutig beantworten könne. Zwischen Anmerkungen zum Wetter gab er Blinkzeichen, die Stomma aufschlüsseln mochte. Einer wissenschaftlichen Arbeit wegen müsse er längere Zeit lang in strenger Zurückgezogenheit leben. «Ich suche etwas Klösterliches, eine Karthause.»

Stomma wollte nicht verstehen. Zweifel mußte dicker auftragen. Erst als er zugab, einen verschwiegenen Gastgeber zu suchen, dem er sich später, wenn alles vorbei sei, dankbar erweisen könne, sprach Stomma beiläufig von einem kellerartigen Lagerraum. Zweifel zeigte sich interessiert und deutete Bezahlung an. Stomma wollte wissen, für wie lange. Zweifel sprach von einem Jahr.
«Ond was denn?»
«Dann werden sie sich kaputtgesiegt haben.»
«Ond wenn nich?»
«Dann dauert es länger, bis sie kaputt sind.»
«Ond wenn ich eindeitschen mecht bei die Preißen?»
«Ich könnte Ihnen beim Ausfüllen der Anträge helfen.»
Stomma wischte sich die Hände mit Putzwolle. «Wenn nur nich schiefjeht.» Er nahm Zweifel den Koffer und eine erste Anzahlung ab. «Aber is bißchen feucht unten ond unordentlich mang dem Krempel.»

Überall Teile und Teile von Teilen, nichts Ganzes. Fundsachen ohne Gelegenheit: als hätte Raoul dem auf Ordnung versessenen Zweifel eine Gegenwelt erfunden: dein Chaos, in dem sich wohnen läßt.

14

Bevor Zweifel in den Keller steigt und sich zu gewöhnen beginnt, trage ich nach: Gespräch mit Edvard Kardelj in Belgrad; Redaktionssitzung («dafür» Nr. 2) in Bonn; Skat mit Jäckel d. Ä. und Gaus; nach der Veranstaltung in Iserlohn treffe ich Karl Schiller, der sich (erkältet) bei einem Landwirt verkrochen hat; im Hamburger Hotel Vier Jahreszeiten Gespräch mit Alva Myrdal; am 17. Juni in Oelinghausen bei Bielefeld . . .
Ich sitze und trage nach. Über mir die einfliegenden ausfliegenden Boeing und Super one-eleven, mit denen ich komme und gehe: früh montags gehe, am Sonnabend komme, um (teilweise anwesend) auf unserer Terrasse zu sitzen . . .
Im Sudelbuch stochern: Hinter reflektierenden Brillengläsern hörte Kardelj zu. Mit Alva Myrdal beim Teetrinken über Entwicklungspolitik . . . Gegenüber, von einem Bauzaun umstellt, das Niemandsland, das vorläufig, bis die Bauarbeiten beginnen, den Ratten, den Tauben, den Kindern gehört. (Zwei Jahre später entsteht dort ein Spielplatz mit Kletterbäumen, Kriechtonnen, Rutschbahnen und einem häuschenhohen Drahtkäfig für Ballspieler.)
Noelle-Wying. Ich trage den Namen des Landwirts nach, bei dem sich Schiller erkältet verkrochen hat . . .

Das wastebook englischer Kaufleute hieß bei Lichtenberg Sudelbuch; Zweifel empfahl mir diese Methode, mit leichter Hand gegen die Zeit zu schreiben . . .
Halb verdeckt vom Grünzeug sehe ich zu, wie sich unser Vorgarten, den ein ehemaliger Besitzer unterhaltsam programmiert hat, von Woche zu Woche verändert: Flieder Rotdorn Hundsrosen. Maiglöckchen neben den Mülleimern. (Im Haus höre ich Anna, die Kinder, was gleichzeitig läuft und Geräusche mischt. Einsprüche aus jeder Richtung. Ich mag das.)
Nachträglich: Im Flugzeug nach Hannover mit drei Männern, die in Berlin zum Kegeln waren, ein paar rasche Runden Skat. Nachdem ich einen Herzhand verloren habe, sagt jemand, der Kontra gegeben hat: «Bei uns in Hagen läuft das. Diesmal schafft es der Willy.»
Friedenau bietet viel. Es liegt unter einer Einflugschneise, verbirgt zwischen Mietshäusern der Gründerjahre verwinkelte Klinkerhäuschen, leistet sich vor seinem Rathaus zweimal wöchentlich einen Obst-, Gemüse-, Fisch-, Eier- und Kräutermarkt, bildet vor der Post ein Rondell, auf dessen Bänken sich alte Frauen vergleichen, hat seine Eckkneipen und schattigen Vorgartenlokale, wird in zwei Jahren hundert Jahre alt – und hält mir meine Terrasse frei, auf der ich den Wahlkampf vorkaue, nachschmecke . . .
Natürlich bei einem Großbauern. Sein feinziselierter Hochmut. Wie er (versuchsweise) die Resignation anprobiert. Zu hoch ansetzendes Gelächter. Wie er federt, konzentriert nervös ist. Sie lassen ihn nicht aufwerten. Er darf nicht recht behalten. (Könnte es sein, daß Zweifel im Keller – grippegeschwächt und nicht abgehärtet – ähnlich leise wird, weil ihm Publikum fehlt?)
Am Nachmittag Stille. Es sei denn, es kommt Ecke Handjery-Niedstraße zu jenem trockenen Knall, den Franz und Raoul ähnlich trocken bestimmen: «Mensch, Klasse! Wieder zwei VW.» (In Raouls Zimmer, dessen Ordnung mich angeleitet haben mag, den Keller des Fahrradhändlers Stomma chaotisch einzurichten, entsteht ein Ersatzteillager: Scheibenwischer, Radnaben, Lenkräder, das Gekröse ausgeweideter Totalschäden.)
Jetzt, Ende Juni, ist der Flieder in unserem Vorgarten nur noch Erinnerung wert. Auf dem Wochenmarkt gibt es wie jedes Jahr: «Neue saure Gurken!» (In seinem Keller hofft Zweifel, weniger anfällig für Heuschnupfen zu sein.) 1871 wurde in Berlin ein «Landerwerb- und Bauverein auf Aktien» gegründet. Der spätere Stadtteil Friedenau war damals noch Ackerland. Einer der Baumeister hieß Hähnel; jetzt heißt eine Straße nach ihm. (Über Zweifels Frühjahrsgrippe läßt sich nachträglich sagen: Sie war leichter Art.) Zwischen genau neunundvierzig Birken sitzen die alten Frauen auf ihrer Insel im Kreisverkehr und sind bitter

müde fertig. Wenn junge Mädchen den Weg zur Post übers Rondell verkürzen, werden sie von zwölf oder auch siebzehn alten Frauen vermessen und für zu jung, zu griffig befunden. Kinder spielen da nie, lieber auf dem Niemandsland.

Auf meiner Terrasse warte ich halbverdeckt, bis Zweifel sich einstellt. (Früher kam Johnson manchmal vorbei, um hier zu sitzen und merkwürdig zu sein.) Zweifel kommt oft, ich muß ihn nur rufen. Wir bereden was querliegt. Ich rate ihm, nicht mit dem Kopf zur feuchten Nordwand des Kellers zu liegen; er rät mir, zuerst einmal seinen Gastgeber Stomma und dessen Tochter Lisbeth den Kindern vorzustellen.

Da er auf Neuigkeiten (aus meiner Zeit) wie versessen ist – «Wer wie ich im Keller sitzen muß, hört Klatsch mit Anteilnahme» – erzähle ich ihm, in welcher Kneipe die revolutionäre Basisgruppe Friedenau ihren Stammtisch hat, auch daß ein gemeinsamer Bekannter enttäuscht aus Kuba zurück ist. Zweifel lächelt dünnfädig: «Ideologischen Tourismus hat es auch schon zu meiner Zeit gegeben.» (Meine Nachträge – der elegische weil gekränkte Schiller; Skat mit wechselnden Partnern – interessieren ihn kaum, allenfalls Enzensbergers neue Erkenntnisse: «Und was nun? Schreibt er wieder Gedichte?»)

Jetzt plaudern wir über Stommas Flieder, der sich zwischen dem Klo und dem Kaninchenstall drängt. Ich zähle die Namen kaschubischer Dörfer auf – Bissau Ramkau Viereck Kokoschken – und Zweifel erzählt, nachdem uns eine einfliegende Super one-eleven Schweigen geboten hat, ein Ereignis aus dem Sommer des Kriegsjahres vierzig: «Stellen Sie sich vor: Stomma wird mit Hilfe seiner Tochter ein Faß saure Gurken ansetzen.» Daraus schließt er unmittelbar: «Deshalb wird es immer wieder Leute geben, die mit Neuigkeiten aus der nächsten Kreisstadt oder aus Kuba heimkehren. Stomma, zum Beispiel, war neulich in Dirschau.»

Ich frage: «Wo wird denn das Faß stehen?» In Zweifels Keller wird das Faß Gurken mit seinem Geruch stehen. «Übrigens», sagt er, «ist der letzte in Danzig praktizierende jüdische Arzt, Kurt Jakubowski, kurz vor Kriegsbeginn nach Kuba ausgewandert. Möchte mal wissen . . .» – Ich verspreche Zweifel, bei Erwin Lichtenstein nachzufragen, der alles weiß.

Dann nur noch Nichtigkeiten. Wir spielen mit dem Wort Sauregurkenzeit. (Und auch die alten Frauen auf dem Rondell vor der Post zählen zwischen neunundvierzig Birken auf, was alles wieviel teurer geworden ist: die diesjährigen sauren Gurken.) Plötzlich wechselt Zweifel das Thema. Unser gemeinsamer Bekannter und dessen Enttäuschung auf Kuba geben wohl nichts mehr her. Er berichtet von seinem Plan, die Zeit im Keller forschend zu verringern und über die Mittlerrolle zwittriger Schnecken im Verhältnis zur Melancholie und zur Utopie kellertiefe Erkenntnisse zu sammeln. «Es muß doch möglich sein», sagt er, «in der

Substanz der Schnecken ein Mittel gegen die Zeit zu finden.»
Warum soll ich abraten. Im Keller ist Platz. Jetzt zitiert er: Lichtenberg, Schopenhauer, seinen und meinen Jean Paul . . .
Sobald die Kinder vom Vorgarten her die Terrasse besetzen, hebt Zweifel sich auf. Er fürchtet zuviel Gegenwart. Man könnte seine Existenz mit Händeschütteln erproben. Er besteht darauf, zweideutig zu bleiben und geht, wie er gekommen ist: formvollendet grußlos.

Jetzt werde ich viermal in Frage gestellt: «Wie war es? Wo warste? Wann gehste wieder? Wohin?»

Es lief ganz gut. Ich war in der Voreifel, wo sie ziemlich schwarz ist. Jetzt mach ich mal Pause. Immerzu reden macht stumm. Einiges läuft mittlerweile: fünfundzwanzig Wählerinitiativen in gleichviel Wahlkreisen. Erdmann Linde meint (und Marchand meint auch, und Drautzburg auch), ich solle mal Abstand nehmen und von außen gucken. Deshalb fahren Anna, Bruno und ich nach Böhmen. In einem Wald wollen wir uns mit Freunden treffen. Dort will ich Pilze sammeln, eine neue Rede schreiben, in mein Sudelbuch nachträglich Fußnoten setzen und mir Zweifel ausdenken; ihr wißt ja, Kinder, den werde ich nirgendwo los.

In Stommas Lagerraum rosteten Fahrräder und Fahrradteile. Die Räder und Gestelle hingen, Lenker nach oben, an einem Drahtseil, sechs Meter lang, so lang wie der Keller. Darunter in Kisten: Schrauben, Ventile, gebündelte Speichen. Dazwischen verstreut: unbestimmbarer Schrott.
In Stommas Lagerraum keimten Kartoffeln, stapelten sich Briketts, lagerten Zuckerrüben zum Sirupeinkochen, stand ein Faß Gurken. Das mit Drahtglas verglaste Kellerfenster gab von der Hofseite her begrenztes Licht. Die Falltür über der Treppe öffnete sich zur Küche, die gleich groß über dem Lagerraum lag. An die Küche, zur Straße hin, schlossen Stommas Fahrradgeschäft und Werkstatt an. Über dem Geschäft, der Werkstatt, der Küche und dem Wohnzimmer, auch Gutestube genannt, deren Fenster zum Hof und zur Straße sahen, gab das Dachgeschoß zwei Mansardenzimmer für Stomma und seine Tochter als Schlafkammern her. (Das Haus, der Hof und der Garten um Haus und Hof gehörten Stomma seit dem Tod seiner Frau.) Nur die Küche war unterkellert.
In Stommas Lagerraum roch es nach Stauferfett, Rost, Kartoffeln, Rüben, feucht von der Nordwand her, und nach der Seegrasmatratze, die Stomma für Zweifel unter das Kellerfenster auf den gestampften Lehmboden gelegt hatte. Die verpißte Steppdecke. Ab Juni bis in den Winter roch das Faß saure Gurken.
(Frischgeschnittenes Gras für die Kaninchen hat Stomma nur im Sommer einundvierzig im Keller gelagert: Zweifels Heuschnupfen blühte sogleich.)

Da sich im Lagerraum zwischen Gerümpel ein Stuhl fand, mußte Zweifel nur um einen Tisch bitten. Später nähte er sich aus Säcken eine Fußmatte. Zweifel zahlte drei Reichsmark pro Tag, bis ihm sein Geld im November zweiundvierzig, kurz vor Stalingrad ausging. Bald kannte er alle Sprünge und Haarrisse in der verputzten Decke, jeden Buckel im Lehmboden, die Verkrustungen, schorfigen Placken und Schwammkulturen an der Nordwand des Kellers.
Stommas Haus lag, wo die Kreisstadt Karthaus in Richtung Nordosten aufhörte, an der Straße nach Seeresen. (Man konnte, wenn der Wind gut stand, die vier Sägewerke und die Glocken der Klosterkirche bis in den Keller hören.) Nur nachts durfte Zweifel zwischen dem Kaninchenverschlag und dem Schweinestall das Klo über der Senkgrube benutzen und seinen Kübel leeren. An den Hof und an die fensterlose Stirnseite des Hauses schloß ein Gemüsegarten an, in dem einige Apfel- und Sauerkirschbäume standen. Der Vorgarten zur Straße war schmal: Stachelbeersträucher, Sonnenblumen, die Kastanie. Vom hinteren Gemüsegarten liefen Kartoffelfelder über Bodenwellen bis zum Wald. Ein Holzzaun stand um Stommas Grundstück, an das links und rechts die Gärten der Nachbargrundstücke grenzten; Nachbarn, mit denen Stomma, wie auf dem Lande üblich, zerstritten war. Im Hof, hinter dem Kaninchenverschlag und dem Klo, wuchsen Brennesseln unterm Flieder. Stomma hatte keine Freunde und nie Besuch. Er besaß kein Radio und keinen Hund. Jemand, der alleine war und halblaut vor sich hin fluchte.
Als Anton Stomma seinen Gast in den Lagerraum führte, sagte er: «Da ist noch Lisbeth, was maine Tochter ist. Die is nich janz richtich im Kopp. Ich werd ihr sagen, daß se nich rumredet.»
Das Fahrrad blieb oben. Später, als Zweifel das Geld ausging, verkaufte es Stomma.

Nein, Raoul, das war vor dem Kahlfraß. Nicht die Fragen «Dann? Was war dann? Und was kam danach?», sondern davor, und was war vor dem, und was ging vor alledem vor, bis etwas nachkam und benannt wurde. Geschichten, die man ihrem Gefälle überläßt, haben den Hang, auf platte Art spannend zu sein. – Wir folgten ab Dresden, wo wir auf der Brühlschen Terrasse Mittag saßen und uns vorstellten, wie die Stadt beiderseits der Elbe vor dem Brand ausgesehen haben mag, den Wegweisern «Transit Praha», Richtung Grenze ...

Die Geschichte der Lisbeth Stomma ist rasch erzählt. Sie war neunzehn Jahre alt, als sie vier Jahre vor Kriegsbeginn mit einem Eisenbahnangestellten der PKP, der zwischen Karthaus und Dirschau pendelte, ein Verhältnis begann, das in Feldscheunen und abgestellten Güterwagen seine Höhepunkte hatte. Er machte ihr ein Kind, zahlte dafür regelmäßig, schaute selten nach dem Kind. Am vierten Kriegstag fiel Roman Bruszinski als polnischer Infantrist beim Kampf um die Narew-Übergänge. Schon am ersten Kriegstag war das Kind, ein dreijähriger Junge, unter die Räder eines Militärfuhrwerks geraten, dessen Pferde, wie die Pferde anderer Fuhrwerke, durchgingen, als die Kolonne auf dem Rückzug, kurz hinter Karthaus, von deutschen Sturzkampfflugzeugen bombardiert wurde. Lisbeth Stomma hatte sich mit dem Jungen an die Straße nach Berent gestellt, um nach dem uniformierten Roman Bruszinski zu suchen, den sie auf den Panjewagen jeder vorbeiziehenden Einheit vermutete.

Das Kind – von der Mutter Hannes gerufen – wurde auf dem Friedhof Karthaus beerdigt. Seitdem sah Lisbeth, wo sie ging stand lag, hinter oder vor dem, was sie sah oder zu sehen vorgab, nur noch Friedhöfe. Sie besuchte alle ihr erreichbaren, den in Kelpin und den in Chmelno, sogar den in Neustadt und die vereinigten Friedhöfe neben dem Schloßgarten Oliva. Sie sprach, wenn sie sprach, beiläufig immer von Friedhöfen. Also sagte sie nie: «Ich jeh nachher auffem Markt nach Eier.» Sie sagte: «Nachem Friedhof jeh ech noch auffem Markt nach Eier.»

Die Nachbarin und auch die Ärzte des Kreiskrankenhauses hielten Lisbeth Stomma für geistig gestört, aber gutmütig. Man nannte sie dwatsch, meschugge oder plemplem. Dabei war es ganz normal Schwermut, die auf Lisbeth Stomma lastete, ohne sie zu erdrücken. Offenbar heiter kam sie von den Friedhöfen zurück. Denn Lisbeth Stomma fand Friedhöfe wohnlich oder, wie sie später zu Zweifel sagte: gemütlich. «Wennech ma da bin, denn is jemietlich, ond mecht gar nich mä weg, wennech nich mißt.»

Nicht nur Saturn. Es ist die Vierzahl: trocken feucht warm kalt. Es sind die Elemente: Erde Wasser Luft Feuer, die Richtungen: Nord Süd Ost West, die Jahreszeiten und Temperamente. Es sind vier Säfte, die, wenn nicht gut gemischt, die Galle vergällen, bis sie schwarz ist. – Dabei blieb Lisbeth Stomma auf etwas schrille Art lustig, solange ihr niemand die Friedhöfe ausreden wollte oder versperrte, wie es ihr prügelnder Vater tat.

Der Zeitungsleser Zweifel sagte zu Stomma, nachdem er den täglichen Wehrmachtsbericht für Stomma verlesen hatte: «Soweit die militärische Lage. Ich gebe zu, die deutschen Waffen siegen nahezu überzeugend, und wahrscheinlich wären Sie gut beraten, wenn Sie sich möglichst bald entschließen könnten, mich, ihren Gast, den zuständigen Behörden auszuliefern. Doch davon abgesehen; ich wäre Ihnen dankbar, wenn Sie Ihrer Tochter den täglichen Weg zum Friedhof freigeben wollten. Wo soll das arme Mädchen denn sonst hin? Wir beide sind zu vordergründig

aufs Überleben bedacht, um ihr Gräberfelder und Efeu ersetzen zu können.»
Stomma schätzte Zweifels Ratschläge, weil er Zweifel für einen Juden und die Juden für schlau hielt. «Na soll se, wenn ihr jefällt da.»

Lisbeth Stomma kam vom Friedhof oder war unterwegs dorthin. Auf den Friedhöfen führte sie mit den Grabstellen kurze und familiäre Gespräche. Sie kannte ziemlich viele Tote. Doch war es nicht die Neugierde und ungehemmte Anteilnahme älterer Frauen, die als regelmäßige Friedhofsbesucherinnen Kurzweil suchen. Niemals stand Lisbeth Begräbnissen daneben. Keinem trug sie ihr Beileid an. Sie störte niemanden, pflegte aber fremde vernachlässigte Gräber.

Stomma war stark und schlug gerne. Mit einer Hand konnte er Zweifel, der wohl doch schmächtig gewesen sein muß, über sich heben und manchmal gutmütig, oft schmerzhaft gegen die Kellerdecke stemmen. Seine Kaninchen hatten es gut bei ihm; Lisbeth mußte sie schlachten.
Anton Stomma wurde, wie er sagte, im Dreikaiserjahr, 1888, als Wilhelm I. starb, dann Friedrich III. starb und Wilhelm II. aufrückte, in Gussin, Kreis Karthaus, geboren. Seine Eltern, Josef Stomma und Hedwig Stomma, geborene Bolinski, nahmen nacheinander in Barwick, Adlig-Pomietschin und in Lowitz, Kreis Lauenburg, Bauernhöfe in Pacht und wirtschafteten sie runter.
Da Westpreußen damals preußisch war, lernte Anton Stomma in der Schule deutsch sprechen, aber kaum lesen und wenig schreiben. Zu Hause sprach man kaschubisch, und wenn Besuch aus Berent oder Dirschau kam, polnisch. Früh begann Anton Stomma, die Preußen und ihre Schulmeister zu hassen: alles Deutsche war ihm preußisch. Die Preußen nannte er «Piefkes». Mit vierzehn ging er in Lowitz bei einem Grobschmied in die Lehre, ohne abzuschließen. Später verlegte sich Stommas Vater auf Lohnfuhren: er und sein Sohn kutschierten einen zweispännigen Kastenwagen, beladen mit Schotter für den Straßenbau.
Von 1908 bis 1910 diente Stomma beim Infantrieregiment 141 in Strasburg, Westpreußen, an der russischen Grenze. Auch dort lernte er nicht lesen; aber das Tanzen und das Langlegen und Stoßen der Mädchen wurde ihm beim Dorfschwof und beim Nachhausebringen beigebracht. (Gerne und immer wieder erzählte er Zweifel aus jener Zeit, indem er an den Fingern abzählte, wie viele Arbeiterinnen aus der Zuckerfabrik für ihn die Beine breit gemacht hatten: «Ond was die jejapst haben!»)
Später arbeitete er in einer Autoschlosserei, die in Dirschau Heeresfahrzeuge reparierte. Deshalb fuhr er im Weltkrieg in Transportkolon-

nen. (Wenn Stomma vom Krieg erzählte – und Zweifel lernte alle Transportwege Stommas kennen – ging es immer um Artilleriemunition, die in Frankreich oder Rumänien, trotz Feindbeschuß, in die eigene Stellung gebracht werden mußte; solange der Krieg dauerte, war Stommas Preußenhaß außer Kurs gesetzt.)
Nach dem Ersten Weltkrieg wurde Westpreußen polnisch. Stomma kaufte sich billig einen alten NAG-Siemens, mit dem er in Dirschau als Taxifahrer Geld in zwei Währungen verdiente. Doch schon 1920 fuhr er seine Mietkutsche, die links vorne ein Rad verlor, gegen einen Baum und zu Schrott. (Wenn Stomma von jener Unglücksfahrt nach Pelplin und von seinem NAG-Siemens erzählte, hielt er sich jedes Mal lange bei der linken Vorderradnabe und deren beschädigtem Linksgewinde auf: Zweifel begriff, daß Stomma sein Automobil, wie sonst nichts auf der Welt, geliebt hatte.)

Im gleichen Jahr heiratete er die Johanna Czapp aus Karthaus, der er ein Kind gemacht hatte: Lisbeth Stomma wurde zwei Monate nach der Hochzeit geboren. (Auf Fotos, die Stomma in den Keller brachte, sah Zweifel die zehn-, zwölf-, vierzehnjährige Lisbeth: ein ländlich-hübsch zu nennendes Kind. Weizenblond trug sie Propellerschleifen im Haar. Mager und eckig stand sie am Gartenzaun vor Sonnenblumen; erst mit der Schwermut war Lisbeths Fleisch fett und träge geworden.)
Während der ersten Ehejahre bewirtschaftete Stomma einige Kartoffeläcker, die seine Frau mit dem Haus an der Straße nach Seeresen in die Ehe eingebracht hatte. Später verkaufte Stomma die wenigen Morgen Land und richtete das Fahrradgeschäft mit Reparaturwerkstatt ein. Nachdem zwei weitere Kinder, Zwillinge, jung gestorben waren, starb seine Frau Anfang der dreißiger Jahre. Lisbeth machte Stomma den Haushalt. Lisbeth besorgte den Gemüsegarten. Lisbeth ging mit dem Eisenbahner und bekam das Kind. Einmal schlug Stomma den Eisenbahner, als sich beide in der Gutenstube gegenüberstanden. Er schlug ihn mit einer Luftpumpe. Lisbeth soll mit dem Kind Hannes kaschubisch und ihr artikelloses Deutsch gesprochen haben: «Renn nich auf Straße! – Bring mich Schissel aus Kiche!»
Lisbeth hatte in der Schule polnisch sprechen, aber kaum lesen und schreiben gelernt. Zu Hause sprach man kaschubisch oder – als noch Besuch aus Berent und Dirschau kam – deutsch.

Eigentlich müßte ich jetzt historisch-statistisch werden und vom gewachsenen und wechselnden Sprachgemisch in den Dörfern des Landkreises Karthaus erzählen. Wann hieß Klobschin Klobocin und warum Klobocin Klobschin? Wann und wie oft wurde der Flecken Neuendorf, der westlich vom Turmberg liegt, polnisch Novawies genannt? Warum schrieb sich Seeresen, das zwischen Karthaus und Zuckau liegt, als es 1241 zuerst genannt wurde, Derisno, ab 1570 Seheressen, um 1789 abwechselnd Seresen oder Serosen, erst im neunzehnten Jahrhundert Seeresen, aber auf polnisch und kaschubisch zugleich zwischendurch immer wieder Dzierzaźno? – Das ist Geschichte, wie sie sich auf dem Land niederschlägt.

Als Anton Stomma im August 1940 die Eindeutschung als Volksdeutscher beantragte, half ihm Zweifel beim Ausfüllen der Fragebögen, beim Entdecken halbwegs deutschstämmiger Verwandter und bei der Niederschrift seines Lebenslaufes. Viele Abende lang hatte der Gast mit seinem Gastgeber Geduld. Stomma kämpfte um jeden Buchstaben. Zweifels Keller war Schulstube. Sein Schüler wurde kindisch überm linierten Papier und fürchtete sich vor Tintenklecksen. Für Zweifel Zeitgewinn: langsam lernte Stomma schreiben; aber lesen, die Zeitung, den «Danziger Vorposten» lesen, lernte er nie.

15

Als Anna mit unserem Peugeot mich und Bruno bei Zinnwald im Erzgebirge über die Grenze ins Böhmische fuhr, sahen wir, daß die weißen, mit eiliger Quaste gesetzten Notzeichen – «Svoboda!» – «Dubcek!» – an Bretterzäunen und Fabrikwänden, über Torbögen und auf brüchigen Fassaden schon grau und verwaschen, von der Zeit (zehn lumpige Monate) angegriffen waren; also ist es die Zeit, die den Terror gewöhnlich werden läßt: gegen die Zeit schreiben.
Der bekannte Trick. Schon vor der Tat berechnen Verbrecher, wann ihre Tat verjährt, von den Taten anderer Verbrecher überbaut und nur noch am Rande Geschichtsstoff sein wird. Ob sie eitel gespreizt oder mickrig in ihrer Schläue handelten, ob sie sich nach gigantischem Maß streckten oder dem Schicksal ihr Leitmotiv pfiffen, ob Täter Stalin oder Hitler hießen (ob Ulbricht seinen Stalin überlebte, Kiesinger seinen Hitler verdrängte), die Zeit, die vergehende Zeit vergeht zugunsten der Täter; den Opfern vergeht die Zeit nicht.

Wir fuhren an Theresienstadt vorbei, einem als Denkmal gepflegten deutschen Konzentrationslager. (Ab Januar 1942 wurden die im Danziger Speicherghetto Mausegasse lebenden Juden, alte Leute wie David Jonas, der letzte Vorsteher einer in Angst kümmernden Gemeinde, nach Theresienstadt deportiert. Dort starben die Alten weg. Man mußte nicht tätig werden. David Jonas erlebte die Befreiung und starb wenig später an Flecktyphus.)

In der Regel überleben die Mörder. Anfangs leise, später aufdringlich, gehen sie mit inzwischen verstrichener Zeit hausieren und nehmen Vorschuß auf demnächst verstreichende Zeit. Ins Totentüchlein gestickter Sinn. Überlebende Mörder geben als Sinngeber brauchbare Muster ab. Schuld als Ausweis für Größe.

Bald wird man (später auch euch, Kinder) die Okkupation der Tschechoslowakei als ein tragisches, aber (leider) aus Sicherheitsgründen notwendiges Ereignis erklären. Was die amerikanische Regierung (in Vietnam) «Befriedung» nennt, heißt bei der sowjetischen «Normalisierung». (Umschriebene Verbrechen, die ihre Umschreiber gefunden haben.)
Ich datiere (für euch) zurück: Im März 1921, dreieinhalb Jahre nach der Oktoberrevolution, haben Lenin und Trotzki den Aufstand der Kronstädter und Petrograder Matrosen und Arbeiter, die keine Parteidiktatur, sondern den Demokratischen Kommunismus wollten, zusammenschießen lassen.
Siebenundvierzig Jahre später, als die tschechoslowakischen Kommunisten endlich und vorsichtig zu beweisen begannen, daß ein «menschlicher Sozialismus» möglich ist, hat Leonid Breschnew am 21. August 1968 militärische Einheiten aus fünf kommunistischen Ländern, darunter – nie zu vergessen – deutsche Soldaten in preußisch zugeschnittenen Uniformen, über die Grenzen in Marsch gesetzt.

Bis zur Berounka, einem Nebenfluß der Moldau, mußten wir uns durchfragen. – Mit den Einfällen schwacher und unterm Terror listig gewordener Leute haben sich die Tschechen und Slowaken gegen die dumme, immer eindeutige Gewalt zu wehren versucht. (Vertauschte Wegweiser, verschwundene Straßenschilder.) Zwar wurde die Dummheit kenntlich gemacht, aber sie ließ sich nicht aufhalten. Jetzt lebt sie von verstreichender Zeit. – Ein Schriftsteller, Kinder, ist jemand, der gegen die verstreichende Zeit schreibt.

Als Anna, Bruno und ich in Nouzov, das mitten im Wald liegt, nach Umwegen ankamen, waren unsere Freunde schon da . . . Jetzt begrüßen wir uns lange und immer wieder. Wir versuchen zu lachen, und es gelingt. Wir essen Semmelknödel und trinken böhmisches Bier. (Ich habe meine Schreibmaschine dabei und die Melencolia als Kunstpostkarte.) Der Gasthof, in dem wir wohnen, ist ein ehemaliges Forsthaus. Wir laufen in den Wald, zerstreuen uns, treffen uns wieder und sparen Worte aus. Auf Laubschichten, auf Nadelgrund. Im Wald rufen. Jeder für sich sein. Lichtungen scheuen. Plötzlich Pilze sehen. (Hier gibt es Köhler, die außer der Zeit leben.) Für Bruno eine kühle Kröte aus dem Farnkraut heben. Oder staunen, wie groß und unbeirrbar Ameisenberge sein können. (Nirgendwo Zweifels rotbraune Laubschnecken.)

Mancher, der ein Buch liest, murrt . . .

... wenn er Werbung findet, wo er Literatur suchte. Reklame in Büchern!!!? Warum nicht auch zwischen den Akten in Bayreuth oder neben den Gemälden in der Pinakothek?

«Rowohlts Idee mit der Zigarettenreklame im Buch (finde ich) gar nicht anfechtbar, vielmehr sehr modern. Hauptsache, es hat Erfolg und nützt dem Buch, was die deutsche Innerlichkeit dazu sagt, ist allmählich völlig gleichgültig, die will ihren Schlafrock und ihre Ruh und will ihre Kinder dußlig halten und verkriecht sich hinter Salbadern und Gepflegtheit und möchte das Geistige in den Formen eines Bridgeclubs halten – dagegen muß man angehen ...»

Das schrieb Ende 1950 – Gottfried Benn.

An Stelle der «Zigarettenreklame» findet man nun in diesen Taschenbüchern Werbung für Pfandbriefe und Kommunalobligationen. «Hauptsache, es hat Erfolg und nützt dem Buch.» Und es nützt auch dem Leser. (Für die Jahreszinsen eines einzigen 100-Mark-Pfandbriefs kann man sich beispielsweise drei Taschenbücher kaufen.)

Am Nachmittag sprechen wir über anderes. Pausen, damit niemand verletzt wird. Wie gut, daß (versteckt) Ironie überdauerte und nun vorrätig ist. Im Halbschatten, zwischen den Kindern Štěpán und Tomáš, kniehoch in einer Wiese: Anna zum Einprägen.

Ich stehe am Rand, weil mich die Stimmung nicht halten kann, weil ich immer noch unterwegs und auf etwas aus bin mit meiner Schreibmaschine. Papiere im fremden Zimmer ausbreiten. Sich nicht die Tapete merken. Sich an den Stuhl gewöhnen. Nachträglich einflicken. Anfangen. Meine Rede, die ich in Nouzov schreibe, heißt «Rede von den begrenzten Möglichkeiten». Anna sitzt mit den Freunden im Hof. Sie hören mich klappern. Ich setze Skepsis gegen Glauben. Ich bestreite, daß irgend etwas Bestand hat. Mein Ekel vor dem Absoluten und ähnlichen Daumenschrauben. Warum ich gegen die Ansprüche des «einzig Wahren» und für Vielfalt bin. Meine Sprache verengt sich. (Hier, wo Freiheit ein Wort wie Löffelstiel ist.) Überall war schon wer und hat Vorentscheidungen getroffen. Kein Wert Null, von dem an sich zählen ließe. Aber Rückfälle der Geschichte: wie aus Strauß und Barzel ein Strauzel werden könnte – die kompakte Schwärze. Gegen schon wieder dämmernde Verdunkelung und für etwas sprechen, das in seiner Begrenztheit vernünftig ist – oder der Versuch, mitten im Böhmischen Wald über das Entwicklungshelfergesetz und Erhard Eppler zu schreiben, ein wie vom Konjunktiv lebender Christ und Sozialdemokrat.

Jetzt wieder Pilze. Im verlassenen Meiler finden wir Holzkohle. Der Wirt leiht ein Fenstergitter als Rost. Schweinekamm und Flaschenbier. Am Rand einer Kiesgrube, die auch als Schießstand benutzt worden ist – Bruno sammelt kleinkalibrige Hülsen – feiern wir unser trauriges Fest. Am Abend dörflicher Tanz. Die vielen, immer stiller werdenden Betrunkenen. Pausen fürs Fremdsein. Die Musik hat die böhmischen Soldaten schwer gemacht und an die Tische genagelt: einige weinen . . .

Bald – jetzt gleich – fahren wir. Unsere Freunde stehen locker verteilt. Wir sehen uns auf Vorrat an. Kleinworte zum Mitnehmen. Ratschläge für Autofahrer; denn über Nacht, während Musik alles verdeckte, sind unserem Peugeot zwei Seitenspiegel, ein Scheinwerfer, ein Rücklicht und nur der rechte Scheibenwischer gestohlen worden. Wir lachen zu laut, halten uns an die Kinder und sagen: «Bis bald wieder mal.» Noch was? Anna sucht, als habe sie was vergessen. Silbenverlust und ähnliche Rückstände. Wir reden jetzt nicht mehr über verstrichene Zeit. (Da alle schon ihren Part haben, bleibt mir die Mutmacherrolle.) Ich sage: «Vielleicht klappt es bei uns. Vielleicht gewinnen wir knapp. Dann wird der Druck vielleicht nachlassen. Ich meine . . .» Jetzt fahren wir mit zu wenig Rückspiegeln.

Sie werden keine Ruhe bekommen. Die Macht wird sie nur notdürftig decken. Ihre Ängste werden sich spalten. Überall wird es krümeln und Fransen ziehen. Nie werden sie sicher sein. Schon sind sie lächerlich in ihrer Anstrengung, bieder zu wirken.

Kurz vor Dresden holt uns ein Gewitter ein. Anna stellt den Motor ab. Der eine Scheibenwischer schafft es nicht. So still ist Bruno, wie das Gewitter laut ist. Auch Anna und ich wissen nicht viel zu sagen. Allenfalls Zorn an ein Element ausgeliehen: «Aber es muß doch späte Gerechtigkeit . . . Es kann doch nicht auf die Dauer Gewalt . . . Es darf die Zeit nicht darüber hinweg . . .»
Nach dem Theater sprechen wir wieder normal: «Ganz knapp, Anna. Wirst sehen: knapp werden wir diesmal . . .» – Aber Anna guckt in den fehlenden Rückspiegel.

Es könnte sein, Franz und Raoul, daß euch später, wenn ihr was sucht, der Kommunismus Hoffnung macht; er lebt davon, Hoffnung auf den kommenden, den wahren Kommunismus zu machen.
Ihr könntet eines Tages, weil in Deutschland die Theorie vor die Wirklichkeit gestellt ist, in jenem totalen System, das in sich zu stimmen vorgibt und schmerzlose Übergänge verspricht, die Lösung finden wollen. (Das befriedete Dasein.)
Es könnte euch Glaube hellsichtig für ein Endziel und blind für die Menschen in ihrer Gegenwart machen. (Die paar Tausend Unbelehrbaren.)
Es könnte euch Unrecht als Vorleistung für die große, alles umfassende Gerechtigkeit billig werden. (Subjektivismus hält uns nur auf.)
Es könnte sein, daß euch das Ziel alles ist und euch die Wünsche weniger Böhmen nichts bedeuten. (Kleinbürgerlich.)
Es ist mein Recht zu befürchten, ihr könntet euch, nachdem Zeit verstrichen ist und weil sich Geringeres als zu schwierig erwiesen hat, das Ziel setzen, die Befreiung der Menschheit durch den Kommunismus (den wahren) zu erzwingen: um jeden Preis.
Ich sage: Es könnte . . .
Ich sage: Ich stünde euch dann im Wege.

Auf der Autobahn bei Senftenberg – wir sehen die Kamine der Braunkohlenkombinate – sage ich zu Anna: «Hier irgendwo hab ich noch kurz vor Schluß was abbekommen.»
Man sieht der Gegend nicht an, wieviel Angst ich hatte. Überhaupt sieht man Gegenden wenig an. Auf einem Rastplatz kaufen wir einer Frau mit Kopftuch, die meine Großtante sein könnte, Blaubeeren ab. Bruno schläft gerollt auf dem Rücksitz. Wir fahren und entfernen uns.

Ich kann nicht sagen: Sie hätten schießen sollen, als die fünf Armeen in ihr Land einfielen. (In Israel hörte ich zu, wie junge Juden ihre ermordeten Väter und Großväter, auch die wenigen, die überlebt hatten, unter Anklage stellten: «Sie hätten sich wehren müssen, nicht stumm stillhalten dürfen . . .») Sobald den Mördern die Tat zu verjähren beginnt, werden die Opfer schuldig gesprochen: Sie hätten Widerstand leisten müssen. – Ideen künden Gewalt an; ihnen zu widerstehen ist möglich. Also muß Widerstand beginnen, bevor Ideen Gewalt bekommen.

Nach der Kontrolle begreifen wir den Aufwand: Beton Stacheldraht Wachtürme Todesstreifen . . . Diese «Friedensgrenze» scheut keine Vergleiche.

Wer mag Blaubeeren? Zu Hause erzählen wir von Štěpán und Tomáš. Wir bestellen Grüße und wiederholen uns. Ja, groß ist der Wald, man kann sich verlaufen, und richtige Köhler, die Holzkohle machen mitten im Wald, und Butterpilze und Ameisenberge . . . (Nein. Nichts bewegt sich. Die Leichenstarre befohlener Ordnung. Sogar die Schnecken verweigern sich.) Ja, es war schön dort. Der Fluß heißt Berounka . . .

«Und was sagt Františ̌ek?»
«Und Olga?»
«Und was sagt Vladimir?»
«Ist er noch trauriger als er ist?»

(Was jetzt kommt, steht zwischen Löchern.) Ihr wißt, Kinder, ein Jahr später – als noch mehr Zeit verstrichen war – begann Vladimir, dem Anna anhing, dem ich befreundet daneben stand, zu sterben; und am 19. Oktober 1970 starb er, neununddreißig Jahre alt. Das hat uns an den Rand gebracht. Weil er, ist Anna, bin ich . . . – Euch baten wir um Geduld.

Nachruf auf Vladimir?
Was er tat versäumte wollte anfing verbarg?
Was er nicht fertigbrachte, uns hinterließ?
Wie wir uns auf Rufweite nah waren?
Wann genau sein Kopfschmerz begann?
Was dazwischen trat, uns von seinem Tod trennte?
Ich will es ihm nachrufen, später.

16

Und was jetzt? Auspacken einpacken. Morgen muß ich schon wieder, damit die Zeit nicht verstreicht. Eine Rede habe ich mitgebracht, ganz frisch in Böhmen geschrieben . . .

Unterwegs kochten wir ab: Speck und Pfifferlinge vom Ulmer Wochenmarkt, der sich das Münster als steinerne Marktordnung hält. – Nicht von der Turmspitze, ich spreche vom Rand her, wo er rissig, geknickt, wellig, vergilbt, wo er bestoßen ist . . .

Weil ihn Kälte belagerte, nur noch engstehende Bibberworte: Zweifel fror in seinem Hemd. Doch selbst ins Zähneschütteln setzte er Semikolon um Semikolon, weil ihm (ab Mitte November) nur noch der Frost diktierte. Unterkühlte Perioden, in denen die Melencolia und ihre hochtrabende Schwester gleichzeitig über verharschten Schnee schritten. Klirrende Gesten. Das System Kristall. Ein Kellerfenster treibt Eisblumen: ziselierte Utopien . . . – Die Kälte trat aus den Wänden und legte sich zu Zweifel auf die Matratze. Aber er wurde nicht krank.

Heute komme ich aus verschiedenen Richtungen. Jetzt weiß ich mehr. Das Zögern fällt leichter.
Vor der Veranstaltung im Hotel Hörhammer war ich auf dem Gelände des ehemaligen Konzentrationslagers. (Schon einmal, als siebzehnjähriger POW, wurde ich, um erzogen zu werden, in diesen Bereich gebracht: wir wollten nicht begreifen; wir sahen die Duschen, die Öfen und glaubten nicht.)
Mit Drautzburg und Glotz, dem Kandidaten im Wahlkreis Dachau, besuchten wir ein Museum. Vor großen grobkörnigen Fotos und Ausstellungsobjekten in Vitrinen sah ich Besuchergruppen voreilen, zurückfallen. (Auch Drautzburg kam nur zögernd vom Fleck.) Das Gästebuch wurde mir vorgelegt. Später hörte ich vom Streit der Stadtbehörden über die Unterhaltungskosten des weitläufigen Areals.
Mehrmals sah ich mich in verschiedenen Rollen, sah mich mit siebzehn, harthörig und verstockt, sah mich mit zweiundvierzig ins Gästebuch schreiben. Ich sah die Schnecke zwischen der bewahrten Ordnung des Lagers. Anhängliche Spuren. Das ist gut verpackt Schuld. Ich laufe mir hinterdrein: lästig . . .

Zweifel konnte sich nur noch komplex erinnern. Es gelang ihm nicht mehr, Schulausflüge und Purimfeste, die Begräbnisse von Verwandten, einst Aktuelles, seine Anmerkungen zu Schopenhauers Preisschrift «Über die Freiheit des Willens», und seine einander aufhebenden Verlöbnisse chronologisch zu knüpfen. Schon ließ sich nicht mehr bestimmen, wen Zweifel als Studienassessor Ott im Kronprinz-Wilhelm-Gymnasium, wen er in der privaten jüdischen Oberschule unterrichtet hatte. Auf Namen, die er sich aufsagte – Schmerling, Fingerhut, Lublinski, Rotkehl, Schapiro, Kurzmann, Mandel – fiel Blässe; und nur der aufdringliche Ernst seines Schülers Fritz Gerson wollte nicht vergehen. Sobald Stomma treppauf stieg, stand «das Fritzchen» hager, zu schnell gewachsen neben Zweifels Matratze und zeigte seine Einschüsse vor. So hungrig fragte er nach den letzten Dingen, als sei er von einem Bandwurm bewohnt, der Zweifels Antworten – weitschweifige Umschreibungen der letzten Dinge – zu vertilgen begann, bevor sie sättigen konnten. Über den Sinn des Lebens. Über Natur und Idee. Auch über die Freiheit des Willens zum Widerstand wollte er wissen: «Wollten wir uns nicht wehren? Oder wollten wir uns nicht wehren wollen?» – Zweifel gewöhnte sich an die Kälte und schrieb pädagogische Frostperioden in ein Diarium, das ihm Stomma in Karthaus gekauft hatte . . .

Mich trägt keine Lehre. Die Lösung weiß ich nicht. Ich schenke euch Zweifel und rate zum Verlust. Zufällige Leute zeige ich euch, wie sie beladen sind und sich reiben. Seht, wie die alte Frau bekümmert Preise vergleicht. Seht den Rentner auf Post warten. Seht wie sich das Alter an breit lächelnden Werbeflächen vorbeischiebt . . . Verzeiht, wenn ich nur halblaut rate: seid genau. Sagt nicht: Die anderen riechen. – Sie riechen nur anders. Fürchtet euch nicht vor Helden. Im Nebel, Kinder, laut rufen: Habt Angst!
Hört ihr noch zu? – Ihr wollt keine Schnecken sein? – Schneller und ansehnlicher wollt ihr das Ziel erreichen? – Aber schon seid ihr Schnekken: ich sehe Raoul zögern, bevor er zugreift, verwirft.
Ich bitte euch, bleibt empfindlich. Hier ist kein Ort, der sich selbst beweist. Eine Schnecke – immer unterwegs – verläßt feste Standpunkte.

Seinem Gastgeber Stomma, dessen Tochter Lisbeth und sich selbst zerstreut er die Zeit. Ein schwerer Job; aber wer gibt schon zu, von Beruf Zeitzerstreuer zu sein. (Ranicki, dessen Geschichte hier aufersteht, weiß das.)
Während 224 Wochen oder an 1568 Tagen hat Zweifel, besonders an langen Winterabenden, bewiesen, wieviel nußgroßes Wissen ein Lehrer gespeichert mit sich trägt, und sei es als Fluchtgepäck. Alles, die Erfindung des Blitzableiters, die Freiheit des Willens, der Stuhl in seiner Funktion, wie Ebbe und Flut entstehen, der Pyramidenbau, das Erdbeben von Messina und Schopenhauers Flucht vor der Cholera kann als Geschichte erzählt werden. (Während der Abendveranstaltung im Festsaal des Hotels Hörhammer erzählte ich, warum, wie und wo ich mir eine

bayrische Rautenmusterkrawatte gekauft habe und belebte so die politische, um allen Saft gebrachte Materie.)
Wenn Zweifel nichts einfiel, mußte er, besorgt um seinen Ruf als Zeitzerstreuer, Neues erfinden. Denn wenn ihm keine neuen Geschichten kamen, ließ Stomma, der alle erzählten Geschichten erinnerte, seinen Lederriemen aus den Schlaufen eilen. (Warum Stomma schlug? – Weil er an Schläge – immerhin – glaubte. Weil Schläge von ihm erwartet wurden. Weil er sich spürte, sobald er schlug. Weil er Angst hatte.)
Mit seinem Hosenriemen, später mit Fahrradspeichen. «Bißchen nachhelfen!» sagte Stomma und legte seinen Gast erzieherisch (auch weil er bekommene Schläge austeilen wollte) über den Tisch. Danach erzählte Zweifel neue Geschichten. (Ich habe es leichter: meine – vom Kauf der blau-weißen Rautenmusterkrawatte – läßt sich, weil ich den Ort rasch wechsle, überall frisch erzählen.)

Als die Schnecke fliegen wollte, lief sie nach Ulm. Dort war gerade Markt vor dem Münster. Alle Hausfrauen sahen nur auf die Preisschildchen. Niemand blickte nach oben, als die Schnecke, Fühler voraus, vom Turmspitz weg in Richtung Memmingen flog.

Nachdem Zweifel seinen Gastgeber das Schreiben gelehrt hatte, sprach er ihm langsam, zum Mitschreiben, Äsopsche Tierfabeln vor. Manchmal versuchte Zweifel, Fabeln zu erfinden. Dann erzählte er von der Schnecke und vom Wiesel, von der Lerche, die hoch über der Schnecke stand, vom schnellen Pferd, das sich nach jedem gewonnenen Rennen wünschte, eine Schnecke zu sein. Stomma schrieb die Fabeln in ein liniertes Schulheft, aber lesen konnte er seine Niederschrift nicht. Auch Lisbeth Stomma hörte zu, wenn Zweifel erzählend Zeit zerstreute; doch niemand war sicher, was sie hörte, ob sie mehr oder anderes hörte.
Als Zweifel nach dem Balkanfeldzug und kurz vor Beginn des Rußlandfeldzuges die Tierfabeln ausgingen, erzählte er, was Livius, Plutarch und Herodot zu erzählen gewußt hatten. Witebsk und Smolensk waren gefallen, und Zweifel begann von Alexander, Hannibal und Napoleon zu erzählen. Als die deutschen Divisionen Kiew genommen hatten, aber vor Moskau im Schlamm steckengeblieben waren, ließ Zweifel Alexander und Hannibal untergehen, entfesselte den großen Brand der Stadt Moskau und beleuchtete schauerlich Napoleons Rückzug. Indem er die Reste der napoleonischen Armee, darunter Häuflein Freiwillige aus Danzig und Dirschau, mit den Resten des Bataillons Lippe und versprengten polnischen Legionären quer durchs Kaschubische hetzte, wo sie in den Stallungen des Klosters Karthaus erbärmlich dahinsiechten, gelang es ihm, die Blitzsiege deutscher Waffen fragwürdig zu machen; gleichzeitig zerstreute er unterhaltsam die Zeit, von der gesagt wird, daß sie auf dem flachen Land besonders kompakt lastet.

Wenn ich auf Wahlveranstaltungen vom Sandkasten erzähle, in dem verlorene Kriege und verlorene Provinzen nachträglich gewonnen, zurückgewonnen werden sollen, hören viele mit schräg gehaltenem Kopf zu: Sandkastenspieler. Da ich aus Danzig komme und weiß, was ich verloren habe, darf ich so reden. Zweifel wird mir zustimmen: Schön war es da. Die Wolken ganz anders. Der Schnee viel weißer. Dampferfahrten über Fischerbabke nach Kalte Herberge. Türme und Türmchen: zinkgrün und backsteinrot. Die beiden Fachwerkspeicher der Firma Raiffeisen an der Mottlau. Und der Speicher in der Mausegasse, wo die alten, sich in ihren Mänteln ganz still verhaltenden Juden immer noch hofften . . .

Sobald Zweifel genug erzählt hatte, verließen ihn Stomma und Stommas Tochter. – Jetzt liegt er schlaflos in seinem Keller. Er sammelt Bruchstükke, guckt in Speicherluken, läuft Schlittschuh mit seinen Schülern nach Krampitz, fährt mehrmals auf seinem Fahrrad über die Milchkannenbrücke, durchs Gassengekröse der Altstadt und – ohne abzweigen zu können – nach Karthaus. Ein geschäftiger Schlafvertreib. Zwar lassen sich springende Schnecken denken, doch springt die gedachte Schnecke nur im Verhältnis zur schleichenden Schnecke, die nicht gedacht werden muß. Selbst wenn es Zweifel gelänge (der lieben Utopie wegen) Hüpfschnecken zu züchten, bewiese das neue Tempo nur: schneller sind sie schon, doch die übersprungenen Spannen wollen sich nicht beeilen.
Erst gegen Morgen, als Landregen bis in den Keller hinein ja sagte, fand Zweifel Schlaf.

Das weiß ich von Dr. Lichtenstein, der aus dem Tagebuch des Kaufmanns Bertold Wartski zitiert: «Am 26. August 1940 (einem Montag) begann die letzte Auswanderung der Danziger Juden. 527 Personen aus dem Aschenheimstift in der Milchkannengasse, aus dem Speicher in der Mausegasse und aus den überfüllten Privatwohnungen – Töpfergasse, Pfefferstadt, am Steindamm, Hundegasse, Kassubischer Markt – versammelten sich um vier Uhr nachmittags am Werftspeisehaus, Fuchswall. Viele Auswanderer aus Privatwohnungen hatten keine Lebensmittelkarten und kamen ohne Proviant. Der SS-Obersturmführer Abromeit und seine Leute teilten den Transport in Gruppen auf. Die Auswanderer mußten ihr Bargeld abgeben. Danach bewegten sich zehn Fünfzigergruppen über die Wallgasse, Schichaugasse, durch die Schichaukolonie zur neuen Verladerampe im Werftgelände: der alten Leute wegen ein langsamer Auszug.
Viele Einwohner der Stadt, die auf den Bürgersteigen standen, hinter Blumenkästen aus Fenstern guckten oder ihren Balkon besetzt hatten, verabschiedeten ihre ehemaligen Mitbürger lauthals. Flankierendes Gelächter, Spottverse als Mitgift, Ausspucken. Besonders viel Jugend war

eifrig. (Zwar bin ich nicht dabei gewesen; aber – Kinder – ich hätte mit meinen dreizehn Jahren dabei sein können.)
Der Sonderzug bestand aus zwölf Wagen 3. Klasse für die Auswanderer und zwei Wagen 2. Klasse, in denen der SS-Obersturmführer Abromeit, der Judenkommissar Bittner, zwei jüdische Ärzte aus Breslau, mehrere Gestapo-Beamte und das Sanitätspersonal saßen. Um 20 Uhr 12 verließ der Sonderzug die Stadt, ohne auf dem Hauptbahnhof zu halten. – Es mögen, wir wissen es nicht genau, noch vierhundert Juden, die bald darauf den Gelben Stern an ihren Kleidern tragen mußten, zurückgeblieben sein, ohne von ihren Hoffnungen zu lassen.

Als wir auf dem Weg nach Dachau Rast einlegten, sah ich einer ziegelroten Wegschnecke zu, wie sie sich fressend in ein Apfelgehäuse schob, als wollte sie es, schutzlos wie Wegschnecken sind, ersatzweise bewohnen. (Thomas Höpker, der mit uns reiste, sah mich nicht mit der Schnecke, wollte mich plakativ mit einem lebenden Hahn fotografieren.)

«Und? Werden die ankommen?»
«Oder wird man auch die?»
«Und wenn die nun nicht gefahren wären?»
«Wollten die oder mußten die?»

Auch Zweifel und sein Gastgeber spekulieren neuerdings gerne. Stomma stieg in den Keller und sagte: «Ech mach, was ech will!» Wenn Zweifel fragte: «Welche von beiden Möglichkeiten werden Sie nach ihrem Willen umsetzen?» blieb Stomma bei der Behauptung: «Ech kann machen, was ech will. Keen Aas wird miä da reinreden.»
«Gut», sagte Zweifel, «frei werden Sie sich entscheiden, mich der Geheimen Staatspolizei auszuliefern, mit der möglichen Konsequenz, nach einer deutschen Niederlage in Schwierigkeiten zu geraten; und gleichfalls frei können Sie sich entscheiden, mich weiterhin, gegen geringes Entgelt, als Gast zu halten, mit der möglichen Konsequenz, in bevorzugte Lage zu geraten, sobald eine Niederlage der Deutschen Folgen haben wird. Entscheiden Sie sich, lieber Stomma, falls Sie frei sind, das eine zu lassen, wenn Sie das andere tun.»
Nach einer Pause, die groß genug war, um alle Möglichkeiten noch einmal auszuschreiten, sagte Stomma: «Soll das man heißen, daß ech nich machen kennt, was ech mecht wollen?»
Zweifel belehrte: «Ihre Freiheit, das zu tun, was Sie wollen, wird behindert durch den Zwang, von zwei möglichen Entschlüssen nur einen tätig umsetzen zu können. Sie sind der Gefangene der jeweils unterbleibenden Tat, also nicht freier als ich, nur essen Sie besser. Auch dürfen Sie an die frische Luft, wann Sie wollen. So frei sind Sie immerhin als Gefangener

eines nicht gefaßten Entschlusses. Was die frische Luft angeht, beneidenswert frei.»
Stomma und Zweifel lachten. Ein Gelächter lang fanden beide es lustig, voneinander abhängig zu sein. Danach zog Stomma seinen Lederriemen eher langsam aus den Schlaufen. Unaufgefordert beugte sich Zweifel über den Tisch. (Bis zwölf zählte er.) Während Stomma schlug, mußte er mit der freien Hand seine Hose halten: auch ein Riemen kann nicht gleichzeitig dies tun und das.
«Na nu mecht jenug sein.»
«Und was jetzt?»
«Was mecht schon?»
«Vielleicht wollen Sie mir das Abendessen . . .»
Stomma verließ den Keller und kam nach entsprechender Zeit mit Bratkartoffeln und Rührei treppab. Dazu gab es Malzkaffee. Zweifel aß im Stehen. («Na schmäckts?» sagte Stomma. «Schmäckts?»)
Nach dem Essen lachten der Gastgeber und sein Gast abermals. In immer neuen Einsetzen belustigten sie sich, Zweifel kichernd, Stomma prustend, über die Beschränktheit des Willens. Lisbeth sah dem zu, ohne zu begreifen: sie war frei genug, nur auf den Friedhof und sonst nichts zu wollen.
Später spielten Stomma und Zweifel Mühle. Stomma verlor, weil er sich bei jedem Zug, den er tun wollte, anderer möglicher Züge bewußt wurde. Verdattert und nahe dem Ausdruck eines denkenden Menschen, sah er seine Steine schwinden.

Der Sonderzug traf am 27. August 1940 in Preßburg ein. Bei der Einschiffung kam es auf dem Donaudampfer «Helios» zu Schlägereien zwischen den Auswanderern. Die wenigen Kabinen wurden von jungen Leuten belegt. Beim Umladen der Gepäckstücke stürzte Chaskel Neger, der in Danzig-Ohra gewohnt hatte, in die Donau. Starke Strömung riß ihn fort. (Erst später organisierten sich die Zionisten der Haganah. Mit Härte diktierten sie Disziplin. Auf den überbesetzten Schiffen wurde der Richtungsverkehr angeordnet. Unsauberkeit wurde mit Prügel bestraft.)
Als die «Helios» mit den Danziger Juden, die «Schönbrunn» mit österreichischen Juden, die «Uranus» und die «Melk» mit Prager Juden den jugoslawischen Flußhafen Kladovo passierten, winkten die Danziger Juden den Winkenden am Flußufer zu: es waren jene fünfzig, die dort seit Dezember neununddreißig festlagen und mit tausend anderen Juden später erschossen wurden. Einige, die vom Ufer her winkten, waren mit einigen, die vom Deck der «Helios» winkten, verwandt: Geschwister Eltern Kinder . . .

«Und die durften nicht?»
«Irgendwie austauschen, ging das nicht?»
«War denn der Kapitän kein Jude?»

Ohne Zwischenhalt. Am 11. September wurden insgesamt 3595 Auswanderer in der Hafenstadt Tulcea auf die Überseeschiffe «Atlantic» – «Pazific» – «Mylos» verteilt; die «Atlantic» übernahm die Danziger Juden . . .

«Und alle wollten nach Palästina?»
«Oder wären die lieber zurück nach Hause?»

Lange Zeit wollten viele nicht, was sie später wollen mußten. Der Staat Israel gründet auf einem Willen, der so stark war, daß selbst die Willensschwachen über die Schwelle getragen wurden; der Wille, überleben zu wollen.

Als ich am Morgen nach der Veranstaltung im Kornhaus ein paar Schritte spazierte und auf dem Ulmer Wochenmarkt bei einem jüdischen Markthändler Pfifferlinge kaufte, sagte er beim Einwiegen: «Immer Ärger. Die Leut wissen nicht, was sie wollen. Oder sie dürfen nicht wollen, was sie eigentlich wollen möchten: bei mir billiger kaufen.»

In seinem Keller ging Zweifel (da ihm sonst wenig Auslauf blieb) seinem Willen nach. Er wollte etwas, wollte etwas nicht. Er wollte etwas wollen, wollte etwas nicht wollen. Und vor seinem Willen, etwas zu wollen, nicht zu wollen, lag abermals Wille, der etwas wollen wollte, nicht wollen wollte.
Sobald Zweifel begann, noch rückläufiger seinem Willen nachzugehen, fand er vor seinem Wollen vor einem Willen weiteren Willen, etwas zu wollen, nicht zu wollen, und diesem abermals Wille vorausgesetzt, dem nochmals Wollen nach Wille nachtrabte. Soweit er sich verfolgte, selbst seiner Willenlosigkeit war Wille ins Futter genäht worden, willentlich.
Schwierig für Zweifel, nach der Enthäutung der Zwiebel herauszufinden, wohin er mit seinem Fahrrad auf der Chaussee nach Karthaus gewollt hatte; denn zu Stomma wollte er eigentlich nicht wollen.
«Zufall, daß ich hier bin.»
«Auf wie lange wolln Se noch blaiben, jefälligst?»
«Das hängt nicht von meinem Willen ab.»
«Dammlicher Jid! Wirste nu wollen! Wirste nu wollen!»

Ja, Kinder, Schläge. Im Winter vierzig-einundvierzig oft. Aber Zweifel wollte Stommas Keller nicht verlassen. Auch Jude wollte er nicht sein.

Umständlich erzählte er seinem Gastgeber von reinarischen und obendrein mennonitischen Vorfahren, die im sechzehnten Jahrhundert aus dem holländischen Groningen ins Danziger Werder eingewandert waren: «Uns hat es seitdem in Müggenhahl und Nassenhuben, in Käsemark und Neuteich gegeben. Immer schon haben wir den Kriegsdienst verweigert. Und 1780 haben uns sogar die Preußen unsere Wehrfreiheit verbriefen müssen. Wir Mennoniten haben immer unseren eigenen Willen gehabt. Auch wenn wir manchmal schießen wollten, wollten wir niemals schießen und auch nicht schießen wollen.»
Doch Stomma glaubte ihm nicht: er wollte einen Juden im Keller haben.

17

Bevor sich Apollo Elf auf den Weg macht und in Stuttgart der Kirchentag beginnt: Am 24. November 1940 lief nach der «Pazific» und der «Mylos» die «Atlantic» in den Hafen von Haifa ein. Der «Atlantic» gegenüber lag mit vier Schornsteinen die «Patria» unter Dampf. Nahezu viertausend Auswanderer sollte sie übernehmen und in eine britische Kolonie deportieren: Beschluß der Mandatsbehörde. Als am 25. November die erzwungene Einschiffung begann, explodierte an Bord der «Patria» eine Bombe. Mitglieder der zionistischen Untergrundbewegung Haganah hatten die Bombe gelegt, um die Deportation zu verhindern. Die «Patria» kenterte und sank in fünf Minuten. 260 Auswanderer, darunter eine mir unbekannte Zahl Danziger Juden, ertranken. (In Tel Aviv lebt immer noch der damals verantwortliche Attentäter. Kein Prozeß fand statt: War eine Panne, verständlich.) Die Überlebenden wurden im Lager Atlit interniert und durften in Palästina bleiben, unter ihnen etwa dreißig Danziger Juden. Die restlichen Auswanderer brachte britische Polizei gegen Widerstand an Bord der holländischen Schiffe «Nieuw Zeeland» und «Johan de Witt». Am 26. Dezember ankerten beide Schiffe in Port Louis, dem Hafen der britischen Inselkolonie Mauritius. (Ihr wißt, Kinder, diese berühmte Briefmarke in Blau.) Getrennt wurden Männer und Frauen im Gefängnis von Beau Bassin interniert. 124 Deportierte, darunter mehrere Danziger Juden und unter ihnen der Kaufmann Wartski, starben an Malaria und Typhus. Die Typhus-Epidemie hatte schon auf der «Atlantic» begonnen: ein Koch starb auf der Toilette. (Gelb, Kinder, ist die Flagge der Quarantäne.) Erst am 26. August 1945 verließen die Überlebenden die britische Inselkolonie Mauritius und erreichten an Bord des Schiffes «Franconia» ihr Ziel: den Hafen von Haifa.

Viel will ich nicht dazu sagen. Gleich startet Apollo Elf. Der Kirchentag in Stuttgart steht unter dem Motto «Hunger nach Gerechtigkeit». Überall werden Urteile gefällt. Wie soll ich begründen, warum die Anstecknadeln der Espede orangene Glasköpfe haben werden?

Nachdem es bei uns, Ecke Handjery–Niedstraße wieder einmal total geknallt hatte, sagte Bruno zu Anna: «Wenn en blaue ond e gäle VW zämedötsche, wärde si denn grüen?» – Als die Farben einander den Krieg erklärten, zwang ihnen Grau den Frieden auf. – Bruno kennt die Farbenlehre.

Nicht nur mit Anstecknadeln, auch mit Plakaten, Aufklebern und Flugblättern zum Wegschmeißen wollen wir in Orange werben: Fett und fröhlich, positiv kalorienreich. Auch Papiermützen Luftballons. Triebkraft als Treibkraft. (Soll sich durchsetzen, ist getestet worden.)

Ernsthaft, es ging um Orange. In Bonn saßen (glaube, im Mai) Marchand, Linde, Drautzburg und ich mit Wischnewski, Leo Bauer und anderen Wahlkampfspezialisten an unserem langen Tisch in der Adenauerallee. Kühle Hochrechner, niemals blinzelnde Zielgruppenvermesser, Trendbeschwörer und Zweckpessimisten beim Stoffwechsel: wir fraßen Statistiken und schieden Prognosen aus. Wir füllten Aschenbecher und lasen ihrem Überhang die entscheidende Stelle hinterm Komma ab. Wir spekulierten, ob Schiller und Brandt oder Brandt und Schiller oder nur Brandt oder nur Schiller mit oder gegen Leber und Schmidt an Wehner vorbei oder mit Wehner gemeinsam gegen oder mit Schiller in der (zentralen) Aufwertungsfrage zum Beschluß kommen könnten ...
Außerdem lagen uns Farben als Muster vor. Da Blau kühl läßt, Rot als verjährt gilt, Gelb strittig ist, sprachen wir lange und kenntnisreich über die getestete Werbekraft der Farbe Orange; denn sogleich nach den Sommerferien und mit Beginn des eigentlichen Wahlkampfes soll die Sozialdemokratische Partei Deutschlands in Orange für sich werben. Emnid, Infas, Allensbach haben Tugenden ermittelt: ist heiter sinnlich, wirkt aktiv sportlich modern, zieht jung an, stößt alt nicht ab, leuchtet reif und gesund.
Der leise Werner Müller, dem immer etwas Verschnupftes anhaftet, als sei er mit Zweifels Heuschnupfen geschlagen und lebe entrückt hinter einem Gazevorhang, vertrat die Meinung, Orange spreche auch Melancholiker an. Und jemand wußte, was der grämliche Student Schopenhauer zu Goethe (dabei heftig im Gegensatz zu Hegel) über Orange und dessen Wirkung auf Frauen, Rentner und Jungwähler gesagt haben soll: Vor allen anderen Farben besitze Orange die Fähigkeit, Willen zu bilden, willensbildend zu sein. (Wischnewski steigerte Schopenhauer: lebensbe-

jahend.) So wurde eine Entscheidung getroffen, die wir vor der Geschichte (dem Popanz) verantworten müssen. Keine Gegenstimmen. Selbst Wehner, so hieß es, habe sich nicht direkt gegen Orange ausgesprochen. Doch Zweifel, dessen Meinung und Kellererfahrung zumindest beiseite gesprochenen Wert hat, ließ mir (über Gaus) die gezwinkerte Nachricht zukommen: Im Grunde ist auch Orange nur ein Deckname für Grau.

Ich hatte die Einladung, auf dem Evangelischen Kirchentag in Stuttgart zu lesen und zu diskutieren, schon im April angenommen. (Professor von Hentig bat eindringlich und schriftlich.) Wer dabei gewesen ist, wird sich erinnern, wie hochsommerlich heiß die Gerechtigkeit (und der Hunger nach ihr) auf dem Killesberg lastete. Zehntausend waren gekommen: gutverpackte Seelen, Suchende mit Quartierschein. Alle schwitzten beteiligt, schwitzten das Glück und Jesus, die kaputte Kirche und Ökumenisches, schwitzten die engagierte Partnerschaft aus. Das neue Theologiebedürfnis weitete alle Poren. Frühchristlich lief viel ziellose Jugend barfuß. Die Sprüche der kleinen und großen Propheten trugen sich auf und ab. (Zwar fehlten Säulen und Säulenbewohner, doch waren sie denkbar.) Wegweiser zeigten an, in welcher Halle über die Anträge der Hoffnung abgestimmt werden sollte. (Resolutionen zur Ermittlung des Glücks.) Vier Tage lang blieb der Streit um Jesus (geboren von der Jungfrau) auf der Tagesordnung. Silbenstechende Exegeten: jeder hatte seine Bibel und jeweils einen anderen Marx gelesen. Als sich die Kirche öffnete, lief sie aus. Alles (nicht nur das Glück und das Kreuz) wurde diskutiert. Das Unterbewußte fand in Sprechchören Ausdruck. Gemeinsam wurde Gemeinschaft gesucht: evangelischer Mief.
Ich las in der Halle I vor der Arbeitsgruppe: Der Einzelne und die anderen. 2000 Einzelne waren gekommen. Wie der Schüler Scherbaum seinen Dackel verbrennen will, las ich vor. Weil alles diskutiert wurde, wurde auch der ritualisierte Protest diskutiert. Viel barfüßige und jetzt, da es zu spät ist, frühchristliche Jugend hungert nach neuem Mythos, will irgendwas glauben können, hat schon den paradiesischen Blick und wird die Schranke Vernunft überhüpfen . . .

Ihr werdet verstehen, Kinder: das Wort Paradies ängstigt meine Schnecke. Sie fürchtet sich geradezu vor den Wegbereitern paradiesischer Zustände und macht sich klein bis zur Schrumpfgröße. Denn allzu genau erinnert sie die strengen Einreisebestimmungen und die erkenntnisfeindliche Hausordnung. Sie weiß, wie total nach unparadiesischem Verhalten die Austreibung ist.

Ich muß gestehen, daß ich neugierig war und meine Schnecke auf Kundschaft schickte. Während ich in der Halle I bei gerecht verteilter Hitze gegen den ritualisierten Protest ansprach (und auch die Selbstverbrennung des Prager Studenten Jan Palach kein aufklärendes Beispiel nennen wollte) besuchte sie andere Arbeitsgruppen: so teilten wir uns, sind überall dabei gewesen . . . (Auch bei der fleißigen Arbeitsgemeinschaft «Juden und Christen».)

«Und dann? Und dann?» – Dann kam Augst.

Lange bevor er sich in jener Diskussion zu Wort meldete, von der ich euch berichten werde, sprach Augst, der jedes Mal anders hieß, in anderen Diskussionen.
Ich kannte ihn schon lange. Wir hätten uns in Delmenhorst, Mainz oder Ulm wie zwei alte Bekannte zuwinken können. Wenn er nicht auftritt, vermisse ich ihn: ohne Augst fehlt was.

Als er auf dem Kirchentag wirklich sprach (und auch handelte) überraschte mich seine Tat nicht: die Einlösung vieler Ankündigungen. Ich kannte die Aufgeregtheit fünfzigjähriger Männer, die alles, aber auch alles in einem einzigen, randvollen Bekenntnis loswerden, quitt machen wollen. Ich kannte ihre leeren, Werte beschwörenden Gesten, ihren Kriegsbilderbuchtraum, als Einzelkämpfer (wie damals bei Monte Cassino oder am Kuban-Brückenkopf) auf verlorenem Posten zu stehen, ihren haltsuchenden Griff in die Luft, ihre flatternde «Ein einziges ewiges Deutschland!» suchende Stimme und jene aufsteigende Hitze, die ihre Gesichter fleckig werden läßt.
Auch kannte ich, da beide alterslos sind, den jungen Augst, bevor der ältere zu sprechen begann. Beide sind Zeugen des Absoluten. Beide sind süchtig nach Untergang und Erlösung. Beide wollen die Wahrheit und nichts als die Wahrheit dringlich durch Hervorpressen zum Ausdruck bringen: ein mühevoller, ein ausbleibender Stuhlgang. Es fehlt ihnen die gleichmäßig zirkulierende Wärme verschworener Gemeinschaften, die der ältere Augst bei Kriegsende verloren hatte, die der jüngere Augst im Sog einer, wie er meint, bevorstehenden Revolution zu finden hofft. Zweistimmig hörte ich sie vom Endziel und vom Aufgehen in der gemeinsamen Sache singen; lange bevor Augst sprach . . .

Als ich auf dem Kirchentag gegenan redete, war das Ritual schon vorbereitet. Zu spät reihte ich vernünftige Wörtchen, nicht ahnungslos, vielmehr besorgt aus Gewohnheit. Als Augst sich zu Wort meldete, erkannte ich ihn an seiner übereilten, den Satzbau verwerfenden Sprache. Auch wie er seine Zettel knüllte, zu lange wirr sprach und peinlich berührte, war nicht neu. Die zunehmende Unruhe bei der barfüßigen Jugend, ein mir alltägliches Geräusch: Gelächter und Zwischenrufe. (Folgerichtig ermahnte der Pädagoge Hartmut von Hentig die jungen Leute; folgerichtig fand sein Wunsch «nach ein bißchen mehr Toleranz» bei der Jugend Gehör.) Alles lief ab wie bei einem Passionsspiel, wo Kenntnis der Handlung vorausgesetzt wird.

Augst stand hinter dem Mikrofon Nummer 2 im Mittelgang. Wenn ich alles Beiwerk weglasse, klagte er zuallererst die Kirche an, weil sie ihm Partnerschaft verweigert hatte. Beengt von seinem Wortschutt, sprach er von verlorengegangener Kriegskameradschaft. Er vermißte Werte. Er bedauerte, daß niemand ihn und seine Generation (die Kriegsgeneration) gelehrt habe, flüssig zu sprechen, wie es die Jugend heute könne: freisprechen. Er sagte noch mehr und wiederholte sich. Es läßt sich nicht nachschreiben, was er sagte, weil er verheddert im Unterholz und traurig wirr sprach. Ich reihe: Lebenseinsatz, im Stich gelassen, ein Zeichen setzen, durch unbedingte Treue, das selbstlose Opfer, wie der Protest der Jugend, nämlich ganz, damit ich gehört werde . . .
Nur zum Schluß fand sein gestammelter Ausverkauf Gleise. Er hatte sich vorbereitet und beeilte sich springend auf den letzten Satz zu. Ohne in seinen Zetteln zu suchen, sagte er: «Ich werde jetzt provokativ und grüße meine Kameraden von der SS!»
Vom Podium aus schrieb ich mit. Ein Wort, das wie eingeübt seine Entsprechung fand; denn auch das Zischen der barfüßigen Jugend war Teil des Rituals, der Passion. Er hatte die Stelle getroffen. Zischen als gehorsamer Reflex. Und auch mein Versuch, dem programmierten Vorgang die üblichen Argumente, meine glanzlosen Schneckenerfahrungen in den Weg zu stellen, wurde Teil seiner Passion als Ritual.

Danach meldeten sich andere zu Wort in ihrem Hunger nach Gerechtigkeit. Glatthäutig wurde der «Neue Mensch» gefordert. Auf dem Podium gab man zu, verlegen zu sein. Professor von Hentig litt öffentlich. Professor Becker vermittelte. Auch ich sprang nicht auf, um ihn einzuholen. Bleigüsse oder Versäumnisse oder Haftschäden. (Später hieß es im Feuilleton: «Das war direkte Demokratie der Basis, nicht mehr nur Konsumentenrolle ohne Teilhabe.»)

Ich sagte schon, Kinder, es war sehr heiß auf dem evangelischen Kirchentag. Das Unterbewußte wurde als Schweißtüchlein reihum gereicht. Aus der Mitte der Halle rief jemand: «Schnell! Sanitäter!»

Als der peinliche Zwischenfall vom Podium bekannt gemacht wurde und die Veranstaltung als geschlossen galt, verzichteten die jugendlichen Frühchristen – bei allem Hunger nach Gerechtigkeit – diesmal auf Autogramme.

Noch zu Lebzeiten ausgezischt. Eine Erklärung abgeben, die kurz ist, nicht mißzuverstehen. Nicht einmal Trauer kann ihre Kleidung retten: Kichern trennt Nähte, stellt Fleisch vor. Wohin geht das vergehende Lachen?

Es war nicht die Hitze. Kein Schwächeanfall. Später wollten viele gesehen haben, daß Augst, während er sprach, ein Fläschchen hielt. Jemand hatte konkav geschliffene Facetten bemerkt. Einer Studentin war der schwarze Schraubverschluß aufgefallen. – Vielleicht weiß jemand noch mehr oder anderes. Irgendwo sollen Reste lagern, doch niemand erinnert sich: Reste wovon?

Der Apotheker Manfred Augst hinterließ Frau und vier Kinder. Das Morddezernat im Polizeipräsidium Stuttgart sprach von zwei kleinen Flaschen. Das nicht benützte Fläschchen habe Mandelsäure enthalten.

Der Tod trat auf dem Weg zum Robert-Bosch-Krankenhaus ein. Zeitungsüberschriften hießen: «Das letzte Argument: Selbstmord» – «Ein Einsamer griff nach Zyankali» – «Keiner nahm den Tod wahr» – «Ein Selbstmord überschattete den Kirchentag» – in der Wochenzeitung «Christ und Welt» schrieb die Journalistin Maria Stein unter der Überschrift: «Ritualisierter Protest».

Augst wurde sechsundfünfzig Jahre alt. Er starb am 19. Juli 1969, drei Tage nachdem die Weltraumrakete Apollo Elf in Kap Kennedy gestartet worden war, tagsdrauf die Hälfte des Wegs zum Mond zurückgelegt hatte, tagsdrauf das Landefahrzeug «Eagle» (Mondfähre genannt) noch einmal inspiziert worden war, und etwa zwei Stunden, bevor das Haupttriebwerk zum erstenmal gezündet wurde: die bemannte Weltraumrakete schwenkte in eine elliptische Bahn um den Mond.

Das sahen wir am Abend auf dem Fernsehschirm im Haus des Verlegers Klett. (Vorwärts! Die Ziele schminken sich, legen Rot, kein Orange auf.) An Bord von Apollo Elf waren alle wohlauf. Partygeplauder am Rande des Kirchentages. (Erlösung, nur noch ein Farbenproblem.) Das Haupttriebwerk wurde zum zweitenmal gezündet. Einige Gäste unterhielten sich gedämpft über den Gottesbegriff bei Karl Barth. Salzstangen knabbern. (Wer spricht noch von Lüge und Wahrheit, wenn Tatsachen sprechen: simultan übersetzt.) Natürlich war auch von Augst die Rede. Erdnüsse knabbern. (Jemand hat es geschafft, hat sich ins Ohrläppchen gebissen. Alle üben jetzt und hoffen wieder.) Aldrin – oder war es Armstrong – erzählte einen Witz, über den auf der Erde gelacht werden sollte. (Also, es bleibt bei Orange.) Ich suchte zwischen Kletts Büchern ein Lexikon: etwas über Blausäure. Knackmandeln knabbern. (Es gibt keine Schmerzen, nur Mittel gegen Schmerzen.) Soviel nette Jugend. Kletts Töchter, die Studentin aus Prag. Knabbern knabbern. Dann gab es Kartoffelsalat und Bildstörung bei Apollo Elf. Mit seiner brüchigen, wie vom Kopfschmerz punktierten Stimme fragte Professor von Hentig sich und die Gäste, wo denn die Grenzen der Pädagogik zu suchen seien. Alle blieben vage, nur Ehmke wußte wo. Ich las im Lexikon. Jäckel d. Ä. sagte: «Komm, gehen wir.»

Zyankali, das Salz der Blausäure (HCN) wird durch Magensäure freigesetzt und blockiert die eisenhaltigen Atmungsfermente. 80 bittere Mandeln enthalten die tödliche Dosis von 60 mg Blausäure. (Die Mandel als Metapher: Celan-Zitate.) Bei der Obduktion meldet Bittermandelgeruch in der Schädelhöhle die Todesursache. Bei Augst wurden Vergiftungssymptome durch Erstickung genannt: Forcierte Atmung, Verminderung der Atmung, Bewußtlosigkeit, Krämpfe, Atemstillstand.

18

Ich habe sie mit ihrer Kriechsohle auf den Bunker gesetzt. Verkantet und um sein Schußfeld gebracht überdauerte er zwischen Dünen: nicht zu verkaufen, nicht zu sprengen. (Soll ich ihr, weil sie eine Nacktschnecke ist, den Atlantikwallbunker als Haus entwerfen und bis ins Detail zeichnen? Sehschlitze, Betonstrukturen, deutsche Wertarbeit?)

Während ich tagsdrauf mit meiner Reisetasche von Stuttgart nach Paris flog, kletterten Aldrin und Armstrong in die Mondlandefähre, blieb Collins im Mutterschiff allein, notierte ich in meinem Sudelbuch den Besuch mit Jäckel d. Ä. bei Thaddäus Troll, schob ich Zusätze über Kiesingers «Nein!» zur DM-Aufwertung in die VW-Busrede, trug ich Böhmisches nach (wie Anna und Vladimir in Nouzov auf der Treppe sitzen und reden), schrieb ich mich fluchtartig in ein Schneckengelände und ließ sich Augst, trotz umständlicher Umgehungsversuche, nicht vermeiden. Erst in Lamballe, wo Anna, Raoul und Bruno auf dem Bahnsteig standen und Raoul mich mit dem Neuesten ansprang – «Inner halben Stunden, Mensch, koppelt die Mondfähre ab!» – sah es so aus, als wollte mir Augst barfuß Auslauf bei Ebbe, Rückenschwimmen bei Flut, Makrelen auf dem Rost, Miesmuscheln in ihrem Sud, Sand in allen Taschen und Ferien in der Bretagne gönnen.

Euch erzählte ich wenig. Zwar kamen Fragen – «Haste, biste, warste, kennste den denn?» – aber wie hätte ich über Zyankali und vom Tod des Apothekers aus Tübingen berichten können, solange der Mond und auf dem Mond die beiden Männer in ihren enormen Schuhen Vortritt hatten.

Das Haus eines Budenbesitzers, der im Sommer von Kirmes zu Kirmes reist. Betreibt wohl eine Lotterie mit schnarrendem Glücksrad: überall stehen Goldfische aus Porzellan und ähnliche Hauptgewinne. In der Wohnküche unseres gemieteten Ferienhauses – wir kochen mit Butan-Gas – hängt ein Gezeitenkalender.

Wenn man Augst gefragt hätte, wer und was alles an seinem Tod schuld gewesen sei, wäre auch vom Wetter zu reden gewesen: Die Hitze war schuld.
Was noch? Und wer noch?
Die Verhältnisse früher und jetzt.
Wer früher? Was jetzt?
Früher die Lehrer, also die Schule, jetzt das System, die Systeme: der Kommunismus – der Kapitalismus. Ganz früh der Zwang: die Klavierstunden.
Und noch früher, anfangs?
Die Mutter, weil der Vater. Das übertrug sich: denn wie das Wetter so auch die Werbung, der bekannte zersetzende Schriftsteller hinter dem Mikrofon, die vielen Eisverkäufer auf dem Kirchentag, überhaupt: der Konsum und die Tatsache Stuttgart.
Also die Abhängigkeit von und die Unterdrückung aller . . . Jadoch, ja.
Die sprichwörtliche, kleidsame und jedem Zündschlüsselbesitzer plausible Entfremdung. (Auch die nicht oder zu spät und auch dann nur ersatzweise befriedigten, ohnehin kümmerlichen Bedürfnisse.)
Das schwache schiefe verrutschte, das nicht vorhandene oder verdrängte, das falsche Bewußtsein.
Und die Erbmasse und die Erbsünde?
Jadoch. Der Vater, weil die Mutter.
Und wer noch? Und was noch?
Die Parteien, die da oben, das Geld, der Apparat, die geografische Lage, die Liberalen. Schon früh ein Magengeschwür und die Zwischenprüfung. Dann der verlorene Krieg, die gesamte Sippschaft: Freimaurer, Juden und Funktionäre. Später die Frauen (mehrere, aber besonders eine). Heute der allgemeine Überfluß, die herrschende Ungerechtigkeit, die fehlenden Krankenhäuser Schulen Wohnungen Gesetze, die höheren fehlenden Werte, der fehlende tiefere Sinn.
Also das Leben? Überhaupt alles? Das Ganze?

Ja. Doch besonders das Wetter (und die Lehrer), weil die Hitze und überall die Studenten und Scharfmacher hinter den Mikrofonen.
Also die anderen?
Der Kirchentag und die Öffentlichkeit.
Gott, weil seinetwegen der Kirchentag und die Öffentlichkeit, während die Eisverkäufer mit der Hitze ihre kleinen schmutzigen Geschäfte machten . . .

Hätte Augst «. . . und meine Familie . . .» gesagt, wenn man ihn nach der Schuld und den Schuldigen gefragt hätte? Später fragte ich Frau Augst und Augsts Söhne. «Es war die Krankheit», sagte Frau Augst in Tübingen. «Wir haben alles versucht, aber er trübte sich immer mehr ein . . .»

Wie sie über den Horizont kriecht, ihn langzieht: ohne Rauchfahne in Richtung Kanalinseln oder weiter.

Jetzt, bei Flut, einfach leugnen. Ich will nicht, was ich weiß. Den Handschlag mit mir verweigern. Oder mit Zweifel Cidre trinken. Wir siezen uns, zahlen getrennt. Er will, was ich nicht weiß.

Das Dorf, in das wir unsere bei Ebbe gesammelten Muscheln, Schneckengehäuse und verschliffenen Einfälle tragen, heißt Plurien. Schiefer deckt Granit: grauschichtig, weiß gefugt. Um die Kirche (und das Kriegerdenkmal beider Weltkriege) haben sich drei Metzger versammelt: für heute Kutteln, für morgen Kalbskopf kaufen. (Wie bemerkenswert Madame Hénaff vor ihrer Charcuterie die Arme verschränkt.) Wenn wir vom Meer kommen, sehen wir, bevor wir den Kirchturm sehen wollen, den weißen Wasserturm von Plurien.

Wir zwei Strandläufer Schattenwerfer. Pendeln die Bucht aus, reiben uns viel zu spät mit Nivea den Buckel, den Rest ein. Wir zerreden Zusammenhänge zwischen Ebbe und Flut. (Während die Priele noch auslaufen, kommt das Wasser schon wieder.) «Und das soll nun Dialektik sein?» sagt Zweifel und tippelt.

Den Wasserturm von Plurien, wie er bleich gegen den Himmel steht, seitlich (der Anschauung wegen) von meiner Schnecke besteigen lassen.

«Sehen Sie», sagt Zweifel, «diesen senkrechten Unsinn, ich kann ihn nicht glauben.» Er trägt seinen Sonnenbrand auf und ab. Schon schält er sich. Die Kinder lachen und meinen mich. «Das haste davon. Was holste ihn raus aussem Keller!» (Als hätte mein gewundenes Prinzip kein Recht auf Ferien und Auslauf.)

Jetzt bei Ebbe über den Strand: meine Seite zum Meer, seine zur Promenade. An der Mole wenden wir. Ich jetzt auf seiner, er jetzt auf meiner. Unsere Freundschaft ist Spott gewohnt. Wir suchen Geniste ab, bücken uns, finden. Über Spuren im Mondstaub kein Wort.

Jetzt, bei Flut, heben sich unsere Erfahrungen schrittweise auf. Franz und Raoul haben mit Donald Duck die Mondfähre verlassen. Auch Bruno ist weich gelandet. Laura findet ernste, gläsern anmutende Ziegen an Kraterrändern, im Meer der Ruhe. («Und Schnecken? Gibt es da wenigstens Nacktschnecken?») Meine Versatzstücke verschieben sich und beteuern, sinnfällig zu sein. Anna hört, wie viele Besucher Dürers Melencolia gleichmütig zuläßt und mit gallbittren Bezügen verköstigt.

Jemand hat die Leiter ans Haus gelehnt, hat sich himmelwärts verstiegen. Gleichfalls aufsteigend von links nach rechts: die Waage, die Sanduhr, die Glocke an ihren Nägeln. Was wägt, rinnt, schweigt und bedeutet.
Bei mangelnder Bewegung ist ein Mädchen massiv geworden, hockt jetzt chronisch und bietet Trödel (aus Nachlässen) stückweis an.
Noch treten keine Käufer ins Bild. Niemand will sich mit Bedeutung beschweren. Was sich treu bleibt: Ladenhüter.
(Auch Plurien unterhält gegenüber dem Café des Sports einen Antiquitätenladen: Spinnräder, bretonische Melkschemel, Waffeleisen, Stößel ohne Mörser – Mörser ohne Stößel.)
Endlich kommen Touristen.
In Bungalows unter Flachdächern, zwischen skandinavischen Möbeln, überall, wo man sich kühl gibt und die Moderne ihren Nüchternheitsbeweis angetreten hat, stehen in tabernakelgroßen Nischen selten gewordene Stücke. Wir sammeln zufällig – systematisch. Neben den kleinen alltäglichen Erfolgen sammeln wir den Hausrat der Melencolia.

Und so etwa könnte ich in Nürnberg beginnen: «Als, meine Damen und Herren, das Raumschiff Apollo Elf die Mondfähre Eagle und in ihr die beiden Männer mit ihren Gastgeschenken entließ, pflanzten Armstrong und Aldrin nicht nur die Plakette, das Fähnchen, setzten sie nicht nur die empfindlichen Instrumente von heute; Waage, Sanduhr und Glocke stellten sie sinnreich auf, und einer – Armstrong war es – zeichnete mit dem Finger im Handschuh die Initialen des Meisters, das A und das D in den Mondstaub . . .»

Übten wir beide im Sand: zwischen gespreizten Beinen Schutz suchen. (Unsere Verkriech- und Kellermoral.)

Oder dieses Detail: das schartige Schwert. (Dürer fand es in der Rüstkammer des Kaisers Maximilian. Er zahlte den Schrottpreis und legte es

auf Anraten der Melencolia, die ihr rechtes, vom Knie ab zu kurz geratenes Bein auf den Zweihändergriff stützt, parallel zum Rocksaum, getarnt als Säge, neben den stumpfen Hobel.)
Ich kannte scharfe Gedanken, die, ihrer Schärfe überdrüssig, vor die Tür traten, mehrmals unwiderlegt die Luft teilten, einmal wachsam ums Haus gingen, unterwegs meinem Freund Zweifel begegneten und schartig heimkehrten. (Einen Schrotthandel aufmachen: Hegel zu verkaufen.)

Aber gut, wie ihr wollt: schon hockt er wieder im Keller. Nach bald hundert Wochen Untermiete schenkte Anton Stomma seinem Gast zum Weihnachtsfest 1941 ein immer noch brauchbares Erbstück, das er bei einer Kriegerwitwe (in Ramkau) gegen eine Fahrradpumpe in Zahlung genommen hatte. (Verlor im Benzinbad seinen Rost, wurde handlich, ließ sich aufklappen, gewann, auf Leder abgezogen, neuerdings Schärfe.) Schon im Sommer einundvierzig waren Zweifel die Rotbartklingen, sein auf Jahresfrist bemessener Vorrat, ausgegangen. Seitdem saß er stoppelig, dann mit schütterem Bart auf seiner Seegrasmatratze und zupfte an sich herum, bis Stomma in Weihnachtsstimmung geriet und mit einem Stück Streuselkuchen das offene Rasiermesser auf Tannenzweigen schenkte.

Weil Raoul auf dem Keller besteht: ich zeige euch Zweifel, wie er glattrasiert auf seiner Matratze liegt und sich – den Kopf zur feuchten Nordwand – nicht mehr zupft, sondern kratzt, weil die Zeit ihn wie Krätze befällt: überall krümelt es, juckt es. Er sagt sich auf, was er weiß, um dem Juckreiz Zeit zu widerstehen: alle Heilkräuter, Farne und Wegericharten, alle Frauen, in die er zu kriechen versuchte, sämtliche Systeme samt ihren Philosophen, dann deren Spötter und Lachgrubensteller: den Selbstdenker Georg Christoph Lichtenberg, die Zettelmühle Jean Paul, bis er seinem Pudelfreund begegnet, einem prinzipiell systemfeindlichen Säuerling. Sie legen sich Beobachtungen vor. Sie feiern Anschauung, bis es zur Erkenntnis, Teilerkenntnis kommt. (Wie ich mit Zweifel bei Ebbe über den Strand laufe, so sitzen – leicht vorstellbar – er und er in Stommas Keller.) Zweifel berichtet vom unwillentlichen Verhältnis der zwittrigen Schnecken zur Melancholie, Schopenhauer vom Willen der rankenden Pflanzen, die alle, ob Erbsen Bohnen Hopfen, Zirkelbewegungen in freier Luft beschreiben, bis sie einen festen Körper finden, um den sie sich ranken, wenn sie ihn finden.

Nein, Kinder, ich schwöre: im Keller. Zweifel versucht, eine Ranke zu sein. Schon denkt er ellipsenförmig. Aber da ist kein Notnagel; denn unsere Hoffnung, selbst wenn wir sie zum Prinzip erhärten, will nicht als fester Körper dienen: was immer sich ihr entgegenwindet, keiner Bohne bietet sie Halt. (Nur dem Baron Münchhausen gelang es, eine Ranke zu züchten, die nach unermüdlicher Zirkelbewegung den Mond fand und zugriff; das hatte Folgen.)

Inzwischen wurde er betreten. Ich will nicht lachen, es ist euer Mond. Nur erlaubt, daß ich den geometrischen Körper auf Dürers Kupferstich (er herrscht im Mittelgrund) gegen eine Raumkapsel tausche. Und gebt schon zu: es ist ziemlich langweilig und zieht sich hin zwischen Bildstörungen. Beim Start die Enttäuschung, wenn es, wie immer, glatt geht. Und diese Sprechblasensprache. Ihr könnt das besser. Wenn Raoul sich mit Fingern die Nase klemmt und Countdown übt: «. . . six five four . . .» – Kommt, es ist Ebbe. Wir suchen die Prile nach Seeohren und die Algengeniste nach Wunschschnecken ab. Vielleicht finden wir ein Wellhorn – oder zwei. Vielleicht ergibt sich etwas aus Widersprüchen. Vielleicht liegt locker im Sand die Lösung. (Auch muß der Schlüsselbund noch gedeutet werden.)

Als Albrecht Dürer, kurz nach dem Tod seiner Mutter, an einem auf Sonne, Geschwätz und Gelächter bestehenden Montagmorgen die Melencolia nach Vorlagen in Kupfer zu stechen begann, fand er im Faltenwurf einer Gewandstudie den Schlüsselbund seiner – wie Pirckheimer sagt – zänkischen Ehefrau Agnes. Dürer hatte Spaß an den krausen Bärten; und wir dürfen jetzt raten, welche Türen und Kästchen gemeint sind und ob Saturn der Schlosser gewesen ist.
Panofski und Saxl vermuten, der Schlüsselbund bedeute Herrschaft und weltliche Macht; ich übersetze in alltägliches Deutsch: Die Eltern (beide) sind berufstätig, sind neun Stunden am Tag außer Haus und hängen ihren Kindern den Wohnungsschlüssel (zumeist an Schnürsenkeln) um den Hals. Sie sind leicht zu erkennen. Überall – doch nirgendwo in Kupfer gestochen – spielen sie Erwachsensein und Melancholie. (Raoul ist mit einigen aus der Niedstraße befreundet und trifft sich mit Schlüsselkindern auf eurem Niemandsland oder am Perelsplatz.)

Und wenn das nun alles gelogen, in Fernsehstudios gestellt worden ist? Sie sind gar nicht auf dem Mond? Mondstaub und Krater werden uns vorgemacht? Das Meer der Ruhe: Kulisse? Es gibt ein Geheimabkommen zwischen Russen und Amis? Fingierte Erfolge entspannter Weltraumregie? Die Großmächte erfinden einander hilfreich Rekorde? Die Kleinen staunen brav und bedürftig?

Immer noch DM-Gemähre: Aufwerten oder Nichtaufwerten! – Wenn Barzel «In aller Aufrichtigkeit» sagt. – Kleinkalibriges. – Ich koche Rochen, der frisch streng nach Jod riecht. Ich schreibe im Schatten des verkanteten Bunkers.

Zweifel kommt auf. In vollen Aschenbechern alles bewiesen. Jeder Topf fand sein Deckelchen. Beim Vornamen gerufen, rief das Geheimnis: Hier!
Wir plauderten (bei bretonischem Cidre) und stritten (bei Ebbe am Strand) über die Zange unterm Rocksaum, über das magische Zahlenquadrat und den Zirkel, allgemein über allegorische Sinngebung. Wir zitierten Benjamin und Proust, den konservativen Gehlen und dessen linken Schüler Lepenies, Zweifel (mit Vorliebe) seinen Pudelfreund, ich (mit Vorliebe) den buckligen Meister der Pfennigwahrheiten. Wir erwähnten (am Rande) den maximilianischen Humanistenkreis und kannten beide Dürers Aussprüche über die «viererlei Cumplex». Wir mieden die Gegenwart und wurden von ihr mit Ignoranz der Vergangenheit bestraft.
Besprochen wurde erstens: die Zahlentafel als Künstlersignatur; zweitens: Saturn als Prinzip; drittens: die europäische Aufklärung auf ihrem Weg zum Erkenntnisekel; viertens: das melancholische als ein gesellschaftliches Verhalten; fünftens: Dürers Krankheit, der gelbe Fleck; und sechstens, obgleich wir die Gegenwart meiden wollten: Glücksverheißung und Melancholieverbot in kommunistischen Staaten.
Zweifel war meistens dagegen. Ihn ärgerten die Begriffe. Er mietete einen Lautsprecherwagen, der üblicherweise Reklame (Dubonnet, Butan-Gas) ausrief und ließ auf deutsch, auf französisch in Plurien, Plévenon, im Hafen von Erquy, auf Promenaden und über den Ebbestand grundsätzlichen Zweifel verkünden: schon kam Teer mit der Flut, schon wurde von vorzeitiger Abreise gesprochen, schon stand der Badebetrieb unter Melancholieverdacht.

Was macht ihn so witzlos und strengt ihn so an? Warum spricht sich sein (verheißenes) Glück so verbissen aus? Was hat dem Sozialismus die Heiterkeit ausgetrieben und jenen (männlichen) Ernst anerzogen, der jeden Spaß ansäuert, ihn (als nützlich) erklärt haben will?

Bei der Betrachtung eines Kupferstiches als Kunstpostkarte, nachdem die Proportionen vermessen sind und Zweifel die Beziehungen zwischen Albrecht Dürer und Nikolaus von Cusa kenntnisreich erwähnt hat, verkrampft sich unser Strandläuferhumor: er steht auf der Kippe, kippt seitlich weg. Gelächter kocht ein, wird sämig. Verzweifelt witzig bei hoher Flut. (Gefährlich, jetzt schwimmen zu wollen.)

Auf eine Schnecke schießen. Vorher Atemübungen. Sogar Zweifel nimmt ab.

Er bekommt Schläge. Im Frühjahr zweiundvierzig oft. Mit dem Riemen, mit einer Fahrradspeiche. Man mochte seinen Ton nicht: dieses inständige Nörgeln. «Hübsch», sagte er, «und trotzdem enttäuschend.» – In seinem Keller hörte Zweifel den Wind nicht. «Draußen», sagte er, «entspricht nichts den Tatsachen.»

Oder er lachte für sich. Erst nach mehrmaligem Drohen und Lockern des Hosenriemens – «Was jibts da zu bekichern!» – war er verwundert: «Ja, ist das nicht komisch, mein absolutes Verlangen nach Pfefferminzdrops?»

Immer wenn Zweifel geprügelt wurde, war ihm nach den Schlägen die Pause peinlich. Stomma atmete schwer und beteiligt. Zweifels Versuche, das Loch zuzuschütten: «Reden wir bitte von etwas anderem, das eindeutig ist in seiner Plattheit: über die deutschen Erfolge im Kaukasus.»

Post, nachgeschickte. Vorschläge, zu allem etwas Endgültiges zu sagen. («Wie sähe für Sie die maximale Lösung a) des Vietnam-Konfliktes, b) der Bevölkerungsexplosion in den unterentwickelten Ländern, c) des gesamtdeutschen Problems aus?») Ich weiß nichts Maximales. Lieber schaue ich Anna zu, wie sie weit entfernt auf dem leeren Sand ihre Ballette entwirft. (Wie sie mit sich alleine ist. Nicht rufen, Kinder, nicht rufen.)

Der Nachhilfeschüler Natur. Glaubt nicht den Spekulanten. Da sie nicht hinsehen, sehen sie alles total, urteilen sie total. Ihr Schwindel heißt Ganzheit. Da stehen sie deutsch und gesendet: wollen dem Meer bis zum Horizont den dialektischen Materialismus einpauken; es möge sich dem System fügen . . .

Aus Jux oder Neigung: auch Zweifel erdachte in seinem Keller Systeme, um sie zu widerlegen. Das Wabensystem, das aus Röhren. Für sein Treppensystem ohne Aufenthalt bekam er mittlere Schläge. Und während noch Stomma die Fahrradspeiche singen ließ, hörte er Zweifel abschwören: «Das Ganze ist Spekulation!» (Später schrieb er in sein Diarium: «Es gibt kein System, weil es mehrere gibt. Selbst die Schnekken zögern, sich absolut zu verstehen.») Der teilweise gutmütige Stomma hatte ihm ein neues liniertes Schulheft geschenkt.

Etwas, das (wer?) beschreiben sollte: Jemand ist streng katholisch erzogen worden, hat, noch während des Studiums, den Glauben, aber nicht das Bedürfnis nach Religion abgelegt, ist längere Zeit lang erfolgreich ironischer Freidenker, wird (seiner Ironie überdrüssig) wider besseres Wissen Kommunist, beträgt sich neuerdings wieder gläubig, wie er erzogen wurde. (Jemand, parallel, konvertiert vom Kommunismus zum Katholizismus: nichts leichter als das.)

Eine doppelt behauste Schnecke zeichnen.

Und an einem Montag, Kinder, an einem Montag wie heute – der Tag, an dem Aldrin und Armstrong in ihre Mondfähre zurückgekehrt sind und es wieder gemütlich haben – gewann Zweifel seinen Gastgeber für ein System, das Zweifels Keller zum Mittelpunkt hatte und «Kästchen-im-Kästchen-System» hieß. Kaum war Stomma gewonnen, widerlegte sein Gast den «Keller an sich» und das aus ihm entwickelte System. (Schwere Prügel für Zweifel.) Danach machte er eine Notiz: «Das Gehäuse aufsägen.»

Es fand also statt. In einem Strandcafé sahen wir auf dem Bildschirm wenig oder nur Verwackeltes. Ebbe und Flut sagten mehr. Wir machten schöne neue Spuren im Sand. Beim Schwimmen versuchte ich, unter Wasser zu lachen. In Zeitungen konnte man Meinungen über den Fall Defregger lesen: Erschießungen und Befehlsnotstände – die Kriegserlebnisse eines Weihbischofs. Wir fuhren zum Cap Frehél, staunten den Leuchtturm an, schrieen den Möwen was zu, standen schräg gegen den Wind. (Als wir das mittelalterliche Fort de la Latte besuchten, klaute ich Rosmarin, der über den Kerkern und Folterkammern wächst.) Für euch kochte ich Goldbrassen und blubbrige Petrusfische. Frische Sardinen und Makrelen legte ich auf den Rost. Wir aßen Muränen, Rochen und Tintenfisch. In Weißwein ließ ich Miesmuscheln und die kleinen Pilgermuscheln aufkochen. Roh, mit Zitrone, aßen wir Praire. Den Kriechfuß der Seeohren muß man aus dem muschelartigen Gehäuse schneiden, in einem Tuch weichklopfen, gut waschen und in Butter mit feingehackter Petersilie und Knoblauch dünsten. Im siedenden Salzwasser erschrak die Große Seespinne und verfärbte sich. Davon der Sud: Grundstock für Fischsuppen, an die Safran getan wird. Für euch, Kinder, blaßgrüne Stinte, schwimmend im Öl, bis sie rösch sind. Am Abend schmeckten uns Pelikanfüße, die kleinen Nabelschnecken. (Dialektik der Köche: Das Meer und sein Angebot.)

Bevor ich mal alt bin und womöglich weise werde, will ich ein erzählendes Kochbuch schreiben: über 99 Gerichte, über Gäste und Menschen als Tiere, die kochen können, über den Vorgang Essen, über Abfälle . . .

Am letzten Ferientag, als der Weihbischof Defregger immer noch heilig war und die Wissenschaftler schon mit der Auswertung des Mondgesteins begonnen hatten, wurde der französische Franc abgewertet: das hatte Folgen bei uns – im Wahlkampf.

19

Wir trafen ihn und seine Frau wenige Tage vor unserer Abreise im Regen. Zur Zeit ist er Sonderbotschafter und wird aus Prinzip verdächtigt. Auch er wollte mal paar Tage nichts machen, nur Pause und den Bretonen Chateaubriand lesen.
Mit einer Nase, wie sie in Tropfsteinhöhlen wächst: läuft ohne Schützer, braucht keinen Schoner. Bruno griff nach ihr, nannte sie komisch. (Bei Sterne gäbe sie ein Kapitel her. Sein Onkel Toby hätte sie als Fliege, Lichtenberg wie seinen abgerissenen Hosenknopf angesprochen: empfindsam.) Bruno hat recht. Als Clown hätte er weniger Feinde. Sogar die Bayern könnten ihn mögen, weil seine Nase – ein lustiger Fall trauriger Vereinzelung – so absolut vorherrscht.
Immer wenn ich ihn sehe (und seit zehn Jahren sehe ich ihn auf seiner Gleitspur) fallen mir Szenen für einen altmodisch ruckenden Stummfilm ein, in dem er als flanellgrauer Held (trägt Westen bei leichtem Spitzbauch) mit einem lackierten Köfferchen sonderbar einsam und nur andeutungsweise gesprächig Reisen macht, zum Beispiel nach Rußland im Winter. Immerzu gerät er neu in Gefahr: auf endlosen Teppichen, beim Kauf einer Pelzmütze, in blockierten Fahrstühlen, an versenkbaren Konferenztischen, indem er Kaviar über die Zunge nimmt, dem, wie Stichproben später beweisen, Abhörgeräte eingebaut sind. Doch sehen wir auf der Leinwand, wie er alle Gefahren wortlos teilt: eine Schnecke, die es versteht, besonders auf dem Verhandlungsweg unterwegs zu bleiben.
Heute immer noch unterwegs und verschwiegen; damals am Strand nicht aufzufinden. Am Abend sah man sich in unserer gemieteten Wohnküche. Ich zeigte ihm, was Linde und Marchand geschickt hatten: unserer Wahlzeitschrift «dafür» Numero zwei. Knappes Lob, genaue Bedenken. Er erwog indirekte Hilfe durch Nebenausgänge, die, ihrer Natur entsprechend, auch Nebeneingänge sind.
Sein Verhältnis zu Willy hat etwas leporellohaftes, auch wenn es nur um nüchterne Auslegungen diplomatischer Noten geht: er kennt das Mehrdeutige (gilt deshalb als zweideutig).
Als ich ihn fragte: «Wie sieht er aus? Schaffen wir es?» sagte er nach einer Pause, in der ich die Schnecke über ein Koalitionspapier gleiten hörte: «Wenn Willy sein Spiel mit den Streichhölzern wenn schon nicht aufgibt für alle Zeit, aber immerhin zeitweilig unterbricht, weil er bemerken muß, daß in seinem Rücken, de facto, nur noch die Wand steht und hart ist, wenn sich – was nur Schiller verhindern könnte – Schillers Erfolg überträgt, und wenn das Wetter am Wahlsonntag nicht zu schön ist, nicht als ausgemacht schlecht gelten kann, knapp, dann könnten wir knapp . . .»
Bruno, der uns zuhörte, hatte mit beiden Händen Zutrauen gefaßt. (Frau

Bahr freute sich, weil unsere Wohnküche nicht unterkellert war; sogar meinen Sammlerfleiß, Muscheln und Schneckengehäuse, hatte ich vorsorglich abgesucht: keine hellhörigen Einsiedlerkrebse.)

Übrigens, Kinder, hat Zweifel eine beiseite gesprochene und fußnotenhafte Ähnlichkeit mit ihm: beide höre ich in meinem Stummfilm vom Wesen der Zwitter, vom Wandel durch Annäherung sprechen.

Leider sind die Ferien zu Ende: Straubing, Weissenburg, Röthenbach, Erlangen . . . Leider (auf Drautzburgschen Umwegen) an Nürnberg vorbei.
Bruno sagt gerne leider. Das hat er von Laura. Laura hat es von Franz oder Raoul.
Doch keiner von euch sagte so oft und an so richtigen Stellen leider wie Bruno es sagt.
«Is ja mein Dreirad, leider.»
«Drittens hast du angefangen, leider.»
«Hab ja leider ein Kaugummi überbekommen.»
Als Schlußstein, als Zwischenstück setzt er das Wort; nicht zu widerlegen, leider.
Seine Höflichkeit erschöpft sich in diesem Zweisilber. Ähnlich den harten Jungs in einem klassischen Western, die ihr «sorry» nach trockenem Niederschlag fallen lassen, sagt Bruno beiläufig leider, wenn ihm was schmeckt, Spaß macht, schön dunkt: «Das dunkt mi schön, leider.»
Das Erfreuliche und sein Echo.
(Als verlegener Sieger nach gewonnener Wahl versuchen, leider zu sagen.)
Auch an seinem Geburtstag sagte Bruno: «Hab ja Geburtstag heut, leider.» – Und als mich mein jüngster Sohn einem Besucher (mit Blumen für Anna) vorstellte, hieß das: «Is ja mein Vater, leider.»
Das Leid – man muß es nur deplacieren – wiegt sich auf; jetzt werde ich über das Glück schreiben, leider.

In Straubing war ich glücklich. (Blattgold und barocke Rahmen fassen dort Schwärze ein.) Laut und unter der Trachtenjacke ängstlich geht es dort zu. Unser Kandiat rechnete, weil am Ort das berühmte Gäubodenfest stattfand, mit nur halbgefülltem Saal; und anfangs tröpfelte es auch nur mäßig. (Man muß nicht nur fest, man muß kindlich dran glauben: «Wird schon noch. Bis wir die Biere aushaben, kommt es noch dicke.») Als der Kronensaal rappelvoll wurde, begann neben mir Otto Wittmann zu zappeln; und sein Glück übertrug sich durch bloßes Schulterklopfen: sogar sein Parteisekretär, der erstens vor mir als Person und zweitens vor einer Veranstaltung mit mir gewarnt hatte, soll – wie Zeugen später

berichteten – ziemlich glücklich gewesen sein, leider.
Also gingen wir nach Schluß der Veranstaltung aufs Gäubodenfest. Mehrmals fuhr ich Kettenkarussell: ein Vergnügen, so rundum sinnlos schön, daß es bei Marx nicht vorkommt und deshalb als «gesellschaftlich nicht relevant» bezeichnet werden kann. (Später noch Achterbahn: Drautzburg verweigerte sich.)
Kalbshaxenhunger. Danach wurde ich mit meiner blau-weißen Rautenmusterkrawatte unter einen bayerischen Hut gestellt, mit einem Taktstock bestückt, aufs Podium gelüpft und in einem Bierzelt (geräumig wie der Kölner Dom, wenn auch nicht so mystisch hoch) auf bayerisch gebeten, einen österreichischen Marsch (Radetzky) zu dirigieren. Welch ein Glücksgefühl, Lampenfieber haben zu dürfen. Der Kapellmeister war zufrieden, obgleich ich preußisch getrieben hatte.
Dann lehrte mich ein sozialdemokratischer Volksschullehrer, der aus den Wäldern heruntergekommen war (und sich in seiner Gegend als fluchwürdigen Einzelfall verstand), wie man Maßkrüge hält und zum Schluck ansetzt. Dann signierte ich weibliche bayerische Oberarme mit weichem Filzstift: hat Spaß gemacht. Dann wollte jemand mit mir raufen, aber die Genossen am Tisch besorgten das ohne Umstände. Dann gingen wir nochwohin, weil das Kettenkarussell nicht aufhörte, privates Glück zu produzieren und rundum schön sinnlos zu sein. (Richtig kleinbürgerlich, leider. Angepaßt und systemimmanent.)

«Und was war in Weissenburg los?»
«Dort gibt es eine neue und akustisch einwandfreie Turnhalle.»
«Warste da auch glücklich und so?»
«Etwas Nachgeschmack. Die Junge Union – drei Stuhlreihen stark – distanzierte sich von Strauß und seinem Bamberger Tiervergleich.»
«Und was wählen die jetzt, wenn die wählen?»
«Na schwarz, wie gelernt. Sind lauter nette Jungs, die Angst um ihr Taschengeld haben.»
«Und was war in Röthenbach los?»
«Da habe ich nachmittags die VW-Busrede gehalten.»
«Und worüber redste, wennde die hältst?»
«Über alles was vorkommt, wenn Drautzburg kutschiert, ich hinten flachliege und darüber nachdenke, was an Strauß Kiesinger Barzel so christlich sein soll.»
«Und in Erlangen? Lief da auch nix?»
«Nichts, obgleich Drautzburg geunkt hatte: der wilde SDS kommt mit seinen radikalen Bienen und summt uns was vor. Aber die kamen nicht. Machten noch Ferien. Warme Luft. Falsches Schnitzel . . .»

Habe ich heute nachgekocht, unsicher, wer davon essen wird: fünfeinhalb Stunden lang kochte in Westpreußen ein vierpfündiges Stück

Kuheuter, bis es schnittfest und dennoch weich war.
Als Kind habe ich bei meiner Großmutter Kuheuter gegessen. Ich hatte Angst, es könnten mir Zitzen wachsen.

Unser Kandidat in Erlangen heißt Haack und ist sanft und zäh. Knappes Direktmandat möglich. Wählerinitiative soll anlaufen, sagte (versprach) Veronika Schröder hochschwanger und guckte an mir vorbei: doch da stand niemand. Oder doch was Verqueres. Manchmal ihr Silberblick. Sieht mehrere Wirklichkeiten gleichzeitig. Die Sächsin von drüben, geborene Hentschke.
Der zuerst Lorbeer und Nelke, Senfkorn und Pigment behauptende Geruch blieb eine Stunde lang lieblich, wurde dann zunehmend genau bis streng: ältlicher Käse, vergorene Milch, abgestanden. (Auch Bierbrauereien umgeben sich gerne mit Kaseingeruch.)
Kochender Kuheuter bringt das mit sich: eine schlecht gelüftete Molkerei atmete treppauf durchs Haus. Zu spät öffnete Anna mit dem Besenstiel das Oberfenster, stellte sie nachdrücklich den Ventilator an.
«Ihhh, stinkt das!»
«Das willichnich essichnich.»
«Kannste alleine.»
«Richtig grusig.»
«Wie Raoul seine Käsfüß.»
«Selber welche.»
«Ihhh!»
Später gab ich Zwiebeln, Gemüse zum Mitkochen bei, Essig dazu: der Kaseingeruch blieb, wenn auch weniger vordringlich.
Wir werden ihn verschlingen müssen, so sauer er aufstößt (schon vorschmeckt).
Denn solch gesäuerten Kuheuter, wie wir ihn morgen essen werden, aß tagtäglich Zweifel in seinem Keller, nachdem es in Seeresen zur Notschlachtung gekommen war: Stomma hatte sich für den Gegenwert zweier Fahrradschläuche bekauft.
Jetzt kühlt er ab: gar und geschrumpft.
Eine Woche lang schob der Gastgeber seinem Gast gewürfelten Kuheuter zu, der in seiner Brühe schwamm und – unansehnlich geworden – seine Herkunft verleugnete.
Zweifel sagte: «Warum nicht? Nichts spricht gegen Euter. Der Geruch, als habe man Windeln (oder gar meine Steppdecke) ausgekocht, täuscht. Kein Anlaß besteht, diese verhältnismäßig geschmacklosen Brocken zu verdächtigen. Allenfalls möchte man an laffes, aber leichtverdauliches Kalbfleisch denken.»
Und Stomma freute sich über Zweifels Zuspruch, tischte ihm mehr und am folgenden Sonntag eine daumendicke Scheibe auf: panierter Euter,

wie Schnitzel gebraten. Dazu gab es Futterkartoffeln, die – mit Eutersud übergossen – weniger nach geöffneter Miete rochen und kaum nach Keimen schmeckten.
Nach dem Essen las Zweifel seinem Gastgeber, wie gewohnt, aus der Zeitung vor. Die Lage an der Ostfront hatte sich stabilisiert. Von planmäßigen Rückzügen und Abwehrerfolgen stand geschrieben. Nach der Eutermahlzeit verbreitete sich in Zweifels Keller ein dem Glück nahes Gefühl von Stallwärme und Geborgenheit. Stomma machte sich zwei Riemenlöcher weit Luft und sagte mit breiter Zunge einige lateinische Sprüche auf, die ihm Zweifel, während die Kaukasusoffensive lief, zum Ausgleich beigebracht hatte. (Cogito ergo sum. – Carthaginem esse delendam.) Dann las er ihm aus dem Unterhaltungsteil des «Danziger Vorposten» lustige und derbe Sachen vor. Etwas über einen Metzger, der gerne Uhrmacher geworden wäre, aber kein Fingerchen fürs leicht Zerbrechliche gehabt hat. Stomma lachte und rieb sich die Schenkel; Lisbeth kicherte an ganz anderen Stellen. Wie sie sich Witze erzählen, verdüstern, sich vollaufen lassen, sich in Gefahr erfinden, wie sie ihr Wasser abschlagen, einander bespringen, wie sie sich ihre Schenkel reiben, nackt und großartig dürftig: Werde mal, weiß nicht wann, ein Buch – «Vatertag» – schreiben, das in Berlin siedelt und am Himmelfahrtstag nur von viereckigen Männern handelt . . .

Oder: wenn Zweifel eine Schwester gehabt hätte, die ich mir nicht vorstellen kann. Wenn Zweifels Schwester, jünger als er, ihrem Bruder auf der Spur (in Richtung Keller) gewesen wäre. Wenn Zweifels Schwester (die es nicht gab) plötzlich im Keller stünde.

Oder ein Gedicht unter dem Titel «Zwischen» schreiben. (Als ich in Erlangen zwischen mir und . . .)

Immer wenn Zweifel seinem Gastgeber aus der Zeitung vorlas, mußte er zwischen den Zeilen lesen. Auch änderte er den täglichen Wehrmachtsbericht geringfügig, indem er die Rücknahme der Front im Mittelabschnitt nicht planmäßig, sondern überstürzt nannte, indem er die Räumung des Brückenkopfes als verlustreich meldete, indem er U-Boot-Erfolge durch die Bekanntgabe von Eigenverlusten ergänzte, indem er nicht log, sondern (wie wir, wenn wir die «Frankfurter Allgemeine» lesen) zwischen den Zeilen des «Vorposten» las.
Als deutsche Offensiverfolge mehr und mehr ausblieben, als sich mit dem Winter zweiundvierzig eine Niederlage vorzubereiten begann, die ab Januar dreiundvierzig Stalingrad hieß, begann sich – von Rückfällen abgesehen – Zweifels Lage im Keller zu bessern: Stomma schonte seinen Hosenriemen, schlug nie mehr mit singenden Fahrradspeichen, setzte

seinem Gast weniger Kuheuter und Futterrüben, mehr Schweinerippchen und Wirsingkohl vor. Am Sonntag eine Tischdecke. Auch blieb die Stallaterne, wenn Stomma treppauf stieg, im Keller. Er schenkte einen alten Pullover gegen die Kälte, einen Abreißkalender gegen die Zeit; und ab Februar schickte er Lisbeth regelmäßig in den Keller, damit sich seine Tochter zu Zweifel auf die Matratze legte, damit sie ihn zwischennehmen konnte. (Aber die Schwermut empfindet nur sich.)

Wenn Lisbeth Stomma zu Zweifel in den Keller stieg, knöpfte sie schon auf der Treppe ihre Mantelschürze auf. Sie stellte sich, ohne daß Zweifel den Willen fand, nein zu sagen, zwischen Tisch und Matratze und legte in trauriger Folgerichtigkeit Stück um Stück langsam ab. Meistens sagte sie: «Vaddä mecht so.» Manchmal sagte sie auch: «Vaddä is middem Rad unterwejens. Ech mecht miä kimmern, häddä jesacht.» Nur einmal soll Lisbeth Stomma vorher gefragt haben, ob sie sich kümmern solle.

(Welche Ausflüchte er auch suchte, ob unterwegs zu den Bleikammern der Melencolia, ob ins utopische Zwitterwesen verstiegen, eigentlich wollte er hier wie dort von einer Frau zwischengenommen werden.) Und Zweifel ließ sich nehmen und nahm, wie er das Rasiermesser, den Abreißkalender, den verfilzten Pullover genommen hatte; aber er nahm nicht nur.

Lisbeth war, wenn sie lag, schöner. Viel verschlafenes Fleisch, das hell beflaumt still hielt. Über Lisbeth, die nie die Augen schloß und immer anderes sah, hing links vom Kellerfenster, auf Pappe geklebt, Zweifels englischer handkolorierter Stich, der eine Schnecke darstellte, die ihr Haus trug, hing rechts vom Kellerfenster gleichfalls auf Pappe (und mittlerweile stockfleckig) die Reproduktion der Melencolia. Lange entwöhnt – denn auch das Onanieren hatte er aufgegeben – gewöhnte sich Zweifel rasch. Ihr schwerer, wie vom Kartoffelschleppen bestimmter Schritt auf der Treppe, ihr Torfmullgeruch: schon stand sein Glied gerufen. Er knöpfte sich auf, während sie ablegte. (Offenbar erinnerte Lisbeth, wie sie es bei dem Eisenbahner gemacht und bekommen hatte: legte sich einfach hin, machte die Beine breit.) Soviel Vorrat und Vorsatz. Zweifel kroch in Lisbeth Stomma hinein, als wäre ihm der Keller nicht genug Versteck gewesen. Er ließ nichts aus. Sein Andrang wollte nicht abnehmen. Viel Zärtlichkeit, Neugierde, als gäbe es Höhlen, noch unbekannte. Er suchte nicht nur das Loch, wollte mehr loswerden als nur das bißchen. Aber Lisbeth blieb trocken und bekam die Augen nicht zu. Stumm lag sie unter seinen Stößen, die ins Leere gingen. Sie nahm ihn nicht zwischen, hielt bloß hin, bis er fertig war und seitlich wegfiel.

Blieb ohne Echo, rief vergeblich, wurde traurig davon. Glaubt mir, Kinder: er hat sich nicht einfach nur leergespritzt. Lisbeth war ihm kein Astloch oder die hohle Hand. Er gab sich Mühe (ließ seiner Trauer nur wenig Auslauf), kam immer wieder, wollte sie heiß machen und zum Überfließen bringen: Glück als Programm. Er wollte, daß sie «Ja» sagte und «Jetzt». Er wollte ihr Liebe, den kurzen, langnachzitternden Jubel eingeben; aber sie blieb auf dem Friedhof und bemerkte ihn nicht.

Es kommt nicht, kommt bei ihr nicht.
Denn sie verkauft schwarzes Mehl.
Landregen flimmert, der Film gerissen.
Komm schon! – Es kommt nicht.
Eine graue Schnulze, deren Wörter in Sack und Asche gehen: überall Einbahnstraßen. Nichts kommt entgegen, es kommt nichts.
Seht den vom Schicksal beschubsten Engel. Ist ohne Zwischen-Dazwischen. Die mythologische Möse. Zwar kam Saturn über Nacht, hat sie gestoßen gestoßen, aber es kam nichts, kam nicht: nun ist sie nur wund. Und stummer als stumm.
In diesem Engel liegt ein Hund begraben.
Faltenwurf verhängt den unbewegten Gestank.
(Man möchte nicht unters Hemd, nicht gucken, greifen, nicht suchen: trocken und wund.)
Das versteinerte Karpfenmaul.
Sprechblasen von einst, Basaltbrocken liegen zuhauf.
Hieroglyphen, in Lava gehauen.
Wörter, im Steinbock gezeugt.
Mit klammen Fingern hält sie den Zirkel und kann den Kreis nicht schließen.
Kein Schrei will steigen, lang und bemessen sein.

Das hielt so an, im März, im April. Ich habe versucht, mir vorzustellen: es müßte etwas passieren: ein Schock Donnerschlag, Wunder, das Glück.

Nachts zurück von Erlangen nach Bonn. Eine Graue Messe schreiben. Zweifel zum Hosianna erheben. Eine Messe ohne Credo . . .

Autobahneinfälle. Kilometerfressendes Quasseln mit Drautzburg über alles, was vorkommt anliegt: über uns, wie uns der «Spiegel» (wie wir unterwegs sind) zur Zeit als Titelgeschichte bringt; über «örtlich betäubt», gerade erschienen, liegt nun quer, ein Köder zum Festbeißen; über Versprechungen, ob in Erlangen die versprochene Wählerinitiative demnächst; über Wünsche beim Zähneputzen: Drautzburgs Revolution; und allgemein (weil wir so spät durch den Westerwald müssen) über den weitverbreiteten Fall: Lisbeth Stomma . . .

Die Schnecke auf dem Telefonhörer. Bei abgehört guter Verbindung. Bevor zurückgerufen wird. In Erwartung. Die tote Leitung.

In Bonn wenig Schlaf. Ab zehn Uhr früh zwei Stunden lang im Kiefernweg. In meinem Sudelbuch steht: Er ist wie neu, lacht schon am Vormittag, spricht – was angenehm auffällt – von sich, hat wohl die Wand (de facto) in seinem Rücken bemerkt, will kämpfen, sagt nicht «ein bißchen», spielt nicht mehr lähmend und wie vernagelt mit Streichhölzern. (Jemand, der beim Manschettenknopfsuchen seinen Willen entdeckt hat.)

20

Jemand fühlt sich zurückgesetzt, wedelt mit Spickzetteln, will ans Mikrofon und sich freisprechen.

Jetzt mehrmals Zweifel und ich. Er begann Lisbeth Stomma vorsätzlich zu lieben, wollte Beispiele solcher Liebe schwarzweiß und gedruckt finden, vermißte seine Bücher, wie er sie in seiner Wohnung Bastion Kaninchen 6 stehen gelassen hatte, musterte sie rückblickend; da standen sie: Rücken neben Rücken und fertig zum Erschießen.

(Augst sagt: «Da bin ich wieder. Bitte darum, erwähnt zu werden. Als Fall, exemplarisch.») Und Zweifel bildet Sätze mit sich.

In mehr als vierzig Wahlkreisen arbeiten Wählerinitiativen. Erdmann Linde hat bilanziert. Man sagt uns Erfolg auf dem flachen Land nach. (Keine Einbrüche, aber Randwähler hören auf uns; die Stelle hinter dem Komma.) «Sag mal deinem Wahlkampf», sagt Laura ins Telefon, «er soll aufhören.»

Da ihm seine Bücher fehlten, beschloß er, ein Buch zu schreiben und bat Stomma um mehr Papier. Weil im Zustand der Liebe, wollte er über das Ganze schreiben, das es nicht gibt.

Wenn jetzt, Zimmer 18, ruhige Lage zum Hof (mit Flaschenspülerei) das Telefon ginge: «Hier Augst.»

Als Zweifels gradlinige Aussage über die menschliche Existenz ein Schneckenhaus bezog, kam sie sich sehr gewunden vor.

Er will nicht Fußnote sein, will auftreten (figürlich) immer wieder mit seinen Fläschchen.

Als wir noch in Plurien waren und sich die Natur samt Ebbe und Flut der Dialektik verweigerte, starb in Frankfurt am Main der Soziologe Adorno. Hielt das nicht aus. Wurde beim Wort genommen und durch Wörter verletzt. Hatte eine Krankheit, die anders hieß. Starb an Hegel und den studentischen Folgen.

Reich an zweiten und dritten Sätzen, will ihm der erste nicht kommen. Als Zweifel in Liebe trübsinnig und unterm Trübsinn träge zu werden begann, bat er Stomma, nachts Holz hacken zu dürfen. «Das macht zu laut», sagte sein Gastgeber und gab ihm Fahrradschläuche zum Flicken, «das macht leiser.»

Vielleicht nur noch Fußnoten zu Personen schreiben: Wer den Schatzmeister der Espede in der Parteibaracke von Zimmer zu Zimmer (von Kube zu Wischnewski) gehen sieht, sieht ein sozialdemokratisches Prinzip unterwegs: den lebenslänglichen Kassierer, nicht aufzuhalten, auch im Zweifelsfall (Widerstand) pünktlich ernüchternd beispielhaft. Kassierte im Untergrund Mitgliederbeiträge. (Schnecke auf Einlegesohlen.)

Graue Wörter: Topfboden Nachteil Knopfloch Nebelwerfer Sachzwang. Augsts Tat eine Verzweiflungstat nennen.

«Wie beginnen?» sagte die Kellerassel. «Auf keinen Fall so.» Zweifel begann Briefe zu entwerfen, die er nicht abschicken durfte; dennoch entwarf er sich Antworten auf nicht abgeschickte Briefe und unterhielt bis Kriegsende eine lebhafte und (in Auszügen) immer noch lesenswerte Korrespondenz.

Worüber ich rede, jetzt dreimal täglich? Über die Lohnfortzahlung für kranke Arbeiter, über das Entwicklungshelfergesetz, über das Hohe C, über den Atomsperrvertrag, über die Gesamtschule als Voraussetzung für Mitbestimmung, immer zu lange über Willy und die neue Ostpolitik, über Strauß und Barzel als Nennwert Strauzel, über Erfahrungen, die unverkäuflich zu sein scheinen – über Radikalismus in Deutschland – wenn linke und rechte Stichworte austauschbar werden – unsicher über den Wahlausgang, leider (noch immer) nicht frei: ermüdend wortwörtlich vom Blatt.

Im Keller nichts Neues. Zweifel wollte weinen, aber außer Zwinkern gelang ihm nichts. Selbst wenn er Lisbeths Hände führte, blieben sie taub. Nichts, kein Griff fiel ihnen ein. Manchmal bettelte er ausgehungert: «Sei doch mal bißchen zärtlich. Bißchen nur . . .» Aber sie hatte wohl alles auf dem Friedhof gelassen.

Vielleicht zu sicher. Vielleicht sollte ich privater. Weniger Zweitsprache: Kohleanpassungsgesetz.

Wenn Augst sich, zum Beispiel, mehr gemocht hätte . . .

Zweifel konnte, sobald in seinem Keller die feuchte Nordwand zu zerfließen begann, kühn, hoch und ohne Netz denken. – Eine Schnecke auf dem Seil; wie lange Spannung anhalten kann.

Wenn Augst sich eine Sammlung zusammengetragen hätte. Was weiß ich: Bierdeckel.

«Bringste mir, gibste mir, kaufste mir?»
«Möchte mal wissen, ob du das kannst, Franz: drei Stunden lang nicht vom Geld reden.»
«Machich. Und wieviel gibste mir, wennich?»

Da Zweifels Liebe zu Lisbeth Stomma ohne Antwort blieb, blieb sie frisch. Er begann seine Liebe aufzuputzen, nannte sie Milch Salz Wiese Vergessen Spalt Glück Alles. Lisbeth Stomma war absolut und trug seine Anrufungen und Kostümworte fraglos: ein Kleiderständer.

Jetzt, zu spät, Augst das Du antragen.

Als Zweifel in seiner Not Bücher lästerte – «Wortsärge!» – schlug ihn Stomma, der nicht lesen konnte.

Jemand, den die Liebe anfällig für Eifersucht gemacht hat, frißt das Oropax seiner Frau (seiner Geliebten) und hofft, die Substanz ihrer Träume zu speisen.

Am Mikrofon: Augst. – Lisbeth verstummte ganz.

Hilfe, Kinder! – Nicht mehr ich rede; es redet aus mir: «. . . überzeugt . . . nämlich . . . immerhin . . .»

Meine Freunde: wessen Magengeschwür wird als nächstes aufbrechen?

Und Leo Bauers aschgraue Schwermut, wenn er zu günstige Prognosen – Infas oder Emnid – bis hinterm Komma interpretiert.

Doch nur Fußnote? (Die Schnecke als Bleiguß.) Kierkegaard spricht von Hermetismus.

Als Lisbeth Stomma stumm wurde, änderte sich nichts außer ihrem Verzicht auf die Zunge. Weiter ging sie zum Friedhof, auch auf den Markt, der immer weniger bot. Wie vorher kam sie zu Zweifel und legte sich für ihn auf die Matratze. Aber kein Wort mehr über Geschehnisse zwischen Grabsteinen.

Seine sechsbändige Ausgabe ungeschriebener Bücher.

Schönmotivierte Rettungsversuche: ich hätte ihn zu den Theologen und Pädagogen, nach oben, aufs Podium bitten sollen.

Nur noch stumm anwesend; denn zuhören mochte Lisbeth, auch wenn Zweifels Geschichten auf dem kurzen Weg zu ihr den Sinn verloren oder anderen Sinn annahmen; denn keinen Sinn, sagte sich Zweifel, gibt es nicht.

Pausen benennen. Löcher in Zeilen bringen. Den gesprochenen Überfluß einkochen. Wenig genau sagen. Die nahe Distanz. Mir Gelegenheit schaffen. Jetzt schon: und Zweifel melken.

Ein Schneckengehäuse gefunden.
Das weitgeschneiderte Ohr –
sinnlos zu schweigen – hört alles.

Als kurz nach Stalingrad und den Niederlagen in der libyschen Wüste die Höflichkeit in Zweifels Keller Quartier nahm, begann Stomma, zu seinem Gast «Sie» und «Hä Doktä» zu sagen. Auch wenn er (immer seltener) Zweifel mit seinem Hosenriemen schlug, sagte er: «Nai, Doktä, nai. Mecht glauben, Sie ham ma wieder ne klaine Abreibung vädient.»

Ich hätte Augst einladen sollen, mitzumachen beim Wahlkampf: «Sie werden gebraucht. Das ist nicht nur sinnlos, auch wenn es manchmal so aussieht. Es muß ja nicht immer gleich alles so total absolut sein.»

Als Franz sechs Jahre alt war, stieß er sich zu Weihnachten ein Blasrohr in den Mund. Ich zerbrach das Blasrohr in Stücke, rief dann erst Anna, den Arzt.

Sie fehlt unter den Tierkreiszeichen; kein Wunder, wenn alles überhastet zu spät eintrifft.

Seitdem Lisbeth stumm bei Zweifel lag, konnte er noch mehr in sie hineinlegen: Antworten auf seine vielen Warumsätze. Da kein «Waiß nich» mehr kam, machte er sie wissend. Er unterhielt sich gut mit der stummen Lisbeth.

Unterwegs hätte mich Augst in Sachen Zweifel beraten können: als Apotheker, zum Beispiel.

Da Stomma darauf bestand, einen Arzt als Gast zu haben, verordnete Zweifel, dessen Kräuterkenntnisse beträchtlich waren, ein Getränk, dem schon Hippokrates nachgesagt hat, es könne die Schwarze Galle entleeren. Danach bekam Lisbeth Durchfall. Der schwarze Kot sollte den Abgang ihrer besonders im Winter ins Kraut schießenden Schwermut beweisen.

Er hätte mittelalterliche Rezepte sammeln können: geriebene Chinarinde, Glaubersalz, Riechäpfel, Bisamkügelchen, Amber und Moschus, silbrige Kügelchen, diverse Absude.

Als Lisbeth stumm wurde, begann sie witzig zu werden. Oft hatte Zweifel Mühe, ihrem Mundwerk standzuhalten. Die stumme Lisbeth gab Zweifel Ratschläge, wie er die militärische Lage zu seinen Gunsten zu deuten habe; sie wußte, was ihrem Vater die Angst erhalten konnte.

Er hätte nachschlagen können, wie man zu Dürers Zeit erheiternde oder schlafbringende Riechäpfel geformt hat: Samen von Bilsenkraut, Schierlingssamen, Mandragoraöl, Saft vom Hauswurz . . . (Zweifel nahm Nieswurz, den Lisbeth zum Sud kochte.)

Da Stomma an der Gicht litt, verordnete er auch ihm den treibenden Sud; denn auf dem Land wird geglaubt, daß der Nieswurz nicht nur die schwere Trauer, sondern auch Gelenkkrankheiten wenn nicht aufhebt oder heilt, so doch erleichtert und dämmt.

Das hätte mir Augst als Apotheker bestätigen können.

Bei Lichtenberg nach Hinweisen auf seine Hypochondrie suchen. Warum er sich bei Sterne aus der «Empfindsamen Reise» den Befund notiert hat: «Ich fühle mein Ich zu sehr, um zu sagen, es geschähe um anderer willen.»

Die stumme Lisbeth, wie sie so ganz verriegelt und mit nichts spiegelndem Blick am Tisch saß oder trocken und unbetroffen Zweifel zwischen sich drinnen hatte, konnte, wenn Zweifel es wollte, plapperig, schwatzhaft, ja, ordinär sein: sie brachte dreckige Witze, nannte Zweifel einen

Fotzenlecker und Maulficker, war, wenn er es nur wollte – und Zweifel in seiner Not wollte sie so – ein richtiges geiles Miststück.

Nein, Raoul. Niemand rief Augst aufs Podium. Wir waren ohne Einfall und sahen zu, wie er Schluß machte.

Beim Apotheker in Karthaus holte Stomma die getrocknete Wurzel, die in kühlen Berglagen auf Kalkboden wächst. Oft nahm auch Zweifel den Sud: ihre Nieswurzabende, wenn sie sich ablösten auf dem Weg zum Klo, waren von seltsamer Heiterkeit, so anstrengend heftig sie sich entleeren mußten; denn der Nieswurz treibt nicht nur aus, er löst – wie Hippokrates sagt – Sinne und Zunge: die stumme Lisbeth war geistreich, Stomma reich an Gefühlen, Zweifel kamen Einfälle – er eröffnete sein Kellertheater.

21

Vor Konstanz, Säckingen, Reutlingen steht in meinem Sudelbuch: Schneller!

Sie haftet auf ihrem Rollschuh.
Terminen droht sie Versteinerung an.
Spät wird bekannt, daß die Richtung,
noch später, um wieviel Glaubenseinheiten verändert,
am Ende hieß es, berichtigt wurde.
Alles läuft unter Fortschritt,
sogar der Einfall, die Hutform
dem Schneckengehäuse zu nähern.

Nach der Besichtigung eines mittelgroßen Betriebes, in dem Filzhüte – bayrische, aber im Auftrag auch ausländische – gepreßt, geschoren, gedämpft, eingefärbt, auf Maß gebracht, gedellt, mit äußerem Seidenband, mit inwendigem Schweißband versehen und – je nach Firmenauftrag – geprägt, mit Golddruck geprägt werden, notierte ich (neben dem Üblichen) einige Hutformen, die Zukunft haben könnten; Jakobinermützen zum Beispiel.

Für sein Theater probierte Zweifel Kopfbedeckungen aus: Stommas armseliger Fundus. Bei den Hutmachern nimmt der Fortschritt gepreßte Gestalt an. Zweifel nahm den mit und den: so viele Rollen. (Nach günstigem Wahlergebnis sollte die Ballonmütze sozialdemokratischer Frühzeit als Filz, wenn möglich durch Schiller auf der Hannover-Messe neu eingetragen werden, damit die Zeit der Geschmacksverirrungen, als sogar Gewerkschaftsfunktionäre Arbeitgeberhüte trugen, vorbei ist.)

Zweifel, der seinen Ententeichhut in den Keller gerettet hatte, nannte Hüte: die wahren Köpfe. (Raouls breitrandige. Er nennt sich George Hunter.)

Jetzt in Konstanz. (Jäckel d. Ä. und der Student Bentele sind dabei.) Wir besichtigen AEG-Telefunken Spätsommer. Laugengeruch. Der Bodensee. (Und morgen Säckingen. Anna will aus der Schweiz über den Rhein kommen und Franz mitbringen. Hoffe auf irgendwas, notfalls auf Wörter.)

Im Februar 1943, als der Frost nicht nur an der Ostfront jede Bewegung erstarren ließ, sondern auch die Kaschubei besetzt hielt und in Zweifels Keller die Nordwand glasierte, saßen Anton Stomma und dessen schwermütige Tochter oft auf Zweifels Matratze und sahen (in Decken gewikkelt) seinem Kellertheater zu. Er hatte zwischen eingelagerten Kartoffeln und den letzten unter der Kellerdecke hängenden Fahrradgestellen ein Bettlaken gespannt: teils spielte er vor dem Laken, teils ließ er, mit Hilfe der Stallaterne, hinter dem Laken Schattentheater stattfinden. (Nur wenige Requisiten: wechselnde Hüte.) Sein vielseitiger und anspruchsvoller Spielplan: nach Nieswurzabenden, sobald der Sud seine austreibende und empfindsam machende Wirkung getan hatte, spielte Zweifel vor leergefegtem Publikum die simpel gefaßten Handlungsabläufe klassischer Trauer- und Lustspiele: er ließ hinter dem Laken den Prinz von Homburg nachtwandeln, ließ ihn vor dem Laken Nataliens Handschuh finden und als Fetisch behandeln, ließ ihn eigenmächtig die brandenburgische Reiterei anführen, ließ ihn in Todesangst bibbern, sich selbst das Urteil sprechen, ließ ihn mit schon verbundenen Augen hinter dem Laken sein Leben und vor dem Laken Natalie zurückgewinnen. (Die alten Hüte gehörten, außer dem Ententeichhut, Stomma und dessen verstorbener Frau.)
Auch Bürgerliches: Zweifel spielte das schauerliche Geschick der Kindsmörderin Rose Bernd. Greifbar nah schlug der Maschinist Streckmann dem schattenhaften Buchhalter Keil (Streckmann mit Schirmmütze, Keil mit Filzhut) ein Auge aus. Durch tierisches Gestöhn gab die sonst stumme Lisbeth Anzeichen von Betroffenheit, als hinter dem Laken das neugeborene Kind umständlich erwürgt wurde.
War es Ehrgeiz, war es sein eingefleischter Hang, sich als Zweifel darzustellen: er erdachte Disputstücke, die wenig Beifall fanden. Philosophenstreit vor und hinter dem Bettlaken. Viel zu lange dauerte es, bis Sokrates den Schierlingsbecher nahm. Witze über staubfressende Scholastiker und Kasuisten kitzelten Stomma kaum. Wortreich und handlungsarm ging es ums Ganze, um die Totalität, ums Absolute; nur die den Hegel hinwegraffende Cholera und Schopenhauers zitierfreudiger Pudel brach-

ten Abwechslung. (Hegel trug einen napoleonischen Papierhut. Unter Zweifels Ententeich zernörgelte Schopenhauer noch heute kursierende Spekulationen.) Ob vor oder hinter dem Laken, Stomma mochte das nicht: zuviel «Jezanke» und «Rumjequassel».
Mehr Erfolg hatte das dramatische Gezänk der hochbusig geratenen Maria Stuart von Schottland mit der flachbusig englischen Elisabeth. Zweifel schlichtete die Sprache des Dichters, brillierte in Weiberrollen und war ein immer aufgeregter Mortimer. Erstaunlich, daß er, der jedem pathetischen Auftritt das Stolpern beizubringen versuchte, solcher Ekstase fähig war. (Die beiden Kronen hatte er sich aus abgelegten Stehkragen der frühen zwanziger Jahre, als Stomma noch flott und in Dirschau ein scharfer Gänger gewesen war, kunstvoll zurechtgeschnipselt.)
Ein engagiertes Theater: Zweifel war mutig mit politischen Witzen, die – eingestreut – den Reichsmarschall Göring und andere Größen als Anlässe nahmen. Ein subventioniertes Theater: Stomma halbierte die Kellermiete. Ein, bis auf Zweifels redselige Langweiler, erfolgreiches Theater: starker Applaus für den Grafen Egmont, als dieser die spanischen Ketten zu zerreißen begann (und dabei Stommas Zylinder trug). Ein direktes, zur Aktion aufrufendes Theater: denn mitgerissen grub Anton Stomma in sich den Freiheitskämpfer aus. Als das Klärchen, dem Zweifel ironischerweise einige dumpfe Details seiner Lisbeth gegeben hatte, das niederländische Volk zum Freiheitskampf aufrief, konnte sich Stomma nicht halten: er stand breitbeinig, stemmte die Fäuste gegen die Kellerdecke und verkündete seinerseits Freiheit. Den «Pollacken» und den preußischen «Piefkes» wollte er gleichzeitig die Harke zeigen: ein Abwasch. Sein Ruf «Fraihait mecht sain fier alle Kaschuben!» geriet so lautstark separatistisch, daß Zweifel seiner Lage wegen zu beschwichtigen begann. Seitdem polnische Partisanen aus der Tuchler Heide bis ins Kaschubische vorstießen, liefen nachts Gendarmeriestreifen durch das Städtchen. Zweimal war es am Klostersee zu (folgenlosen) Schießereien gekommen. Um Stomma den revolutionären Eifer zu nehmen, begann Zweifel das Historienstück vom Grafen Egmont besserwisserisch zu zersetzen. Der im Stück nicht vorhandene Graf Horn sei geschichtlich bedeutender, der richtige Egmont sei ziemlich verschuldet gewesen und habe elf Kinder gehabt. Zweifel machte den Helden mies. Das wollte Stomma nicht hören. Grob und rollblütig wurde er. Strafe mußte (nach langer Pause) wieder mal sein. Weil Zweifel aus der Rolle gefallen war und Anton Stomma gehindert hatte, die Kaschubei zu befreien, eilte der Lederriemen aus seinen Schlaufen: zwölfmal zählte Stomma seinem Gast auf: hinter dem Laken, zwischen den Hüten. – Doch all das zusammen – Theaterspielen und Durchwalken – schaffte Bewegung und half, den Frost bei Nordostwind zu mildern.

Nein, Kinder, das kann ich nicht nachspielen. Auch nicht in unserem Keller. Mir fehlt die Notlage: Zweifels gebündelte Ängste.

Nach der Vorstellung blieb Lisbeth . . .

Auch fallen mir keine anderen Stücke ein, die Zweifel vor dem Laken, hinter dem Laken gespielt haben mag, weil nämlich der Wahlkampf und die nicht aufgewertete DM . . .

Während er ihrem Leib ein wenig Wärme abzujagen versuchte, erzählte er seiner stummen Geliebten die Geschichte von Luise Miller und ihrem Ferdinand . . .

Und weil ich nämlich die Schnecke rücklings auf einem Pferd habe reiten sehen . . .

Zweifel ließ Ferdinand und Luise, der tätigen Liebe wegen, Friedhöfe besuchen; doch so beredt und empfindsam er seine Seegrasmatratze gegen efeubezogene Grabhügel tauschte, es wollte bei Lisbeth nichts, kein Seufzerlein kommen.

Weil nämlich du.
Nämlich du.
Es ist nämlich.
Eine Delle aus dem Ball treiben.
Die Delle bleibt, wandert und äfft sich nach.
Aber wir wollen den neuen Ball nicht.
Wir fürchten, auch er.
Lieber den alten Ball.
Weil nämlich, du nämlich.
(Und weil die anderen und die anderen der anderen.)
Es ist nämlich
und zwar bewiesen: kein Ball ohne . . .

In Konstanz nämlich, wo wir nach der Veranstaltung auf der Bodenseefähre nach Meersburg lustig wurden, weil der Student Bentele nämlich mit seinem chronischen Hunger . . . Und als die Wirtin im Hotel Rothmund erklärend zu Jäckel d. Ä. sagte: «Ich bin nämlich auch aus Danzig . . .» Und im Wahlkreis Waldshut, wo nämlich Kiesinger kandidiert und ich am Abend in Säckingen so schön aufgeregt war, weil nämlich Anna und Franz mit Freunden aus Lenzburg und Wettingen im Saal saßen. Und in Reutlingen nämlich, wo ich nicht übernachtete, sondern nach Tübingen fuhr, im Hotel Krone abstieg und noch spät in mein

Sudelbuch flüchtete, weil nämlich Augst aus Tübingen kam und Augst – und sei es auch nur durch Fußnoten . . .

Nämlich auf den nach vorwärts weisenden Finger eines Denkmals (Gußeisen oder Stein) die Schnecke setzen . . . Jäckels Handschrift verrät nämlich . . . Wenn nämlich Gaus kurz nach Mitternacht . . . Der Kapitalismus und der Sozialismus sind nämlich . . . Als Drautzburg nämlich Tabletten nahm . . . Weil sich Raoul nämlich als Südstaatler erfindet . . . Nämlich die schwangere Sächsin von drüben . . . Das nämlich bin ich: unterwegs nach Säckingen, weil dort Anna und Franz . . . In schwarzen Wahlkreisen nämlich . . . Und Kiesinger nämlich immer noch . . .

Nicht zu verabschieden. Steht davor oder nachgestellt und verlangt von euch, Kinder, ohne h geschrieben zu werden.

Denn beim Flicken der Fahrradschläuche war es Zweifel gelungen, Beweis zu führen für die Nämlichkeit von Stillstand und Fortschritt. Beide sind mit den Haft- und Wegschnecken verwandt. Durch Selbstbefruchtung zeugen sich nicht nur die Weinbergschnecken fort. «Es wird das Menschengeschlecht», schrieb Zweifel in sein Diarium, «zunehmend zwitterhaft, weil nämlich . . .» Sein Lieblingsgedanke. Das Selbstgenügen. Die Angleichung der Geschlechter. Das Ende aller Geschichte. Der bleibende Zustand. Die Zwitterdrüse. Das Glück.

Weil nämlich Lisbeth auf Zweifels Matratze (trotz treibendem Nieswurz und erlebtem Theater) immer noch ohne Schrei, fremd war und trocken.

Und auch Augst hätte sich, wenn ihn die Großmutter nämlich nicht ans Klavier . . .

Männer, überall Männer. Dieser beschränkte Reichtum: Barings Sprudelkopf; Gaus, dessen Finger keine Wunde gering genug ist; wieviel Mystik bei Ehmke unter dem Strich steht; wenn Jäckel d. Ä. in seiner Ordnung von den Rändern her unscharf wird; und ich (unterwegs) wollte allenfalls Schnecken auf ihrer Gleitspur zeichnen (und mich verkriechen).

Unser Gedächtnis speichert Schwärze, bis wir schwer werden, kaum mit dem Knie wippen, den Filzstift, das tonlose Telefon, den Zirkel nur noch beispielhaft halten und einander nicht mehr den Schatten neiden.

Also fragte sich Zweifel, ob Lisbeth Stomma mit Fahrradschläuchen zu beschäftigen sei: die Melencolia flickt Fahrradschläuche.

Steht bei mir hinter Säckingen: zweisam.

Und Lisbeth führte die Schläuche durchs Wasser, wie Zweifel sie lehrte: aber sie sah keine Bläschen steigen, sah nicht den Schaden, weil nämlich . . .

Und welche Delle willst du austreiben?

Laß dir von Franz erzählen, wie es in Säckingen war, nachdem wir in Laufenburg einen Betrieb besichtigt, übliche Mißstände gesehen, beiseite mit Betriebsräten gesprochen, bißchen Staub geschluckt hatten.
Anfangs waren wir verlegen. Die Veranstaltung verlief normal. Da es in Säckingen keine APO gibt, war welche aus Lörrach angereist. Wenn Vater und Sohn einander mit Distanz sehen. Die APO aus Lörrach besaß einen apostelhaft schönen Sprecher. Anna bemerkte unsere Verlegenheit, womöglich fand sie uns komisch. Der Apostel aus Lörrach mischte selbsterdachten Sozialismus mit alemannischer Anthroposophie. (Das gleich zu Anfang: Rosa Luxemburg und Rudolf Steiner – Spontaneitätsbegriff und Eurhythmie.) Er meldete sich, noch während ich redete, unübersehbar zu Wort und hatte eine Verkünderstimme. (Zwischen Schwarzwald und Schwäbischer Alb haben sich schon immer die Wässerlein bis zur Eintrübung gemischt.) Ich sah, wie Franz dem Schönsprecher zuhörte. Er verbreitete Pfingststimmung im Saal. (Augst konnte nur wirr und nicht schön sprechen.) Franz, wie er so im Saal saß und neben sich Anna hatte, fand den Apostel Klasse. («Na wie der aussah und redete, wenner auch bißchen zu lang hat, und wasser gesagt hat – na über Selbstbefreiung und so – war schon Klasse – oder?») Kann sein, daß ich eifersüchtig gewesen bin. (Später sagte Franz: «Außerdem hast du mittem Mikrofon. Is ja gleich, wer nu recht gehabt hat. Diskussion überhaupt find ich Klasse.»)

Frühchristlich auf Sandalen: wie er mal sanft wohltönend, mal als aggressiver Prophet (dabei vital und von mehreren Magdalenen umgeben) den Säckinger Bürgern im Vereinshaus eine globale Harmonie einredete, so, in seiner Ekstase und wortseligen Schönheit, reich an Rotbart und Haupthaar, hätte ich ihn gerne, samt seinen Klimperketten und indianisch-germanischen Amuletten gezeichnet; aber ich hatte die Hände nicht frei, mußte mir lästig irdisches Zeugs notieren, das sich sperrig gab und – aller Harmonie feindlich – keine Gegenekstase aufkommen ließ. (Aber schön war er mit seinem Bauchladen voller Flitterkram und deutschem Idealismus. Franz hat recht: «Sah dufte aus.»)
Und das im Wahlkreis Säckingen-Waldshut, wo die Schwärze Naturgesetz ist. Unser Kandidat, ein so junger wie schüchterner Finanzbeamter, hatte gegen Kiesinger keine Chance. (Knappes Geld, kein eigenes Wahl-

kampfbüro, nur ein paar hilfreiche Jungsozialisten.) Wenn Heinz Offergeld mit seiner Frau nachmittags Flugzettel verteilen wollte, mußte er seine Schwiegermutter bitten, aufs Kind aufzupassen. Da mach mal Wahlkampf, Franz!

Über Kiesinger sprach ich in Säckingen knapp. (Was nicht in den Wahlkampf gehörte: Während er durch seine Propagandaarbeit nationalsozialistische Verbrechen deckte, wurden die letzten Danziger Juden ins Warschauer Ghetto, nach Auschwitz, nach Theresienstadt deportiert.) Vor mir hatte Offergeld über Regionales gesprochen: die Schiffbarmachung des Rheins als Mittel wirtschaftlicher Erschließung der Region um Waldshut und Säckingen. (Während Kiesinger seinen Schreibtisch bediente, wurden einunddreißig jüdische Kürschner aus der Mausegasse in Danzig, wo sie Pelzmäntel für deutsche Offiziere genäht hatten, am 27. Juli 1943 nach Bromberg deportiert und dort erschossen.) Unsere Freunde aus der Schweiz, die mit Anna und Franz gekommen waren, interessierten sich, wie die Säckinger Bürger, für Regionales. (Heute gibt es Kiesinger kaum noch; damals gab es ihn unerträglich.) Die Veranstaltung in Säckingen konnte als gelungen gelten: Viele Frauen und Jungwähler . . .

Plötzlich (und während die Diskussion ruhig, nicht mehr auf Erlösung hinaus lief) sah ich rechts in der Mitte klein und unruhig Franz neben Anna: ein Bild, das ich mitnahm, behielt. (Besitze es immer noch. Auch wenn der Hintergrund unscharf und die Entfernung größer geworden ist, glaube ich doch zu sehen, daß Anna mich sieht, wie ich sie neben Franz sehe: ganz nah nämlich . . .)

Guck dir mal zu.
Ein Pfund Abstand gewinnen.
Ich möchte im Saal stehen, nicht hinter hochkant gestellter Kiste, will mir ins Wort fallen.
Möchte mich sehen (beklopfen) wenn ich steingehauen zu sicher werde.
Möchte schon da sein, bevor ich ankomme.
Mir nachwinken.
Möchte schlafen, Sand sieben, Totermann üben und mir gut zureden, solange ich Meinungen aufsage (und Fragen zu Antworten knete).
Möchte beim Händeschütteln beide Taschen beziehen.
Möchte mal kurz zwischendurch, auf einen Sprung nur, solange das dauert und weiter nicht auffällt, mal hinter mich treten und seitlich (vom Buxbaum verdeckt) davon.
Ich möchte mich widerlegen und aufheben.
(Möchte ins Kino.)
Möchte mich jetzt – gestern in Säckingen, heute doppelt in Reutlingen –

durch einfaches Beinstellen ins Stolpern bringen und liegen lassen, damit ich mich endlich hinter der hochkant gestellten Kiste freisprechen, ohne Zwischenruf freisprechen kann:
Über Zeitabläufe und verschobene Phasen,
über Augst, nachdem er und als ich,
über die Zwischenzeit, Anna und mich,
über den eingekellerten Zweifel und seinen leisen Besuch,
(auch über die Flugangst der Schnecken)
und über Entfernungen, den gewonnenen Abstand.

22

Ich habe mir keine Notizen gemacht. Angemeldet kam ich mit festen Vorstellungen, die ich im Taxi vom Bahnhof zur Wendelinstraße abzutragen begann: Laß dich mal überraschen. Erst mal gucken und hinhören. Du hast Augst zu lange mit wechselndem Plunder behängt. Augst eignet sich für Verkleidungen. Jemand, der still hält. Augst ist beispielhaft, nicht nur Fußnote. (Nimm Zweifel mit.)

Während einer Stunde Bahnfahrt fiel auf, wie besessen schwäbische Ortschaften Esslingen, Plochingen, Nürtingen, Metzingen heißen und wie beharrlich (wie absolut) die Schwaben Landschaft durch Einfamilienhäuser verhindern. Als der Zug in Reutlingen hielt, erinnerte ich: bin hier nach Konstanz und Säckingen gewesen; danach klapperten Drautzburg und ich die Wahlkreise Verden und Cloppenburg ab; wir kamen nach Osnabrück, wo es regnete – und nach Lünen, wo das Ruhrgebiet anfängt, aufhört; aber in Reutlingen hat mir Augst näher gesessen: zerfällt in Anmerkungen und Splitter, verschieden lang. Er hinterließ schriftliche Überreste, Spekulationen und seine Familie: Frau Margarete Augst, drei Söhne, die Tochter Ute. (Keinen Hund oder andere Haustiere.)

Die Kellerassel kommt auf, übt Mitsprache, hat Notizen gemacht. Ich möge datieren. Er habe (seinerzeit) auch datiert: «Am 20. Februar dreiundvierzig: Nachlassen des Frostes, Sorge um Winterkartoffeln . . .» – also müsse auch ich das Datum setzen, zumal ich vorgreife, dem Zeitablauf vorgreife.

Vorsichtig (denn das nun folgende Adjektiv büßt gerne Lücken) nannte ich es komisch, bei Augst am Familientisch einen geräumten Platz vorzufinden, den ich, wie aus Gewohnheit, besetzte: zwischen drei Söhnen und einer Tochter. (Das tat ich am 16. Dezember 1969, als Willy schon Kanzler war.)

Nach längerem Versuch, ihn als Fußnote loszuwerden, hatte ich einen Brief geschrieben, und am 4. Dezember hatte Frau Augst geantwortet: «Ihr Wunsch, etwas über die Hintergründe des Freitods meines Mannes zu erfahren, erscheint mir nicht unverständlich . . .» –
Also reiste ich an.
Die Familie Augst wohnt, wie wir wohnen, in einem Einfamilienhaus. Dieses Haus gehört Frau Augst und ihren Geschwistern, einer eingesessenen Familie, wie Dekan Noetling sagte, der auf Augsts Beerdigung gesprochen hatte: Psalm 23, 4 – «Und ob ich schon wanderte im finstern Tal . . .»
Man sagt, in jeder altschwäbischen Familie werde von jung an Musik gepflegt. So bei den Augsts. Da ich mir unmittelbar keine Notizen gemacht habe, kann ich nicht sicher sagen, wer von den Söhnen Flöte spielt oder Trompete bläst, wer nur singt. Allen Augsts ist die Musik wichtig; dennoch sprach Frau Augst nicht von einer pünktlich trostspendenden Religion; sie sagte: «Wir musizieren halt gern.»
Alle außer Augst. Einig war sich die Familie, daß der verstorbene Manfred Augst unmusikalisch gewesen sei und als Vater und Ehemann die Musik geradezu gehaßt habe. «Das war ihm fremd. Im Gegensatz zu uns gab ihm das überhaupt nichts. Von der Musik fühlte er sich ausgeschlossen. Vielleicht daher der Haß.»

Zweifel, der (hinterrücks) immer Notizen macht, hat den letzten Satz unterstrichen und zur Fußnote verlängert: Wenn Frau Augst vermutet, daher sei Haß gekommen, meint sie gleichzeitig Augsts Großmutter, die ihn in Thüringen erzogen und als Neunjährigen gezwungen hat, Klavierspielen zu lernen.

Nur einer der Söhne wollte den verstorbenen Vater für die Musik retten. Er erinnerte seine Brüder und (besonders) die Mutter an die Adventszeit des Vorjahres: damals habe der Vater bei einer vorweihnachtlichen Kindermusik (Leopold Mozart) im Familienkreis mitgemacht; er habe die Rätsche, ein schnarrendes Instrument, außerdem die Wasserpfeife bedient.

Endlich das Motiv gefunden: wie er sich mit dem Spielzeug Mühe gibt. Ein (kurze Zeit lang) sättigendes Gefühl. (Werde Aurèle Nicolet, der nach zu viel Bach und Telemann vor Bach- und Telemann-Publikum vorgibt, Musik zu hassen, nach Nebenmotiven fragen.) Denn Augst will nicht eindeutig sein oder werden. Möchte beide an einen Tisch setzen: die

Ausgeschlossenen . . . Aber Zweifel hat inzwischen leisen Besuch bekommen.

Im März dreiundvierzig, nachdem auch Rshew im Wolgabogen geräumt werden mußte, wurden die Winterkartoffeln im Keller zusehends weniger. Und einmal, als die stumme Lisbeth treppab kam, um mit dem Korb Kartoffeln zu holen, sah Zweifel, der eigentlich nur Lisbeth mit dem Korb auf der Hüfte treppauf steigen sehen wollte, die Zeit mehrspurig in Bewegung; kaum war die Falltür mit trockenem Knall in ihr Lager gefallen, sah er am Rand des Kartoffelberges, dort, wo Lisbeth den Korb hatte vollpoltern lassen, eine Nacktschnecke, die er bei näherem Anschauen als Große Egelschnecke bestimmte. (Wulstiges Atemloch am hinteren Mantelschildrand, das gekielte Rumpfende.) Eine Schnecke (wirklich) inmitten Spekulationen.

In der Wendelinstraße erwähnte ich nur kurz, daß in meinem Buch auch Schnecken vorkommen, beispielhafte, fabelhafte, prinzipielle und solche, die wirklich vorkommen.

Zweifel hockte sich neben den Kartoffelberg. Er faßte nicht an. Sein Blick begriff das etwa zwölf Zentimeter lange Weichtier von der gekielten Verjüngung über die dunklen Längsbinden und den gefleckten Mantelschild bis zu den Augenfühlern. Er hörte ihr Eigengeräusch. Er sah die oberen Fühler sich kürzen und längen, sah, wie die unteren Fühler den Vorraum der Kriechsohle sicherten. Er sah das Atemloch seitlich am hinteren Mantelschildrand leben, sah den glasigen Körperschleim, sah den farblosen Sohlenschleim, wie er, von den Kartoffeln weg die Spur über den gestampften Lehmboden zeichnete: eine weder gradlinige noch wirre, eine offenbar zielbewußte Gleitspur. – Er hockte in Kniebeuge. Lange abwesend, kam es zu ihm: Glück. Zweifel weinte, konnte weinen. Glücklich weinte er und lachte ein hohes überschnappendes Lachen.

«Und Augst? Hat der auch mal?» – Womöglich früher und vielleicht noch während der vorweihnachtlichen Musik, als er mit knarrender Rätsche als Vater mitmachen durfte, aber Glück . . . (Und auch Dekan Noetling hat nach tröstendem Psalm sagen müssen: «Darum stehen wir selber als die Geschlagenen und die Fragenden an diesem Grab.»)

Als Lisbeth später mit der Roggenmehlsuppe zu Zweifel kam, zeigte er ihr die Große Egelschnecke. Zwar sah sie, aber sie sah wohl nicht, was Zweifel sah.
Nach dem Essen kam Stomma mit der Zeitung und seinem Krüllschnitt. Ihm zeigte Zweifel die Schnecke nicht. Langsam las er für seinen Gastge-

ber den täglichen Bericht des Oberkommandos der Wehrmacht. Die Pfeife des Fahrradhändlers gab Rauchsignale. Von schweren und wechselvollen Abwehrkämpfen am Ilmensee stand im «Vorposten» geschrieben. Im Raum Isjum, so hieß es, wurden Einbrüche des Gegners abgeriegelt. Zweifel bat Stomma, die Pfeife nicht nachzustopfen und hüstelte erklärend.
Nachdem Stomma und seine Tochter gegangen waren, war Zweifel nicht mehr alleine. Nach kurzem Lüften – kaum eine Handbreit ließ sich das Kellerfenster öffnen – lag er auf seiner Matratze im Dunkeln und wußte, daß ihre Augenfühler im Raum spielten.

Frau Augst erinnerte sich: «Stimmt, ein einziges Mal, vor Weihnachten war das, hat er ein bißchen Freude an der Musik gehabt.»
Die drei Augstsöhne sind zweiundzwanzig zwanzig achtzehn Jahre alt und erträglich verschieden geraten. Freundlich belehrend gehen sie miteinander und betont frühverantwortlich mit der Mutter um. Alle drei sehen, erklären, vergessen und beurteilen ihren Vater anders, oft gegensätzlich. Auch korrigieren sie die Erinnerungen der Mutter aus drei Ecken heraus; wie Frau Augst die bestätigende Hilfe des einen oder anderen Sohnes sucht, wenn sie das Vaterbild des ältesten Sohnes im gestrengen Detail ändern möchte.

Niemand wollte abwälzen oder schönfärben. Kein Vaterzusammensetzspiel oder Familiengericht am Wohnzimmertisch. Jeder Sohn ließ dem anderen sein (zugegeben) verwackeltes Bild. Man war sich einig, daß man ihn nicht gekannt habe, daß er fremd (und befremdlich) dazwischen gestanden sei, daß man erst jetzt, da der Druck nachlasse, über ihn nachzudenken beginne.

Ich fragte vorsichtig und hielt nicht viel von Notizen. Jetzt bin ich nicht sicher, ob der älteste Sohn (der dem Vater ähnlich sein soll) gesagt hat, Augst habe, bis es mit ihm zu Ende ging, in Hitler sein Vorbild gesehen, oder ob der älteste Sohn dem jüngsten widersprochen hat: «Hitler als Person, das stimmt nicht. Es war das sogenannte Führerprinzip, das ihn fasziniert hat.» Sicherer ist: der zweite Sohn war anderer Meinung als seine Brüder: «Hitler war für ihn austauschbar. Er war ja gegen Personenkult.» Doch darin waren sich alle drei Söhne einig: «Wichtig, also von ausgesprochener Wichtigkeit ist für ihn nur die Idee der Gemeinschaft gewesen, und nur deshalb hat der theologische Begriff Partnerschaft für ihn so enorme Wichtigkeit gehabt.»
Auch Dekan Noetling konnte nicht ausschließen, daß die protestantische Partnerschaft für Augst ein Ersatz für verlorengegangene Volksgemeinschaft gewesen ist. (Am Grab sagte er: «Ein Hungriger, ein Suchender,

ein Umgetriebener ist er gewesen, all die Jahre hindurch!»)
Einer der Söhne berichtete von Augsts Hunger nach öffentlichen Veranstaltungen: «Deshalb ging er auf Diskussionen und versuchte mitzureden, auch wenn er nur schlecht frei sprechen konnte und Angst gehabt hat vorm Ausgelachtwerden.»

«Ist doch klar, Raoul, er mußte lüften, weil Schnecken Pfeifenrauch nicht mögen.» Ich will noch nachtragen, daß Zweifel, wenn Lisbeth treppab gestiegen war, um Kartoffeln zu holen, ihr immer mit unbestimmter Erwartung zugesehen hatte. (Da man in Westpreußen und besonders in Kriegszeiten tagtäglich Kartoffeln auftischte, war Zweifel tagtäglich in Erwartung gewesen.) Er hat sich von ihrem schweren Gang, vom Seufzen beim Bücken, vom Poltern der nachrutschenden Kartoffeln, überhaupt etwas von Lisbeth erhofft; doch vielleicht hat er nicht zu ahnen gewagt, was endlich zum Vorschein kam.

Dieses sich öffentlich Mitteilenkönnen, dieses Zuwortkommen. (Zweifel braucht eine Pause, damit sein Glück nachbibbern kann.) Dieses Infragestellendürfen, dieses Nocheinmaldaraufhinweisenwollen. (Ich will nicht zugucken, wenn er außer sich ist und – weil betroffen – womöglich Grimassen schneidet.) Jede Diskussion gab Augst einen kleinen Vorschuß auf gesuchte Gemeinschaft. (Ich kann mir denken, wie Zweifel seiner lange erwarteten Schnecke stoßweise Hoffnungen beichtet.) Tuchfühlung suchen, dazu gehören, bekennen dürfen. (Mag er sich aussprechen, wie Augst es versucht hat: Zweifel im Keller, Augst öffentlich.) Beide an einen Tisch bringen? Nicht einmal Dekan Noetling mit seinem 23. Psalm hätte die Zunge dafür.

Augsts ältester Sohn war eine Zeitlang Mitglied beim Sozialistischen Deutschen Studentenbund. («Bin dann ausgetreten. Die wurden mir zu intolerant.») Manchmal muß er den Vater verstanden haben, weil der SDS, mehr als andere studentische Gruppierungen, so etwas wie eine verschworene Gemeinschaft (zeitweilig) gewesen ist. Das Bedürfnis, gekadert zu werden. Der Wunsch, gehorchen zu dürfen. Die Opferbereitschaft, das Prinzip Zweifel als Luxus zu verhökern.

Er hätte, weil nun die Schnecke da war und allen Spekulationen im Weg lag, fromm werden mögen.

«Mein Mann», sagte Frau Augst, «war Mitglied in fünf oder sechs Gemeinschaften, Vereinen, Arbeitsgruppen. Ich könnte Ihnen Papiere zeigen, das meiste noch ungeordnet. Seine Versuche, sich auszudrücken. Natürlich habe ich alle Mitgliedschaften aufkündigen müssen, schon der sonst fälligen Beiträge wegen.»

Anbetung einer Schnecke? Warum hätte Zweifel nicht sollen. So viel Geduld. Diese Passion. (Sie können schadlos, geschützt vom Kriechschleim, über Rasierklingen gleiten.)

Am stärksten war Augst den Freien Christen, der Freikirche verbunden, einer Nachfolgeorganisation der Deutschen Christen, die unter ihrem Reichsbischof Müller das Christentum im Nationalsozialismus gesucht haben. (Treffen sich immer noch: unbeirrt.)

Außerdem besuchte Augst Tagungen auf dem Ludwigstein. Dort fanden Veranstaltungen der Freien Akademie statt. In Augsts Papieren finde ich neben Traktaten über die Partnerschaft und den Sinn der selbstlosen Kameradschaft Hinweise in andere Richtung, Namen und Buchtitel: Dorothea Sölle – Politisches Nachtgebet; Kursbuch Numero 14; Die Sache mit Gott; Tillich, Jaspers . . .

Eigentlich hatte er am Tag seines Selbstmordes den Frühzug zum Ludwigstein nehmen wollen, weil dort (vom 18. bis zum 24. Juli) die Freie Akademie tagte, aber Frau Augst vergaß, ihn zu wecken.

«Und weil der Zug weg war, und weil er es zu Hause ja doch nicht aushielt, hab ich gesagt: Fahr doch nach Stuttgart auf den Kirchentag, da laufen mehrere Diskussionen gleichzeitig.»

Der zweite Sohn, der als Lehrling in jener Apotheke arbeitet, in der auch Augst gearbeitet hat, widersprach seiner Mutter: Der Vater habe sich schon am Vorabend für den Kirchentag und gegen den Ludwigstein entschieden. «Jedenfalls ist er mit mir noch früh in die Apotheke gefahren und hat was geholt, wahrscheinlich das.»

Ich fragte, ob Augst ein Sammler gewesen sei. Außer Vereinen und öffentlichen Diskussionen habe er nichts gesammelt. (Erst am späten Nachmittag sagte wer beiläufig, Manfred Augst sei oft in die Pilze gegangen.)

Wenn ihr mich, wie während der Ferienzeit, über den Ebbestrand laufen und die angeschwemmten Geniste absuchen seht, oder wenn Franz mich fotografiert, wie ich die Sonne auf Nacken und Rücken trage, wie ich mich bücke und wie ich aufnehme, wie ich verwerfe vergleiche, dann seht und fotografiert ihr zwar mich, aber nicht meine Motive. Das Sammeln ist eine Antwort auf den Zustand der Zerstreuung, gleich ob Uniformknöpfe, Jugendstilgläser, winzige Automodelle (Raouls Oldtimer), meine Muscheln, Augsts Mitgliedschaften oder Zweifels Schnecken gesammelt werden. Fast jeder sammelt irgendwas und nennt andere Sammler tickhaft. Gleichzeitig zerstreut das Sammeln die in Sekunden versammelte Zeit: als Zweifel seiner Lisbeth und seinem Gastgeber Stomma durch erfundene Geschichten die kompakt lastende Zeit zerstreute; wenn ich Geschichten, wo sie zerstreut liegen, auflese und euch erzähle. (Zum

Beispiel eine, die mir immer wieder den Weg kreuzt: Zwei Musiker – Pianist und Schubert-Sänger – reisen durch die Welt und sehen nichts. Ihre gesammelten mittelgroßen Konzertsäle. Ihre Postkarten von überall her nach Hause, wo sie gesammelt werden. Ihr gleichbleibender, von Lissabon über Tokio nach Caracas verschleppter Streit über die Tempi der «Winterreise». Ihre Gottverlassenheit. Ihre Hotelzimmer. Ihre gesammelten Spesen . . .)

Da sich den Schwermütigen die Welt zu etwas verengt hat, das nur geordnet (als Ganzes) ertragen werden kann, ist das Sammeln tätiger Ausdruck der Melancholie; in ihren Gehäusen finden sich komplette Sammlungen aller Arten einer Gattung: alle Farnkräuter präpariert; ausgestopft alle Meisen; alle mitteleuropäischen Bierfilze der zwanziger Jahre . . .

Als Zweifel im Keller seiner stummen Geliebten die Große Egelschnecke zeigte, mag Lisbeth Stomma, die in ihrer Verengung Friedhöfe sammelte, geahnt haben, wieviel Zweifel an Schnecken lag; denn als das Frühjahr kam, brachte sie in ihrer Gießkanne mit, was sich so fand auf den Gottesäckern des Kreises Karthaus: ziegelrote Wegschnecken und gelbe Egelschnecken, die sie unter Fallaub suchte, die sie beim Harken zwischen den Gräbern auflas. Aber auch Schnecken, die ihre Häuser trugen, trug Lisbeth in Zweifels Keller: große gefleckte Schnirkelschnecken, rotbraune Laubschnecken und die fein gekörnelten Steinpicker, die sie unterm Efeu von den Friedhofsmauern erntete. (Sogar Laub, morsches Holz und bemooste Steine trug sie nach Hause.) Bald hatte Zweifel eine Sammlung, die aber nicht vollständig sein konnte, weil Lisbeth nur auf feuchtwarmen Gründen und nicht auf Sand- und Heideböden suchte. Von den lebenden Nackt- und Gehäuseschnecken hielt Zweifel nur jeweils zwei Exemplare, die überzähligen trug Lisbeth in ihrer Gießkanne zurück auf die Friedhöfe. (Einmal brachte sie Knöchelchen in den Keller.)

Und Augst, der in Tübingen als Pilzkenner gefragt gewesen sein soll? Hätten Zweifel und er nicht fachsimpeln können? (Schließlich gibt es Waldschnecken genug, die sich von Pilzen nähren.)

Anfangs versuchte Zweifel, seine Sammlung vor Stomma zu verbergen, doch als er von seinem Gastgeber beim Reinigen einiger Diskusschneckengehäuse überrascht wurde, zeigte er vor, was mit Lisbeths Hilfe zur Sammlung geworden war; und Stomma, dessen Fahrradreparaturwerkstatt notwendigerweise jegliches Zubehör anzog und Sammelstelle an sich war, lachte gutmütig, als er die Schnecken sah: «Na, wird schon kain Lärm nich machen.» (Dabei sind Landlungenschnecken, im Verhältnis zu

ihrer Größe und molluskenhaften Beschaffenheit, relativ laute Tiere: nicht nur unterwegs, auch im Zustand der Ruhe begabt für Eigengeräusche: ihr schaumiges Knistern.)
Stomma stiftete Blechkisten, in denen er Ventile und Fahrradklingeln, Schrauben und Muttern, Krimskram und Bruch gesammelt hatte: Zweifels neue Terrarien.

Höhere Werte, tieferer Sinn. – «Er hat immer danach gesucht», sagte Frau Augst. «Schon dreiunddreißig wurde er Mitglied der Allgemeinen SS, der Schwarzen SS, wie man die damals genannt hat. Da war er noch Student. Erst später hat er sich freiwillig und zwar mehrmals zur Waffen-SS gemeldet. Aber die nahmen ihn nicht. Er war ja Brillenträger und auch sonst. Im Krieg kam er dann zur Luftwaffe, aber nicht zum fliegenden Personal. An der Front ist er kaum gewesen. Nur kurz in Nordafrika. Er vertrug das Klima da unten nicht.»

Dazu sagten Augsts Söhne kein Wort. Nur Frau Augst sprach: «Ab vierundvierzig war er dann Leutnant. Wir haben erst siebenundvierzig geheiratet . . .»

«Und was hat Zweifel damals im Krieg gemacht?»
«Na, seine Schnecken gesammelt.»
«Und was hat er mit den Schnecken gemacht?»
«Er hat sie beobachtet.»
«Was Schnecken fressen und so?»
«Wie sie sich bewegen.»
«Und, wenn er nicht beobachtet hat?»
«Schrieb er auf, was er beobachtet hatte.»
«Und der Krieg?»
«Der ging ohne ihn weiter.»

Nach fünfundvierzig begann Manfred Augst, vieles gleichzeitig zu sein: ein Anhänger der soldatischen Kameradschaft und – ohne die Brille wechseln zu müssen – ein überzeugter und in seinem Drang, bekehren zu wollen, unermüdlicher Pazifist. (Anfangs Sozialarbeit im Hilfswerk der Evangelischen Kirche, danach Apothekenassistent.) Später organisierte er sich. Bis zur Mitte der sechziger Jahre gehörte Augst der Bewegung «Kampf dem Atomtod» an. Als Kassierer und Organisator half er bei den Vorbereitungen der alljährlichen Ostermärsche. Augst war bei jedem Wetter dabei.
Ich sehe ihn, wie er verregnet in der Spitzengruppe der Tübinger Sektion gegen den Atomtod anläuft. Als Ostermarschierer darf Augst ein Abzeichen tragen: das runenhafte Symbol. Auch wenn bei besserem Wetter

mehr Atomtodgegner gekommen wären, das Häuflein reicht. Seine Windjacke reibt sich am Lodenmantel des Nachbarn. Tuchfühlung halten. So aufdringlich der Regen dazwischenredet, Augst spricht gemeinsames Wollen aus. Endlich wieder ein Ziel. Von den Straßenrändern her Spott und Ablehnung. (Vielleicht war Augst als verregneter Pazifist glücklich, weil sich Kriegskameradschaft mitten im Frieden häutete und wie neu war.)

Später gab es wohl Streit in der Tübinger Sektion, weil die Anti-Atomtod-Bewegung von politisch einander ausschließenden Gruppen getragen wurde. Das Ziel verwackelte, der Filz Gemeinschaft wärmte nicht mehr: Augst war mit sich wieder alleine. (Jetzt Apotheker. Er hatte einundsechzig, im Alter von achtundvierzig Jahren, sein Pharmaziestudium beendet.)

Es ist ja nicht so, daß sich alle Schnecken gleich langsam bewegen. Zweifel begann Wegstrecken mit einem Zirkel, den er in Stommas Krimskram gefunden hatte, versuchsweise abzustecken.

«Konnte Ihr Mann auch lachen, über irgendwas?»
«Lachen nie!»
«Aber ironisch konnte er sein.»
«Sogar zynisch.»
«Stimmt. Richtig sarkastisch konnte er werden.»
«Nur lachen konnte er nicht.»
«Deshalb war er ja zynisch.»
«Und hat oft die Gefühle anderer Leute verletzt.»
«Auch wenn er das nicht gewollt hat.»

Einer Studentin, die beim Kirchentag in der Halle I neben ihm saß, zeigte Augst, nachdem er daraus getrunken hatte, das Fläschchen. Sein letzter Satz (ohne Mikrofon) hieß: «Das war Zyankali, mein Fräulein»

«Aber Gartenarbeit, die hat ihm Spaß gemacht.»
«Nur das Säen und Pflanzen.»
«Und mit dem Unkraut hatten wir dann zu tun.»
«Doch über Pilze wußte er wirklich Bescheid.»
«Sonntags gingen wir sammeln, die ganze Familie.»
«Er hat sogar unterrichtet: Pilzkunde.»
«Die Leute zeigten ihm, was sie gesammelt hatten.»
«Und auch wir aßen abends die Pilze.»

(Nicht nur Pfifferlinge, die schmackhafte Ziegenlippe, Hallimasch und Kremplinge im Oktober. Zarte Flaschenboviste. Mooshäuptchen, Blutreizger, Wir schwiegen ein wenig im Wohnzimmer der Familie. «Man muß ja dankbar sein», sagte Frau Augst, «daß er uns zum Schluß nicht mitgenommen hat.»

Und Dekan Noetling sagte am Grab: «Darum bin ich froh, daß Ihr mir selber für diese Stunde das Wort aus dem 23. Psalm gegeben habt, aus diesem Lied eines ganz starken und festen Vertrauens.»

Ja, Raoul, als Vater soll er tolerant gewesen sein: den beiden ältesten Söhnen, die Kriegsdienstverweigerer sind, hat er beim Aufsetzen ihrer Begründungen geholfen: als Pazifist und mit Sachkenntnis. – Nur richtig lachen konnte er nicht.

Als Zweifel mit seinem Zirkel alle Strecken und Abstände vermessen hatte, richtete er in seinem Diarium Tabellen ein. Nichts Neues hatte er vor; denn ägyptische Bildschriften sagen: Schon während der Pharaonenzeit sind im Nildelta Schneckenwettläufe als Zeitvertreib üblich gewesen . . .

23

Wo überall: Im Bergischen Hof, im Hotel Burggrafen, Hotel zum Gutenberg, Hotel Heimer, im Hotel Hohenzollern am Bahnhof, im Parkhotel Lünen . . .
Meine Hotelzimmer ineinander geschachtelt.
An ihren Klunkern die Schlüssel vertauscht.
(Zimmer zweiunddreißig bleibt: ein Schlauch mit Ventil zum Entweichen, während die Wasserspülung Gemühre durch Zwischenwände, ein Gurgeln arienhaft . . .)
Und die Bettmümpfel Betthupfer auf platzvollem Kopfkissen, wo sie warten und zartbitter schöntun: Sarotti.
Jeweils badedas, vital vitamingeel: das knisternde Schaumbad belebt Erschöpfte und heilt Diskussionsschäden. Die wechselnden Aussichten in Lichtschächte, auf Parkhäuser, über Bahnhofsvorplätze Lagerhallen Baustellen Gleisanlagen, auf den Stadtpark, die restaurierte Altstadt: Schwäne und Schindeldächer wie im Prospekt. (Spätgotik, von Tauben beschissen.)
Der frühe, ein besonderer Lärm, wenn die Straßenbahnen Mülleimer, wenn die hustenden Köche, hellwachen Preßlufthämmer beginnen (Nur selten Hähne; doch wollte im Morgengrauen – wo? – ein Motorrad nicht anspringen.)

Hätte eine wertende Skala, hätte (wie Zweifel) Tabellen füttern sollen.
Wenn ich den Zimmerschmuck ordnen könnte: einheimische Aquarelle, Stadttore und Giebelhäuser darstellend; handkolorierte Heilpflanzen: der wollige Fingerhut oder Malvenblüten für Hustenteemischungen; auch Kunstdrucke: Dürer, van Gogh, Paul Klee – und die lustigen Landstreicherszenen eines Malers namens Hummel.
Hätte (für meine Tabelle) einen Kompaß befragen sollen; denn wenn ich wüßte, wo ich mit dem Kopf nach Osten . . .
Und was ich wo liegen gelassen habe: mehrmals die Zahnbürste, Filzstifte und Kugelschreiber, Socken Broschüren Adressen, niemals meinen Tabak.
Die feste Absicht, mir die Tapete zu merken.
(Hätte Proben mitnehmen sollen.)
Eine Tapete entwerfen, auf der in mythologischer Landschaft – die Brücke nach Fehmarn, das Frankfurter Autobahnkreuz, verstreut Flugplätze Schrottplätze Parkplätze – nur Nacktschnecken unterwegs sind und sich unendlich wiederholen.
Wo ich Amen gesagt habe.
Wo ich mich häuten wollte.
Wo mir siebenzeilige Flüche, weil sich die Heizung – das war im Mai – nicht abstellen ließ.
Mehrmals habe ich (wo überall) Fußnoten zu Zweifel und Augst, Notizen zur Strafrechtsreform, ziselierte Polemik, mich betreffende Geständnisse (wie ich bin, wie ich nicht bin) ins Alte und Neue Testament – gleich neben dem Telefon – geschoben und am Morgen (nach Stichproben: Hiob) nur noch andeutungsweise gefunden. Und das noch und das.
Was Spannteppiche schlucken.
Was Hotelzimmer so hellhörig grabähnlich macht.
Was nicht auf die Rechnung kommt.
Was ausbleibt.
Beim Erwachen fehlt der Ort. Er wird sich schon einstellen: spätestens mit den Zeitungen beim Frühstück: Eier im Glas.
Im Zweifelsfall, Kinder, ist ein Schriftsteller nur noch ein Miefvermesser. Was man so Stallgeruch nennt. Zurück aus Verden, Cloppenburg, Osnabrück, Lünen. Dunstglocken läuten die Vesper ein. Zuletzt im Geschwister-Scholl-Gymnasium. Tabellenführer: katholischer Mief. (Das war am 29. August, ein Monat vor der Wahl.)

Denn diesmal habe ich nichts mitgebracht außer der geschnüffelten Einsicht, daß es überall, und nicht nur in den putzigen Einfamilienhäuschen, mal streng geradeaus, mal süßlich unter Lavendel, hier säuerlich unterkühlt, dort gemütlich durchwachsen, daneben namenlos riecht, überall riecht, weil hier, dort und nebenan Leichen im Keller liegen, deren um drei Ecken vertuschte und über sieben Schreibtische verbuchte Ablage keine Nase mehr orten kann, weil ja in allen Kellern, nicht nur in Altbaugewölben, auch in den frischbezogenen, noch feuchten Neubauten eingekellert von Anbeginn Leichen liegen und etwas verbreiten, das in seiner schnittfesten Dichte als Arbeitsklima gilt: pluralistischer Mief, der nur in seinen Ballungszentren zum Überdruck neigt.

Nein, Kinder. Kein Explosivstoff. Da jedermann weiß, daß in jedermanns Keller etwas lagert und gemeinnützig zur Klimabereitung beiträgt, ist man überein gekommen, die Anwesenheit von undefinierten Leichen als gegeben vorauszusetzen, also auch nicht mehr von Leichen, sondern von Gegebenheiten zu sprechen, mit denen jeder zu rechnen hat, der in fremden Kellern zu suchen beginnt.

In Reutlingen oder Vechta sagte ich: «Hier stimmt doch was nicht, alle zwinkern . . .» und hörte: «Das ist nun mal so. Woanders ist es auch so, wenn auch anders so. Nämlich nicht besser.»

Wie Moses das Meer geteilt hat, bei uns auf dem Festland den Mief teilen.

In Verden an der Aller, einem halbwachen Städtchen, wo es gilt, den Überläufer Rehs zu schlagen, der bei den Schwarzen kandidiert, sagte ich nach der Veranstaltung in Höltjes Gesellschaftshaus zu einigen, die mit ihrem noch taufrischen Bürgermeister aus Bremen gekommen waren: «Aber das muß sich doch ändern lassen bei euch. Das stinkt doch bis hier . . .» und hörte von denen, die in hansestädtischem Geruch stehen: «Das war schon so, als wir anfingen. Das wird nur schlimmer, wenn man dran rührt. Daran gewöhnt man sich. Die einen schneller, die anderen langsamer. Anfangs hat uns das auch gestört.»

Die Schnecke dem Bremer Roland aufs steingehauene Schwert setzen.

(Nach der Wahl, als auf dem Parteitag in Saarbrücken sogar das Hochwasser dem Resolutionismus der reformwütigen Sozialdemokraten nicht beikommen konnte, sagte ich zu den Genossen – und sie klatschten so heftig, als wollten sie den Mief durch Beifall bewegen – etwa im Mittelteil meiner Rede: «Wenn ich den Bremer Fall Boljahn mit dem Frankfurter Fall Littmann vergleiche, wenn ich das Maß parteiinterner Intrige in beiden Fällen ablese und Erfahrungen zu Rate ziehe, die ich in Berlin oder in Baden-Württemberg gewonnen habe, dann ergibt die Summe lokaler Versteinerungen einen ansehnlichen Friedhof, dessen linke wie rechte Grabsteininschriften mir keinerlei Pietät abfordern . . .» – Ich sprach nicht von Leichen, zurückhaltend sprach ich von Friedhöfen. Wehner, den ich mir gerne als Moses denke, wie er den Mief teilt und durchschreitet, soll sich Notizen gemacht haben.)

In meiner Tabelle: Der besondere Mief der Lüftungsexperten.

In Verden sagte ich zu denen aus Bremen: «Aber wenn wir die Wahl gewinnen wollen, und wenn wir nach gewonnener Wahl mit Willy als Kanzler weiter, ich meine besser, meine ohne . . .» und hörte: «Das sind nun mal die Gegebenheiten. Bei den Schwarzen auch und noch schlimmer. Das gleicht sich aus. Weiß doch jeder.»

Was man menschlich nennt, was Atmosphäre gibt, was anheimelt. Drautzburg hat die Nase dafür. Sobald unser VW-Bus irgendwo einrollt, kurbelt er die Scheibe runter und riecht schneller als ich: «Mannohmann! Hier liegen aber paar ausgewachsene Leichen im Keller.»

Die Leiche im eigenen Keller suchen, benennen. Ein Schriftsteller, Kinder, ist jemand, der den Mief liebt, um ihn benennen zu können, der von Mief lebt, indem er ihn benennt; eine Existenzbedingung, die der Nase Schwielen einträgt.

Also die langsame Verschiebung eines Grundstücks beschreiben: wie es bei Tageslicht auf Rollen gesetzt wird, bei Stammtischbeleuchtung in den Bereich günstiger Bodenpreise rollt, wie es ohne zu wachsen fett wird, wie die andere Hand gewaschen wird, wie der Verschiebung eines Grundstücks der Vorname «gemeinnützig» verliehen wird, wie die Affäre aufgedeckt und nach Preisgabe ihres Geruchs von jenen, die sich für unbeteiligt gehalten hatten, wieder luftdicht gemacht wird, wie die aus Bremen, Hagen und Gelsenkirchen auf die in Moers weisen: Flächenwirkung.

Manchmal etwas zu schnell: «Müssen wir denn so schnell?» Drautzburg flucht sich durchs Flachland. Er hat sich verfahren. Fehldeutungen scholastisch streitender Kirchtürme zwischen Münster und Osnabrück. (Warum sollen sich Schnecken nicht mit dem Wort «Tempo!» begrüßen; wer ruft sich nicht alles «Freundschaft!» zu.) Drautzburg verlinkert sich zusehends. Überall, sogar im Milchviehbestand, entlarvt er Faschisten.
Ich rede gut zu, nenne die Landschaft freundlich und flach. Es beunruhigt mich, wenn er inwendig Kummer kaut, oben raus Sprechblasen abfüllt, dabei zu schnell, wenn auch immer noch sicher fährt. (Schnecken begeistern sich leicht für Gazellen.)
Vielleicht fördert der Anblick flacher Gegend den Wunsch, radikal abzuräumen. «Hör zu, Drautzburg. Sie hat ja schon stattgefunden. Oktober siebzehn.»

Es beunruhigt mich, wenn ihm die Revolution, kaum ausgerufen, zurück auf den Magen schlägt. Das sehe ich von der Pritsche aus: wechselseitiges Ungenügen färbt seine Kräuselkreppohren gelb. «Und fünfzig Jahre nach der Oktoberrevolution . . .»
«Weiß ich. Ist bekannt.»
«Tut mir leid, wenn ich dich erinnern muß . . .»
«Fahr ja schon langsamer.»
«Die haben ihren revolutionären Mief, kaum zu teilen, schwer zu bewegen; wir haben unseren reformistischen Mief, kaum zu bewegen, schwer zu teilen.»
«Na und?»
«Du mußt dich entscheiden zwischen Mief und Mief, sonst mischen sich beide: nie mehr zu teilen, durch nichts zu bewegen.»
Es beunruhigt mich, wenn von den Rändern her sein Ohrengelb abzunehmen beginnt, wenn sich – sobald er langsamer fährt – der Kräuselkrepp glättet.
«Scheiße!» sagt er. Ein Wort, das während der letzten Jahre Kurssteigerungen erlebt hat und nicht nur auf den Universitäten als Spitzenwert gehandelt wurde. (Raoul hat es an Bruno verkauft.) Flacht wieder ab mittlerweile.
«Na schön», sagte ich. «Aber wo wir jetzt hinkommen, da lohnt es. Vechta, Cloppenburg! Außer den Eiern, die dort auf den Markt kommen, alles stockschwarz. War schon vor vier Jahren dort. Eine Gegend mit Zukunft. Dort kann es nur heller werden. Fünf Prozent Plus sind da drinnen. Die Leute dort wollen, aber ob sie auch wollen, was sie wollen . . .»
Jetzt freut sich Drautzburg auf Cloppenburg. «Verstehe. Deine üblichen Schneckengeschichten.»

Auf Papier oder blank in die Luft: ich schreibe. Unterwegs zwischen Hase und Hunte, eingefädelt auf der Autobahn, ruckend inmitten Stauungen, schreibe ich in unserem VW-Bus: Miefkürzel, bleihaltige Fußnoten, Zweifelsbeschwörungen, Hymnen an Laura, Schneckengeschichten . . .

Als Zweifel eine Wegschnecke auf einen Fahrradsattel setzte . . .
Als er eine Tretmühle für Schnecken entwarf . . .
Als Anton Stomma im Sommer vierundvierzig seinem Gast im Keller eine Lupe schenkte, damit er die Windungen der winzigsten Gehäuse zählen und als Pfennigwahrheiten in seine Tabellen eintragen konnte . . .
Als . . .

Immerzu überall. (Rückwärts gewendet voran.)
Auf Zigarettenpapier Bierfilze.

In meinen Hotelzimmern, die sich rasch aufheben, schreibe ich, sobald die beiden Herren in Zivil ihre Metallmarken vorgewiesen und im Schrank, unterm Bett und sonstwo nach tickenden Gegenständen gesucht haben, was gerade anfällt: Nämlichkeiten und Kommaloses:
«Hör mal zu Anna das dauert ja nicht mehr lange und wird wenn es länger dauert kürzer sein als man hoffen durfte weil nämlich Abstände zwischen Teilzielen . . .»
Auch Namen wie Kummernuß oder Grützmacher.
Anrufungen zwischen Klammern: Augst lebt!
Sobald die Unterpflasterbahnbaustelle mit ihrer Ramme meinen Schlaf (und dessen Diskussionsbeiträge) gegen sieben Uhr früh beendet hat, schreibe ich auch in Bonn neben gepackter Tasche: Was Willy zögern läßt. Was Ehmke fehlt und Eppler zuviel hat . . .

Was so hängen bleibt unterwegs.
In Herne wollte das Mikrofon vor dem Zechentor nicht. In Lünen mehr Schüler als Wähler.
Als ich nach zu langer Diskussion und viel Bier mit unserem Kandidaten Lemp von Vechta nach Cloppenburg fuhr, gab ich dem Druck nach, bat ich Lemp um eine Pißpause und schrieb, während ich am Rand eines typisch südoldenburgischen Buschwaldes mein Wasser abschlug, eine langatmige und immer wieder neu ansetzende Beschimpfung der barzelhaften Mittvierziger:
Ihre auf Schmierseife gleitenden Bekenntnisse,
ihr Fummeln mit Brillen,
ihre katholischen Seitenblicke in unzüchtiges Gelände,
ihre graumelierte Beflissenheit,
ihre steuerfreie Skiläuferbräune,
ihr zwitterhaftes Selbstgenügen,
ihr laues Zwitterwesen . . .
(Ob Zweifel das wollte, als er die Weinbergschnecken zum Beispiel nahm? Jetzt, durch die Lupe gesehen, ist ihm seine Utopie greifbar nahe gerückt: die Geschlechter gleichen sich an. Jeder genügt sich. Zweifel füllt seine Tabellen: Teilstrecken in Richtung Glück.)

«Was schreibste denn da? Mußte denn immer? Schreibste auch über Pferde und meine Kaninchen? Oder immer nur Espede? Kannste nich aufhören endlich?»

(Hör mir zu, Tochterleben.) Überall immerzu. Ich schreibe, während ich rede zuhöre antworte.
Ich schreibe, während ich irgend ein Schnitzel zerkaue, über Kies laufe, schwitzend eingekeilt bin, gegen Sprechchöre anschweige, Saubohnen mit geräuchertem Schweinekamm koche, mich woanders erfinde . . .

Im Hüttenwerk Oberhausen beim Ofenabstich, zwischen den Silos der Wacker-Chemie, in einer Glashütte, die Maggifläschchen ausspuckt und während in Dortmund die Betriebsräte den antizyklischen Schiller in literweis Bier abstehen lassen, schreibe ich, wie es kommt.
Oft nur Adjektive: grützig verkumpelt muff.
Satzanfänge: Ein junger Mann, der mich vor vier Jahren in Cloppenburg mit Eiern beworfen hatte, entschuldigt sich, weil er . . .
Als ich mit der Wählerinitiative Osnabrück Kaffee trank und mir gegenüber der Karikaturist Fritz Wolf saß, begriff ich, warum sich die Melancholie in den Witz flüchtet . . .
Oder bei Leo Bauer: Während er mir seine Geschichte erzählte, las ich seinem Gesicht, dessen Ruhe auf Lava gründet, die Bedeutung des Wortes Einzelhaft ab, denn seine sibirischen Magengeschwüre . . .
(Es stimmt, Laura: oft schreibe ich nur, um mir zu beweisen, daß ich bin und daß ich es bin, der da Wörter auf Zettel und aus dem Fenster heraus schreibt.)
Auch bei verspätetem Abflug, gegen Müdigkeit anpfeifend, himmelwärts beim Schwimmen in Rückenlage, aufgehoben im Lärm, während ich Zwiebeln häute, wenn ich (wie Zweifel auf seiner Matratze) in eine Frau hineinzukrichen versuche, immer und überall, auch wenn ich betroffen, zum Schweigen verdonnert bin, mache ich Worte.

Was nicht geschrieben steht.
Sätze, die liegen bleiben, mir nachlaufen, lästig sind und auf Bleiguß bestehen.
Vor dem war noch das, blieb in Iserlohn stecken.
Ein Kaltwalzwerk ins Tal gezwängt: immer dünnere Bleche.
Ich schreibe auf regennasse Schieferdächer, in Bierpfützen, auf ein Förderband: Ich Ich Ich.
Auch wenn ich jetzt wieder nach Tübingen und auf dem Weg zu Augst durch Zweifels Keller muß, meine ich mich, wie ich überall, auch während ich dieses oder über die Spargelgegend bei Bruchsal schreibe, immerzu nur über den Mief schreibe.

An einem Schnürsenkel hatte sich Zweifel die Lupe um den Hals gehängt: seine und meine Tabellen.

24

«Wir haben zum Abendessen für Sie mitgedeckt», sagte Frau Augst, «das macht überhaupt keine Umstände.» – Nachdem ich Dekan Noetling auf ein Stündchen besucht hatte – ich wollte wissen, bei welchen Anlässen man auf den Psalm 23 kommt – saß ich wieder in der Wendelinstraße.

Gut, Raoul, du magst sagen: Lieber Flöhe dressieren; ich bleibe dabei: Der Studienassessor Hermann Ott hat, als er sich während des Krieges aus politischen Gründen im Keller eines grob und gutmütig geratenen Fahrradhändlers verstecken mußte, ein altägyptisches Schneckenspiel erneuert, indem er den Zeitvertreib der Fellachen (und israelischen Fremdarbeiter der Pharaonenzeit) zur Sportart entwickelte. Er veranstaltete in seinem Keller Wettläufe zwischen gleichartigen und ungleichartigen Schnecken. Ein Spiel, bei dem man stumm bleiben durfte. Oft verhielten die Schnecken auf ihrem Weg und mußten durch zielstrebiges Wünschen bewegt werden. Ein Spiel gegen die Zeit und ihre Geräusche.

Nahezu tickhaft fragte ich in der Wendelinstraße nach Augsts Pilzkenntnissen, ob er systematisch gesammelt, Tabellen geführt habe; wie ja auch Zweifel die Leistungen seiner wettlaufenden Schnecken in Tabellen gerückt hat.

Es fehlte ihm nie an gleich ausgewachsenen und gleich halbwüchsigen ziegelroten Wegschnecken, gemeinen Ackerschnecken, großen Egelschnecken, sowie an gehäusetragenden Laub-, Schnirkel- und Hainbänderschnecken. Sportler genug, um Bestleistungen zu erzielen. Da Weinbergschnecken nicht nur auf Rebhügeln weiden, hatte Lisbeth Stomma auch von dieser ansehnlichen Sorte ein halbes Dutzend von ihren Friedhöfen mitgebracht.

Die Tischplatte maß einen Meter zwanzig mal achtzig Zentimeter; eine Fläche, auf der qualifizierte Schnecken allen Disziplinen gerecht werden konnten: Kurz-, Mittel- und Langstreckenläufe, später die besonders aufregenden Hindernisläufe, die sogar Augst, wenn auch gegen seinen Willen, spannend gewesen wären.
Nicht, daß sich die Schnecken sogleich den neuen Anforderungen gefügt hätten. Anfangs scherten sie desorientiert aus, wollten sie an den Tischkanten nicht wenden, bockten sie nach Molluskenart. Wenn Zweifel nachhelfen mußte, berührte er das Augenfühlerpaar, wartete er, bis sich die Schnecke zurückgenommen oder (als Nacktschnecke) verkürzt hatte, hob sie ab und wendete sie. Mit seitlichem Daumendruck hob er ab und verletzte die Kriechsohlen nie. Das konnte Zweifel: mit Schnecken bestimmt und behutsam umgehen.

Ich sollte Augst bitten, versuchsweise mitzumachen; denn Lisbeth Stomma, die dumpfe, unbetroffene, zwischen den Beinen wie überall gefühllo-

se Person, machte mit und ging mit den Schnecken (wie Zweifel) behutsam um. Erstaunlich, daß die Augenfühler, wenn Lisbeth sie berührte, viel zögernder, kaum, manchmal nie eingestülpt wurden: Zweifel notierte diese bemerkenswerte Unempfindlichkeit. (Zwischen der stummen Lisbeth und den Schnecken gab es Absprachen.)
Eine rohe Kartoffelscheibe oder ein Apfelgehäuse markierten das Ziel. Auch Butterpilze und Flaschenboviste eigneten sich. Zweifel und Lisbeth setzten ihre Schnecken als Wettläufer von der gegenüberliegenden Tischkante an und beobachteten verinnerlicht, wie sich die anfangs zur fühlerlosen Halbkugel verkürzten Wegschnecken in die Länge zogen, wie sich das Atemloch im Mantelschild weitete, wie sie zuerst das schwarzgelackte Augenfühlerpaar, dann die kurzen unteren Fühler ausfahren ließen, noch auf der Stelle traten und pumpten, doch das Ziel mit den Fühlern schon annahmen und sich (Lisbeths Schnecke zuerst) auf den Weg machten, indem sie den Muskelfuß auf seinem Gleitschleim abrollen ließen und ihre Gleitspur ziemlich rasch verlängerten.

Wirklich, Raoul: schnelle Tiere. Ich will das zeichnen mit Blei Kohle Tusche, wie Windhunde erfolglos Schnecken jagen. (Ja, ich weiß: Augst.)

Bald zeigte sich, daß die Weinbergschnecken pflanzliche Ziele (Salat Mohrrüben Kartoffelscheiben) allenfalls auf eine Entfernung von sechzig Zentimetern annahmen, während der Geruchssinn der Gelben Egelschnecke, von der selbst Zweifel nicht mit Gewißheit sagen konnte, welches ihrer Organe Geruch als Reize aufnimmt, Ziele meldete, die einen Meter zehn entfernt lagen. Zweifel begann, die Strecke neu zu vermessen und alle sportlichen Disziplinen, je nach Schneckenart, zu unterscheiden: notwendigerweise systematisch und tabellengerecht.
Er sah den Wettläufen nur mit geringem sportlichem Interesse, doch mit der Neugierde des Wissenschaftlers zu. (Bei allen Nacktschnecken erreichte er Steigerungen, indem er Brotkrusten in gezuckerter Milch einweichte und als Ziel setzte.)

Und Lisbeth? Ihre auf Friedhöfen siedelnde Schwermut gab nicht zu erkennen, ob sie mehr kriechen sah als nur Schnecken, ob sie überhaupt Schnecken als Schnecken erkannte. Dennoch las Zweifel an ihr Veränderungen ab. Er notierte Vorformen infantiler Freude, sobald ihre Schnirkel- oder Wegschnecke das Ziel mit Vorsprung erreicht hatte und mit zügigem Fraß (bei eingestülpten Augenfühlern) trichterförmige Vertiefungen in die Kartoffelscheibe, in einen Pilz zu treiben begann. Da Lisbeth sich mit Schnecken (offenbar) verstand und stärker wünschen konnte, gewann sie fast immer. Sie glaubte ohne Umweg und durch nichts abgelenkt. Sie sah ihrer Schnecke mit Schubkraft zu.

Noch vor dem Abendbrot: «Er wurde ja viel zu spät mit dem Studium fertig. Im Krieg abgebrochen. Bis er endlich doch seinen Apotheker fertig machte. Die Leistung seines Lebens. Aber richtig befriedigt hat ihn auch das nicht.» – Ich hätte Frau Augst nach Fotos, nach dem Familienalbum fragen sollen: Augst als Leutnant. Augst auf dem Ludwigstein. Augst als Ostermarschierer. Augst beim Pilzesammeln, Pilzesortieren.

Noch immer besaß Zweifel jene Taschenuhr, die er als Vierzehnjähriger von seinem Onkel, dem Kassenrendanten des Entwässerungsverbandes Praust, Balthasar Ott geschenkt bekommen hatte. Und mit dieser schönleise tickenden Uhr nahm er den wettlaufenden Schnecken die Zeit ab. Futter für seine Leistungstabellen. Er veranstaltete Ausscheidungskämpfe. Als einmal zwei Weinbergschnecken den Wettlauf abbrachen, ihre Kriechsohlen aneinander aufrichteten, je einen Kalksplitter – Liebespfeil genannt – ausschieden, einander in die Sohle bohrten und ihr Zwitterspiel betrieben, disqualifizierte er beide, obgleich sich das Zwitterwesen der Weinbergschnecken zur glücksverheißenden Utopie auszuwachsen begonnen hatte; aber Sport mußte Sport bleiben.

«Mein Mann», sagte Frau Augst, «kannte keine Kompromisse. Bei ihm war alles schwarz oder weiß, ja oder nein. Deshalb redete er manchmal nächtelang mit meinem ältesten Sohn, der damals noch beim SDS war und auch Kompromisse verabscheute. Aber ein richtiges Gespräch kam nie zustande. Immer aneinander vorbei.»

Zweifels Utopie hob die Geschlechter und den Kampf der Geschlechter auf: ausgeglichen und auf Harmonie getrimmt, frei vom Haß auf Vaters Hosenträger, frei vom Haß auf Mutters Schürze.

Als Manfred Augst auf dem Kirchentag sprach, hörte ihn jemand aus der Gemeinde des Dekan Noetling ins Mikrofon sprechen. «Da ist ja schon wieder unser Herr Augst mit seiner komischen Lieblingsidee!»

«Aber er konnte doch gar nicht frei und flüssig, weil er zur Kriegsgeneration gehörte und ihn die Großmutter erzogen und zum Klavierspiel gezwungen hat.»
«Deshalb», sagte Frau Augst, «hat mein Mann mehrere Sprechschulen besucht. Wir haben die Tonbänder noch. Aber ich will das nicht hören. Es ist noch zu früh. Als seine Frau bin ich zu beteiligt. Es muß wohl noch Zeit darüber vergehen . . .»

Schon war es Sommer. Schon war im Kampfraum Kursk die letzte deutsche Offensive zusammengebrochen. Schon war Stomma seinem

Gast gegenüber freundlicher, als er es, laut Wehrmachtsbericht, hätte sein dürfen; er stellte einen weinroten, verschossenen und eingesessenen Ohrensessel in Zweifels Keller. Schon begannen die Schneckenwettläufe komplizierter und in ihren Schwierigkeitsgraden vielfältiger zu werden: um dem Lichtsinn der Schnecken größeren Einsatz abzufordern, baute Zweifel aus Briketts, die Lisbeth Stomma im Keller gestapelt hatte, ein Labyrinth, dessen schmale Durchlässe und Lichtschleusen von den Schnecken geortet und gleitend passiert werden mußten.

Auch das nicht mehr: streng riechende Männerbünde – scharfzüngige Frauenrechtsbewegungen. Keine Hormonspritzen mehr für russische Kugelstoßmeisterinnen. Und – lieber Herr Augst – keine Großmütter mehr . . .

So unbewegt Lisbeth Stomma Rennen um Rennen gewann, ihr Vater war aktives Publikum. «Schnellä! Nu mach schon!» rief er seiner favorisierten Schnecke zu. Er hielt ihr die Daumen. Auch wenn Stomma fast immer verlor, setzte er dennoch großzügig Prämien aus. Mit milchgesättigtem Weißbrot wurde die siegreiche Schnecke belohnt. Für Lisbeth, die stumme Siegerin, gab es ein Tütchen Glasperlen (sie spielte seltsam damit) und für Zweifel, den erfinderischen Veranstalter der Wettkämpfe, spendierte der Fahrradhändler Süßigkeiten, zum Beispiel Pfefferminzdrops. (Es war ja Krieg, Kinder, und Stomma bekam für seine Mangelware – Luftpumpen und Fahrradsättel, Schläuche und Katzenaugen – alles, sogar Lübecker Marzipan und französische Liköre.) In Zweifels Keller konnte es wohnlich sein: Stimmung kam auf.

Als ich zwischendurch Dekan Noetling besuchte, sagte er inmitten seiner Studierstube: «Dieser tapferen Frau ist eine große Last genommen worden. Das war nicht leicht für sie: mit diesem Mann all die Jahre.»

Später hat Zweifel seiner Utopie einen Namen gegeben: «Vom Glück der Zwitter.» So hieß der Untertitel seiner (leider) unvollendet gebliebenen Schrift über das Verhältnis der Schnecken zur Melancholie und Utopie. In Zweifels zwittriger Gesellschaft war Geben und Nehmen eins. Niemand ging leer aus. Kein Drohen mehr: Wenn du nicht, dann ich nicht . . . Kein Haß . . .

Frau Augst hat sich oft geängstigt: «Nicht weil es manchmal Streit gab mit Türenschlagen und Weglaufen. Das gibt es ja in den meisten Ehen. Außerdem war er ja so gut wie nie zu Hause. Immer war ja was los: Tagungen Diskussionen. Aber drei Wochen, bevor es passierte, sagte er . . . – Ich bin ganz still geblieben und habe Angst gehabt. Er war ja krank und man wußte nie.» – (Augst war kein Schläger. Nur einmal, am Ende, wurde er aggressiv: gegen sich.)

Ich zeichne euch, Kinder, einen Bogenschützen, der einen Pfeil einlegt, auf dessen Schaft eine Nacktschnecke haftet.

Zweifel kannte den empfindlichen Sinn der vorderen Muskelfußschwelle und wußte, wie Schnecken auf chemische Reizstoffe reagieren. Also markierte er auf seiner Tischplatte gradlinige Rennstrecken mit einer Kreidelösung, der eine Spur Salmiakgeist beigerührt war. Keine der wettlaufenden Schnecken hat jemals die Abgrenzungen übertreten, die Laufbahn verlassen. Natürlich erzielten sie zwischen Kreidestrichen bessere Zeiten als auf blanker Tischplatte. Diszipliniert nahmen sie ihren Weg: ein Feld von zwölf Egelschnecken oder neun Schnirkelschnecken schob sich zwischen strengriechenden Markierungen insgesamt vorwärts, auch wenn einige Schnecken zeitweilig den Muskelfuß ruhen und nur die Augenfühler das Ziel bestimmen ließen. (Zwischen Reizstoffen vorwärts.)

«Er konnte nicht anders. Er hat das vorgehabt», sagte Frau Augst. «Wenn ich zu ihm sagte: ‹Du solltest dir endlich eine neue Hose kaufen›, sagte er: ‹Du hast recht. Aber das lohnt nicht.› – Er hatte schon abgeschlossen. Das lief von alleine. Auch die Sprechschule wollte er nicht mehr besuchen. Wenn ich sagte: ‹Aber du machst doch ziemliche Fortschritte›, sagte er: ‹Ja – aber wofür?› – Auch zum Arzt ging er nicht. Er war ja in Behandlung, weil er so krank war. Eigentlich hat es mich nicht überrascht. Aber ein Schock war es doch, besonders für Ute. Wir haben jetzt alle gut zueinander gefunden und musizieren viel. Mein Mann war ja leider nicht musikalisch. Auch die Familie war ihm zuviel. Überall suchte er Partnerschaft. Die konnten wir ihm nicht geben, wir nicht.» (Frau Augst hätte auch sagen können: Zwar lief er noch, aber er lief außer Konkurrenz. Dabei muß ihm die Zeit unerträglich lang geworden sein.)

Zweifel hat sich niemals gelangweilt (oder wie Laura sagt: langgeweilt.) Mit seiner schönleise tickenden Taschenuhr nahm er den wettlaufenden Schnecken bis in den Herbst hinein täglich die Zeit ab. Auch Lisbeth Stomma langweilte sich nicht, so regelmäßig ihre Schnecken Wettlauf um Wettlauf gewannen. Nur Stomma war ohne Geduld. «Hopp!» rief er seiner Schnecke zu. «Nu mach schon, mach. Hopp!»

Bei der Familie Augst gab es Tee, Butterbrote und Fleischsalat zum Abendessen. Jetzt war auch die Tochter dabei. Von Augst wurde nicht mehr gesprochen, Ich sagte: «Wir haben auch vier Kinder: drei Jungs und ein Mädchen. Aber alle viel jünger. Bei uns geht es lauter zu.

Im Winter dreiundvierzig-vierundvierzig brachte Lisbeth nur noch wenige Glanzschneckengehäuse, die sie unter Schnee und Laub aus dem Mulm gescharrt hatte: Ende der Wettläufe. – Offenbar bedrückte es Lisbeth, daß sie Zweifel keine Wettläufer bringen konnte, denn als die letzten Steinpicker von der feuchten Nordwand fielen und auch die Wegschnecken ledern schrumpften und mit ihrem Schleim den Glanz verloren, begann sie, die frisch eingelagerten Winterkartoffeln umzulagern; aber es fand sich keine Egelschnecke, obgleich die Große Egelschnecke in Kellerräumen gerne überwintert.

Wie zum Abschied sagte Frau Augst: «Ganz in der Nähe wohnt Professor Bloch. Wir sehen ihn manchmal, wenn er spazierengeht. Man möchte mit ihm sprechen und ihn fragen. Aber wir trauen uns nicht.»

Stomma rasierte sich neuerdings, bevor er seinen Gast im Keller besuchte. Auch sagte er zu Zweifel nicht mehr Du. «Sie, wo Sie ain ächter jiedischer Doktä sind, mechten schon wissen . . .» – Zweifels Mühe, seinen arischen Nachweis zu erbringen. Er zeichnete einen Stammbaum, dessen mennonitische Wurzeln sich bis ins sechzehnte Jahrhundert kringelten. Er erinnerte an seinen Paß, den Stomma seit Jahren (der Ordnung halber) verwahrte. Doch da er sich zu Anfang, wie aus Gewohnheit, mit seinem Spitznamen vorgestellt hatte – «Sagen Sie einfach Zweifel zu mir; meine Schüler haben mich auch so genannt.» – wollte Stomma weder den mennonitischen Verästelungen noch dem Paß und dessen Eintragungen glauben. (In Dirschau an der Weichsel war ihm vor Jahren ein jüdischer Fuhrunternehmer bekannt gewesen, der Gläubig geheißen hatte.) Zudem bestätigten die täglichen Frontverkürzungen im Wehrmachtsbericht den höflich gewordenen Stomma; stolz war er und begriff sich als heroisch, weil er einen Juden in seinem Keller zu verbergen meinte: «Da stäh ich fiä ain. Ond wännes mich Leben mecht kosten.»
Erst im März vierundvierzig, als sich die Divisionen der Armeeabteilung Narva auf die Linie Peipussee–Pleskau zurückziehen mußten, fand Lisbeth einige rötlich gelippte Laubschnecken, die auf dem Brentauer Friedhof im gehäuften Buchenlaub überwintert hatten. In Zweifels Keller verließen sie ihre Gehäuse. Zögernd wiederholte sich Glück. Doch keine Wettläufe mehr, sondern neuerliche Versuche, sanft mit dem zu sein, was von seiner Geliebten anwesend war: spielerisch setzte Zweifel die Laubschnecken auf ihrem hellbeflaumten Fleisch an und war auf Umwegen zärtlich; aber Lisbeth blieb fern – nicht einmal Ekel.
Dieses Motiv findet sich schon auf persischen Miniaturen. Und auch die Hethiter sollen ihren Frauen Schnecken angesetzt, sich für die Liebe Zeit genommen haben.

Augst ein Denkmal schreiben.

Als Zweifel im April seinen neununddreißigsten Geburtstag feierte, schenkte ihm Stomma eine Briefwaage aus Messing, die auf einem Glasfuß stand: jetzt konnte er seine Schnecken wiegen.

Die drei Augstsöhne brachten mich zum Bahnhof. Über Reutlingen Nürtingen Plochingen fuhr ich zurück und notierte wenig in meinem Sudelbuch: Der Brillenträger. Der Pazifist. Die Kinderrätsche. Pilzkunde und Sprechschule. Der 23. Psalm. Nur vier Monate Afrikakorps: vertrug das Klima nicht. Partnerschaft. Die Kriegsgeneration. Der Ludwigstein. Soll viel Kant gelesen haben. Was Dekan Noetling sonst noch am Grab gesagt hat. Die Großmutter und die Klavierstunden. Das Staatsexamen mit achtundvierzig. Wollte keine neue Hose kaufen. Hat mit den Kindern Reisen gemacht: einmal nach Tirol, einmal ins Elsaß, wo sie das ehemalige Konzentrationslager Struthof besichtigten. Schulden bis kurz vor Schluß. Seine Mitgliedschaften . . .

Schon in Esslingen stieg ich aus und besuchte die kinderlosen Jäckels. «Erzähl mal», sagten sie. Und ich begann: «War ein Brillenträger und Pazifist. Wollte zur Waffen-SS, aber die nahmen ihn nicht. Hat Pilze gesammelt und die Musik nicht geliebt. Haben sich alle Mühe gegeben, die Frau und die Kinder. Gehörte zur Freikirche. War depressiv und wurde behandelt: wahrscheinlich mit Tofranil. Soll aufhellen bei endogener Melancholie . . .»

Und wenn ich nun doch beide an einen Tisch? Seitdem Zweifel die Briefwaage besitzt, müßte es gehen. Augst hat seine Brille vergessen; das gleicht aus. Schon ist es Mai in Karthaus und überall im Kaschubischen. Der Regen hat viele Wegschnecken gebracht: ziegelrote torfbraune rostrote senfgelbe . . . Eine der Wegschnecken könnte zwischen ihnen verkehren. Es gäbe viel auszutauschen. (Zwitterglück ist immerhin denkbar.) Die Wegschnecke wäre für beide da: Partnerschaft. (Auch Raoul könnte sich beide an einem Tisch denken.)

Später erzählten die Jäckels abwechselnd und gleichzeitig Reiseerlebnisse, die sie aus Indien mitgebracht hatten. Ich war weit weg, auch wenn ich über komische Episoden lachte und mich für Indien zu interessieren schien.

25

Er entsteht, wo sie sich zusammenraufen und einander das Wort erteilen, wo sie hakeln rangeln mitmischen hemdsärmelig sind, wo sie sich unter vier Augen besser (schon etwas besser) verstehen, wo sie alle in einem Boot und keine Krähe der anderen, wo sie von sich abzusehen bemüht sind und zwinkernd das Ganze im Auge haben, wo Proteste (chronisch) scharf ausgesprochen und Bedenken nachdrücklich geäußert werden, wo man sich abstimmt, bevor man abstimmt, wo Kompromisse vorher einkalkuliert werden und vorbeugend (nachdrücklich) fürs Protokoll gesprochen wird, wo Spesen Investitionen sind, wo Terminkalender verglichen und Postkartengrüße an Abwesende reihum gereicht werden, wo man sich im Verlauf vieler Sitzungen schätzengelernt hat, wo es stinkt . . .

Zurückblättern: Münster, Zimmer mit Blick auf den Zoo. Der Kandidat in Lünen ein Pfarrer. Vielgestuft ist der Mief allgemein. Bei Regen kurz nach Willy in Osnabrück. Ein Goldhamster, der Franz gehört, ist verschwunden. «örtlich betäubt» wird verrissen. Die Wählerinitiativen Münster und Osnabrück arbeiten mit Klein- und Großanzeigen. Sich überschneidende Dunstkreise. Krefeld, wo ich in der Königsburg, Kiesinger in der Niederrheinhalle. Der Goldhamster, der Franz gehörte, lag tot in der Speisekammer. Trotz schlechter Prognose bei uns zweitausend im Saal. Aufrufe fordern Zugluft. In Wuppertal im Haus Girardet: Gespräch mit der Redaktion, mit Druckern und Setzern. (Zitiere aus Heinemanns Rede zum 1. September.) Der Goldhamster lag in einem leeren Steinguttopf. Obgleich ich Ausrufzeichen hasse, eine Erklärung abgeben. Anna (mit ihrer besonderen Nase) war dem Geruch nachgegangen. Sie sagte: «Kannst du den schnell im Garten . . .» Und sah dann doch noch die Würmer im Fell wimmeln. Franz wußte, wieviel ein neuer kostet. Drautzburg, der Ohrenzeuge, hat sich Kiesinger angehört: «Mannohmann! Eine Stunde lang über Gelbe Gefahr. Ruft dreimal China, bis die Leute Schiß kriegen: Gleich kommen sie, siebenhundert Millionen, und alle nach Krefeld.» Beim Begräbnis des Goldhamsters, der Franz gehörte, hat niemand eine Rede gehalten. Jetzt läuft der Wahlkampf überall. Mobile Dunstglocken. Ab morgen fünfmal täglich mit Lautsprechern vom VW-Busdach. Kein Skat mehr mit Betriebsräten, nur redenreden . . .

In seiner Zopfmusterstrickjacke sitzt Zweifel im Ohrensessel, die Arme auf gepolsterten Lehnen. (Ich will versuchen, Kinder, ihn auszugraben. Zuviel läuft nebendrein, zum Beispiel Landschaften. Zweifel in seinem Keller war allenfalls die plackige, vom Schwamm und Schorf befallene Nordwand so etwas wie denkbare Landschaft: er war ja begabt im Entwerfen. Die vielen unbestimmten Einzelheiten.) Also sitzt er im Ohrensessel. Draußen soll Sommer sein. Die Zeitung berichtet von Abwehrschlachten im Kurland und der immer näher rückenden Ostfront. Schon könnte man meinen, Zweifel sitzt sicher in seinem Ohrensessel. Auf dem

Tisch hat er ein Stilleben aufgebaut: neben der Briefwaage aus Messing liegt die schönleise tickende Taschenuhr, deren Kette Umwege macht und auf das offene Rasiermesser hinweist, an das sich die Lupe (ohne Schnürsenkel) lehnt. Dazwischen, über die Uhrkette, auf dem Glasfuß der Waage und nahe dem offenen Rasiermesser bewegen sich oder zögern zwei Wegschnecken (ziegelrot torfbraun) zwei Weinbergschnekken (von denen eine später schadlos über das offene Rasiermesser gleitet) eine Gelbe Egelschnecke. Jetzt ruht die andere Weinbergschnecke mit ihrem Haus auf dem Glas überm Zifferblatt der schönleise tickenden Taschenuhr. Jetzt steigt die Egelschnecke am Messinggestänge der Briefwaage und wird sie zum Ausschlag bringen. Bezüge freihaus. Zweifel bezieht sich auf jenen Kupferstich (rechts vom Kellerfenster) und hat Spaß an seiner Melencolia.

Ihn wechseln. Dennoch wäre es falsch, Mief ausschließlich in Vereinen, Arbeitsgemeinschaften, Verbindungen, Gemeindesälen, Seminaren, in Republikanischen Clubs und auf Sportplätzen zu suchen: auch Einzelgänger riechen nach vereinzeltem Standpunkt, und selbst die Verächter des Miefs treffen sich manchmal in kleinem Kreis. Man hört sie hüsteln: Opfer des demonstrativen Lüftens.

Und das, Kinder, bringe ich aus Wuppertal mit, wo die Schwebebahn eine Vielzahl wundergläubiger Sekten unfallfrei verbindet: Im August brachte Lisbeth Stomma, nachdem sie Zweifel schon viele und leicht zu benennende Schnecken gebracht hatte, eine Nacktschnecke, die er, der alle Mollusken der Klasse Gastropoda beim Namen kannte, nicht bestimmen konnte. Sie hatte die Länge der Waldegelschnecke, war aber nicht gekielt. Ihr Rot war nicht das Rostrot Ziegelrot Brandrot der Wegschnekken; purpurrot trug sie einen grauschwarz gefleckten Mantelschild. Wie bei der Gartenwegschnecke war ihre Sohle gelblich, doch spielte ihr Kriechschleim glasig ins Grün. Ähnlich dem Atemloch der Gelben Egelschnecke war ihres von einem wulstigen Rand umgeben, nur saß das Loch nicht am hinteren Mantelschildrand, sondern mehr zur Mitte hin wie bei den Wegschnecken. (Sie sah aus, als hätten sich Wegschnecke und Egelschnecke gekreuzt.) So systematisch Zweifel in Gedanken Fachliteratur blätterte, er konnte sie nicht bestimmen. Sinnlos, die stumme Lisbeth nach dem Fundort zu fragen. Dennoch verhörte er sie regelrecht, schließlich mit schroffer Ungeduld nach Einzelheiten. Er wollte wissen, ob am Fundort der Grund trocken, sandig oder feuchtschattig gewesen sei, ob sie die unbestimmte Schnecke am morschen Holz, an der Friedhofsmauer oder auf Moosgrund gefunden habe. Fast hätte er sie geschlagen. (Oder hat Zweifel, was ich kaum glauben kann, Lisbeth, weil sie stumm blieb, mit der Hand oder mit einem Lineal, das er beim Tabellenanlegen benutzte, auf die Finger, auf den Hinterkopf geschlagen?) Später zeigte sich, daß die unbestimmte Schnecke gerne Nadelwaldgrund, aber auch trockenes Laub aufsuchte, obgleich sie keine Merkmale der braunen Wegschnecke aufwies, die auf Heideflächen und in pilzreichen Kiefernwäldern gefunden wird.

Eine Stadt, in der Mystik und Kleinindustrie bergauf bergab siedeln: tüchtig, weil immer erleuchtet. – Zweifel mußte nicht schlagen. Lisbeths Zunge kam wieder, ohne daß Gewalt sie lösen mußte. Langsam und zögernd über Schwellen begann sie, aus sich heraus zu lallen, sobald ihr Zweifel die unbestimmte Schnecke auf den Unterarm, auf den Handrükken, aufs Knie setzte. Ganz ohne Absicht, denn Zweifel hatte Lisbeth schon oft Schnecken angesetzt, ohne daß sie durch diese Spielart ersatzweiser Zärtlichkeit verändert worden wäre; doch die unbestimmte (die wunderbare) Schnecke gab ihr die Sprache wieder. Von Tag zu Tag näherte sich Lisbeths Lallen und gaumiges Stöhnen faßbaren Worten. Schon brummelte brabbelte sie. Und eine Woche nachdem Lisbeth die unbestimmte Schnecke gefunden hatte, konnte sie sagen wo: «Na baim klainen Hannes war se jewesen.»

In Wuppertal geht es um zwei Wahlkreise, die fünfundsechzig mit 44,0 und 44,5 Prozent sicher gewonnen wurden. Hier die zu selbstsicheren Genossen in ihrem kommunalpolitischen Mief aufzuscheuchen, wäre (gleichfalls) ein Wunder: und wir kletterten, als es soweit war, auf 48,6 und 49,6 – kaum zu glauben.

Dabei blieb es vorläufig. Solange sich der Muskelfuß der unbestimmten Schnecke über Lisbeths Unterarm und – der Beuge folgend – über ihren Oberarm schob, wobei die Kriechspur den hellen Flaum glättete, sprach Lisbeth von ihrem Sohn: Was sie zu Hannes gesagt hatte, was Hannes ihr von Kaninchen und Igeln erzählt hatte, was sich beim Spiel der anderen Friedhofskinder mit Hannes zugetragen hatte – Streit um verlorene und gefundene Knöchelchen – doch sprach Lisbeth nur, solange die Schnecke angesetzt blieb. Stomma saß manchmal mit kalter Pfeife dabei. Zwar wunderte er sich, aber da er in Zweifel schon immer den Doktor, mehr noch, einen jüdischen Arzt erkannt hatte, wunderte er sich nicht übermäßig. Er sagte: «Nu räd se wieder» und beschaffte in der Stadt ein schön leeres Schulheft, in dem Zweifel Lisbeths durch Rückfälle verzögerte Heilung mitschrieb.

Als wir im Krefelder Hof, nach dem Abstecher nach Rheydt, etwas essen wollten, fuhr draußen Kiesinger vor. Einige Gäste verließen ihre Tische, um ihn vorfahren zu sehen. Auch das Servierfräulein (gerade dabei, unsere Bestellungen aufzunehmen) verließ uns, obgleich ihr an der Silberzunge nichts liegen konnte. Ihrem Rücken war anzusehen, daß sie Drautzburg lustiger fand, auch daß sie dem Sog zur Fensterfront nur widerstrebend folgte. Deshalb rief ich, obgleich es noch nichts zu pfeffern gab: «Können Sie uns, bitte, ein wenig Pfeffer bringen.» – Das Servierfräulein löste sich von der Fensterfront, lächelte wie erlöst, brachte den Pfeffer und nahm, während draußen Kiesinger vorfuhr und der Beifall der Jungen Union klappte, die restlichen Bestellungen auf. – Deshalb sagt nicht gleich «typisch autoritär», wenn ich euch anrufe, Franz vom Fernsehschirm und den UFOS abziehe, Raoul mit List aus dem Sog locke. Denn der Sog ist mein Feind. Er schafft Einheiten, die ich fürchte. Am Ende will ein einziger Wille mit einem einzigen Mund nur noch den einen Schrei nach Erlösung Rettung Heilung, dem Wunder. (Ein Schriftsteller, Kinder, ist jemand, der gegen den Sog schreibt.)

Als die Studenten ihres Eigengeruchs überdrüssig wurden, verließen sie die Hörsäle, formierten sie sich eng gekoppelt, gerieten sie in den Sog ihrer Reizworte und lüfteten sie sich auf der Straße. Trotz heftiger Bewegung und wunderbarer Einmütigkeit scheiterte dieser so oft fotografierte Versuch radikaler Entmiefung, weil die Studenten unter sich blieben und – als es kälter wurde – ihren Sprachgebrauch als Wärmezone bezogen, viele als Dauermieter. (Jetzt soll der süße Jesus mit linken Kunststücken helfen.)

Jedenfalls, ohne an Wunder zu glauben, nahmen wir der CDU den Wahlkreis Krefeld ab. Kletterten von 40,2 auf 45,2 Prozent. Und das, obgleich die Silberzunge in der Niederrheinhalle dreimal, den Himmel beschwörend, China gerufen hatte.

Und legte die Hand auf. Und berührte sie. Und sagte: Steh auf. Und tat ein Wunder. Und die es sahen, glaubten fortan. Auch Stomma sagte: «Ain ächtes Wunder», sooft ihm Zweifel widersprach, so umständlich er wissenschaftlich wurde.

Dabei war es die Natur, die wegnahm oder zurückgab und heilte. «Nur wissen wir nicht», sagte Zweifel, «welche Stoffe nehmen, geben und heilen.» Er führte in den Tabellen seines Diariums viele unbestimmte Einzelheiten auf; und auch ich, Kinder, durchschreite zwar diesen oder jenen kommunalen Dunstkreis, doch sobald ich Wuppertal Krefeld hinter mir habe, schließt sich hinter meinem Rücken der Mief und verursacht dabei ein bisher noch unbestimmtes Geräusch.

Während Lisbeth geheilt wurde und sich zunehmend veränderte, veränderte und verfärbte sich auch die heilende Schnecke: ihr Purpur lief ins

Violett über, verfinsterte sich mit dem grauen Mantelschild und war am Ende blauschwarz. Die vorher gelbliche Kriechsohle begann, sich zu bräunen und glitt nicht mehr auf glasig grünem, sondern anfangs auf milchig farblosem, später ergrautem Kriechschleim. Es war, als söge die unbestimmte Nacktschnecke Lisbeths Schwermut, womöglich den schwarzen Gallensaft in sich hinein; denn während sie sich verfärbte und mit hemmungslosem Sog die Substanz der Melancholie in sich aufnahm und speicherte, wuchs sie bis zur Handspannenlänge, wog sie mehr und mehr bleiern: ein Fortschritt, den Zweifels Briefwaage täglich meldete. Auch begann der Wulst um das Atemloch knotig zu wuchern und den Mantelschild aufzuwerfen. Ab Anfang November nannte Zweifel die unbestimmte Schnecke in seinem Schulheft nur noch Sogschnecke. Ihre Verfärbung, schließlich Verfinsterung trug er in Stufungen ein.

Proben aus Bayern und dem Münsterland: der älteste Mief ist der religiöse. Eine Verdichtung aus Weihrauch, Gipsstaub, Dummheit und Armsünderschweiß. Der Kommunismus, zum Beispiel, könnte als Religion Zukunft haben. Schon rieche ich, wie es ihm nach zwitterhafter Begegnung mit dem Katholizismus gelingt, einen Großmief aus Mystik und Materialismus zu züchten. Windstille könnte dann herrschen. Unbewegte Zeiten kämen. Kein Platz für Zweifel. Nur regelmäßige Heiligsprechungen und ab und zu Wundermeldungen aus der Zentrale.

Anfangs, als die Sogschnecke noch unbestimmt, schön und vollkommen genannt werden konnte, hatte Zweifel sie eher spielerisch seiner Geliebten angesetzt. Und wie selbstverständlich hatte Lisbeth, sobald die Kriechsohle an ihr haftete und wirkte, zu plappern begonnen: die üblichen Friedhofsgeschichten. Später, als die Sogschnecke zu ihrem Namen kam, sich auszuwachsen, zu verfärben, dann zu verfinstern begann, war mehr von dem die Rede gewesen, was im Haus, in der Küche, im Hof und Kaninchenstall vor sich ging. Und noch später, als die Heilung schon fortgeschritten genannt werden konnte, sprach Lisbeth nicht nur, sobald sie die Sogschnecke an sich hatte, sondern auch uferlos zwischendurch. Von der Kundschaft in der Reparaturwerkstatt, von ihres Vaters Tauschgeschäften, von Begebenheiten, die sich in unmittelbarer Nachbarschaft zugetragen hatten oder von denen Gerüchte umgingen. Sobald Lisbeth (während wie nach der Behandlung) ihre Geschichten verstrickte, sprach sich ihr Hunger nach kleinstädtischem Klatsch und nach jenen handlichen Neuigkeiten aus, wie sie von Nachbar zu Nachbar über den Gartenzaun gereicht werden.

Wir nennen das tratschen, schweizerdeutsch rätschen. Wenn ich zurückkomme, bin ich satt vom pluralistischen Tratsch, der in Miefzentren, die nur schwer zu bestimmen sind, wie der Knöterich um sich greift. Gemischte Gremien aus zwiefach genähtem Interesse. Filzkulturen und regionale Geniste. Ein sich selbsttätig umschichtender Mief. Wedelnder Sprachgebrauch: «Da ham wir kurz gegenangestunken.» – «Wolln mal kurz bißchen Wirbel machen . . .»

Im Keller gab es auch Rückschläge, die Zweifel notiert hat. Zeitweilig bereitete die angesetzte Schnecke ziehenden Schmerz. Lisbeth wimmerte, schielte, geriet in Krämpfe, verdrehte die Augäpfel. Zweifel, der auf rascheren Fortschritt gesetzt hatte, mußte die Behandlung mehrmals aussetzen und insgesamt dosieren; denn auch die Sogschnecke mußte – so sah es aus – geschont werden: wenn Lisbeth vom ziehenden Schmerz gekrümmt wurde, krümmte und bäumte sich gleichfalls die Schnecke. Die Augenfühler erstarrten, vibrierten. Sogar Lisbeths Wimmern fand Entsprechung: das umwucherte Atemloch der Sogschnecke warf schaumige Bläschen, die knisternd platzten. (Nur langsamer Fortschritt. Ihr wißt ja, Kinder, wie verzweifelt wir tippeln. Und Raoul fragte mich neulich, ob ich wüßte, daß sogar der Verkehrsminister der Volksrepublik China Um-Lei-Tung heißt.)

Da ich mit verzettelter Nase versäumen könnte, meinen angestammten Dunst zu beschreiben, will ich jetzt den Reformmief benennen und sein Wortfeld absuchen: Wiedervorlage, Teilmodell, Stufenprogramm, vergleichsweise, Entwicklung, es fehlt. (Woran fehlt es?) An brauchbaren Unterlagen, an einem novellierten Rahmengesetz, an Zielprojektionen. Eine Datenbank fehlt. Bewußtsein fehlt. Der Wille zur Veränderung fehlt. (Was, außer dem Bewußtsein, soll verändert werden?) Nicht alles auf einmal, doch eigentlich das System. Sätze, die mit dem Wörtchen «man» beginnen: Man müßte, man sollte . . .

Wegschnecken im Regen. Bei Nässe gehen sie auf, sind sie farbiger als in Büchern, atmen sie sichtbar, pumpen sie vielversprechend, gleiten sie müheloser, verschwimmt ihre Spur.

Ein trockner Herbst. (Selbst bei geschlossenem Kellerfenster hörte Zweifel die Kastanien im Hof platzen.) Solange die Schwermut von Lisbeth auf die Sogschnecke umzog, konnte er sich kaum um Stomma kümmern; auch den Unterricht im Altgriechischen mußte er vernachlässigen und später einstellen, so erstaunliche Fortschritte der immer noch leseunkundige Stomma machte und so komisch es sich anhörte, wenn der Fahrradhändler mit seiner alles breitschlagenden Zunge von Agamemnon und Klytämnestra erzählte. (Nach Zweifels Meinung hat Stommas Aussprache des Altgriechischen ahnen lassen, wie dialektgefärbt sich Hirten und

Bauern zur Zeit des Aischylos Tratsch und Gerüchte weitergereicht haben mögen.)

Unsere Reformer sprechen, wie sich die Schnecke in unübersichtlichem Gelände bewegt: laut Langzeitprogramm mittelfristig. Da sie unterwegs bleiben, hoffen sie, stehendem Geruch entgehen zu können – und schleppen ihn mit.

Weil Stomma, der sonst mißtrauisch jedes Wort für eine Falle hielt, der Heilung seiner Tochter wundergläubig zusah, bat er Zweifel, auch ihn zu heilen und die Sogschnecke gegen seine Gicht anzusetzen. Jedes Mal, nachdem sie fünf genau bemessene Minuten lang seinen Rücken bis zum Nacken bezogen hatte, sagte er: «Nu is bässer. Werd miä noch fiehlen wie Jingling, wo Polka mecht tanzen.»

Bei den Projektemachern. Überall frißt sich der Streit über das Tempo und die Richtung des Fortschritts (wie er benannt werden soll) durch Vorlagen, Beschlüsse, Zusatzanträge und Protokolle.

Zum ersten Advent vierundvierzig, als der letzte Kriegswinter die Lage an allen Fronten regierte, ging Lisbeth Stomma in Karthaus zum Friseur und kam mit Dauerwellen zurück: eine junge und erschreckend normale Frau. – Auch diese wie alle vorausgegangenen Veränderungen hat Zweifel notiert, wie er seit seiner Schülerzeit den Lichtsinn und die Atmung der Lungenschnecken, den Fortpflanzungsprozeß der zwittrigen Weinbergschnecken und die Gangart auf Kriechsohlen beobachtet und in zierlich gesetzte Notizen gefaßt hatte. – Am 28. Mai 1944 schrieb er in sein Diarium: «Sogleich nach dem Ansetzen (linker Oberschenkel) begann L. St. zuerst zu summen, dann zu singen, ohne daß die Melodie erkennbar wurde. Erst gegen Schluß der Behandlung fand sich das formlose Lalala zu der weitverbreiteten Schlagermelodie ‹Rosamunde›, doch wurde der Text des Schlagers, abgesehen vom Titel und dem Wort ‹Sparkassenbuch› nicht deutlich. Nach eigener Beobachtung und nach Aussage des Vaters A. St. hat L. St. seit dem Tod ihres Sohnes Hannes (am 2. September 1939) zum ersten Mal gesummt und gesungen.» – Und zum Vergleich diese Eintragung: «Heute, am 21. September 1944, zeigten beide Augenfühler der Sogschnecke gestörte Reaktionen. Auf Beschatten sowie nach Berühren der Blasenaugen folgte kein Einstülpen. Nach einer Stunde begann die Unempfindlichkeit abzuklingen. Doch erst gegen Abend, acht Stunden nach der Behandlung (Nackenpartie) konnten der Lichtsinn und die übrigen Reaktionen der Sogschnecke wieder normal genannt werden.»

Als sich die Schnecke im Gegenverkehr begegnete, sah sie sich widerlegt. «Das darf doch nicht sein!» rief sie. «Ich denke, da vorne ist vorne.» Nachdem sie auf ihre Art gezögert hatte, änderte sie die Richtung und begegnete sich bald darauf abermals.
«Habe ich also doch recht gehabt. Da vorne ist vorne!»

Sie wendete und entfernte sich voneinander: eine tragische und – aus Distanz gesehen – auch komische Spaltung.

Wie Lisbeth als Frau normal wurde. (Mehrere Schweizer haben es mir bestätigt: «De Schnägg» oder «s'Schnäggli» oder «Du chlyne heerzige Schnägg» sind nicht nur in Zürich-Niederdorf, sondern auch in ländlichen Kantonen vulgäre und zärtliche Benennungen der Vagina; bildlicher als Fötzchen oder Möse.) Ihr habt es gut. Laura wird ihr Schnäggli hüten, Franz und Raoul werden s'Schnäggli suchen, und Bruno wird viele Schnäggehüüsli bewohnen.

Die Normalisierung. Unter dem 6. November 1944 steht in Zweifels Schulheft: «Sogleich nach Beginn der Behandlung (Beckenpartie bis zum Schambein) steigerte sich L. St. in einen Erregungszustand, der nach etwa vier Minuten Dauer zum Orgasmus der Patientin führte. Nach zehnminütiger Pause (bei angesetzter Sogschnecke) kam es nach kurzer, doch von Beginn an starker Erregung abermals zum Orgasmus, wobei die Patientin zweimal den Vornamen des bei Kriegsbeginn gefallenen Roman Bruszinski (Vater ihres verstorbenen Sohnes Hannes) ausrief. Das Anschwellen der Schamlippen und reichlicher Ausfluß zeigten normalgeschlechtliches Verhalten an. Als sich die Sogschnecke über das Schambein zog, geriet die Patientin abermals in erregten Zustand: Zuckungen, rascher Atem, Aufgehen der Schamlippen, hechelndes Stöhnen. (Die Behandlung mußte ausgesetzt werden, weil das Atemloch der Sogschnecke Bläschen zu treiben begann.)» – Zweifel hatte jetzt eine Frau.

Das werdet ihr lernen, Kinder. Ich bitte euch, zärtlich zu sein und geduldig zu bleiben. Und laßt nichts aus. Seid gierig nach neuen Gefühlen. Sucht immer andere Stellen. Werdet gesättigt nicht satt. Lernt von der Schnecke, nehmt Zeit mit . . .

26

. . . und gratuliere euch zum Geburtstag. Alle beide gleichzeitig zwölf geworden. (Keiner mit Vorsprung.) Raoul hat nun doch seinen Plattenspieler bekommen. Sobald der September beginnt, fällt es schwer, konsequent zu bleiben; das Licht überredet.

Mit meinem Tabak habe ich mich auf die Terrasse zurückgenommen: Als ich zwölf war – aber ich will nicht vergleichen – war der Krieg sechs Wochen alt und Polen schon lange. Auch hatte ich kein Zimmer für mich, sondern die Nische unter dem rechten Fensterbrett. Ihr habt jeder eins, seitdem wir den Streit geteilt haben, weil so verschieden geratene Zwillinge. Und meine Schwester, die ihr schweizerdeutsch Gotte nennt (und die mittlerweile als Hebamme rund siebentausend Kinder ans Licht geholt hat) besaß die Nische unter dem Fensterbrett des linken Wohnzimmerfensters. Jetzt hämmert Franz gegen die Zwischenwand, weil Raoul mit einer Metallfeile. Sonst gab es nur noch das Schlafzimmer, in dem die Eltern und wir. «Gut», sagte ich, «soll jeder ein Zimmer für sich.» Und sagte mein Vater am Sonntag: «Sollt es mal besser haben, sobald der Krieg vorbei ist und eine Dreizimmerwohnung in Schidlitz.» Denn als ich zwölf war und meine Schwester Waltraut neun, hörte ich, weil ich wach lag im Dunkeln, alles: den fortgesetzten Streit, die Liebe im Bett als Geräusch und den Schlaf der Eltern. Ihr habt jetzt, was ich nicht hatte: ein viereckiges Zimmer, in dem ihr euch ausdenken, vorstellen könnt. (Doch auch ich unterm Fensterbrett dachte mir aus, stellte mir vor.) Wenn ich nun Franz und die Ordnung, Raoul und das Chaos besuche, bei Franz die Produkte der Langeweile und mich im Detail wiedererkenne, überrascht mich bei Raoul täglich ein neues Trümmerfeld. Beide sammeln: Franz, um zu ordnen, Raoul, um Gesammeltes zu zerstreuen. Weil immer was auseinandergeht und die Welt, dieses Werkstück als Werkstatt, nicht fertig ist. (Ich habe in meiner Nische schön gezackte Granatsplitter gesammelt.) Franz hütet Reiseandenken aus tatsächlichen und aus erdachten Ländern. Wir haben ja Platz.

Jetzt steht der neue Plattenspieler im Chaos und fürchtet sich vor der Neugierde seines Besitzers, der draußen noch Auslauf sucht. Franz schlingert in seiner Kajüte. Ich, knapp zurück, trage Münster und Lünen nach, halte mit meinem Tabak die Terrasse besetzt: Staubfäden Ruhe Zweifel . . .

Raoul und die Gegenstände. Da ist er und jammert, hat sich beim Spiel im Hinterhof (Hase und Jäger) als Hase das rechte Schienbein aufgeschlagen. «Nein, Raoul. Nicht dein Schicksal. Das war der scharfe Rand der Kellereinfassung.» Alle wollen das magere Bein und die saftige Wunde sehen. Bruno gibt Anna Ratschläge. Franz ist peinlich berührt. Laura entdeckt, daß ihr auch was weh tut. Ich reihe Sprüche: «Wird schon wieder werden. Unglück am Geburtstag bringt Glück. Ich schwör dir: Wirst sehen.»

(Wünschen sich Hühnchen zum Mittagessen, diese widerlich bleichen Hormonvögel. Kein Fleisch, nur noch Kaumasse.) Am Nachmittag gingen wir mit Franz und Raoul und ihren sieben oder neun Freunden nach Steglitz ins Kino (Allegro), einen Western sehen: «Stadt in Angst» mit Spencer Tracy – «War Klasse!» Danach lief wieder was. Bettinas Geburtstagskuchen, der neue Plattenspieler, Besitzansprüche treppauf treppab. Eine Familie von solchem Ausmaß kennt keine Pause. Überall wächst was, bricht was aus, heilt was zu, spricht wer dazwischen, geht was verloren, fehlt ein Teil, ist immer was los. Oft, wenn sich der Lärm im Haus und am Tisch selbst trägt, sitzen Anna und ich unter zwei Glasstürzen in einem Glassturz. Flucht in verschiedene Richtungen. Jahrelanges Entgegenkommen. Ungleiche Erinnerungen. Jeder in sein Loch vergafft. Gemeinsam abwesend. Manchmal auf Rufweite: «Bist du noch da? Ist Post aus Prag? Wann mußt du wieder? Was ist denn? Sag doch. Erzähl mal.»

Wir besuchten ihn in seinem Sonderzug kurz vor der Abfahrt 0.12 Uhr: Hamburg Hauptbahnhof. Er hat sich in Schleswig-Holstein auf Marktplätzen heiser gesprochen. Nichts Neues: einundsechzig, fünfundsechzig, zweimal nahm er Anlauf, jedes Mal heiser, jedes Mal mit zu knappem Gewinn. Wird es reichen diesmal? Wir sitzen im Halbkreis: vier oder fünf Besorgnisverkünder. Ein Masseur, der gleichzeitig Sicherheitsbeamter ist (und nebenbei Butler) walkt seine Schultern, den Halsansatz. So also, wie das gediegene Wartezimmer eines Zahnarztes für Privatpatienten, sieht der Salon in einem Sonderzug aus. Im Halbkreis lernen wir, wie und wo massierende Handballen angesetzt werden. Er bittet jeden auf seinem Stühlchen, sich durch den heilpraktischen Vorgang nicht stören zu lassen. Sein Programm ist abgehakt: siebenmal «Liebe Bürger . . .» Jetzt freut er sich über Besuch, raucht heiser und erzählt einen Witz, als erzähle er ihn zum erstenmal.

Auch wenn ich ihn zu kennen meine, bleibt er jemand, der von weit weg herkommt, zwar dasitzt, aber noch nicht da ist, zwar erkennbar im Umriß, aber vage in Einzelheiten, zwar einen Witz erzählt, aber hinter dem Witz und seinem erstaunlichen Vorrat an Witzen (wie zu Schüler- und Pausenhofzeiten) Schutz sucht; denn im Rücken seines Gelächters – und er kann lachen: brüchig ansteckend – stapeln sich verschnürte Pakete. Wer will dran rühren, sie aufdröseln?

Jemand mit Hintergrund.
Jemand, der beim Aufstieg von Kehre zu Kehre Niederlagen gesammelt, verpackt und mitgeschleppt hat. (Doch selbst nach Siegen, die immer nur Teilsiege waren, wollte er nicht abwerfen, Ballast verteilen.)

Sobald er Schritte macht, bewegt er Vergangenheit, seine unsere: die nationalen Wackersteine. Ein Packpferd, das nur läuft, wenn ihm Übergewicht aufgetragen wird. (In seinen Knien sitzt, knirscht etwas, das gebeugt werden will; und im Jahr drauf ging er in Warschau auf die Knie, anstelle von Worten.)
Wenn er spricht, schieben seine Sätze einander. Jeder schiebt jeden vor sich her und wird von jedem, der folgt, geschoben. Rangiergeräusche. Wo, wenn nichts zieht, ist die Schubkraft?
Nennt ungern beim Namen. (Oft umschreibt er, was er genau weiß und seine Adresse hat, solange, bis es nur noch Umschreibung, ungenau ist.)
Zögerphasen Verzettelungen. Zwar sieht er die großen Zusammenhänge bis ins Feinkörnige, aber Personen (auch große) sieht er entschärft, hinter Milchglas gestellt. (Hat er sich für Personen entschieden, die sich vor Milchglas gegen ihn kehren, dann schweigt er und hört sein Schweigen.)
Jemand, der nur zögernd ich sagt und dennoch von sich nicht absehen kann. (Käme in nordischen Sagen ein Sisyphos vor, müßte er Willy heißen.)
Jemand vom Stamme Zweifel.

Und raucht und ist heiser. Unsere Ratschläge für das Sprechen im Freien mit Mikrofon; denn manchmal glaubt er, ohne zu sprechen. Anmerkungen zu den spontanen Streiks im Ruhrgebiet auf der Howaldtwerft. Strauzeleien. Übliche Besorgnisse, ältliche Umfrageergebnisse. Leo Bauer hat ein paar neue, zu gute Zahlen. Ich nöle penetrant über Unzulängliches in Oberschwaben. Er nickt, bestätigt, sammelt Unzulängliches: noch ein Paket. Im gediegenen Salon des abfahrtbereiten Sonderzuges massiert der Sicherheitsbeamte jetzt seinen Nacken.

Ja, Kinder, ich bin mit ihm befreundet. Das ergab sich, verzögert. Seit Jahren (zwischen Pausen) rede ich mit ihm, schreibe ich ihm, hören wir einander zu, bilden wir Sätze gemeinsam, nehmen wir uns knapp Zeit. Ich weiß nicht, ob er mehr von mir weiß, als ich mitteile. Bevor wir zu uns kommen, kommen wir immer zur Sache. Weil wir so verschieden sind, brauchen wir eine Sache, die wir unsere nennen. (Hat bläulich mit Zukunft zu tun, wird mit oxydierter Vergangenheit aufgewogen, macht graustichig Gegenwart aus.) Eine verplante Freundschaft. Mangelnde Zufälle . . .

Jemand, der seiner Melancholie Termine einräumt.
Jemand, den nichts hebt, überhebt.
Jemand, dessen Ausflüchte versperrt sind, der sich nach vorwärts zurückzieht.
Viele sind übereingekommen, sich zu helfen, indem sie ihm helfen. Er läßt sich helfen.

Und das nur halblaut: er beunruhigt mich. Ich fürchte, er ist ein Ziel. Es könnte ihn treffen, täglich. (Auch weil er so unerbittlich geliebt wird.) Fast bin ich ängstlich in meiner Hoffnung, er könnte siegen und dem Haß seiner Gegner noch deutlicher sein.

Mit Sontheimer, Jäckel d. Ä., mit Gaus, Linde, wem noch? – Als wir Willy Brandt kurz vor Abfahrt des Sonderzuges auf dem Hauptbahnhof Hamburg besuchten, waren wir sparsam mit Vorschlägen. Gaus, den ich mir oft und versuchsweise als Zweifel im Keller denke, sprach analytisch. Seine Stimme trug. Er hatte erstens bis fünftens recht. (Nur Stomma in seiner Einfalt und Schläue hätte ihn widerlegen können.) Auf rundem Tisch lag auf Zeitungen die Bild-Zeitung. Einige Zeilen angestrichen. Das Böse in hoher Auflage. (Aber keine Streichhölzlein mehr, kein labyrinthisches Spiel.) Wird er? Werden wir? Kann denn? – Hinter dem Kanzlerkandidaten der Espede und dem massierenden Sicherheitsbeamten gab ein geschlossenes Fenster den Blick auf Bahnsteig vier frei: im gelben Licht ein sich küssendes Paar. Beide schon wahlberechtigt. Beide weit weg.

Der Sonderzug stand abfahrbereit. Wir wünschten uns alle artig Erfolg. Als wir gingen, blieb jemand zurück, dessen Einsamkeit viel Zulauf hat.

Mitbringsel: meine und eure.
Franz bringt eine Schlangenhaut.
«Wo haste denn die her?»
«Aussem Laden.»
Er meint das Tiergeschäft – Vogelfutter Aquariumzubehör Meerschweinchen – gleich neben der «Süßen Ecke» am Friedrich-Wilhelm-Platz.
«Hat sich einfach gehäutet. Lag da so rum. Is vonner Ringelnatter. Raschelt ganz schön, was?»
Als Gegenwert will Franz dem Tierladenbesitzer zwei junge Goldhamster bringen.
«Wenn meine Junge kriegen. Kriegen die bald.» –
Tausche Schlangenhaut gegen was?
Sich häuten können.
Außer sich sein.
Klebrig neu.

Am Tag nach eurem Geburtstag, gleich nach der Veranstaltung in Marktredwitz, schlug mir jemand die Schulter, mit dem ich zur Schule (weiß nicht auf welche) gegangen bin: «Na, alte Haut!»

27

Mit fortschreitender Heilung wurde aus der einfältigen Lisbeth Stomma eine junge Frau mit Dauerwellen und anderen Bedürfnissen. Sie war jetzt vierundzwanzig Jahre alt und wußte (neuerdings) wann sie Geburtstag hatte. (Auch Montag Dienstag Mittwoch konnte sie sagen und fünf nach sieben und übermorgen und vorgestern.) Je mehr ihr die Sogschnecke abnahm, um so lachlustiger wurde sie. Kein mädchenhaftes Kichern, ein Lauthalslachen und Prusten, dem der Keller zu eng war. In Lisbeths Gelächter schwamm die Aufforderung, mitzulachen.
Auf den Friedhof, wo ihr Hannes lag, ging sie immer seltener, dann kaum mehr. Manchmal (beim Kartoffelnholen) sagte sie: «Ech mißt mal wiedä hinjehn, weil so trocken is. Na, vlaicht iebermorjen.» – Auf fremde, entlegene Friedhöfe in Brentau oder Oliva ging sie nie mehr.
Lisbeth begann zu leben und sammelte fleißig Lebensbeweise. Wenn sie zu Zweifel kam – und später kam sie jede Nacht – hielt und klammerte sie ihn, lag sie nicht mehr bloß da und unter ihm, nahm sie ihn zwischen. Schon treppab in den Keller meldete ihr Schritt Ansprüche. Sie kam und wollte was kriegen. So stumpf und unbetroffen sich ihr schwermütiges Fleisch von Zweifel hatte stoßen lassen und so wenig es Zweifel, bevor die Sogschnecke Lisbeth änderte, trotz stößigem Fleiß und besessenem Fummeln gelungen war, ihr ein wenig Zärtlichkeit abzujagen, jetzt deckte sie ihn ein, kam sie entgegen, gab sie zurück. Lisbeth Stomma wurde neugierig, konnte staunen, mußte anfassen anfassen. Sie wollte wissen, was wo wie gemacht wird und lernte alles. Und wollte mehr, wollte es querüber, rittlings, seitenverkehrt, hinten rein und noch mal von vorne bekommen. Sie war nachgiebig und spannte sich, sie saugte sich fest, wenn an ihr gesaugt wurde, sie hatte Krallen und Streichelfinger. Wie Hunde leckten sie sich und ließen nichts aus. Nicht mehr trocken und eng, offen und feucht ließ sie es kommen und hechelte sie getroffen, wenn es bei ihr kam, weil es bei ihm kam. Und zwischendurch ihre Schnappsilben und Rammellaute.
In Zweifels Keller zog die Liebe mit strengem Geruch ein: Samenkäse, dünstendes Doppelfleisch. Nie genug. Die Matratze zu knapp. Der Kartoffelberg gab unter beiden (die eins waren) nach und ging in die Breite. Auf gestampftem Lehmboden. Im Ohrensessel gegrätscht. Stehend, bis die Knie wegrutschten, gegen die feuchte Nordwand. Sie turnten, als wären Preise und Medaillen zu gewinnen gewesen. Alles, was sich machen ließ, bis endlich (so schien es) genug war und nur noch Schlaf blieb. Doch selbst im Schlaf, Kinder, faßten sie nacheinander und zitterten erschöpft, weil sie so leer waren.
Oft blieb Lisbeth bis zum Morgen. Zweifel mußte nicht frieren: der Atem neben ihm. Manchmal flüsterten sie zwischen Schlaf und Schlaf:

Strichelwörtchen, kleingeschriebenes Wispern und enggereihte Warumketten. Da Lisbeth jetzt eine Frau war, die einen Mann hatte, begann sie zu fragen (und Zweifel wollte gefragt werden). Bevor die Sogschnecke Lisbeth heilte und änderte, hatte sie nie wissen wollen, woher Zweifel gekommen war, was ihn in den Keller gebracht hatte und warum er ihn nie verließ. Mehr als drei Jahre lang war sie tagtäglich ohne Frage gekommen, und selbst wenn Zweifel ihr mit Worten, wie Kinder sie machen, von sich und seiner mannstollen Großmutter, von seinen Büchern und seinen Schülern, vom Werderdorf Müggenhahl zwischen Abwässerungsgräben und seiner altväterlich möblierten Wohnung, vom kahlköpfigen Gemüsehändler Laban und dem Schiff voller Auswanderer «Astir», vom Verkauf der Synagogen und dem Speicher in der Mausegasse, auch von der Hoffnung, vom Berg Karmel in Palästina, ja, vom himmlisch Jerusalem erzählt hatte, war Lisbeth Stomma nichts als ein Loch gewesen, in das Zweifel hineinsprechen konnte, ohne es aufzufüllen: keine Antwort vom Lochboden. – Doch jetzt wollte Lisbeth wissen, alles, klitzeklein.

Von Marktredwitz nach Wunsiedel, wo es regnete und wir in den Goldenen Löwen flüchten mußten – von Wunsiedel in den Kurhausgarten Bad Berneck, wo unter Bäumen die Rentner mühselig und beladen waren – von Bad Berneck nach Bayreuth. Wir schaffen vier fünf Veranstaltungen pro Tag (plus Pressekonferenz und hastigem Aufbau von Wählerinitiativen). Drautzburg hat unser Busdach mit einer Plattform stabilisiert und mit zwei Lautsprechern bestückt. Bodenseeschwäbisch kündet Bentele an: «In einer Viertelstunde spricht zu Ihnen auf dem Marktplatz . . . spricht auf der Kurterrasse der bekannte . . . wird sich der international bekannte Schriftsteller Ihren Fragen stellen . . .» – Wir kommen mit Musik, die Drautzburg und Bentele gemixt haben: «Oh happy day». – Meistens liege ich hinten noch flach, wenn es schon oben raus dröhnt. Kaum angekommen, wird das Aluminiumleiterchen eingerastet, damit die wechselnden Kandidaten und ich auf die Plattform klettern können. Kurze Ansprache – «Liebe Kurgäste!» – während sich Publikum sammelt und im Halbkreis zum Staunen bereit ist. Unten fordert Drautzburg mit drahtlosem Mikrofon zur Diskussion auf. Im Bus steuert Bentele die Lautstärke und schwitzt bei Pannen. Ich, oben, muß aufpassen, daß mein Mikrofon den Richtlautsprechern nicht ins Gehege kommt, Kampf mit der Technik, dem Wetter, mit eingelebten Vorurteilen und selbstbewußter Ignoranz. Eine NPD-anfällige Gegend. (In Wunsiedel zwei langgelockte Burschen, die aber von rechts kommen und mich gelernt nicht «Revisionist», sondern «Verzichttrommler» nennen.) In Bad Berneck will eine rüstige und mit dem Mikrofon wie verwachsene Dame unbedingt (und mit meiner Hilfe) die australische Urbevölkerung retten.

Überall die Ängste und Kümmernisse der Rentner. Ihre Sorgengesichter. Ihre (von Amts wegen) verwirrte Sprache. Abgeschoben unverstanden vertröstet verengt. In ihrer Uneinsichtigkeit sind sie CSU-fixiert, erwarten aber dennoch und einzig von den Sozialdemokraten Hilfe. (Kinder, wenn ihr euch helfen wollt, dann helft den Rentnern. Sie haben viel Bitterkeit zu bieten.)

Leistungsgesellschaft – das spricht sich so aus. Wo ich hinkam, ob sich der Kapitalismus elastisch, der Kommunismus pausbäckig straff gab, überall regierte das Soll und das Übersoll und saßen unnütz, weil abgeschoben (abgeschoben, weil unnütz) die Alten und erzählten von vergangener Leistung.

Tagsdrauf: Eibelstadt – Weinprobe mit geladenen Gästen – Ochsenfurt auf dem Marktplatz – dann kirchenreich Würzburg.
Mühsam mühsam! Und doch macht es Spaß, wacklig vom Busdach mit wechselnden Kandidaten gegenüber Barockfassaden, unterbrochen von Kirchenglocken, wie freigesetzt, unterm Himmel und seinen Sperlingen endlich ohne hochkant gestellte Kiste freiweg zu reden und bei wechselndem Wetter und gleichbleibend trockenem Reformprogramm ganz nah dran, zwischendrin zu sein.

In München geht es darum, den Wahlkreis Mitte zu gewinnen. (Wurde gewonnen.) Dort, wie in Würzburg, Nürnberg, Erlangen, arbeiten Wählerinitiativen mit Klein- und Großanzeigen, mit Prominentenlisten und Professorenbekenntnissen, mit Flugblattschwemmen und Telefonberatung. Auf der Leopoldstraße verkaufe ich mit dem Komiker Schwier («Es darf gelacht werden!») unsere Wahlzeitschrift «dafür». Am Abend im rauchverhangenen Löwenbräukeller. Reste mürrischer APO. Halte Extrarede: «Über den unbekannten Wähler». Mag nicht mehr vom Blatt. Kenne die Fragen schon, meine Antworten auch. Auf dem Land ist es lustiger.

Bayern macht heiser. In Bayern kann man sich heiser reden. Wer nach Bayern geht, wird sich heiser reden. (Heiser blau-weiß.) Nachdem ich im Miesbacher Gasthof Bräuwirt vormittags eine Stunde lang ohne Mikrofon gesprochen hatte, war ich heiser wie Willy. Später gab mir Klaus Hardt, der die Wählerinitiative München aufgebaut hat, etwas Scharfes, das stumpf macht zum Gurgeln. Half sofort und hieß: Weißnichtmehrwie. Durfte nicht heiser bleiben. Klingt zu mühsam gequetscht. Nur Willy darf heiser und angestrengt. Ihm glaubt das jeder.

Nichts leichter, als eine Schnecke zu zertreten; sie fordert dazu heraus. Ihr nickt, Kinder. Ihr kennt diesen Willen im Schuh.

Es begann, als Lisbeth sich weigerte, für Zweifel und dessen Sammlung Schnecken zu suchen. Im Spätsommer vierundvierzig, als die Sogschnecke schon alle Schwärze aufgenommen und sich an Lisbeths Schwermut gemästet hatte, ging sie noch, wenn nicht mit ihrer Gießkanne auf den Friedhof, dann doch in den Garten um Haus und Hof, einige Wegschnekken und Bänderschnecken auflesen: «Na scheen. Werd mal nich sain so.» Denn Lisbeth war eine Frau, die ihrem Mann gerne (aber nicht immer sofort) einen Gefallen tat. Sie wusch und flickte seine Hemden und Socken, die langbeinigen Unterhosen und die verfilzte Zopfmusterstrickjacke, sie fegte seinen Keller, bezog die bisher nackte Seegrasmatratze mit frischem Laken, wechselte die verpißte Steppdecke gegen ein Federbett aus, sie stellte ihm einen Strauß Astern neben die Briefwaage und sorgte für ihn mit Geduld, als er im Oktober von einer fiebrigen Grippe befallen wurde; nur Schnecken, selbst die herbstlich verkapselten unterm Laub, wollte sie nicht mehr sammeln.

Seid jetzt nicht wütend auf Lisbeth und mitfühlend nur noch mit Zweifel; denn Lisbeth Stomma war – alles in allem – eine gute, auch gutmütige Frau, die geheilt und verändert so normal geworden war, daß sie sich vor Schnecken zu ekeln begann.
Diese Schönheit verkriecht sich.
Diese Schönheit besteht auf Schleim.
Diese langsame Schönheit will nicht berührt werden.
So beredt Zweifel seiner Lisbeth die zögernde Anmut, das harmonische Spiel der Fühler, den Glanz der Schnecken zu preisen versuchte, der überlieferte Ekel war schneller. Er schrieb in sein Schulheft: «Die Schönheit der Schnecken kann den Ekel vor Schnecken nicht einholen. Das Normale siegt und bleibt dumm.»

Es mag sein, daß die schwarz angelaufene und mit dem Heilprozeß unförmig gedunsene Sogschnecke, seitdem sie ungenutzt (rentnerhaft) auf ihrem Sand- und Kiefernadelgrund haftete, Lisbeths Ekel vor ihr, dann vor allen anderen Schnecken wachgerufen hatte; jedenfalls begann sie, sobald Zweifel auf seiner Matratze schlief oder zu schlafen vorgab, die unbewegte und geblähte, Wülste, Knoten und Warzen treibende Sogschnecke, von deren Purpur nichts mehr geblieben war, mit mal polnisch, mal kaschubisch gezischten Flüchen einzudecken. Zweifel hörte sie auf die Schnecke spucken. Später sah er, daß Lisbeths gesammelter Speichel getroffen hatte und sich zu verfärben begann. Auch diese Reaktionen notierte er in seinem Schulheft als Symptome abgeschlossener Genesung: «Offenbar will L. St. durch Spucken und gleichzeitiges Verfluchen ihre nun in der Sogschnecke versammelte Krankheit auf Distanz halten. Angst vor Rückfall. Haß auf kompakte Schwärze. Katholischheidnisches Moment, ähnlich dem Sichbekreuzigen. Als sei der Teufel in die Schnecke gefahren: das Böse in Schneckengestalt.»

In Bayern, unterwegs, sammelte ich: Schlawuzi, Wurzn, Speihaferl, Gescheiderl, geschlamperte Urschl, Baazwabn . . .

Und Ende November – es war am ersten Advent, und Lisbeth hatte sich am Vortag zum zweiten Mal Dauerwellen legen lassen – kurz nach dem Abendessen – Bratkartoffeln mit Speck und Rührei – als Zweifel seinem Gastgeber Stomma gerade aus der Zeitung vorlas und ihm den Verlauf der Kurlandfront erklärte – überall planmäßige Rückzüge und Frontverkürzungen – zertrat Lisbeth mit ihrem rechten Sonntagsschuh die unbestimmte, mit Vorbehalt anfangs Purpurschnecke, später nach ihrer Funktion benannte Sogschnecke. Sie platzte seitlich vom Atemloch bis zum Kielende. Mit sattem Knall platzte sie. Auch innen war sie schwarz. Und tintig schwarz lief sie geruchlos aus. Stomma wollte seine Tochter schlagen. Zweifel hielt den Schlag auf und bat Stomma zu gehen. Lisbeth weinte, nachdem sie zertreten hatte. Und als Zweifel sie zu sich auf die Matratze unter das Federbett nahm, weinte sie immer noch: «Ech konnt ihä nech mä verknusen.»

Die Schnecke ans Kreuz schlagen. Ein leiser Vorgang. Die seitlich gehefteten Augenfühler. Kein Blut, nur Schleim am Fuß des Kreuzes.

In jener Nacht, als sich beide (und jeder anders verzweifelt) leergeliebt hatten, begann Zweifel, weil die Schnecke zertreten war, weil Nordostwind gegen das Haus stand, weil Lisbeth zu fragen nicht aufhörte, von sich und seinem Woher, von der Angst, von der Flucht zu erzählen, bis Lisbeth alles und zuviel wußte; aber noch ängstigte ihn nichts.

Nach der Veranstaltung in Miesbach (Oberbayern) nahm mich der sozialdemokratische Bürgermeister zur Seite, um mir im Auftrag der Münchner Kriminalpolizei von einer Morddrohung gegen mich zu berichten. Ich sagte: «Jaja. Die bekomme ich neuerdings oft. Sind ja auch meistens zwei in Zivil dabei, die sich unauffällig um mich bemühen.» Aber der Bürgermeister blieb besorgt, und auch ich wurde unruhig, als er von einem mitternächtlichen Telefonanruf in Berlin sprach: «Ihre Frau nämlich hatte heute früh Meldung erstattet . . .»

Wenn Wörter Schatten werfen. Hätte Zweifel ihr nichts erzählen, hätte er alles bei sich behalten sollen? So, unter einer Decke, erschöpft, nur noch ein Fleisch, umarmt umbeint und in Wärme (als sei sie Vertrauen) gebettet, sprach er und ließ nichts aus.

Anna und zwei Beamte in Zivil erwarteten mich in Tempelhof. Erst im Taxi hörte ich: Franz hatte um Mitternacht das Telefon gehört, hatte verschlafen den Hörer abgenommen, hatte, als er den Satz «Es fällt ein Schuß» gehört hatte, höflich, wie er sein kann, um genaue Erklärung gebeten, hatte aber nur die monotone Wiederholung der Ankündigung zu hören bekommen, hatte sich wieder (wohl nicht ganz wach geworden) ins Bett gelegt. Beim Frühstück erzählte er vom mitternächtlichen Anruf. Es sei ihm peinlich gewesen, auch komisch vorgekommen und bißchen unheimlich: «Na, die Stimme und so. Wie ne Durchsage. Wie im Kino. Glaubt einem ja doch keiner . . .»

Ich, heiser in Miesbach, habe Angst gehabt, Kinder. Wir scheinen erfolgreich zu sein. Jemand, der Franz Josef Strauß heißt, hat den Haß von der Kette gelassen. Wenn wir gewinnen, wird er Ziele markieren. (Zweifel hätte bei seinen Geschichten vom Zwitterglück bleiben und nicht von sich erzählen sollen.)

28

Stehen im Weg, berufen sich aufs Recht, geben vor, jemand zu kennen, den man auch kenne, klopfen an, nachdem sie eingetreten sind, fragen, ohne Antwort zu erwarten abzuwarten, verkleiden sich als Fußmatte Spucknapf Zahnstocher (gebraucht).
Man nennt sie Querulanten. Ihre Worte heißen: Restkostenerlassungsbescheid, Urteilsänderungsforderung, Spruchreifmachung, Kriegsopfereinsparverfügung, Landessozialgerichtsurteil, Liegenschaftsamt, Vorkostenrückerstattung, diesbezüglich, hierselbst, abfinden, abermals.
Nach jeder Veranstaltung – kaum beginnt sie sich aufzulösen – kommen sie auf mich zu, während ich schon signiere (inwendig Amen sage) und tragen mir ihren Fall vor. Kommen dicht ran. Ihr zumeist stockiger Atem. Rasch laut reden sie wie vor Gericht und befürchten Wortentzug. Oder leise eindringlich oder schnarrend mit Pathos. Untertänigst. Gehetzt in ordentlicher Kleidung.
Sie drängen mich in Fotokopien zu blättern, in denen schon oft geblättert wurde, die zerblättert sind.
Briefwechsel mit Anwälten und (inzwischen) verstorbenen Abteilungsleitern. Kündigungen, abschlägige Bescheide, ärztliche Befunde (die Mastdarmfistel). Zeugnisse des Pfarrers und gerichtsmedizinische Gutachten liegen mir vor. Lappig gewordene Scheine. Kohlhaas und seine Pferde. (Als Zweifel im Keller diese immer neue Geschichte erzählte, sagte sein Gastgeber Stomma: «Abä recht jehabt hattä!»)

Ich blätter mich hin und zurück. Randvoll enggeschrieben. Rot Unterstrichenes: «Für eine angebliche Zufahrtserlaubnis . . . und nach Verweigerung des Armenrechts . . . Angst vor Tatsachen . . . ungehindert vertuschen . . . ein Unrechtsstaat!»
Sie bitten und drohen. Ich sage: «So schnell kann ich nicht . . .» – Sie sagen: «Kenne ich schon, diese Ausreden . . .» – Ich sage: «Leider fehlt mir die Zeit . . .» – Sie sagen: «Denke, Sie sind für Gerechtigkeit . . .» – Ich sage: «Aber nun muß ich . . .» – Sie sagen: «Seit neun Jahren von Gericht zu Gericht . . .»

Gesichter auf Treu und Glauben. (Seitdem die Schnecke unter Anklage steht, ziehen sich alle Prozesse auf natürliche Weise in die Länge.) Notstandsgesichter. Verjährte Gesichter. (Meine Reiseandenken: Versteinerungen von Amts wegen.)

Randgruppe Kohlhaas. (Jetzt läuft er und setzt sich selber Termine.)
Es sind Terminüberschneidungen und überheizte Räume.
Graustichige Durchschläge abschlägiger Bescheide.
Es ist die Grußadresse der Ohnmacht: Bedaure.
Die allgemeine, schon Gewohnheit gewordene Verstopfung.
Es sind immer wieder außergewöhnliche Umstände: Wir alle sind überlastet.
Und weitere Härtefälle, die nicht bearbeitet werden können: Schließlich kann niemand hexen.
Die Zeit, sagen die Verbraucher, wird immer knapper. Vordrucke erteilen Antwort: Rückwirkend fristgerecht.
Aber es muß doch . . .
Was uns Kopfschmerzen macht, daß so viele und immer mehr Leute in verschiedene Richtungen laufen und nach vorne weisen. (Als etwas ganz anderes diskutiert wurde, rief in Porz am Rhein eine Frau, ohne dabei die Stimme zu heben: «Man hat mich entmündigt! Man hat mich entmündigt!»)

Und auch Lisbeth Stomma begann nach jenen vier Morgen Ackerland in Kokoschken zu fragen, die nach dem Tod ihrer Mutter von deren Stiefbruder (Clemenz Czapp) bewirtschaftet wurden, obgleich Lisbeth berechtigte Ansprüche hätte anmelden können, zumal Stomma und seine Tochter mittlerweile als Volksdeutsche galten, während sich Czapp nicht hatte eindeutschen lassen.

Und Lisbeth ging aufs Liegenschaftsamt Karthaus und kam mit Papieren wieder: Anträge, die Zweifel ausfüllen mußte. Es ging um Erbschaft und Gerechtigkeit, um vier Morgen Ackerland und zwei Dutzend Sauerkirschbäume . . .

Seit dem frühen Nachmittag fand im Hotel Schloß Berge eine westfälische Bauernhochzeit statt und dauerte. Für Bauernhochzeiten bietet Gelsenkirchen sein Hotel Schloß Berge das ganze Jahr über an. Am nächsten Vormittag, bevor es nach Köln ging mit seinen vier Wahlkreisen und neunundneunzig törichten Jungfrauen, Gespräch mit Alfred Nau über sozialdemokratische Gebrauchsgegenstände. (Sein bebelsinniges Gedächtnis erinnert alles bis drei Stellen hinterm Komma.) In der Brauerei Päffgen treffe ich einen, mit dem ich als Steinmetz und obendrein Landsmann. Aber wir konnten nicht breit von früher vätällen, weil ich auf dem Neumarkt, dann im Kaufhaus Karstadt mit Betriebsräten, dann abwechselnd mit allen vier Kandidaten vom Busdach das Handmikrofon bediente. Aber am Abend lief im Satorysaal einiges schief, das ich erst im Hotel Schloß Berge bedenken konnte, obgleich die westfälische Bauernhochzeit so verzweigt war, daß ihre Stammbäume bis in mein Zimmer wuchsen. Ich halte das ja aus, mittlerweile; doch als der arme Marchand von einer kölschen APO-Jungfrau als Redakteur unserer Wahlzeitschrift «dafür» verteufelt wurde, kam mich Jammer an: Ach, wie sie einander den Teppich wegziehen. Ach, wie sie liquidierfreudig sind. Ach, wie durch ihre stalinistischen Knopplöcher – und sie merken es nicht – Klein-Goebbels linst . . . seufzte ich in meinem Bett, das keinen Schlaf bringen wollte, weil unten die westfälisch versippten Bauern und in meinem Kopf die kölsche Diskussion nicht aufhören wollten. Tagsdrauf Wanne-Eickel, Wattenscheid und am Abend Gelsenkirchen (Hans-Sachs-Halle). Doch selbst in Huckarde bei Dortmund, als ich die Kokerei Hansa besuchte, und die Kumpels mir (bei Schichtwechsel) ihre Lohnstreifen zeigten und sogar freundlich gemeinte Worte vom Zorn eingefärbt blieben, saß ich halbwegs noch immer bei den Frauen und Müttern der Bergarbeiter in Wanne, die bei Kaffee und Streuselkuchen saßen, der rückwärts krümelt und Heimweh macht. Ich will zugeben, daß ich in meinem erfolglosen Bett diverse Schlager hörte und mitsummte, die mich, als ich jung (neunzehn) und läufig gewesen war, ziemlich trübsinnig gestimmt hatten: Ramona . . . Regentropfen . . . – Ja doch, bin wieder da und gebrauchsfertig! – Es soll doch niemand behaupten, daß Wahlkampf Routine sei. Da komme ich mit ausgeklügeltem Manuskript und sehe einen Saal Bergarbeiterfrauen: abweisend unbetroffen. Schon wird mir Geschriebenes komisch. Ich setze mich auf die geschriebene Rede, muß gleich (jetzt) schwitzend ins kalte Wasser, muß freiweg und auswendig, während der Schweiß nach innen schlägt, was mir einfällt aus Not: «Wie unser Gustav Heinemann, der seine Frau, nicht den Staat liebt . . .» Und das solange, bis sich die Frauen und Mütter der Bergarbeiter auf ihren Stühlen vom Streuselkuchen wegdrehen, weil der da oben hinter der hochkant gestellten Kiste . . . (Stand später in der «Westfälischen Rundschau»: «Frauen haben ihn ins Herz geschlossen . . .») Ich muß dann doch noch so gegen fünf in der Frühe einen Dreiviertelschlaf zusammengesummt haben. Natürlich war ich stolz, als die Bergarbeiterfrauen ziemlich lange geklatscht haben. Denn als Schriftsteller (und Silbenstecher) hält man sich wie verhext am Papier fest, und nun auf einmal ohne wie bei den Aposteln, als ihnen der Heilige Geist . . . Jedenfalls kann ich besser seitdem. Hier steht noch Dortmund in meinem Sudelbuch: mit Karl Schiller vor Betriebsräten usw. (Diesmal Erdmann Linde dabei. Verstört, weil jemand gestorben war und er nicht wußte, was nun.) Spät, nach der Rederede – Kleine Westfalenhalle – und bevor ich jenen Schlaf fand, den mir die Bauern in Gelsenkirchen, geizig wie Bauern sein können, nicht hatten auszahlen wollen, kam noch jemand vom «Sonntagsblatt», der in Cloppenburg und Osnabrück dabei gewesen war, doch diesmal Nebensätze zur Literatur hören wollte. Die war weit weg. Ich mußte mich kratzen, mich über Umwege an mich erinnern; doch nicht mal Zweifel in seinem Keller wollte von Schnecken plaudern und geistreich sein.

«Sagen Sie, zersplittert das nicht?»
«Ja, es zersplittert.»
«Ich darf also schreiben: Sie sind zersplittert.»
«Bin ich.»
«Ist das nicht schade?»
«Warum?»
«Weil Sie doch immerhin früher mal ganz waren.»
«Nie ganz. Nur gebündelte Splitter.»
«Und was haben Sie vor? Teilweise vor?»
«Schlafen.»
«Und was möchten Sie, wenn Sie könnten?»
«Mich verkapseln . . .»

Ich laß dich jetzt liegen.
Dein Gehäuse erinnert mich.
Bewegt warst du verständlich.
Vieles habe ich mitgeschrieben.
Ohne Zögern beim Überschreiten gedachter Linien.
Kein Schwalbenflug: Schneckenspur.
Gefühl für Lücken und ähnliche Tugenden.
Unfallfrei, bis auf den einen . . .

Auf der Stirn einer liegenden Frau, die ihren Atem wiedergefunden hat, ruht die Schnecke, bevor sie alles noch einmal findet. (Ja, das ist tierisch, wie sie ihn zwischennimmt. «Jetzt!» schreit sie. «Jetzt!»)

Das wurde Gewohnheit und reichte bis zum Erwachen. Tagsüber herrschte Streit vor; ein neuer Untermieter in Zweifels Keller. Denn Lisbeth Stomma wurde, seitdem sie gesund und normal war, Ackerland erben und Sauerkirschbäume besitzen wollte, ganz normal zänkisch. Weil sie alles wußte und auch beim Kartoffelschälen sagte, wieviel sie von Zweifel über Zweifel wußte, auch weil sie wußte, daß niemand sonst wissen durfte, was sie wußte, begann Stomma, dem sie zuviel wußte, seine Tochter zu fürchten und aus Furcht zu schlagen. Das war nach dem Durchbruch der sowjetischen Armeen bei Baranow. Schon war Insterburg in Ostpreußen gefallen, die letzte deutsche Offensive in den Ardennen zusammengebrochen. Eigentlich hätten Zweifel und sein Gastgeber Stomma das bevorstehende Kriegsende in Ruhe abwarten können, wenn Lisbeth Stomma, die erben wollte und vielzuviel wußte, nicht wegen zuviel Gesundheit so zänkisch geworden wäre. Alles – Zweifels Gewohnheit, mit den Fingergelenken zu knacken, Stommas Unsitte, die Pfeife am Stuhlbein auszuklopfen – war ihr Häkchen genug, um Grund für kleinen, sich hinziehenden und in endloses Gemähre auslaufenden Streit zu finden. Anfangs drohte sie noch unterschwellig mit ihrem Wissen, doch ab Januar fünfundvierzig – je näher die Front rückte und vage Hoffnung vor sich her schob – stellte sie ihre Drohungen nackt vor: «Denkt man ja nech, daas ech miä alles laß bieten. Ond wennech mißt Mäldung machen auf Amtsstelle.»

Wenn Stomma zum Schlag ausholte, aber seine Faust in der Luft, knapp unter der Kellerdecke unsicher wurde, lachte seine Tochter in rasch wechselnder Folge: nach hämisch heiserem Kichern schoß sie lauthals Lachsalven, sie prustete, konnte sich nicht einkriegen, hechelte zwischen kurzatmigem Kreischen, schrie vor Lachen und klemmte, um das Wasser zu halten, die Schenkel, geriet ins Gluckern, gab erschöpft auf und ließ es, schon wieder gutmütig, nachscheppern.

Dürer, so heißt es, habe ein zänkisches Weib gehabt. Sein Freund und Kuppelbruder Pirckheimer bezeugt, daß die Hausfrau Agnes, geborene Frey, ihm das Herz angenagt habe, so daß er eines hartseligen Todes gestorben sei. Immer nur habe er Maulen und Keifen zu hören bekommen, so freundlich er nachgegeben und seine Stiche und Schnitte, die Kleine und Große Passion, das in Kupfer gestochene Marienleben, auch Einzelblätter (darunter die Melencolia) unter Preis verscherbelt habe. Mag sein, daß Zweifel in Lisbeth Stomma des Dürers Agnes und in beiden jenes Weibsstück wiedererkannt hat, das als dräuender Engel zwischen Trödel und Hausrat sinnbildlich hockt und von Saturn, der den lauten Zank und die muffe Schwermut bringt, zweimal geschlagen ist.

Und selbst als Polen und Ostpreußen schon überrollt, Elbing gefallen und die Heeresgruppe Weichsel abgeschnitten waren, als der Rückzug zerschlagener deutscher Kampfverbände über die Chaussee Karthaus–Langfuhr Panzergeräusche in Zweifels Keller lieferte, blieb Lisbeth zänkisch und drohte sie mit Gestapo und Feldgendarmerie. Dabei war sie schwanger. «Dä Jud hat miä dick jemacht.» Zwei Tage bevor Karthaus geräumt und von Einheiten der 2. Sowjetischen Armee besetzt wurde, steigerte sich Lisbeth Stomma, nachdem Zweifel ihr zu erklären versucht hatte, daß er einerseits kein Jude sei, andererseits aber demnächst als Jude behilflich sein könne, in solch schreiende Wut, daß Stomma, der stündlich Einquartierung befürchtete, mehrmals zuschlug, bis sie auf dem Lehmboden lag und von der rechten Augenbraue bis zum Haaransatz blutete: er hatte mit einer Luftpumpe zugeschlagen.
Was gibt es noch zu erzählen, Kinder? – Zweifel hat Lisbeth Stomma verbunden und gepflegt. Zweifel hat, als die Russen kamen, mit sowjetischen Offizieren verhandelt. Zweifel hat verhindert, daß die schwangere Lisbeth, trotz Kopfverband, vergewaltigt wurde. Zweifel hat sich nach langwierigem Verhör auf der Kommandantur ausweisen können. Zweifel, der jetzt wieder Ott hieß, hat sich schützend vor Stomma, seinen Gastgeber, gestellt, denn Stomma, der ja Volksdeutscher geworden war, sollte nach Thorn in ein Lager gebracht werden. Zweifel zahlte sich aus. Als den sowjetischen Verbänden polnische nachrückten, wurde ihm sogar Verwaltungsarbeit übertragen. Und auch Stomma lief mit einer roten Armbinde durch die Stadt und war bald allseits gefürchtet.

Vielleicht noch das: Lange wollte Zweifel seinen Keller nicht aufgeben. Sobald er von seiner Büroarbeit zurückkam – er mußte die restlichen Reichsdeutschen registrieren – stieg er treppab, legte er sich auf seine Matratze, obgleich ihn Lisbeth in ihrem Mansardenzimmer gebettet hatte. Zweifel fiel es als Hermann Ott schwer, oben und draußen zu leben, wo alles tatsächlich war und zum Fürchten. – Erst im Sommer, schon verheiratet, soll er den Keller wie für immer aufgegeben und mit der hochschwangeren Lisbeth das Mansardenzimmer (wie für immer) bezogen haben. Doch um jene Zeit war Zweifel schon verändert. Mit beginnendem Frühjahr begann er zu suchen: nicht viele und alle Schnekken, nur die eine, die unbestimmte Nacktschnecke, deren Purpur, während sie aufgegangen war, schwarz wurde, die Lisbeth mit ihrem Sonntagsschuh zertreten hatte, die der Schwermut ein Schwamm gewesen war und Lisbeth zu einer Frau mit Bedürfnissen gewandelt hatte: lachlustig und zänkisch, gutmütig und fürchterlich.

Zwei Jahre lang soll Hermann Ott, der lange nur Zweifel geheißen hatte, überall und später nur noch auf Friedhöfen die unbestimmte Schnecke und den Beweis gesucht haben, daß die Schwermut heilbar ist; dabei soll er mählich und mählich schwermütig geworden sein. – Im Spätsommer siebenundvierzig wurde er auf Antrag seiner Frau Lisbeth, mit der er einen Sohn, Arthur, hatte, in eine geschlossene Anstalt (nahe Oliva) eingeliefert: dort soll er, anfangs noch brabbelnd über seinen kraus beschriebenen Papieren, später verstummt zwölf Jahre lang gelebt und sich gegen Schluß vor jedem Geräusch und – wenn es Fisch zu essen gab – vor Fischgräten gefürchtet haben.

Ihr zweifelt, Kinder, und sagt, den gibt es, gab es nicht, Zweifel. Alles ausgedacht und erfunden und nur der Wahlkampf ist wahr. Doch wo ich redete redete – in Kaiserslautern und Saarlouis, in Merzig und Dillingen, in Weinsberg Neckarsulm Heilbronn, in Ebingen Biberach Augsburg, in Schongau und Garmisch, in Murnau, Bad Tölz und endlich in Weilheim – redete und hörte ich mich reden, war ich nicht sicher, ob ich in Wirklichkeit redete und ob die Marktplätze und Postkartenstädtchen, ob unser VW-Bus und die Flüsse Saar Neckar Riß, ob die Kandidaten Kulawig Eppler Bayerl, ob Drautzburg und der korrekt gescheitelte Jäckel, ob Bentele (und auch ich) erfunden ausgedacht seien. – Klar doch, werdet ihr sagen, mit Fieber und Grippe, kein Wunder. Zweifel an Zweifel. Als habe der Wahlkampf mit seinen Stimmungen und Luftlöchern, mit seinen Wortfallen und Beifallpausen keinen Platz und niemals Anlaß für Zweifel geboten. Als sei er nicht überall (anfangs in Kleve, zum Schluß in Weilheim) der stumme Beisitzer jeder Rede gewesen. Denn hätte Jäckel nicht so tatsächlich auf Punkt und Komma geachtet, mein mitreisendes Fieber hätte mir Satz nach Satz alle standfesten Ausrufe zu Fragezeichen verbogen: Zweifels quittierende Schnörkel. Nur als wir am letzten Tag – zwei Tage vor der Wahl – ohne Distanz gegen Franz Josef Strauß (in dessen Wahlkreis Weilheim) anredeten, nahm Zweifel Urlaub . . .

Ich verdanke Strauß viel: die Einsicht, daß er verhütet werden muß und die Gewißheit, daß er und Bedenken einander ausschließen. Jemand, der jedes Bündnis eingeht. Jemand, der nicht aus Neigung oder chronischer Schwäche, sondern aus Überzeugung lügt. Jemand, der alles mit sich verwechselt.
In seinem Wahlkreis vergingen mir Fieber und Grippe. Er ist da und wird, wenn er verliert, immer noch da sein, wird, weil er verloren hat, keine Bedenken haben, wird bedenkenlos sein . . .

«Und Zweifel, den du erfunden hast?»
«Und die Schnecke, die du nur bißchen erfunden hast?»
«Und Augst, den es wirklich gab und nich bloß erfunden?»
«Und was willste jetzt noch erfinden?»

Die Wahlnacht, Kinder, als wir knapp siegten und meine Reise ein (vorläufiges) Ende fand . . .

29

Als der falschprogrammierte Computer zu Beginn der Wahlnacht eine Hochrechnung steil zu unseren Gunsten aufmachte, als dann die ersten Ergebnisse einen schwarzen Sieg auf den Fernsehschirm malten, als bei uns (in der Adenauerallee) kein Bier Wein Schnaps, nur noch Blei gesoffen wurde, als die Rückfälligkeit der Geschichte bewiesen zu sein schien und draußen die Schwarzen ihre Junge Union schon mit Fackeln bestückten, als sich Jäckel d. Ä. und ich Trostsprüchlein für Marchand, Drautzburg und Gisela Kramer, ja, auch für uns auf Servietten notierten, als wir die Niederlage (schon wieder) wie altgewohnt tragen wollten – «Das bringt uns nicht um. Beim nächsten Mal werden wir» – als wir uns alle schon einzuschnecken versuchten – nur Erdmann Linde sagte: «Da stimmt doch was nicht. Abwarten. Mal abwarten . . .» – begannen sich auf dem Fernsehschirm, zuerst ruckend hinter dem Komma, dann stabil vor dem Komma jene Veränderungen abzuzeichnen, die die Geschichte als rückfälligen Prozeß zu widerlegen schienen, den Schwarzen die Fakkeln löschten, erst (vorsichtig) Schmidt und Wehner, dann Schiller ins Bild rückten, schließlich – nachdem im Hintergrund Kühn zielstrebig telefoniert hatte – die ganz große Schnecke aus ihrem Gehäuse lockten – und Willy sagte: «Ich werde . . .» – aber bei uns (in der Adenauerallee) wollte niemand an Sieg glauben; wir hatten uns schon auf Trübsal gestimmt. (Als das Zögern prämiert werden sollte, zögerte die Schnecke vor dem Podest.)

Und hier das knappe Ergebnis: Am 28. September 1969 fielen die Schwarzen von 47,6 auf 46,1 Prozent. Die Liberalen rutschten von 9,5 auf 5,8 und konnten – da die NPD knapp unter 5 Prozent blieb – mit uns, die wir von 39,3 auf 42,7 Prozent stiegen, jene sozial-liberale Regierung bilden, die (gegen jede Prognose) noch immer regiert und seitdem mehr geleistet hat, als ihr bewußt ist. Denn die Sozialdemokraten, Kinder, sind Leute, die kaum an eigene Leistungen, doch mit diffuser Leuchtkraft an ihre weitergehenden Resolutionen glauben. (Mit ihren Fühlern sind sie sich immer voraus.)

Jemand hat mitgezählt: vierundneunzigmal redenreden. Zum Schluß sollen rund sechzig Wählerinitiativen gedrückt und gepustet haben. Drautzburg sagt: «Knapp einunddreißigtausend Kilometer unfallfrei.» Nur zwei Kilo habe ich abgenommen.

Und so hießen die Hallen, die Säle: Neue Aula Kamen, Gäuboden-Festhalle, Harmonie (in Heilbronn) – wo Erhard Eppler auf seine konjunktivische Art von 37,6 auf 42,3 Prozent stammaufwärts glitt: ein empfindsamer Sieger, auf den ich gesetzt habe.
Es gibt Westfalen-, Jahrhundert-, Tonhallen.
Horst Ehmkes Maßstäbe ahnend, wurde die Liederhalle in Stuttgart nach jenem Seidumschlungenmillionen-Modell entworfen, das meinem treuherzigen Landsmann 7,4 Prozent Plus, ein Direktmandat und als Minister den Ruf eingetragen hat, unwiderstehlich zu sein. (Könnte man Eppler und Ehmke mischen, den Konjunktiv in den Superlativ eingehen lassen; doch beide sperren sich gegen meinen Versuch, die Überschnecke zu züchten.) Es schachteln sich, wenn ich hinter mich höre: Kursäle Saalbauten Gemeindesäle. («Sag mal, Drautzburg, wie hieß bloß der Saal, in dem ein Studienrat für die CDU rückwirkend den ersten Weltkrieg gewinnen wollte?») In Verden an der Aller faßt Höltjes Gesellschaftshaus achthundertfünfzig Personen. Obgleich die Schwarzen mehr Zweitstimmen hatten, schoben knapp siebentausend mehr Erststimmen Karl Ravens ins Ziel. («Da gehen wir wieder hin singen», sagte Drautzburg, «da ist noch mehr zu holen.»)
Die Münsterlandhalle in Cloppenburg dient üblicherweise dem Eierhandel. (Manchmal träume ich von ihr und erwache heiser.) Eine Gegend, so schwarz katholisch vernagelt, daß selbst Kohlensäcke keinen Schatten werfen mögen. Dennoch gelang es, mit Hilfe des heiligen Franziskus von 14,9 über die Traumgrenze bis zu 20,1 Prozent zu kriechen.
Zwischen (auf Kommunalebene) gleichmäßig gezüchteten Stadthallen fügen sich ein: das Josefshaus, die Städtische Fruchthalle (Kaiserslautern), die Satorysäle (Köln), wo Katharina Focke im Wahlkreis II von 37,8 auf 48,0 Prozent nicht kroch oder glitt, regelwidrig sprang, gegen alle Einsprüche der Natur das Beharrungsvermögen entwertete und einen mitteleuropäischen Schneckenrekord aufstellte.
Hingegen Reutlingen, wo die Friedrich-List-Halle beweist, wie harthörig in Schwaben das Geld ist; während wir uns von 34,1 auf 37,6 läpperten, stockten die Schwarzen von 46,5 bis zu 48,5 Prozent auf.
Ach, und die Pleite in Augsburg ...
Doch jetzt ist genug vor und hinter dem Komma gesagt. Wir gewannen katholische Arbeiter, berufstätige Frauen, Protestjugend, die sich links von der Espede nicht zersplittern wollte; und in der Mitte gewannen wir Zahnärzte, Beamte, Lehrerinnen, mittlere Angestellte und alte Damen, die Strauß verschreckt hatte, denen Kiesinger peinlich geworden war, die etwas Nützliches für ihre Enkelkinder tun wollten.
Knapp, sage ich knapp.
Ach ja, die Stadthalle Kleve. So fing es an: bei Nieselregen ...
«Na, Drautzburg, was machen wir jetzt?»

Er hat eine Kunstgalerie aufgemacht, lebt in einer Großfamilie: Drautzburg ist seßhaft geworden.
Und Erdmann Linde studiert und studiert, sagt er. Manchmal kommt er im «Spiegel» vor, weil er Jungsozialist und Rundfunkrat ist.
Marchand hat über Joseph Roth promoviert. (Zur Zeit in Indien als Lektor.)
Bentele ist rund geblieben, aber fester geworden. Er studiert in Konstanz.
Von Holger Schröder habe ich lange nichts mehr gehört; soll geheiratet haben.
Gisela Kramer ist immer noch unsere Sekretärin. Es geht ja weiter und kommt immer näher, wird bald wieder beginnen. Schon hat Veronika Schröter, die mit Christoph Schröter die Wählerinitiative Erlangen aufgebaut hat und jetzt in Bonn ist, Wahlkreiskarten aufgezogen und Nadeln mit bunten Glasköpfen gekauft. Gaus und Jäckel d. Ä. (jetzt auch der jüngere Jäckel), Baring und Troll, Böll und Lenz (wer noch alles) sind noch immer, schon wieder, endlich dabei. (Schnecken sind schwer zu entwöhnen; sie sehen kein Ende ab.)

«Und euer VW-Bus?»
«Gib's den noch?» –
Rollt wieder, doch jetzt privat. Drautzburg hat ihn verhökert. Jemand soll mit ihm bis in die Türkei gefahren sein.

«Und Zweifel, was ist mit dem?»
«Is der wirklich inner Irrenanstalt und anner Fischgräte?»
«Sag mal ehrlich: isser echt tot?»
«Oder haste ihn, weil jetzt gleich Schluß is, schnell tot erfunden?»

Zugegeben: er lebt. (Nur Stomma ist mittlerweile gestorben.) Ende der fünfziger Jahre verließ Hermann Ott (geheilt) mit seiner Frau Lisbeth und seinem Sohn Arthur die Volksrepublik Polen. Auch der Kritiker Ranicki, der Zweifels Geschichte woanders erlebt hat, kam um diese Zeit in den Westen. Zweifel hat es nicht leicht gehabt, sich in der Bundesrepublik einzuleben; und auch Ranicki hat mehrmals die Zeitung wechseln müssen. Anfang der sechziger Jahre war Dr. Ott (ähnlich wie Dr. Glaser in Nürnberg) Kulturreferent in Kassel. (Aus jener Zeit liegt mir sein Briefwechsel mit einem Schneckensammler in Uppsala vor, dessen Buch «Über die vaginale Form mariner Schneckengehäuse» er mit persönlicher Widmung besitzt: «Dem Freund der Gastropoden . . .») Heute lebt Hermann Ott mit seiner Lisbeth zurückgezogen und ganz normal: ein alter Herr, der nur noch gelegentlich Vorträge an Volkshochschulen hält: Über die Schnecke als Heilmittel und antikes Fruchtbarkeitssymbol; über Empfindsamkeit und Hypochondrie; über Forster und Lichtenberg im

Verhältnis zur Französischen Revolution; über das Lichtenbergsche bei Schopenhauer . . .

«Erfindste ja doch bloß wieder.»
«Von wegen Lichtenberg. Ich denk, der heißt Lichtenstein.»
«Und den gibts wirklich und nich bloß erfunden.»
«Hab ich gesehen. Bei uns inner Küche. Seine Frau auch.»

Am Montag, den 6. September 1971, besuchten uns beide. Wir sprachen über die bevorstehende Reise nach Israel und über den Druck der Dokumentation «Die Auswanderung der Danziger Juden» demnächst bei Mohr in Tübingen. Dann sprachen wir über mein Schneckenbuch. Obgleich ich erst in Tel Aviv gutvorbereitet fragen wollte, wer, um ein Beispiel zu nennen, den Bombenanschlag auf die «Patria» im Hafen von Haifa verübt hatte – «War es die Stern-Gruppe oder die Haganah?» – begann ich schon in Friedenau (ziemlich sprunghaft) zu fragen: «Hat David Jonas, als er dreiundvierzig nach Theresienstadt deportiert wurde, im Speicherghetto Mausegasse einen Nachfolger als Gemeindevorsteher gehabt?»
Erwin Lichtenstein nannte mir den Rechtsanwalt Fürstenberg, der, wie er sagte, «hochbetagt» vor zwei Jahren in Hamburg gestorben ist.
«Und wie viele überlebten in der Mausegasse?»
Lichtenstein berichtete, daß bei den Kämpfen um Danzig, als die Altstadt, die Rechtsstadt und die Niederstadt zerstört wurden, auch das Speicherghetto in der Mausegasse niederbrannte. Nur zwanzig Angehörige der Jüdischen Gemeinde haben überlebt.
«Und wer war als Judenkommissar Nachfolger des Sparkassendirektors Bittner?»
«Ein gewisser Robert Sander, der Sportredakteur bei den ‹Danziger Neuesten Nachrichten› gewesen ist. Als Sportler kannten sich David Jonas und Sander schon seit Jahren. Übrigens hat Sander dafür gesorgt, daß der Turnverein Bar Kochba die Turnhalle Schichaugasse benutzen und auf der Kampfbahn Niederstadt trainieren durfte. Er hat getan, was er konnte. Lebt heute in der DDR.»
Ich bat Erwin Lichtenstein, Anna und mich bei Ruth Rosenbaum und Eva Gerson anzumelden: «Wenn wir im November nach Israel kommen. Ich habe noch Fragen . . .»
(Frau Lichtenstein fragte Franz, der ihr gebogenen Silberdraht als Schmuck verscherbelte, ob er gerne zur Schule ginge. Seine Antwort – «Klar doch» – hat Gründe.)

Das war im Winter nach der Wahl im September. Wir fuhren nach Britz, deine neue Schule besichtigen. Zu zweit fuhren wir mit dem fünfund-

zwanziger dann mit dem siebenundsechziger Bus die Strecke, deinen Schulweg ab. (Anna war mit Raoul Laura Bruno im Peugeot früher da.)
Durch Tempelhof, Neukölln, vorbei an Friedhöfen und Kleinindustrie, durch Reste der Gründerjahre und Siedlungen der dreißiger Jahre fuhren wir und saßen im Oberstock. Durch die Frontglasscheibe gesehen, kam uns das neue, streng ausgedachte Hochhausviertel entgegen.
Vor den Himmel geklebt. Wächst immer noch. Die filigranen Kräne in sonntäglicher Ruhe erstarrt.
Die Walter-Gropius-Schule war geschlossen. Von außen linsten wir in Parterreräume: stehengebliebenes Englisch auf Schultafeln, Klebearbeiten, Mondflug, Botanisches, Stille auf Abruf.
Mir gefiel die Schule. Du sagtest: «Ganz schön.»
In der kostspieligen Turnhalle spielten Zehlendorfer Mädchen gegen Mädchen aus einem anderen Bezirk Faustball: extra für dich war eine mit langen, gelb fusselnden Haaren dabei.
Hinter im Frost liegengebliebenen Erdarbeiten besichtigten wir (als Familie) eine steingemauerte Windmühle mit drehbarem Kranz, die zwischen wachsenden Großbauten als Silo noch in Gebrauch ist. Ich erklärte den Unterschied zur Bockwindmühle. Nur Raoul interessierte sich.
Dann sahen wir die Familienmehrheit im Peugeot abzischen. Mit dem siebenundsechziger und dem fünfundzwanziger Bus fuhren wir zurück. (Franz an der Bushaltestelle: frierend ist er schmäler und anhänglicher.)
Mit Raouls Armbanduhr – du hattest deine verloren, ich besitze keine – nahm ich in Friedenau die Zeit ab: vierzig Minuten Schulweg. (Seitdem die neue U-Bahn-Linie eröffnet ist, nur noch fünfunddreißig Minuten.)
Und das sieben Jahre lang hin und zurück. Rechne mal nach, Franz, soviel Zeit für dich ganz alleine . . .

Als die Schnecke Rast hielt, hörte sie ihre Spur trocknen. Die Gropius-Schule ist die erste Gesamtschule in West-Berlin. Eine geleeartige Gleitspur, die rasch papieren wird, sich wellt. In Schweden und im Bundesland Hessen gibt es mehr Gesamtschulen: luftige, wie im Spiel entworfene Gebilde, in denen die Lehrer kein erhöhtes Podest und die Schüler keine symmetrische Ordnung mehr finden. Die Schnecke ertrug es nicht lange, ihre Spur trocknen zu hören. Die Gesamtschule ist ein Versuch; paß auf, Franz, daß er glückt! Also setzte die Schnecke ihren Weg fort und übertönte durch Eigengeräusch ihre knisternd trocknende Spur. Im Wahlkampf sprach ich über die Gesamtschule. «Sie ist die Voraussetzung für praktizierte Mitbestimmung», sagte ich; Gewerkschaftler hören es lieber umgekehrt. Die Schnecke fürchtet sich vor der nächsten Rast, vor dem Knistergeräusch ihrer Spur. Wir haben nur knapp eine Wahl gewonnen, mehr nicht, Kinder, mehr nicht . . .

«Aber war doch ne Sache.»
«Hat doch Spaß gemacht – oder?»

Froh bin ich schon, daß es so ganz normal, durch Wahlen zum Wechsel gekommen ist. Aber die Schwarzen können das nicht, verlieren. Angst werden sie in Umlauf setzen: kleine Lügen zu Fuß unterwegs, ein halber Verdacht unterwegs mit dem Schnupfen, vierspännig falsche Hoffnung, rückläufig und auf Schienen: das große Nichts (an sich) unterwegs ...
Und werden wir der Versuchung, Sprünge machen zu wollen, dem Traum aller Schnecken, springen zu können, eine Zeitlang entsagen?
Ich fürchte (und hoffe) nein. Landauf landab sind sie wegsüchtig und aus Prinzip beeilt. Das macht ja Schnecken so schnell, ihr Eifer, einander voraus zu sein. Die biederen (ämterversessenen) und die Hauruckschnecken, die jusohaften Übersollschnecken, die kommunalen Mief- und systemüberwindenden Seminarschnecken, ja, auch die allseits strukturgetrimmten und rundum pragmatischen Reförmchenhausschnecken, sie alle sind zum Kriechen verdonnert und reden (träumen) vom großen Sprung ...
Werden sie vorwärts kommen? – Ein Stück.
Werden sie abweichen? – Versuchsweise immer.
Werden sie streiten? – Um jeden Preis.
Werden sie etwas ändern? – Mehr als sie selbst begreifen.
Werden sie irren? – Nach Plan.
Werden sie umkehren? – Scheinbar.
Werden sie ankommen? – Nie.
Werden sie siegen? – Ja (im Prinzip).

«Und du? Machste weiter?»
«Schreibenschreiben – redenreden?»

Vor ein paar Wochen stand ich im Bundeseck (Friedenau) am Tresen und spielte mit Bierdeckeln. Einige noch junge Schriftsteller näherten sich vorsichtig, wie auf Abruf. Sie redeten gütig. (Das sei ja sicherlich wichtig, mein Engagement, aber ob nicht das Schreiben darunter leide.) Sie sprachen von ihren Talenten ängstlich, als müsse man sie vor Zugluft schützen. Soeben noch besorgt um mich, wurden sie aggressiv, als ich meinen Alltag mit zwei Bierdeckeln demonstrierte: «Der hier ist die politische Arbeit, mache ich als Sozialdemokrat und Bürger; der ist mein Manuskript, mein Beruf, mein Weißnichtwas.» Ich ließ zwischen den Bierdeckeln Distanz wachsen, näherte beide einander, stellte sie, sich stützend gegeneinander, verdeckte mit dem einen den anderen (dann mit dem anderen den einen) und sagte: «Manchmal schwierig, aber es geht. Sie sollten sich weniger Sorgen machen.» Doch die noch jungen Schriftsteller bestanden darauf, um mich besorgt zu sein und erwarteten, daß ich den einen oder den anderen Bierdeckel vom Tresen schnippte. Richtig böse sind sie geworden, weil ich mir zwei Bierdeckel leiste. (Tagsdrauf fuhr ich nach Bremen: redenreden. Viele Teilziele: das noch und das.)

Ja, Kinder, auch Dr. Glaser kenne ich jetzt. Am 7. Mai einundsiebzig trafen sich Anna und ich – ich kam aus Gaildorf in Schwaben, Anna aus Friedenau – in Nürnberg. Am Abend hielt ich in der Kleinen Meistersingerhalle meinen Vortrag über Albrecht Dürers Kupferstich Melencolia I. Ich schenke ihn euch.

Nachdem ich zuendegesprochen hatte – vielleicht lest ihr das später als Anhang – gab es Beifall. (Auch Hermann Glaser war zufrieden.) Tagsdrauf flog Anna nach Berlin: mit Kindern Ballettschritte üben; ich fuhr nach Amberg in die Oberpfalz: redenreden.

Jetzt sind Franz und Raoul vierzehn, Laura zehn, Bruno sechs Jahre alt. Ihr besteht darauf, daß ich schreibe: Alle vier sind inzwischen nicht nur größer, auch ganz anders geworden. (Im Juli einundsiebzig wurde der Schöneberger Ortsteil Friedenau 100 Jahre alt. Beim Volksfest mit Freibier tanzten Laura und Bruno auf dem Breslauer Platz.)
Im April zweiundsiebzig wollen wir mit dem Peugeot nach Danzig fahren und in Gdansk Orte suchen, an denen ich sechs, zehn, vierzehn Jahre alt gewesen bin. – Vielleicht finden wir Spuren von Zweifel . . .

Vom Stillstand und Fortschritt

Variationen zu Albrecht Dürers Kupferstich «Melencolia I».

Als – meine Damen und Herren – an einem Sommertag des Jahres 1969 das Weltraumschiff Apollo Elf aus seiner elliptischen Bahn um den Mond die Mondfähre Eagle und in ihr die beiden Männer in ihren enormen Anzügen, mit ihren Gastgeschenken ausschied, geschah wenig später etwas, wovon keine Zeitung berichten wollte. Auch das Fernsehen redete sich auf «Bildstörung» heraus, als beide Astronauten – kaum hatten sie die Plakette, das Fähnchen, die empfindlichen Instrumente gepflanzt – Urväterhausrat auspackten: Edwin Aldrin stellte die Waage, die Sanduhr, die Glocke auf, bettete das magische Zahlenquadrat und spießte den geöffneten Zirkel, der einen ordentlichen Schatten warf; Neill Armstrong zeichnete mit dem Finger im Handschuh groß und wie für ewig die Initialen des Nürnberger Meisters: zwischen gespreizten Beinen nahm das A im Mondstaub das D in Schutz. Das alles ereignete sich an einem 21. Juli im Meer der Ruhe. Bei uns daheim sprach man von den Kriegserlebnissen des Weihbischofs Defregger. Die D-Mark sollte, sollte nicht aufgewertet werden. Saturn schaute zu und hatte Freude an seinen Kindern.

Als ich im März 1969 von der Stadt Nürnberg eingeladen wurde, mich mit einem Vortrag am Dürerjahr 1971 zu beteiligen und im Veranstaltungsplanspiel eines Festjahres aufzutreten, das sich, wie es der Zufall wollte, nun – da es soweit ist – dem Leninjahr anschließt, befand ich mich in unübersichtlich politischem Gelände, weil beschäftigt mit Vorbereitungen für ins Haus stehende Bundestagswahlen: vom 5. März bis zum 28. September war ich unterwegs auf Wahlreise und gleichwohl auf der Suche nach Stoff für meinen Dürer-Vortrag.

Ein Sprachwechselbad. Einerseits durch die pausbäckigen Zielbeschwörungen des Fortschritts positiv gestimmt und in Bewegung gehalten, blieb ich andererseits dem Bleigehalt dieser Rede verhaftet, weil ich mich frühzeitig für Albrecht Dürers Kupferstich «Melencolia I» aus dem Jahr 1514 entschieden hatte.

Meine Kriechspur zeichnete eine Gesellschaft, an deren Rändern sich Gruppen verzweifelt extrem zu verhalten begannen: resignativ oder euphorisch. Täglichen Ausbrüchen in die Utopie entsprachen Rückfälle in melancholische Klausur. Diesen Fluchtpunkten versuchte ich jene Spannung abzugewinnen, die den Menschen auferlegt zu sein scheint und – wider besseres Wissen – oft schicksalhaft genannt wird; Saturn heißt ihre antike Gottheit.

Er stand der Melancholie und der Utopie vor. Von seiner Doppelherrschaft soll hier die Rede sein. Wie Melancholie und Utopie einander

ausschließen. Wie sie sich wechselseitig befruchten. Von der Strecke zwischen den Fluchtpunkten. Vom Ekel nach letzter, vor neuer Erkenntnis. Von Freud und Marx, die einem Dürer zum Doppelporträt hätten sitzen müssen. Vom Überdruß im Überfluß. Vom Stillstand im Fortschritt. Und von mir, dem Melancholie und Utopie Zahl und Adler der gleichen Münze sind.
Zuerst der Stich, wie ich ihn als Kunstpostkarte durch Schwaben und Niedersachsen, nach Biberach und Delmenhorst getragen habe: ein fledermausartiges Nachttier, wie der Hund im Bild saturnische Kreatur, hält das Firmenzeichen als Spruchband. Ein übertragbares Muster. Denn wie dieses stämmig geratene Mädchen, inmitten zu Trödel gewordenem Werkzeug, aller humanistischen Gelehrsamkeit schwermütigen Ausdruck gibt, erlaubt der gleiche fluguntaugliche Engel beliebig vulgäre Deutung. Wie bestellt und nicht abgeholt hockt die Kalte Mamsell. Überfressen und verstopft verzweifelt sie an herkömmlichen Abführmitteln. Ein überm Studieren blaustrümpfig gewordener Trauerkloß. Und was noch alles.
Dieser Zustand fördert Spott. Wer diesem Zustand entgehen will, nimmt oft den Witz zum Vehikel. Etwas Tieftrauriges ist zum Totlachen. Ein Glasauge wird erkannt, weil es so menschlich blickt. Der triste Clown. Die Komik des Scheiterns. Ein Zustand und seine Ventile. Für diesen Zustand gibt Sprache viel her: Die Schwarze Galle – im sechzehnten Jahrhundert auch Benennung der Tinte – leitet über zu: gallig vergällt gallebitter. Die deutschen wohl unübersetzbaren Worte Schwermut, Weltschmerz, Trübsal, Wehmut und Grübelei bieten sich an. Die rheinische Umschreibung «das arme Tier haben» findet sich wieder im «tierischen Ernst», im «vertiert sein». Jemand ist, guckt oder fühlt sich: sauertöpfig griesgrämig lebensmüd kotzelend. Stimmungen beim Laubrechen Alte-Briefe-lesen Kammsäubern Stuhlgang. Schlägt sich als Kitsch nieder oder als Lyrik: lyrischer Kitsch. Auf Bahnhöfen, bei Nebel am Hafenkai, zwischen Baracken, wo etwas vernagelt ist, dahinwelkt, ablebt, stellt sie sich ein. Sie kaut Kummer, verzehrt sich, trägt schwer an sich, ist sich zur Last, unleidlich geworden. Alles ist schal, leer, errechenbar, mechanisch und transportiert in trostloser Gleichförmigkeit immer nur ein und dasselbe Produkt . . .
Also setze ich Dürers Melencolia in einer Konservenfabrik, Hühnerfarm, bei Siemens ans Fließband. Ihre rechte Hand, die soeben noch den Zirkel hielt, stanzt nun, unterstützt von der linken, die keinen Kopf mehr stützen darf, Weißblech, verpackt Eier, läßt Einzelteil zu Einzelteil finden. Melencolia trägt ein Kopftuch über Dauerwellen. Acht Stunden am Tag ist sie sich fremd, weil abhanden gekommen. Zwar tut sie was, aber was sie tut, tut nicht sie. Das Fließband handelt. Teilweise reagiert sie. Die Zeitabläufe ihrer Handreichungen sind nach Sekunden und Bruch-

teilen von Sekunden bemessen. Ich könnte ihr beide Hände, wie sie tätig sind, abtrennen, ihre Armstümpfe in die Dürersche Pose zurückbiegen. Ich könnte ein neues Produkt auf Fließband setzen: zum Beispiel die naturgetreue «Melencolia I» des Albrecht Dürer, gegossen als niedlichen Bleiguß. Ein Massenprodukt, das zum fünfhundertsten Geburtstag des Meisters seinen Markt fände. Sie, die Melencolia von heute, müßte am Fließband der vervielfältigten Melencolia von damals nur noch die Flügel einrasten, den winzigen Zirkel in den gelochten Griff drücken. Handreichungen als Zeitabläufe. Profit wird Mythos: unfaßbar. Diesen Arbeitsprozeß habe ich nicht erfunden, nur variiert.

Am Fließband findet die Melancholie genormter Arbeit ihren alltäglichen Ausdruck: ein tarifrechtlich geschützter Zustand. Keine sich selbst in Zweifel setzende Gelehrsamkeit mehr. Keine astrologisch unheilvolle Konstellation, kein verhängtes und unerforschtes Schicksal. Keine Strafarbeit für Urheber. Es sitzen ja keine Erfinder und tüftelnden Verbesserer der Fließbänder oder gar Aktionäre und Aufsichtsräte am Fließband; sondern Mädchen und Frauen hocken flügellos und acht Stunden lang wie ohne Geschlecht.

Die Melancholie ist ihren individuellen Ausnahmen entwachsen, Klassenvorrecht der Arbeitnehmer ist sie geworden: ein Massenzustand, der überall dort, wo Leistungsnormen als Ordnung vorherrschen, seine Ursache findet. Der Zeitabnehmer paßt auf. Eine stumme, im Produktionslärm verstummte Melancholie. Nur wer genau hinhört, hört, wie sich am Arbeitsplatz, überall dort, wo die Stückzahl regiert und Leistung Prinzip ist, partikelklein Wut speichert, Platz nimmt, noch keinen Auslauf findet, aber ihn sucht.

Wo ist eine Utopie, die dem Melancholie produzierenden Fließband Gegenwelt sein könnte? Ist mehr Freizeit bei zunehmender Automation ein schon wirklicher oder noch immer ein nur utopischer Zustand? Und wer wird nach welchen Ordnungsprinzipien Freizeit gestalten? Freizeit will geregelt sein. Freizeit hält sich Zeitabnehmer. Welches Fließband wird während der Freizeit laufen?

Wie Albrecht Dürer in seiner und der Humanisten «Melencolia» gleichzeitig die «Geometria» abbildete, so könnte im Bild unserer Tage die Touristik – oder gäbe es sie – die «Touristica» der Melancholie entsprechen. Ob von Neckermann oder Scharnow preiswert in Gruppen an sonnige Strände, zwischen Bildungsruinen, auf Markusplätze geschaufelt, überall, wo das Fließband «Sight-Seeing» bedient sein will, knipst «Touristica» als «Melencolia» ihre Filme ab, bis ihr plötzlich oder allmählich das Klickklack des Auslösers, die Mechanik des stupiden Belichtens und der Vorgeschmack auf die Lächerlichkeit der Ausbeute bewußt werden. Jetzt hockt sie zwischen Motiven. Erschöpft übersättigt verweigert sie Aufnahme. Verschwitzt bewohnt sie nur eigenen Dunst. Überdrüssig der Schönheiten im Querformat, angewidert von so viel numerierter Geschichte, gelangweilt von einander den Rang ablaufenden Kunststücken, ist ihr der Sinn geregelter und gestalteter Freizeit flüchtig geworden. Wie vormals Geometria als Melencolia den Zirkel hielt, hält Touristica ihren Fotoapparat und will, als Melencolia, den Film nicht mehr wechseln.

Wenn in der Arbeitswelt, am Fließband und seinesgleichen die Melancholie als gesellschaftliches Verhalten Wirklichkeit ist, wenn in touristisch gestalteter Freizeitwelt die Melancholie einbricht und – obgleich im Prospekt nicht vorgesehen – ihren Platz behauptet, wenn Arbeit und Freizeit bald schon dem einen utopischen Ordnungsprinzip, der absoluten Beschäftigung unterstellt sein werden, dann werden sich Utopie und Melancholie treffen und decken: eine konfliktlose Zeit wird anbrechen, geschäftig beschäftigt – und ohne Bewußtsein.

Bloße Spekulation? Beliebige Variation zum Thema Melancholie? – Vernarrt in Gegenwart und täglich von Stimmungen demi-politischer Trübung umspült, fiel es mir schwer, jene Distanz zu gewinnen, die den wissenschaftlichen Blick kühl und das Thema trocken zu halten hat. Weil ich, verehrte Vertreter der Wissenschaft, so eng umstellt war von den Ausrufern einander überhüpfender Utopien und täglich, ob in fränkische oder emsländische Verhältnisse gebracht, der Melancholie ins Stopfgarn geriet, fand sich wenig Zeit, bei Aristoteles und Ficino, bei Burton und Shakespeare, bei Kierkegaard und Schopenhauer, bei Benjamin und Marcuse nachzuschlagen. Weder Panofsky noch Saxl schoben mir Spickzettel zu. Erst später verglich ich bei Wolf Lepenies und Arnold Gehlen, wie sich linke Melancholie zur rechten verhält. Erst später konnte ich eigene Anschauung durch Lektüre bestätigen, in Frage stellen, erweitern. Meine Anschauung sagt: Dort, wo sie ausbricht stattfindet andauert, ist sich Melancholie ihrer selbst nicht bewußt.

Wo ich auch hinkam, verfielen die Begeisterten recht ungebildet der Resignation und scheiterten schon Schwermütige, ohne Rückbesinnung auf Hegel, an letzten Hochsprungversuchen. Ihrer selbst und also auch ihrer Herkunft-Verwandtschaft nicht sicher, drängelten die Mädchen Utopia und Melencolia vorm gleichen Mikrofon und stritten sich ums Vorrecht. Deshalb werde ich kaum – oder allenfalls beiseite gesprochen – vorhandene Literatur nach Zitaten flöhen. Vielmehr will ich erzählen, wie oft und in welcher Gestalt, wie nackt, wie verkleidet mir die Hauptdarsteller der Melancholie begegneten, im Weg standen, mich einzufärben begannen: die Schwermut heißt nicht nur so, sie schlägt durch – kaum oder nur mit Utopie aufzuwägen.

Offen gesagt: Das Thema meines Vortrages und sein kunsthistorisch gewordener Gegenstand haben mir mein seit zwei Jahren wachsendes, schrumpfendes Manuskript unter dem Titel «Aus dem Tagebuch einer

Schnecke» schwer gemacht; denn so beharrlich ich für meine Kinder – und wohl auch für anderer Leute Kinder – den Schneckenprozeß Fortschritt nachzeichnete und vermaß, so unkündbar blieb mir Dürers Motiv. Also versuchte ich, meinen und anderen Kindern den Stillstand im Fortschritt zu deuten. Die rasch trocknende Gleitspur. Ich spielte mit dem versammelten Trödel, tauschte ihn aus. Waage, Sanduhr und Glocke, Zahlenquadrat und Zirkel haben Entsprechungen gefunden. Wenn die Melencolia am Fließband hockt, auf Fotosafari zur Salzsäule wird oder ein leeres Schneckenhaus reitet, dann mag sie auch im Rechenzentrum Platz finden und unter Einsteins Formel von heute sein.
Oft, unterwegs, während Stauungen auf der Autobahn, eingeschlossen von Abgasen in ruckenden Warteräumen, wie auf immer eingespurt und dem Schleichprozeß des Berufsverkehrs unterworfen, sah ich sie verbiestert am Steuer sitzen: Melencolia mit Führerschein. – Als Albrecht Dürer seine Melencolia in Kupfer stach, war er dreiundvierzig Jahre alt; so alt bin ich heute. Diese Rede steht am Ende einer Schneckenbilanz.
Ein Kupferstich mit Vorgeschichte. Noch der mittelalterlichen Allegorik und also den Stereotypen der Temperamentenlehre verhaftet, hat Dürer um 1502 als Titelblatt eines Buches die «Philosophia» in Holz geschnitten und auf vier Eckquartieren das cholerische, das sanguinische, das phlegmatische, das melancholische Temperament als die vier Winde dargestellt. «Boreas», der kalte Nordwind, der alte erdschwere Mann, bläst dem Laubgewinde um die «Philosophia» Eiszapfen und zeugt für den Winter. Auch die vier Apostel auf zwei Tafelbildern haben ihre Charaktere abhängig von der Temperamentenlehre gefunden; sie war, wie Dürers theoretische Schriften belegen, gleichfalls Leitfaden des Porträtisten, verbindlich für seine Anatomie- und Proportionslehre. – Einzig das Blatt «Melencolia I» ist von neuen, der Allegorik widersprechenden Einflüssen geprägt; auch wenn das Neue noch unsicher, mittelalterlichen Gewohnheiten verpflichtet und deshalb vermummt auftritt.
In den siebziger Jahren des fünfzehnten Jahrhunderts schreibt der italienische Philosoph Marsilio Ficino an einen Freund: «Ich weiß in diesen Zeiten so zu sagen gar nicht, was ich will, vielleicht auch will ich gar nicht, was ich weiß, und will, was ich nicht weiß.»
Ficino führt diesen grundmelancholischen Zustand, dessen Kurzfassung sich wie eine Vorwegnahme der Schopenhauerschen Preisschrift «Über die Freiheit des Willens» liest, auf seinen im Zeichen des Löwen bösartig rückwärts schreitenden Saturn zurück. Dennoch ist er bekümmert, als Humanist und Wissenschaftler immer noch planetengläubig zu sein und die Melancholie als saturnisches Verhängnis zu werten. Schließlich hält sich Ficino, auf Anraten des Freundes, an Aristoteles, der wohl als erster die Melancholie legitimiert und als Ursache hervorragender künstlerischer und wissenschaftlicher Leistungen ausgewiesen hat.

Nicht anders bei Dürer, der während seiner italienischen Reise oder durch seinen Freund Pirckheimer mit Ficinos Hauptwerk «De vita triplici», einer Schrift über den saturnischen Menschen, bekannt gemacht wurde.
Zwar regiert noch Saturn, aber seine Herrschaft ist nicht mehr ausschließlich verhängnisvoll, sondern sichert den melancholischen Bereich als Ort der Kontemplation. Hieronymus im Gehäus, im Frühjahr des gleichen Jahres in Kupfer gestochen, war Anlaß zur Einübung: die windstille Studierstube, die Eremitage, die Klausur, die selbstgewählte und der lauten Wirklichkeit entrückte Einsamkeit, das Versuchsgelände der Utopie.
Somit wurde die Melancholie vieldeutig. Dem Volk in seiner Unwissenheit immer noch unabwendbares Verhängnis, gab sie den Wissenden die Aura der Erwählten. Schon zeichnet sich der Geniekult des achtzehnten Jahrhunderts ab; und gleichfalls wird die konservative Ausrede unserer Tage vorformuliert: Immer dann wird sie laut, wenn die Unveränderbarkeit der Verhältnisse statuiert und das Beharrungsvermögen als melancholisches Erbgut verteidigt werden. Melancholie als Vorrecht einer sich geistreiche Untätigkeit genehmigenden Elite, und Hochmut als ihr konservativer Ausdruck.
Seit je bis heute wurde und wird das dräuende Eigengewicht des Bestehenden gegen den Fortschritt als verändernde Kraft ausgespielt. Denn wo immer Fortschritt an voreiliger Zielsetzung, utopischer Wirklichkeitsflucht oder an seinen Ansprüchen scheitert und sich nur noch lächerlich minimal mißt, triumphiert der vom «Immerschonvorhergewußthaben» geprägte Konservative. Seine melancholischen Gesten wollen sagen, daß sich nichts ändern läßt, daß menschliche Mühe vergeblich bleibt, daß ein unwägbares Schicksal waltet: menschliche Existenz als Verhängnis. Einzig Ordnung als allseits respektiertes System bietet Sicherheit. Sie festigt hierarchischen Aufbau und weltliche Macht. Sie gibt dem Bestehenden Dauer. Ernste Pflichterfüllung und ergebene Genügsamkeit sind ihr gemäß. Melancholie bleibt den Wissenden, der führenden Elite, den Inhabern der Macht vorbehalten.
Denn wie jede geschlossene Ordnung spricht auch die konservative der als unwissend klassifizierten Masse das Recht ab, melancholisch zu sein, das heißt, sich der Ordnung und ihren Übereinkünften zu verweigern. Macht ist gegeben. Zufriedenheit mit dem Bestehenden ist geboten. Melancholie erregt Verdacht, sobald sie nicht mehr Vorrecht einer Elite ist, sondern gesellschaftliches Verhalten zeichnet. Melancholieverdacht als Vorstufe zum Melancholieverbot stützt sich seit je auf die Gleichstellung von Melancholie und Krankheit.
Der kranke Dürer. Der melancholische, weil kranke Dürer. In Bremens Kunsthalle findet sich eine lavierte Federzeichnung, die von Experten vor

dem Kupferstich Melencolia datiert wird. Man nimmt an, Dürer habe einem entfernt wohnenden Arzt mit Hilfe der Zeichnung behilflich sein wollen. Dürers Selbstporträt als Akt mit dem hinweisenden rechten Zeigefinger. Etwa dort, wo sich Galle, Leber und Milz befinden, bezeichnet ein gelber Fleck den Krankheitsherd. Handschriftlich fügt er hinzu: «Do der gelb fleck ist vnd mit dem finger drwaff dewt so ist mir we.»
Wir wissen, daß Dürer noch vor seiner niederländischen Reise über geschwollene Milz geklagt hat. Bauernkalender nannten bis ins letzte Jahrhundert hinein Saturn einen sauren mürben Planeten, der Krankheit an Milz und Leber, Galle und Nieren verursacht. Indem diese inneren Organe unter Saturns Verantwortung fielen, waren sie der Melancholie ursächlich verbunden.
Hat etwa die kranke Milz Dürer zum Melancholiker gemacht? Ist der Schluß: Melancholie gleich Krankheit – immer noch schlüssig? Wenn Dürer krank und, als Humanist, ein Melancholiker gewesen ist, muß er dann, zwangsläufig, krank weil melancholisch gewesen sein?
Seit dem fünften vorchristlichen Jahrhundert nennen die Ärzte das Wort und verwenden sie den Begriff. Seitdem sind Wort und Begriff vieldeutig geblieben. Wenngleich moderne Wissenschaft zwischen endogener und reaktiver Depression, zwischen Schizophrenie, Angstneurose und Paranoia unterscheidet, der Sammelbenennung Melancholie ist der Geruch, insgesamt für eine dem Irrsinn gleiche oder verwandte Krankheit zu stehen, nie genommen worden.
Bis ins achtzehnte Jahrhundert galt, der Temperamentenlehre entsprechend, die gestörte Mischung der vier Säfte als Ursache für die «Schwarze Galle» und diese als Herd der Melancholie.
So aufheiternd sich die Beschreibung mittelalterlicher Melancholiebehandlung liest, ich will Ihnen und mir dennoch die Aufzählung absurder Mixturen ersparen. Erst Paracelsus verläßt sich nicht mehr auf Abführmittel, sondern verschreibt – ein Pionier der Schocktherapie – Dragees, die übermäßiges Lachen hervorrufen, dem er, sobald das Gelächter seinen Höhepunkt erreicht, mit Dragees begegnet, die Traurigkeit fördern. Ferner wurde körperliche Bewegung empfohlen. Schon damals: frische Luft für Stubenhocker. Der Musik, besonders dem Lautenspiel, sagte man wenn nicht heilende, dann lindernde Wirkung nach. Den Schwermütigen wurde abgeraten, blähenden Kohl zu essen. Zweitausend Jahre lang galt der treibende Nieswurzsud als Hausmittel gegen beschwerlichen Trübsinn und verdüsternde Schwermut. – Heute empfiehlt uns die Firma Geigy das rezeptpflichtige «Tofranil» zur Aufhellung depressiver Zustände. Werbend sprechen Prospekte von einem «Markstein in der Behandlung der Melancholie».
Ich bin kein Arzt. Ich wage nicht zu beurteilen, ob – außer dem Erkenntnisekel des Humanisten – die schmerzende Milz Dürer verdüstert hat.

Ich weiß nicht, wann Melancholie endogen genannt werden darf. Es ist mir unmöglich, gesellschaftliche Zustände, die sich am einzelnen wie bei Gruppen nachweisen lassen, krank zu nennen, nur weil das utopische Prinzip Gesundheit, gleich, ob es sich aufs «gesunde Volksempfinden» oder auf den «sozialistischen Menschen» beruft, innerhalb seiner Ordnungen absolutes Melancholieverbot erläßt.
Den depressiven Zuständen im Krankheitsbild des endogenen Melancholikers entsprechen euphorische Phasen; wie ja auch im Normalfall reaktiver Melancholie utopische Ideenflucht ihre Umkehr im Zustand der Verengung findet.
Die Depressionen vieler Studenten, denen gestern noch eine soziale Utopie Begeisterung eingab, sprechen sich nicht nur statistisch aus. Ein neues Vokabular hat sich der Melancholie und ihrer vorschnellen Diffamierung als Krankheit bemächtigt: Etwas ist frustrierend, jemand ist frustriert, Frustration greift um sich, erfaßt Gruppen, schließlich die gesamte Gesellschaft.
Vielleicht könnte hier die viel und widersprüchlich gedeutete, auf den Zeichentischen der Architekten und Städteplaner entworfene und nun schon seit Jahren ihr Dasein fristende «Grüne Witwe» ins Bild gebracht werden. Entrückt der Stadt, im Grüngürtel angesiedelt, versauert die Ehefrau ohne Beruf in ihrem Flachdach-Bungalow. Kaum Begriff geworden, schon ein Klischee. Leicht fällt es, sie mit den Produkten steriler Perfektion zu umgeben. Natürlich trägt sie am späten Vormittag Lockenwickler. Was bietet sich alles anstelle des Zirkels an? Ich entscheide mich für einen Gegenstand aus Hartgummi, wie ihn der Versandhandel ins Haus liefert. Denn das Masturbieren ist, seiner engeren Bedeutung enthoben, Ausdruck für alles geworden, das sich als sinnentleert, weil kontaktlos erwiesen hat. Wir haben Kommunikationsschwierigkeiten, leiden unter Egozentrik und narzißhaftem Verhalten, sind frustriert durch Umweltverlust und Informationsschwemme, wir stagnieren trotz kletternder Zuwachsrate.
Nicht «Geometria» als «Melencolia», die schöne Frustrierte, auch «Grüne Witwe» genannt, hat Platz genommen. High-Fidelity: gespeicherte Schallplatten lassen Stille nicht aufkommen. Gleich wird sie ihr Librium-Schächtelchen öffnen oder sich irgendwas spritzen. Ist sie krank? Ich sage, sie verhält sich normal und ihrem Zustand, der ein gesellschaftlicher ist, entsprechend. Deshalb kann hier nicht die Rede sein von Neurosen. Mein Anlaß: Dürers Kupferstich bildet keine manisch-depressive, sondern den Zustand reaktiver Melancholie zur Zeit des Humanismus ab.
Nachdem zuende gedacht worden ist und seitdem sich Schwermut eingestellt, das Gedachte aufgehoben hat, grübelt ein zur Allegorie erhobener Engel blicklos aus verschattetem Gesicht. Zwar ist Mittelalter noch ge-

genständlich – Saturn bleibt anwesend und durch Getier und Gestein, auch im Schlüsselbund belegt – aber Perspektive und geometrisches Werkzeug sprechen Gegenwart aus, wie sie sich in den Gelehrtenstuben der Humanisten als Neuzeit verstand. Keine grafische Kühnheit zeichnet dieses eher penible Blatt aus. Die «Kleine Kupferstichpassion», das in Kupfer gestochene «Marienleben» und eine Vielzahl von Handzeichnungen sagen mehr über den Zeichner Dürer als das Einzelblatt «Melencolia». Dennoch trifft uns die anatomische Zustandsbeschreibung. Gestochen vierzehn Jahre nachdem die christliche Welt ihren Untergang erwartet hatte und sieben Jahre vor Luthers Auftritt in Worms, gilt sie uns – vor dem Kunstwerk – als Zeugnis einer bis heute wirksamen Übergangszeit.
Kurz bevor der Vorhang reißt. Zeit der großen Entwürfe und besinnungslosen Ekstase. Kopernikus und Kolumbus: Zeit der alle Übereinkünfte sprengenden Entdeckungen. Die Fugger und Thomas Müntzer: soziale und also religiöse Spannung. Durch Haarrisse angedeutet, bereitet sich Spaltung vor. Glaube Gesellschaft Bewußtsein tragen den Riß schon in sich. Mittelalterliche, nach innen gekehrte Mystik wird sich entäußern und in sozialen Utopien ihre Entsprechung finden. Fallsucht und Überschwang rücken zusammen und überlappen sich. Gesellschaftsspiele mit Hieroglyphen. Der maximilianische Humanistenkreis: eine pomphafte Enttäuschung. Gegen schmale Bezahlung: des Kaisers allegorisch wucherndes Ehrenportal. Abseits freischwebend reibungslos: Vernunft und ihre Grenzen. Zwar wird zum ersten Mal nicht mehr im Kreisverkehr und scholastisch verschnörkelt gedacht, sondern in Richtung, nach vorne, fortschrittlich; doch gleichzeitig wird Stillstand im Fortschritt zur neuen, die Neuzeit prägenden Erfahrung: bei Dürer wird sie zum Bild.
In sich und im Verhältnis zueinander verschobene Phasen. Fortgeschritten eingeholt. Untätig zwischen Werkzeug. Als habe sich die Geometrie vermessen. Als sei jüngste Erkenntnis nach ersten Gehversuchen im Zweifel versandet. Als habe Wissen sich aufgehoben. Als sei Schönheit richtig. Als werde einzig Mythologie überdauern.
Saturn, weit ausholend und mit Kronos zu herrschen gewohnt, findet sich auch in der Neuzeit zurecht. Sein «Goldenes Zeitalter» will nicht enden. Als Gottheit nicht nur der bäuerlichen Erde und Saaten sind ihm Zahlen und Geometrie, die Kunst des Destillierens, im Steinbock die Philosophie und alle irdische Macht zugeordnet. Deshalb findet keine dumpfe, schwarz-gallige Schwermut im Kupferstich Ausdruck, sondern sich selbst begreifende, aus Erkenntnis gewachsene Melancholie.
Inmitten starrer Ruhe werden der aufgestützte linke Arm und die stützende geballte Faust an der Wange zur Geste des Denkens nach so viel Vergeblichkeit. Sobald sich Leere auftut und Wörter in unbegrenzten

Hallräumen ihren Sinn verlieren – verlangt der Kopf, gestützt zu werden, ballt sich die Faust ohnmächtig.
Kein neues Motiv: Apostel und Evangelisten, Gottvater nach der Erschaffung der Welt, Herkules, nachdem seine Arbeit getan ist, auch Kronos und Saturn stützten, ins Bild gebracht, schon immer den Kopf; doch Dürer hat zentraler als auf allen Vorbildern, die ihm bekannt gewesen sein mögen, den gespannten Arm in der Beuge, die geballte Faust dargestellt. Hell und in aktivem Gegensatz grenzt sie das traditionell verschattete Gesicht ab, dessen auf nichts gerichteter Blick der kraftlos rechten Hand entspricht, wie sie den Zirkel hält.
Keine vage Stimmung herrscht vor. So desparat sich die mythologischen Relikte des Altertums mit dem Werkzeug der Neuzeit mischen und jenes Übermaß Unordnung schaffen, das – wie Ordnung im Übermaß – Melancholie aufkommen läßt, die nüchtern bilanzierende Komposition und seine im Detail stillebenhafte Beweisführung schließen Zufall und dunkles Verhängnis aus: bei Dürer sind es Symptome fragwürdig gewordener Wissenschaftlichkeit, deren Summe Melancholie heißt.
Stillstand im Fortschritt. Das Zögern und Einhalten zwischen den Schritten. Denken über Gedachtes, bis nur noch der Zweifel gewiß ist. Erkenntnis, die Ekel bereitet. – Das trifft auch für uns zu.
Unsere Melancholie hockt zwischen Ideologien und verkümmerten Reformen: verarmt inmitten Beharrungsvermögen. Ermüdet und angewidert von schneckenhaft langwierigen Vorgängen, trübsinnig zwischen Terminen, stützt auch sie den Kopf gleich Dürers Melencolia, ballt auch sie die Faust, weil der Stillstand im Fortschritt zwittrig Fortschritt aus Stillstand zeugt und gebiert: sogleich wird sie sich aufmachen, ein Stückwerk Reform reformieren, ein vorläufiges Ziel setzen, wichtige Termine abstimmen und – unter der Hand – eine lupenreine Utopie entwerfen, in deren verordnet heiterer Ordnung gestrenges Melancholieverbot herrscht.
Eine Schnulze behauptete einst: «Wir sind auf der Welt um glücklich zu sein . . .» Solch tirilierende Sopranstimme wurde und wird gern gehört. Überall dort, wo sich Utopien als System verwirklicht haben – sei es von Staats wegen in der Sowjetunion, sei es im Werbefernsehen der USA – wird Glücklichsein entweder auf Beschluß des Zentralkomitees befohlen oder als Konsumentenglück suggeriert. Das Happiness-Gebot im «American way of life» und das «Say-cheese-Lächeln» amerikanischer Glücksvorstellung sind nichts anderes als die verkrampfte Umkehrung puritanischer Sünde- und Verdammnis-Ideologie samt deren melancholischer Verdüsterung. Andererseits hat sich die Utopie Kommunismus dort, wo sie Wirklichkeit zu werden begann und Macht auszuüben lernte, unter den Zwang ihrer eigenen Glücksvorstellungen begeben. Seit Lenin werden im Kommunismus Strafen verhängt für Vergehen, die Skeptizismus

und Nihilismus heißen. Neuerdings wird kritisches Verhalten von Intellektuellen bezeichnenderweise durch Einweisung in psychiatrische Anstalten bestraft: Die Melancholie als Schwester der Utopie steht im streng eingerichteten Gehäuse des kommunistischen Sozialismus unter Hausarrest.
Gesunde und gebärfreudige Frauen, fröhliche und sich reinlich haltende Jugend, heiter versonnene Greise, zwar ernste, aber doch tatenlustige Männer plakatieren eine Gesellschaft, die sich ihrer Wirklichkeit nicht bewußt werden darf. Unter der Tünche ideologischer Schönfärberei kümmert in Schwermut der sozialistische Alltag, beweist sich Bürokratie durch Leerlauf, sind die Gesten der Revolution nur noch bröckelnder Gips, verengt sich Sprache zur Phraseologie und kehrt sich – weil jede kritische Äußerung unter Strafe steht – melancholisches Verhalten nach innen: nicht mehr Stillstand im Fortschritt, schon fortgeschrittener Stillstand, demnächst versteinert.
Wer bereit ist, an Tausende Kommunisten zu denken, die unter Stalin in Verzweiflung und Resignation den Tod fanden, wer gleichfalls bereit ist, jenes Ausmaß Melancholie zu wägen, das nach der Okkupation der Tschechoslowakei zusätzlich auf allen kommunistischen Staaten lastet, dem wird eine weitere Variante der Dürerschen Vorlage notwendig sein.
Ich tausche den saturnischen Engel mit seinen Versatzstücken gegen eine vielzitierte Sozialistin aus. Anstelle des an sich irre gewordenen Zirkels hält sie Hammer und Sichel. Zu ihren Füßen sind die Ausstellungsstücke der Revolution versammelt: Lenins nach vorne weisender Finger, die Pickelhaubenmützen der Bolschewiki, in Modellgröße der Kreuzer «Aurora», Trotzkis Kneifer, Karl Marx als Büste. Möge das Kommunistische Manifest – Titelblatt der Erstausgabe – für das Zahlenquadrat stehen. Möge anstelle des geometrischen Körpers ein Schema Hegelscher Dialektik Platz finden. Möge den unlustigen Hund der Weltgeist in Kleppergestalt verdrängen.
Auch die vielzitierte Sozialistin stützt den Kopf mit geballter Faust. Zwar blickt sie aus verschattetem Gesicht, aber wo sie hinblickt, öffnet sich nichts. Wohin hat sich ihr spontaner Sozialismus verflüchtigt? Unter altmodisch großem Hut ist sie von heute. Sie wurde vor hundert Jahren geboren. Das Dürerjahr und der Kupferstich «Melencolia I» regen an, ein Foto der Rosa Luxemburg zu montieren und nach drei vier Varianten ein weiteres Blatt, die «Melencolia V», aufzulegen.
Denn vierhundertfünfzig Jahre nach ihrem Entstehen hat die Melancholie des Humanismus auch dort Entsprechung gefunden, wo die Berufung auf Humanismus – als zynischer Widersinn – Regel geworden ist.
Eine ausbaufähige Variante. Wohin mit Kirow, wohin mit Bucharin? Leicht fiele es jetzt, einen Georg Lukács anstelle des schartigen Schwertes ins Bild zu rücken. Hochfahrend genug hat er Philosophen und Theoreti-

ker, denen Schwermut und Resignation nichts Fremdes oder Verbotenes waren, in eine Behausung verwiesen, die er – wohl meinend, seines Wissens sicher zu sein – «Hotel Abgrund» nannte; doch sinnlos wäre es, alle mit Hegel an Schopenhauer vorbeieilenden Ignoranten aufzuzählen und ihnen als Quartier ein «Hotel Hybris» anzuweisen.
1514: der Tod der Mutter, ihr Sterbedatum im Zahlenquadrat. Seit Dürer ist der Melancholie kaum wieder so selbstverständlich ein Platz bezeichnet, ihre Notwendigkeit bewiesen worden. Die Renaissance wird gerne als eine Epoche gesehen, in der das Individuum entdeckt oder wiederentdeckt worden ist. Doch mit der Freisetzung des Individuums wurde gleichzeitig sein Recht auf Melancholie ausgesprochen. Dieses Recht blieb umstritten, ging Mal um Mal verloren und wird noch immer in Frage gestellt. Allenfalls wo sich Melancholie dämonisch gab, wurde sie dem Genie als professioneller Tick zugestanden. Wenn aus genialischer Verdüsterung die Barbarei ausgerufen und das Irrationale als Gigantenkraft freigesetzt wurden, durfte solche, dem schöpferischen Wahnsinn zugerechnete Melancholie mit dem Beifall der Ästheten und allgemein mit fasziniertem Schauer rechnen. «Den großen Einsamen» stand Schwermut als Privileg zu; als gesellschaftliches Verhalten jedoch ist sie selten legal genannt worden.
Zumeist abfällig oder aus philosemitischem Mitleid wird dem Volk der Juden im Zustand der Zerstreuung – nicht jedoch den Bürgern Israels – die Melancholie als etwas Angeborenes oder, seit der Zerstörung Jerusalems, vom Schicksal Verhängtes zugesprochen: als sei der millionenfache Tod in den Gaskammern nur die tragische Konsequenz der Zerstreuung gewesen.
Auschwitz wurde Museum, «Die Unfähigkeit zu trauern» zum gerne zitierten Begriff. Der Gewöhnung an den Völkermord entsprach die vorschnelle Bereitschaft, die Verbrechen des Nationalsozialismus als momentane Verblendung, als irrationale Verfehlung, als etwas Unbegreifliches, deshalb Entschuldbares abzutun. Vielleicht hat das sprachlose Handeln eines Politikers, der dort, wo das Warschauer Ghetto gewesen ist, Last getragen hat und auf die Knie ging, der Erkenntnis ungeminderter Schuld späten Ausdruck gegeben. – Reue, als gesellschaftlicher Zustand, wäre dann die entsprechende Utopie; sie setzt Melancholie aus Erkenntnis voraus.
Auflösung und Zerrissenheit, Krieg und Chaos ahnend, verzweifelten die Humanisten an der Machtlosigkeit ihres Wissens und an der Unwissenheit weltlicher Macht. Ihrer Ohnmacht bewußt, nahmen sie Zuflucht in formal beherrschter Melancholie. Erst im folgenden Jahrhundert, solange der Dreißigjährige Krieg dauerte und nachwirkte, fand barocke Sprache zum Trauerspiel – Andreas Gryphius –, handelte barocke Lyrik vom Schmerz – Quirinus Kuhlmann –, wurde aus chaotischer Unordnung die

Hoffnung zum Prinzip; ihr Ort hieß Jammertal, ihr Ziel Erlösung.
Hier soll nicht gesagt werden, Dürer habe – über die Kupferplatte gebeugt – solch Ausmaß Elend und Verdunkelung voraussehen können, voraussagen wollen. Nur soviel: Ähnlich wie wir heute, sah er die Grenzen seiner Zeit, sah er Neues ungeformt aufkommen, bedrückten ihn die Unzulänglichkeit und Ohnmacht des Denkens in Vorsorge.
Panofsky und Saxl schließen in ihrer Arbeit über Dürers «Melencolia I» nicht aus, daß die im Kupferstich ans Haus gelehnte Leiter Hinweis sein könnte auf einen noch nicht zuende geführten Neubau. Die verlassene Baustelle. Der Rohbau. Während der Arbeit brach Zweifel aus. Nützliches Werkzeug, genaue Berechnungen, erwiesene Tüchtigkeit wurden hinfällig, nichtssagend, ihrer selbst überdrüssig. Nicht als Torso, nicht als gültiges Fragment, das zu errichtende Haus begriff sich, bevor es entstanden war, als Ruine.
Solch moderne Einsicht, die den heutigen Städtebau, seine utopischen Entwürfe und seine stockwerkhohe Melancholie vorwegnahm, wurde zu Beginn der Neuzeit gewonnen.
Sie ist in allen Disziplinen zuhaus. Eigene Erfahrung hat mich, während ich diese Rede skizzierte und gleichwohl unterwegs blieb, mit melancholischem Gruppenverhalten, mit schwermutgesättigten Biografien, mit den miefwarmen Hinterstübchen der Resignation bekanntgemacht. Die Vielbeschäftigten in der Tretmühle Vernunft. Auch mich überfiel oft genug, während ich sprach und während sich meine Rede selbsttätig vortrug, schwermachende Mutlosigkeit. Also schwieg ich, während ich sprach. Also gab ich auf, während ich noch Teilziele als erreichbar beschrieb. Also war ich – und viele gleich mir – schlecht entlohnt im Dienst der Aufklärung tätig und hockte dennoch unbewegt inmitten papierener Argumente, umstellt von sich widersprechenden Reformmodellen, angeödet vom Streit der Experten, unter einer Glasglocke: abwesend da.
Oder nachdem sich Sprache zerredet hat, in Sprechblasen abgefüllt wurde. Während sich Diskussionen hinzogen und Sprechchöre ihre utopischen Anrufungen in Doppelreim brachten, sobald mir die Fallhöhe revolutionärer Verstiegenheit Aufschluß gab über den Tiefpunkt vorauszuberechnender Resignation, in Stadthallen, Schulaulen und diversen Festsälen kam diese Rede zu Stichworten. Nirgendwo schreiender als im politischen Streit jener Tage übertönten sich die Propheten des Endzieles «Befriedetes Dasein» und die asketischen Zuchtmeister der «Großen Verweigerung».
Man mag es einen soziologischen Treppenwitz nennen, wenn sich die Jünger beider Lehren – hier die utopische, welche Erlösung beschwört, dort die neu-melancholische, welche Verweigerung anrät – auf immer den gleichen Herbert Marcuse berufen; ich neige dazu, solch Philoso-

phieren im Widerspruch als Einheit zu akzeptieren. Auch wenn vorwiegend jugendliches Publikum Marcuses Angebot als ein doppeltes verstand – und jeder nahm, was ihm paßte – hat dennoch zum ersten Mal ein Wissenschaftler die großen Einzelnen – Freud und Marx – ins Verhältnis gebracht, die Melancholie und die Utopie als einander entsprechend begriffen und bewegende Unruhe gestiftet, indem er aus seiner Dialektik der Verzweiflung die Einmütigkeit melancholischen und utopischen Verhaltens entwickelte: Die große Verweigerung führt zum befriedeten Dasein.
Solch resignative Utopie mußte, in ihrer Ähnlichkeit zu frühchristlichen und asketischen Heilsvorstellungen, Zulauf von allen Seiten haben. Unsere Zeit begünstigt Sektenbildung. Kirchliche Jugendgruppen, Gemeinschaft suchende Einzelgänger, sich ihrer Privilegien kurzfristig schämende Söhne und Töchter abgesicherter Bürger, Pazifisten, Hippies, Rocker, Protestierende gegen den Krieg in Vietnam, gegen die Militärdiktatur in Griechenland, gegen die Okkupation der Tschechoslowakei, und die Vielzahl desorientierter Mitläufer nahmen sich aus Marcuses Lehre, was ihrem Einzel- oder Gruppenbedürfnis entsprach: viel «Große Weigerung» und ein Stückchen «Befriedetes Dasein» – oder umgekehrt. Oft dienten Marcusesche Zutaten nur als Beiwerk dem Mitgebrachten, je nachdem, ob es christlicher oder bürgerlich-antiautoritärer, sozialistischer oder pazifistischer, gruppendynamischer oder individuell ichbezogener Natur war.
Eine spontane, aus der Spontaneität lebende Bewegung, die vorerst geholfen hat, jene Gesellschaft zu verändern, die sie als unveränderbare entlarven und überwinden wollte. In Vergessenheit geriet – noch während es ausgerufen wurde – das «Befriedete Dasein». Revolutionäre Verbalismen gingen in die Werbesprache jenes Konsumsystems ein, das durch Verweigerung und also Konsumverzicht getroffen werden sollte. Die Bewegung reduzierte sich. Einige Gruppen schlossen sich den Parteien an, andere versuchten sich in Sozialarbeit. Die radikale Minderheit spielte noch einmal alle Spaltungsmöglichkeiten des Sozialismus durch.
Ein gutes Jahr später, nachdem sich die Protest- und Verweigerungsbewegung resignativ-utopischen Ursprungs verlaufen hatte, reiste ich nach Stockholm, um dort mit Gewerkschaftlern über ein entwicklungspolitisches Projekt zu verhandeln, an dem sich die schwedischen, jugoslawischen und bundesdeutschen Gewerkschaften beteiligen sollten. Eine so einfache wie komplizierte Idee. Die Verhandlungen verliefen entsprechend.
Während einer Pause nutzte ich den sonnigen, vom Seewind durchpusteten Tag und suchte nach einer Parkbank. Als ich sie fand, bot mir schwedische Geschichte, versammelt mit schwedischer Gegenwart, eine Handvoll Möglichkeiten zum beliebigen Vergleich. Unter enggestellter

Baumgruppe, die gepflanzt worden war, um dem Denkmal Karls des Zwölften Hintergrund zu geben, saß um einen Imbiß-Pavillon locker gruppiert Schwedens Jugend. Mädchen, mit ihren Haaren beschäftigt. Seltsam in sich gekehrte Heilige. Flöte spielende Wikinger. Anhänger mir unbekannter Sekten, die neben dem indianischen Amulett das runenhafte Abzeichen der Anti-Atom-Bewegung trugen. Dazwischen touristische Muttis und Väter, die Karl den Zwölften in kühner Verkürzung und die gleichviel gelöste und wehmütig gestimmte Jugend als Sehenswürdigkeiten fotografierten, jede für sich; denn die Distanz und Erhöhung des zwölften Karl erlaubte nicht, Schwedens kriegerische Geschichte und einen Ausschnitt schwedisch-friedlicher Gegenwart in ein Bild zu zwingen.
Ich notierte, was ich sah, was mir überdies einfiel und was sich, unabhängig von enger Foto-Optik, als Zusammenhang und Widerspruch begreifen ließ: Die behutsamen Schritte der Barfüßigen über Kies. Die Eisenketten um den Granitsockel des Denkmals. Die Schabbeskäppchen, indianischen Stirnbinden und Ponchos. Den Wind in nordischen Haaren und die verwehte, zur Meditation überredende Flötenmusik. Den verschlafenen Solotanz eines dicklichen Mädchens.
Ich schrieb auf und skizzierte: Wie Karl der Zwölfte an überlängtem Arm mit der Hand nach Osten weist. Die nicht beeindruckten Möwen. Entrückten Verkehr, sein Geräusch. Den sozial kreisenden Joint. Gesten der verspielten und der abflauenden Liebe im Licht unter Bäumen. Dahinter die ochsenblutrote Kirche. Jemand im langen weißen Hemd, der durch runde Brillengläser Wunder sieht und eine weiße Ziege bei sich führt.
Auch einzelne Worte: Poltawa. Orangensaft. Verkleidung. Pusteblumen. Frederikshall. Freilufttrauer. Narziß. Shampoon.
Ich sah: In einer Luftblase, entrückt, Macht und Ohnmacht. Die Erwartung eines gegenstandslosen Messias. Mao-Büchlein und ältere Breviere. Dürers komplexe Versammlung bei schönem Wetter.
Und ich begriff den Grund für gleichzeitige Heiterkeit: Saturn hat seine Kinder aus der Geschichte entlassen.
Denn auch dieses, die Geschichtslosigkeit zu Füßen eines Denkmals – in Stockholm gesehen, an anderen Orten wiedergefunden, ist melancholischer Ausdruck utopischer Wirklichkeitsflucht. Wann war die Schlacht bei Narva? Um was ging es im Nordischen Krieg? Was tat Karl der Zwölfte in der Türkei? Keine Daten mehr. Keine Abläufe. Folgenlose Historie.
Käme Melencolia nach Stockholmer Modell ins Bild, wäre Geschichte mit ihren Absonderungen nicht mehr präsent. Umgeben vom gestapelten Konsumangebot, umstellt vom Überfluß in Dosen, Einwegflaschen und Frischhaltebeuteln, säße sie auf einer Tiefkühltruhe: Ekel und Überdruß gäben ihr Ausdruck. In ihrer rechten, jeder Tätigkeit entsagenden Hand

hielte sie einen Büchsenöffner. Das Angebot ohne Nachfrage. Landschaft, deren Horizont Butterberge und Schweineberge, Halden fabrikneuer Autos und bildloser Fernsehgeräte zeichnen.

Der Zwang zur Überproduktion und die, aus Leistungsprinzip, ins Utopische zu steigernde Zuwachsrate haben der Melancholie entsprechendes Verhalten eingeübt: nicht übersättigt, sondern Fraß und Überfraß verweigernd, mager, vielleicht dem Hunger noch letzte Lust abgewinnend, sitzt ein auch sonst jeder Kurzweil, der Liebe und ihren Wechselfällen, der Neugierde und auch der Mode entwöhntes Mädchen. Ihr Kleid ist kuttenartig geschnitten: Grobleinen. Nur noch Askese, als Aufhebung der Melancholie, kann ihr neue Utopie eingeben: ein durch Strenge und Zucht befriedetes Dasein. Aber solch Dasein kennen wir schon. Bekannt sind die Lasterkataloge der Puritaner, ihre alttestamentarische, ihre stalinistische Strenge. Bekannt ist das Glücklichsein als Verordnung. Bekannt ist die aburteilende Wirkung des Wortes «Defaitismus». Wie vormals in feudal-absolutistischen Ordnungen das Bürgertum in seiner Alternativlosigkeit stagnierte und aus Langeweile weltflüchtig wurde, so lastet Alternativlosigkeit auf sozialistischen Einheitsstaaten und Gesellschaften; sie produziert Resignation Enthaltung Verweigerung.

Ich sprach vom zwanghaften Konsumverhalten in westlich kapitalistischen Ordnungen und seinen Folgen: Ekel und Überdruß. Die auf Fotos fröhliche Jugend ideologisch gleichgeschalteter Staaten kennt anderen Überdruß. Er ist gewachsen am zu erfüllenden Soll revolutionärer Phraseologie, am gegängelten Willen, dem keine Entscheidung mehr offen ist, am verordneten Sozialismus, dem der Begriff Freiheit nur noch als Schnörkel für scholastische Spitzfindigkeiten taugt. Wie vormals Saturn seine Kinder prägte, so entließ die Revolution ihre: von Schwermut gezeichnet.

Zum Beispiel ein spätgewonnener Freund. Eigentlich eine heitere, aus Prinzip optimistische Natur, die sich unentwegt sächsisch-geschäftig gibt: immer reich an Projekten. Doch seine Biografie widerspricht dem Anschein. Nach langer gradliniger Datenfolge – jugendlicher Marxist, Kommunist, kommunistischer Emigrant, nach dem Krieg kommunistischer Landtagsabgeordneter in Hessen, danach Chefredakteur beim Deutschlandsender in Ost-Berlin – kommt es Anfang der fünfziger Jahre zum Bruch. Parallel zu den Schauprozessen in Budapest und Prag, will auch die Deutsche Demokratische Republik ihren Schauprozeß haben. Leo Bauer wird – wie Rajk und andere, wie Slánsky und andere – angeklagt, Spionage und Hochverrat betrieben, mit dem amerikanischen Geheimdienst zusammengearbeitet zu haben. Teilgeständnisse werden mit Methoden erpreßt, die den Vergleich mit faschistischen herausfordern. Nach längerer Einzelhaft verurteilt und schließlich nach Sibirien deportiert, wird er Mitte der fünfziger Jahre vorzeitig entlassen: gesund-

heitlich ruiniert und unwiderruflich um den Glauben an den Kommunismus gebracht. Er lebt in der Bundesrepublik. Jemand, der den Spott der Besserwisser, die Nachsicht der Tadellosen und zur Zeit eine Sintflut Verleumdungen, die Mentalität Strauß aushalten muß.
Auch er kein Einzelfall. Eine Biografie neben Tausenden. Später wurde Leo Bauer, unter Verzicht auf Glauben, Sozialdemokrat. Das Mißtrauen der neugewonnenen Genossen, der Haß der verlorenen und die Niedertracht politischer Gegner haben ihn gezeichnet. Eigentlich müßte er aufgeben hinwerfen abtreten. Aber Willen, wie ihn nur vielfach Gebrochene, Totgesagte und aus eigener Kraft Schuldbewußte aufbringen, läßt ihn, wenn nicht richtig leben, so doch immerhin tätig sein. Nur wenn es spät wird, wenn alles gesagt ist, wenn die tägliche Kärrnerarbeit beendet zu sein scheint, versteinert mein Freund. Merkwürdig abwesend sitzt er im Kreis zwar auch ermüdeter, aber in ihrer Neugierde nach Informationen immer noch abwesender Händler mit politischen Details. Dann fällt von ihm ab, was seinen Willen läufig hält. Es ist, als höre er das Eigengeräusch der Zeit. Es ist, als habe er in der Leere Quartier bezogen. Sein Blick knüpft nirgendwo an. Sein Gesicht verschattet sich grau. Zwar weiß ich, es sind Saturns bevorzugte Organe, die Innereien Milz, Leber und Galle, deren sibirische Haft nicht aufgehoben ist, aber noch schwerer schlägt durch: das Wort «vergeblich» in Blei gefaßt. Ekel nach letzter, vor neuer Erkenntnis. Gerechtigkeit wird dem Sozialisten zweifelhaft, hinfällig und absurd – wie vormals den Humanisten die Geometrie.
Als Albrecht Dürer den Kupferstich «Melencolia» entwarf, skizzierte er die hockende Schwermut nach seiner zänkischen Ehefrau Agnes. Auch die Kopie einer Skizze des schlafenden Hundes ist überkommen. In ihm begreife ich meinen Freund Leo Bauer, wenn er spät und nachdem auch die letzte der Utopien ihre Nachttischlampe gelöscht hat, der Melancholie ins Bild kriecht: schwermütig geworden nach so vielen Anläufen.
Aber wie kommt es, daß Leo Bauer weitermachen wird, bis es ihn hinhaut? Wie kommt es, daß so viele, denen ich unterwegs begegnete und die, wie ich, den Stillstand im Fortschritt kennen, immer wieder ansetzen, ihr Bleigewicht aufheben und den saturnisch lastenden Wakkersteinen jenen Funken abschlagen, der uns utopische Lichter setzt?
Während ich für meine und anderer Leute Kinder ein Buch schrieb, in dem der Fortschritt nach Schneckenmaß bemessen wird, beschrieb ich gleichzeitig, was das Gemüt schwer macht. Ich spreche für die Melancholie. Ich habe sie in Variationen von heute sein lassen, damit sie uns nicht mehr fremd und verdächtig, damit sie uns gegenständlich ist.
Nur wer den Stillstand im Fortschritt kennt und achtet, wer schon einmal, wer mehrmals aufgegeben hat, wer auf dem leeren Schneckenhaus gesessen und die Schattenseite der Utopie bewohnt hat, kann Fortschritt ermessen.

34/19

rowohlts rotations romane

Ungekürzte Romane bekannter Autoren aus aller Welt

Verzeichnis aller lieferbaren Titel

* hinter dem Titel: Für Jugendliche ab 10 Jahren zu empfehlen
** hinter dem Titel: Für Jugendliche ab 14 Jahren zu empfehlen

Romane und andere Prosa

ABECASSIS, GUY 100 Koffer auf dem Dach [702], Kopfkissen für Globetrotter [1065]

ÅBERG, JOHN EINAR Engel – gibt's die? [1064]

ADAMSON, JOY Frei geboren . . . Eine Löwin in zwei Welten / Mit 32 Bildtafeln [844] **, Die gefleckte Sphinx / Mit Bildtafeln [1626] **

AMADO, JORGE Gabriela wie Zimt und Nelken [838]

AMALRIK, ANDREJ Unfreiwillige Reise nach Sibirien [1452]

ARNAUD, CÉCILE Die kleine und die große Liebe [1523]

ARNOTHY, CHRISTINE Sommerspiele [1629]

AYMÉ, MARCEL Die grüne Stute [402]

BACHER, MANFRED Immer bin ich's gewesen! Illustrationen: G. Bri [1375] **, Lehrer sein dagegen sehr / Illustrationen: Dieter Klama [1529] **

BALDWIN, JAMES Giovannis Zimmer [999], Gehe hin und verkünde es vom Berge [1415], Sie nannten ihn Malcolm X. Ein Drehbuch [1750 – Sept. 74]

BAUER, JOSEF MARTIN So weit die Füße tragen [1667]

BEAUVOIR, SIMONE DE Das Blut der anderen [545], Die Mandarins von Paris [761], Ein sanfter Tod [1016], Memoiren einer Tochter aus gutem Hause [1066], In den besten Jahren [1112], Der Lauf der Dinge [1250], Alle Menschen sind sterblich [1302], Die Welt der schönen Bilder [1433], Eine gebrochene Frau [1489], Sie kam und blieb [1310]

BECHER, ULRICH Das Profil [1612]

BECKETT, SAMUEL [Nobelpreisträger] Murphy [311]

BÉKEFFY, STEFAN Der Hund, der Herr Bozzi hieß [1739]

BELLOW, SAUL Das Opfer [1085], Mann in der Schwebe [1367], Mr. Sammlers Planet [1673]

BENZONI, JULIETTE Cathérine [1732]

BICHSEL, PETER Die Jahreszeiten [1241]

BIGIARETTI, LIBERO Heiß [1487]

BLOOM, MURRAY Der Mann der Portugal stahl. Der größte Schwindel aller Zeiten [1619]

BORCHERT, WOLFGANG Draußen vor der Tür und ausgewählte Erzählungen [170] **, Die traurigen Geranien und andere Geschichten aus dem Nachlaß. Hg.: Peter Rühmkorf [975] **

BORGELT, HANS Grethe Weiser – Herz mit Schnauze [1741]

BRECHT, BERTOLT Kalendergeschichten [77], Drei Groschen Roman [263], Die Geschäfte des Herrn Julius Caesar [639], Bertolt Brechts Hauspostille [1159]

BREINHOLST, WILLY Das süße Leben des Ehemannes in Theorie und Praxis. Illustration: Léon van Roy [1249]

BRESLIN, JIMMY Der Mafia-Boss hat Scherereien [1746 – Sept. 74]

BRINITZER, CARL Liebeskunst ganz prosaisch. Variationen über ein Thema von Ovid. Mit Illustr. von Franziska Bilek [1730]

BRISTOW, GWEN Tiefer Süden [804] **, Die noble Straße [912] **, Am Ufer des Ruhmes [1129] **, Alles Gold der Erde [1590 **], Morgen ist die Ewigkeit [1685], Kalifornische Sinfonie [1718]

BROWN, CHRISTY Ein Faß voll Leben [1733]

BUCK, PEARL S. [Nobelpreisträger] Ostwind – Westwind [41] **, Die Mutter [69] **, Die Frau des Missionars [101] **, Die erste Frau und andere Novellen [134], Der Engel mit dem Schwert / Gottesstreiter im fernen Land [167] **, Die springende Flut [425]

BURDICK, EUGENE Mister Amerika [1690]

BUSCH, FRITZ B. Einer hupt immer / Heitere Automobilgeschichten mit Benzin geschrieben [1084] **, Lieben Sie Vollgas? Heitere Automobilgeschichten hinter dem Steuer geschrieben [1181] **, Wer einmal unterm Blechdach saß. Das fahrende Volk im Rückspiegel betrachtet [1574] **

CAIN, JAMES M. Es begann am Sacramento [1585], Eine schöne junge Witwe [1743]

CALDWELL, ERSKINE Onkel Henrys Liebesnest. Erzählungen [1677]

CAMUS, ALBERT [Nobelpreisträger] Die Pest [15], Der Fremde [432], Kleine Prosa [441] **, Der Fall [1044], Verteidigung der Freiheit / Politische Essays [1096], Der Mensch in der Revolte [1216], Tagebücher 1935–1951 [1474]

CAPOTE, TRUMAN Frühstück bei Tiffany [459], Kaltblütig [1176]

CARLETON, JETTA Wenn die Mondwinden blühen [1522]

CARRÉ, JOHN LE Schatten von gestern [789] **, Der Spion der aus der Kälte kam [865] **, Krieg im Spiegel [995], Ein Mord erster Klasse [1120], Eine kleine Stadt in Deutschland [1511]

CASTILLO, MICHEL DEL Der Tod der Gabrielle Russier. Geschichte einer verfemten Liebe [1573]

CAVANAUGH, ARTHUR Als die Kinder verschwanden [1568]

CÉLINE, LOUIS-FERDINAND Tod auf Kredit [1724]

CHAGALL, BELLA Brennende Lichter / Zeichnungen: Marc Chagall [1223], Erste Begegnung. Zeichnungen: Marc Chagall [1630]

CHEVALIER, MAURICE Mein glückliches Leben. Erinnerungen [1613]

COHN, NIK AWopBopaLooBop ALopBamBoom. Pop History [1542]

COLETTE Gigi und andere Erzählungen [143]

COLLANGE, CHRISTIANE Madame und ihr Management. Der gut geplante Haushalt [1632]

COLLIER, JOHN Blüten der Nacht. Befremdliche Geschichten [1324], Mitternachtsblaue Geschichten [1559]

CONLON, KATHLEEN Rosalind, laß ab mein Kind [1473]

COOPER, SIMON Puppenspiele [1465]

COUTEAUX, ANDRÉ Frau für Vater und Sohn gesucht [1518], Man muß nur zu leben wissen [1693]

COWARD NOËL Palmen, Pomp und Paukenschlag [616]

CRONIN, A. J. Kaleidoskop in ‹K› [10], Die Zitadelle [39], Der neue Assistent [112], Der spanische Gärtner [127], Die Dame mit den Nelken [345], Doktor Murrays Auftrag [677], Dr. Shannons Weg [774], Der Judasbaum [857], Geh auf den Markt [927], Doktor Finlays Praxis [1383], Kinderarzt Dr. Carroll [1570], Ein Professor aus Heidelberg [1680], Traumkinder. Erzählungen [1720]

DAHL, ROALD Küßchen, Küßchen [835], ... steigen aus ... maschine brennt ... / 10 Fliegergeschichten [868], Der krumme Hund. Illustrationen: Catrinus N. Tas [959], ... und noch ein Küßchen! Weitere ungewöhnliche Geschichten [989]

DEGENHARDT, FRANZ JOSEF Spiel nicht mit den Schmuddelkindern. Balladen / Chansons / Grotesken / Lieder. Illustrationen: Horst Janssen [1168], Im Jahr der Schweine [1661]

DEGENHARDT, FRANZ JOSEF / NEUSS, WOLFGANG / HÜSCH, HANNS DIETER / SÜVERKRÜP, DIETER Da habt ihr es! Stücke und Lieder für ein deutsches Quartett. Zeichnungen: Eduard Prüssen [1260]

DJILAS, MILOVAN Die unvollkommene Gesellschaft / Jenseits der «Neuen Klasse» [1377], Verlorene Schlacht [1692]

DONLEAVY, J. P. Die bestialischen Seligkeiten des Balthasar B. [1705]

DÜRRENMATT, FRIEDRICH Der Richter und sein Henker. Illustrationen: Karl Staudinger [150] **, Der Verdacht [448]

DURRELL, GERALD Zoo unterm Zeltdach. Als Tierfänger in Kamerun [1366] ** Ein Noah von heute. Illustrationen: Ralph Thompson [1419] **. Eine Verwandte namens Rosy [1510] **, Ein Schildkrötentransport und andere heitere Geschichten [1631 **], Großes Herz für kleine Tiere [1700 **], Die goldene Herde und andere vergnügliche Tiergeschichten [1723]

DURRELL, LAWRENCE Justine [710], Balthazar [724], Mountolive [737], Clea [746], Bittere Limonen – Erlebtes Cypern [993], Leuchtende Orangen. Rhodos – Insel des Helios [1045] **, Schwarze Oliven. Korfu – Insel der Phäaken [1102] **, Tunc [1517], Nunquam [1595]

DYER, CHARLES Unter der Treppe oder Charlie erzählt Harry fast alles [1580]

ECHARD, MARGARET Unsere ehrbare Mama [1128] **

EDEN, DOROTHY Yarrabee [1725]

EHLERT, CHRISTEL Wolle von den Zäunen [1048] **

EKERT-ROTHOLZ, ALICE M. Reis aus Silberschalen [894], Wo Tränen verboten sind [1138], Strafende Sonne, lockender Mond [1164], Mohn in den Bergen [1228], Die Pilger und die Reisenden [1292], Elfenbein aus Peking / Sechs Geschichten [1277], Limbo oder Besuch aus Berlin [1567], Der Juwelenbaum [1621]

ELLIN, STANLEY Die Millionen des Mr. Valentine [1564]

ELLIOTT, SUMNER LOCKE Leise, er könnte dich hören [1269]

ELSNER, GISELA Die Riesenzwerge [1141]

ERHARDT, HEINZ Das große Heinz Erhardt Buch. Illustrationen: Dieter Harzig [1679]

FABIAN, JENNY / BYRNE, JOHNNY Groupie [1477]

FALL, THOMAS Der Clan der Löwen [1309]

FALLADA, HANS Kleiner Mann – was nun? [1], Wer einmal aus dem Blechnapf frißt [54], Damals bei uns daheim [136] **, Heute bei uns zu Haus [232], Der Trinker [333], Bauern, Bonzen und Bomben [651], Jeder stirbt für sich allein [671], Wolf unter Wölfen [1057], Kleiner Mann, Großer Mann – alles vertauscht oder Max Schreyvogels Last und Lust des Geldes [1244], Ein Mann will nach oben. Die Frauen und der Träumer [1316], Lieschens Sieg und andere Erzählungen [1584], Zwei zarte Lämmchen weiß wie Schnee. Eine kleine Liebesgeschichte [1648]

FAULKNER, WILLIAM Licht im August [1508]

FESLIKENIAN, FRANCA Meine lieben Ungeheuer [1586]

FICHTE, HUBERT Die Palette [1300], Interviews aus dem Palais d'Amour etc. [1560]

FITZGERALD, JOHN D. Vater heiratet eine Mormonin [1350]

FRANK, BRUNO Trenck. Roman eines Günstlings [1657]

FREED, ARTÈLLE Nerzhäschen [1311]

GALLICO, PAUL Meine Freundin Jennie [499] *, Ein Kleid von Dior [640] **, Der geschmuggelte Henry [703] **, Thomasina [750], Ferien mit Patricia [796], Die Affen von Gibraltar [883], Immer diese Gespenster! [897], Die spanische Tournee [963], Waren Sie auch bei der Krönung? Zwei heitere Geschichten zu einem festlichen Ereignis [1097] **, Die Hand von drüben / Fast ein Kriminalroman [1236], Jahrmarkt der Unsterblichkeit [1364], Freund mit Rolls-Royce [1387], Schiffbruch [1563], Adam der Zauberer [1643], k. o. Matilda [1683]

GANS, GROBIAN Die Ducks. Psychogramm einer Sippe [1481] **

GARCÍA MÁRQUEZ, GABRIEL Hundert Jahre Einsamkeit [1484]

GENET JEAN Querelle [1684]

GILBRETH, F. B. / GILBRETH, CARY E. Im Dutzend billiger. Eine reizende Familiengeschichte [1721]

GOETZ, CURT Tatjana [734]

GORDON, RICHARD Aber Herr Doktor! [176], Doktor ahoi! [213], Hilfe! Der Doktor kommt [223], Dr. Gordon verliebt [358], Dr. Gordon wird Vater [470], Doktor im Glück [576], Eine Braut für alle [648], Doktor auf Draht [742] **, Onkel Horatios 1000 Sünden [953], Sir Lancelot und die Liebe [1191], Der Schönheitschirurg [1346], Finger weg, Herr Doktor! [1694]

GORDON-DAVIS, JOHN Die Beute [1379], Die Jäger [1687]

GOSCINNY, RENÉ Prima, Prima, Oberprima! Tips für Schüler, Lehrer und leidgeprüfte Eltern [1256] **

GOVER, ROBERT Ein Hundertdollar Mißverständnis [1449], Kitten in der Klemme [1467], Trip mit Kitten [1628]

GRASS, GÜNTER Aus dem Tagebuch einer Schnecke [1751 – Okt. 74]

GRAU, SHIRLEY ANN Die Hüter des Hauses [1464]

GRAY-PATTON, FRANCES Guten Morgen, Miss Fink [1064] **

GREENE, GRAHAM Die Kraft und die Herrlichkeit [91], Das Herz aller Dinge [109], Der dritte Mann [211], Der stille Amerikaner [284], Heirate nie in Monte Carlo. Illustrationen: Marianne Weingärtner [320], Unser Mann in Havanna [442], Die Stunde der Komödianten [1189], Leihen Sie uns Ihren Mann? [1278], Die Reisen mit meiner Tante [1577], Eine Art Leben [1671]

GROSZ, GEORGE Ein kleines Ja und ein großes Nein. Sein Leben von ihm selbst erzählt [1759 – Okt. 74]

GRUHL, HANS Fünf tote alte Damen. Illustrationen: Dietrich Lange [1423], Liebe auf krummen Beinen [1674], Ehe auf krummen Beinen [1697]

GRÜN, MAX VON DER Irrlicht und Feuer [916], Am Tresen gehn die Lichter aus. Erzählungen [1742]

GUARESCHI, GIOVANNINO Don Camillo und Peppone / Mit Zeichnungen des Autors [215], Don Camillo und seine Herde / Mit Zeichnungen des Autors [231]

HAGEN, CHRISTOPHER S. Geheimauftrag. Authentic-Western mit 13 Illustrationen nach Originalfotos [1527]

HALLET, JEAN-PIERRE Afrika Kitabu. Ein Bericht. Mit 8 Bildtafeln [1507], Animal Kitabu. Ein leidenschaftliches Plädoyer für Afrikas Tierwelt. Mit 16 Bildtafeln [1587]

HANDKE, PETER Die Hornissen [1098]

HÄRTLING, PETER Das Familienfest oder Das Ende der Geschichte [1368]

HARTUNG, HUGO Deutschland deine Schlesier. Rübezahls unruhige Kinder [1624]

HAŠEK, JAROSLAV Die Abenteuer des braven Soldaten Schwejk – Ungekürzte Ausgabe. Illustrationen: Josef Lada Band I [409], Band II [411], Schwejkiaden. Geschichten vom Autor des braven Soldaten Schwejk [1424]

HAVEMANN, ROBERT Fragen, Antworten, Fragen. Aus der Biographie eines deutschen Marxisten [1556]

HEINRICH, WILLI Schmetterlinge weinen nicht [1583]

HEMINGWAY, ERNEST [Nobelpreisträger] Fiesta [5], In einem andern Land [216], In unserer Zeit [278], Männer ohne Frauen [279], Der Sieger geht leer aus [280], Der alte Mann und das Meer [328] *, Schnee auf dem Kilimandscharo [413], Über den Fluß und in die Wälder [458], Haben und Nichthaben [605], Die grünen Hügel Afrikas [647], Tod am Nachmittag / Mit 81 Abb. [920], Paris – ein Fest fürs Leben [1438], 49 Depeschen [1533], Die Sturmfluten des Frühlings [1716]

HESSE, HERMANN Klingsors letzter Sommer [1462], Roßhalde [1557], Gertrud [1664]

HEYER, GEORGETTE Die bezaubernde Arabella [357], Die Vernunftehe [477], Die drei Ehen der Grand Sophy [531], Geliebte Hasardeurin [569], Der Page und die Herzogin [643], Die spanische Braut [698], Venetia und der Wüstling [728], Penelope und der Dandy [736], Die widerspenstige Witwe [757], Frühlingsluft [790] **, April Lady [854], Falsches Spiel [881], Serena und das Ungeheuer [892], Lord «Sherry» [910], Ehevertrag [949], Liebe unverzollt [979], Barbara und die Schlacht von Waterloo [1003], Der schweigsame Gentleman [1053], Heiratsmarkt [1104], Die galante Entführung [1170], Die Jungfernfalle [1289], Brautjagd [1370], Verlobung zu dritt [1416], Verführung zur Ehe [1212], Damenwahl [1480], Die Liebesschule [1515], Skandal im Ballsaal [1618], Ein Mord mit stumpfer Waffe. Detektivroman [1627], Der schwarze Falter [1689], Ein Mädchen ohne Mitgift [1727], Der Mörder von nebenan. Detektivroman [1752 – Okt. 74]

HOLMBERG, AKE Frühstück zu dritt [1702]

HOCHHUTH, ROLF Krieg und Klassenkrieg / Studien [1455]

HUDSON, JEFFERY Die Intrige [1540]

HUMOR SEIT HOMER [625]

IHR ABER TRAGT DAS RISIKO. Reportagen aus der Arbeitswelt. Hg. vom Werkkreis [1447]

IMOG, JO Die Wurliblume [1471]

J . . . Die sinnliche Frau [1634]

JEAN-CHARLES Die Knilche von der letzten Bank [1616], Knilche bleiben Knilche [1665], Knilche sterben niemals aus [1734]

JOHANN, ERNST Deutschland deine Pfälzer. Wo Witz und Wein wächst [1748 – Sept. 74]

JOHNSON, UWE Zwei Ansichten [1068]

JONES, MERVYN John und Mary. Jeder Tag beginnt bei Nacht [1320]

JUUL, OLE Das tosende Paradies [1062]

KARDOS, GYÖRGY Die sieben Tage des Abraham Bogatir [1519]

KAWABATA, YASUNARI [Nobelpreisträger] Kyoto oder Die jungen Liebenden in der alten Kaiserstadt [1225], Tausend Kraniche / Schneeland [1291], Tagebuch eines Sechzehnjährigen. Eine Auswahl. Hg. von Oscar Benl [1428]

KAZANTZAKIS, NIKOS Alexis Sorbas / Abenteuer auf Kreta [158]

KEROUAC, JACK Unterwegs / On the Road [1035], Engel, Kif und neue Länder [1391], Gammler, Zen und Hohe Berge [1417]

KIRST, HANS HELLMUT Verdammt zum Erfolg [1644]

KISHON, EPHRAIM Arche Noah, Touristenklasse [756]

KOCH, THILO Ähnlichkeit mit lebenden Personen ist beabsichtigt. Begegnungen [1531]

KRÜGER, HARDY Eine Farm in Afrika / Mein Momella. Zeichnungen: Francesca Krüger [1530]

KUSENBERG, KURT Mal was andres [113], Lob des Bettes. Illustrationen: Raymond Peynet [613], Der ehrbare Trinker / Eine bacchische Anthologie [1025], Man kann nie wissen. Eine Auswahl merkwürdiger Geschichten [1513]

LAWRENCE, D. H. Der Regenbogen [610], Liebende Frauen [929], Lady Chatterley [1638]

LEVENSON, SAM Kein Geld – aber glücklich. Chronik einer Familie [1322] **

LONDON, JACK Das Mordbüro [1615]

LOWELL, JOAN Ich spucke gegen den Wind [23**], Das Land der Verheißung [1047]**

LOWRY, MALCOLM Unter dem Vulkan [1744]

LYNN, JACK Der Professor. Ein Mafia-Roman [1755 – Okt. 74]

MACDONALD, BETTY Das Ei und ich [25] **, Betty kann alles [621], Die Insel und ich [641]

MALAMUD, BERNARD Der Fixer [1150]

MALPASS, ERIC Morgens um sieben ist die Welt noch in Ordnung [1762]

MANN, HEINRICH Professor Unrat [35], Die Jugend des Königs Henri Quatre [689], Die Vollendung des Königs Henri Quatre [692], Novellen [1312]

MARCEAU, FÉLICIEN Creezy [1593]

MASON, RICHARD . . . denn der Wind kann nicht lesen [144], Suzie Wong [325], Zweimal blüht der Fieberbaum [715]
MATTHIAS, L. L. Die Kehrseite der USA [1494]
MAYER, HANS Deutsche Literatur seit Thomas Mann [1063]
MEAD, MARGARET / BALDWIN, JAMES Rassenkampf–Klassenkampf. Ein Streitgespräch [1617]
MECHTEL, ANGELIKA Kaputte Spiele [1572]
MENGE, WOLFGANG Ein Herz und eine Seele. Silvesterpunsch / Der Ofen ist aus. Mit 8 Abb. auf Kunstdrucktaf. [1774], Ein Herz und eine Seele. Rosenmontagszug / Besuch aus der Ostzone. Mit 10 Abb. auf 8 Kunstdrucktaf. [1775], Ein Herz und eine Seele. Frühjahrsputz / Selbstbedienung. Mit 8 Abb. auf Kunstdrucktaf. [1808]
MERCOURI, MELINA Ich bin als Griechin geboren [1729]
METALIOUS, GRACE Die Leute von Peyton Place [406]
MICHENER, JAMES A. Die Kinder von Torremolinos [1636], Sayonara [1675]
MILLER, ARTHUR Brennpunkt [147], Nicht gesellschaftsfähig / The Misfits [446], Ich brauche dich nicht mehr. Erzählungen [1620]
MILLER, HENRY Lachen, Liebe, Nächte [227], Der Koloß von Maroussi [758], Big Sur und die Orangen des Hieronymus Bosch [849], Land der Erinnerung [934], Nexus [1242], Plexus [1285], Schwarzer Frühling. Erzählungen [1610], Mein Leben und meine Welt [1745 – Sept. 74]
Henry Miller Lesebuch. Hg.: Lawrence Durrell [1461]
MISSERLY, HÉLÈNE Zimmer zu vermieten [1131]
MITCHELL, MARGARET Vom Winde verweht [1027]
MNAČKO, LADISLAV Die Nacht von Dresden [1485], Der Vorgang [1728]
MONNIER, THYDE Die kurze Straße [30], Liebe – Brot der Armen [95]
MONSIGNY, JACQUELINE Floris, mon amour [1747 – Sept. 74]
MOORE, JOHN Septembermond [1372]
MORAVIA, ALBERTO Die Römerin [513], Cesira [637], Der Konformist [766], La Noia [876], Inzest [1077], Die Verachtung [1111], Die Lichter von Rom [1142], Die Kulturrevolution in China [1456], Ich und Er [1666]
MÖSSLANG, FRANZ HUGO Deutschland deine Bayern / Die weiß-blaue Extrawurscht [1352]
MULIAR, FRITZ Streng indiskret! Aufgezeichnet von Eva Bakos. Illustrationen: Rudolf Angerer [1429], Wenn Sie mich fragen . . . Aufgezeichnet von Trude Marzik [1753 – Okt. 74]
MUSIL, ROBERT Drei Frauen [64], Die Verwirrungen des Zöglings Törleß [300], Nachlaß zu Lebzeiten [500] **
NABOKOV, VLADIMIR Gelächter im Dunkel [460], Lolita [635], Verzweiflung [1562], Einladung zur Enthauptung [1641], Lushins Verteidigung [1699]
NÉMETH, LÁSZLÓ Maske der Trauer [1645]
NEUGEBAUER, PETER Lexikon der Erotik. Mit Textillustrationen [1509]
NEUMANN, ROBERT Deutschland deine Österreicher. Österreich deine Deutschen. Illustrationen: Lindi [1695]
NICKLISCH, HANS Vater unser bestes Stück [1609], Ohne Mutter geht es nicht [1672], Einesteils der Liebe wegen [1719]
NOACK, BARBARA Die Zürcher Verlobung [1611], Ein gewisser Herr Ypsilon [1646], Eines Knaben Phantasie hat meistens schwarze Knie. Zeichnungen: Eva Kausche-Kongsbak [1681], Valentine heißt man nicht. Eine Ehegeschichte – vorwiegend heiter [1701], Italienreise – Liebe inbegriffen [1726]
NOSSACK, HANS ERICH Spätestens im November [1082], Der Fall d'Arthez [1393]
OATES, JOYCE CAROL Ein Garten irdischer Freuden [1491]
O'BRIEN, EDNA Mädchen im Eheglück [1520]
O'DONNELL, PETER Modesty Blaise – Die tödliche Lady [1115], Modesty Blaise – Die Lady bittet ins Jenseits [1184], Modesty Blaise – Die Lady reitet der Teufel [1304], Modesty Blaise – Ein Gorilla für die Lady [1493]
O'REAR, FRANKIE UND JOHNNY Hotel Bonvivant [1754 – Okt. 74]
PAUSEWANG, GUDRUN Die Entführung der Doña Agata [1591]
PERGAUD, LOUIS Der Krieg der Knöpfe [662] **
PHILIPE, ANNE Nur einen Seufzer lang [1121], Morgenstunden des Lebens [1468]
PIAF, EDITH Mein Leben [859]
POLGAR, ALFRED Im Lauf der Zeit [107]
POLLINI, FRANCIS Glover [1143]
PORTER, KATHERINE ANNE Das Narrenschiff [785]
PORTIS, CHARLES Die mutige Mattie [1483]
POULSEN, KNUD Wenn die Tugend Amok läuft [977]
PRÉVERT, JACQUES Gedichte und Chansons. Französisch und Deutsch. Nachdichtung von Kurt Kusenberg [1421]
PUZO, MARIO Der Pate [1442], Mamma Lucia [1528]
QUALTINGER, HELMUT / MERZ, CARL Der Herr Karl und weiteres Heiteres [607]
RAABE, WILHELM Stopfkuchen [100] **
RADECKI, SIGISMUND VON Das ABC des Lachens [84] **
RANDALL, FLORENCE ENGEL Denn die Nacht ist verschwiegen [1307]
RAWLINGS, MARJORIE K. Frühling des Lebens [153] *

REITBERGER, REINHOLD C. / FUCHS, WOLFGANG J. Comics. Anatomie eines Massenmediums [1594]

REXHAUSEN, FELIX Die Sache. Einundzwanzig Variationen [1418], Germania unter der Gürtellinie. Ein satirisches Geschichtsbuch [1516]

REZZORI, GREGOR VON Maghrebinische Geschichten [259], Neue maghrebinische Geschichten [1475]

RICHTER, HANS WERNER Deutschland deine Pommern / Wahrheiten, Lügen und schlitzohriges Gerede. Illustrationen: Franz Wischnewski [1537]

RINGELNATZ, JOACHIM Als Mariner im Krieg [799], Mein Leben bis zum Kriege [855]

ROBBINS, HAROLD Einen Stein für Danny Fisher [991]

ROCHEFORT, CHRISTIANE Frühling für Anfänger [1490]

RODA RODA's Geschichten [205], Heiteres und Schärferes [1521]

ROSENDORFER, HERBERT Der stillgelegte Mensch [1592]

RÖSLER, JO HANNS Die Reise nach Mallorca [1736]

ROTH, JOSEPH Radetzkymarsch [222], Der stumme Prophet [1033]

ROTH, PHILIP Portnoys Beschwerden [1731]

RUARK, ROBERT Der Honigsauger [1647], Die schwarze Haut [1696], Safari [1738]

RUHLA, FRANK Vielgeliebte alte Penne. Illustrationen: Dieter Klama [1566] **

RÜHMKORF, PETER Über das Volksvermögen. Exkurse in den literarischen Untergrund [1180]

RUESCH, HANS Im Land der langen Schatten [1715]

SABATIER, ROBERT Die schwedischen Zündhölzer [1633]

SAINT-EXUPÉRY, ANTOINE DE Flug nach Arras [206] **, Carnets [598]

SALINGER, JEROME D. Der Fänger im Roggen [851], Franny und Zooey [906], Hebt den Dachbalken hoch, Zimmerleute & Seymour wird vorgestellt [1015], Neun Erzählungen [1069]

SALOMON, ERNST VON Der Fragebogen [419], Die schöne Wilhelmine / Ein Roman aus Preußens galanter Zeit [1506]

SAND, FROMA Das Apartmenthaus [1440]

SARTRE, JEAN-PAUL Das Spiel ist aus / Les Jeux sont faits [59], Zeit der Reife [454], Der Aufschub [503], Der Pfahl im Fleische [526], Der Ekel [581], Die Wörter [1000], Porträts und Perspektiven [1443], Die Mauer. Das Zimmer, Herostrat, Intimität, Die Kindheit eines Chefs. / Erzählungen [1569], Bewußtsein und Selbsterkenntnis [1649], Mai 68 und die Folgen. Reden, Interviews, Aufsätze Bd. I [1757 – Okt. 74]

SCHIEFER, HERMANN / HALBRITTER, KURT Die Kunst, Lehrer zu ärgern [1472] **, Wer abschreibt, kriegt 'ne 5! Illustrationen: Kurt Halbritter [1526] **

SCHMIDT, MANFRED Mit Frau Meier in die Wüste / Eine Auswahl verschmidtster Reportagen [907], Frau Meier reist weiter / Eine neue Auswahl verschmidtster Reportagen [1081] *

SCHNECK, STEPHEN Der Nachtportier oder dessen völlig wahre Beichte [1432]

SEGAL, ERICH Love Story [1623]

SEGHERS, ANNA Transit [867], Ausgewählte Erzählungen [1119]

SELBY, HUBERT Letzte Ausfahrt Brooklyn [1469]

SHADBOLT, MAURICE Und er nahm mich bei der Hand [1589]

SHARP, MARGRET, Rosa [1682]

SIMMEL, JOHANNES MARIO Affäre Nina B. [359], Mich wundert, daß ich so fröhlich bin [472], Das geheime Brot [852], Begegnung im Nebel [1248]

SLEZAK, LEO Meine sämtlichen Werke [329] *, Der Wortbruch. Zeichnungen: Walter Trier [330] **, Rückfall. Zeichnungen: Hans Kossatz [501] **

SNOW, C. P. Mord unterm Segel [1691]

SOEBORD, FINN Und sowas lebt [78]

SOLSCHENIZYN, ALEXANDER Krebsstation. Buch 1 und 2. Vorwort: Heinrich Böll [1395 u. 1437]

SOUTHERN, TERRY / HOFFENBERG, MASON Candy oder Die sexte der Welten [1482]

SPARK, MURIEL Die Lehrerin [1171]

SPEYER, WILHELM Der Kampf der Tertia. Zeichnungen: Wilhelm M. Busch [17] **

SPOERL, HEINRICH Man kann ruhig darüber sprechen [401] **

STAMMEL, H. J. Das waren noch Männer. Die Cowboys und ihre Welt. Mit 32 Bildtafeln [1571] **

STONE, IRVING Vincent van Gogh / Ein Leben in Leidenschaft [1099]

STRANGER, JOYCE Das Glück hat eine weiche Schnauze [1496]

STRICKER, TINY Trip Generation [1514]

SVEVO, ITALO Zeno Cosini [1735]

SWARTHOUT, GLENDON Denkt bloß nicht, daß wir heulen [1640]

SYKES, PAMELA Eine verrückte Familie [1704]

TAGEBUCH EINES BÖSEN BUBEN Neu bearbeitet und mit einem Nachwort von Kurt Kusenberg [695]

TANIZAKI, JUNICHIRO Naomi oder Eine unersättliche Liebe [1335], Der Schlüssel [1463]

TELSCOMBE, ANNE Oma reist aufs Dach der Welt [1538], Oma klopft im Kreml an [1740]

THOMA, LUDWIG / TASCHNER, IGNATIUS Eine bayerische Freundschaft in Briefen [1637]

TRAVEN, B. Das Totenschiff [126] **, Die weiße Rose [488], Die Baumwollpflücker [509], Der Karren [593], Die Brücke im Dschungel [764] **

TROLL, THADDÄUS Deutschland deine Schwaben / Vordergründig und hinterrücks betrachtet. Illustrationen: Günter Schöllkopf [1226]

TUCHOLSKY, KURT Schloß Gripsholm. Illustrationen: Wilhelm M. Busch [4], Zwischen Gestern und Morgen [50], Panter, Tiger & Co. [131], Rheinsberg. Zeichnungen: Kurt Szafranski [261], Ein Pyrenäenbuch [474], Politische Briefe [1183], Politische Justiz / Vorwort: Franz Josef Degenhardt. Zusammengestellt von Martin Swarzenski [1336], Politische Texte. Hg.: Fritz J. Raddatz [1444], Literaturkritik. Vorwort: Fritz J. Raddatz [1539], Schnipsel. Aphorismen [1669]

TUCKER, HELEN Horch, die Stimmen des Sommers [1737]

TURNBULL, AGNES S. Liebesidyll in einer Kleinstadt [1635]

UPDIKE, JOHN Ehepaare [1488]

UND PETRULLA LACHT. Heiteres und Besinnliches von ostpreußischen Erzählern. Vorgestellt von Hans Hellmut Kirst. Hg. von Ruth Maria Wagner. Ill. von Erich Behrend [1703]

VASCONCELOS, JOSÉ MAURO DE Ara Ara. Ein Abenteuerroman aus dem brasilianischen Urwald [1642]

VASSILIKOS, VASSILIS Z. Roman [1722]

VASZARY, GÁBOR VON Monpti [20], Mit 17 beginnt das Leben [228], Die nächste Liebe, bitte [391]

VONNEGUT, KURT Schlachthof 5 [1524], Gott segne Sie, Mr. Rosewater [1698], Geh zurück zu deiner lieben Frau und deinem Sohn. Erzählungen [1756 – Okt. 74]

WALSER, MARTIN Ehen in Philippsburg [557]

WALTER, OTTO F. Der Stumme [1688]

WANDREY, UWE [Hg.] Stille Nacht allerseits – Ein garstiges Allerlei [1561]

WELK, EHM Die Heiden von Kummerow [561] **, Die Gerechten von Kummerow [1425]

WEST, MORRIS L. Der rote Wolf [1639]

WHITE, PATRIK [Nobelpreisträger] Voss [1760], Die im feurigen Wagen [1761]

WIENER, OSWALD Die Verbesserung von Mitteleuropa, Roman [1495]

WILDT, DIETER Deutschland deine Sachsen / Eine respektlose Liebeserklärung. Illustrationen: Heiner Rotfuchs [1075] **, Deutschland deine Preußen. Mehr als ein Schwarzweiß-Porträt. Illustrationen: Ulrik Schramm [1179] **

WILSON, SLOAN Wie ein wilder Traum [1749 – Sept. 74]

WOHMANN, GABRIELE Abschied für länger [1178]

WOLF, ALEXANDER Zur Hölle mit den Paukern. Illustrationen: Kurt Halbritter [874]**

WOLFE, THOMAS Schau heimwärts, Engel! Eine Geschichte vom begrabnen Leben [275]

ZAK, JAROSLAV Pennäler contra Pauker. Strategie, Tricks und Abwehr [1325] **

rororo theater

BALDWIN, JAMES Blues für Mr. Charlie / Amen Corner – Zwei Schauspiele [1385]

BRECHT, BERTOLT Die Mutter – Ein Stück [971]

HOCHHUTH, ROLF Der Stellvertreter. Ein christliches Trauerspiel. Mit einem Vorwort von Erwin Piscator und einem Essay von Walter Muschg [997], Soldaten / Nekrolog auf Genf [1323], Guerillas. Tragödie in 5 Akten [1588], Die Hebamme. Komödie [1670]

LENZ, SIEGFRIED Die Augenbinde / Schauspiel – Nicht alle Förster sind froh / Ein Dialog [1284]

SARTRE, JEAN-PAUL Die Fliegen / Die schmutzigen Hände – Zwei Dramen [418] **, Die Eingeschlossenen / Les Séquestrés d'Altona [551], Bei geschlossenen Türen / Tote ohne Begräbnis / Die ehrbare Dirne – Drei Dramen [788]

SIMMEL, JOHANNES MARIO Der Schulfreund – Ein Schauspiel [642]

STOPPARD, TOM Akrobaten (Jumpers) Schauspiel [1678]

WEISS, PETER Die Ermittlung. Oratorium in 11 Gesängen [1192]

rororo Kochbücher

DAS GROSSE KIEHNLE-KOCHBUCH Standardwerk der Kochkunst [6414]

MENGE, WOLFGANG Ganz einfach – chinesisch [6411]

Rowohlt Taschenbuch Verlag GmbH, Reinbek bei Hamburg